寒门雪夜谈

李若愚（笔名：天路红叶）　著

线装書局

图书在版编目（CIP）数据

寒门雪夜谈 / 李若愚著 . -- 北京 : 线装书局，
2024.4

ISBN 978-7-5120-5948-1

Ⅰ. ①寒… Ⅱ. ①李… Ⅲ. ①幻想小说—中国—当代
Ⅳ. ① I247.5

中国国家版本馆 CIP 数据核字（2024）第 087899 号

寒门雪夜谈
HANMEN XUEYETAN

作　　者：	李若愚
责任编辑：	白　晨
出版发行：	线装書局

　　　　　地　　址：北京市丰台区方庄日月天地大厦 B 座 17 层（100078）
　　　　　电　　话：010-58077126（发行部）010-58076938（总编室）
　　　　　网　　址：www.zgxzsj.com

经　　销：	新华书店
印　　制：	廊坊市安次区团结印刷有限公司
开　　本：	710mm×1000mm　1/32
印　　张：	11.125
字　　数：	235 千字
版　　次：	2024 年 4 月第 1 版第 1 次印刷

线装书局官方微信

定　　价：	78.00 元

目 录

序言

三皇五帝太茫茫，

唐宗宋祖各争强。

往事历历鸟悠悠，

竟都成浮云！

不知不觉，

夜幕降临，

野村草民青山下。

是哪个？

在田间地头，

唱乡歌一曲，

直教人纷纷断肠！

青山虽有意，时光本无情。任身后多少双绝望的双手，也无法拦住，那无心岁月一意前行的年轮。

转眼到了当下这年头，远远看见一老人摔倒，你可千万不能上前。若扶了起来，待他坐稳停当，一把抓住你的手，便要你赔偿一笔医疗费。有旧日的朋友向你借钱，你可要拿紧了，倘若松口借出去，那么连钱带朋友都一去不复返。

教书育人的，不是先搞清楚学生的成绩怎么样，第一要紧是先摸清学生背后的家长是谁，因财施教。家长有钱有权的，孩子坐前排，悉心照料，家长没权没钱的，孩子坐后面，自生自灭。你们这些个穷棒子，能有个位置给你坐，就应该千恩万谢了。

管理社会的，整天琢磨的净是领导的心思，先得保住饭碗，才有机会往上爬，稳扎稳打，然后再搜搜附近有没有来钱的业务，辛辛苦苦的，不就是图个钱么。至于民众百姓，那从来都不是考虑范围内的事。你们这些小百姓，我没有找你麻烦，便已经是一个好官

了！人民是用来统治的，不是用来服务的，权力只对权力的源头负责，谁发的工资，就为谁服务。

历史上的抢劫犯、杀人犯、诈骗犯、暴君，到了如今的世代，一夜之间全都被称为伟人，受万人膜拜。而道德高尚、心地良善的人们，则成了无能无用之辈的代名词。奇哉！这是来到了什么样的时空啊。

这年头还有个美名，叫做宽容和谐社会。只要你手中有钱、有权，便叫做'成功人士'，整个社会对你会非常宽容，你所到之处更是一片和谐。但如若有一天，你没钱没势了，这个时候，你将会眼睁睁的看着这个浓妆艳抹的世界，忽然在你面前变脸，层层粉妆，不由自主的一块块掉落，赫然露出面目可憎的獠牙来。

地上的列国，像一只只野兽蹲伏，见恶的就怕，见善的就欺，看见利益就群起而抢，只有猎枪，才是彼此都能够听懂的语言。

空旷黑暗的宇宙中，地球已经孤独转动了亿万年，它厌倦了年复一年的围着太阳旋转，渐渐显得荒谬起来。而地球上生活的人民，哪里懂得地球的心思？只感觉这个世界一天比一天魔幻，每天发生的事情一个比一个荒诞。

说真话的人在穹苍之下，被封口，写真话的书在人世间，禁止出版，做真事的人在这地上，没法存活！满世界都是虚假赞美，表面功夫，若有光照见人群的污秽，他们不是觉得羞愧，而是谋算着怎么把那光给灭了，这样他们就全都干净了。诡诈凶恶横行的时候，良善就成了罪。

前几天，闲来无事，约了几个朋友去深山郊游。沉默大山无人来访久矣，百年前山樵对唱的古道小径，如今已落满黄叶。一脚踩下去，深至膝盖，再也不适合郊游了。在山的深处，枫叶红了，远远的，如热情似火的山之青春，燃烧在无人的野地。

从山中回来的时候，已近中午时分。在街市上遇着一个卖山货

的女人，一身粗布衣服满是灰尘泥土，摊位前放了些土特产，一看就是个山里的农妇，而且是从大山深处来的。我见她大老远的赶来，一上午也没卖出去多少，不由心生怜悯，特意过去想照顾些生意。

可是左看右看都没有我想买的土产，在那些山货中间参杂着一株野花，倒是分外鲜艳，似乎是挖山货的时候顺手带了出来的。我就问她："这山花多少钱一株？"她一迟疑，惊奇的看着我，继而偷偷笑了："这不是卖的，你要就送你吧。"我抬手递过去一张五十元大钞："这株花我买了！"当下拿了花，头也不回便走，远远悄悄一回头，那妇人还在惊喜中没有回过神来。

其实我本没有种花的习惯，但这是五十元买来的，可不能扔掉。只好又为这花找了个花盆，又去附近挖了些泥土，最后把它种在了阳台上。

自从这花进了家门，当夜便做梦。那梦境诡异而又真切：巍峨茂密的深山，漫山遍野的山花，在密林深处，空谷幽幽，传来阵阵勾魂摄魄的笑声。有几只蝴蝶从山谷中飞来，近了，我甚至能看清它们的脸，正冲我在笑呢，是的，那蝴蝶在笑！……。

几个晚上下来，都是同样的梦，这让我甚觉惊悚。按照本地土医的说法，你这是撞邪了！得查明其中原因，方好作出应对。我赶紧回去找那农妇，然而街市上人头攒动，吆喝喧闹之声此起彼伏，却再也不见她的踪影。

回来家中，几次想把这怪异的花扔了，深山里来的东西，浑身上下都透着与这个世界格格不入的气息。我凑近再看那花，竟长得越发妖艳异常，散发着一种摄人心魄的香气，看那样子绝对不是个善茬。顿时我又不敢扔了，这可如何是好？

说来也奇怪，自从来了这花，手中这本《寒门雪夜谈》却顺顺利利，洋洋洒洒的一气呵成了。七日后，好端端的鲜花，无缘无

故的竟自己枯萎了，正如它莫名其妙的来到我身边。

　　也在那日，我床底下旧皮箱里的东西，居然出现在了床上，我记得是一直放在皮箱里的，难道有谁来翻动过我的床底？或者是被老鼠拖出来的？也没听说过老鼠会开箱呀。那是年轻时候旅游用过的皮箱，已经很久没有打开了，关于箱子里的东西，我有些记忆模糊。

十恶不赦的史千红

荒野孤村多奇谈，化作风雨山中埋，待到夜深人静时，纷纷踏雪入梦来。

野村的夜，伸手不见五指，漆黑窗前，纷纷飘落的雪花，是山中精怪絮絮叨叨的倾诉。寂静窗外，远古的钟声琴瑟，悄悄飘来，前人的欢歌痛哭，在风雪中遥远模糊；而今人的醉生梦死，欢乐哀愁，却正在眼前。

黑暗中的远山，面目粗犷，乡人屋前的柴院，竹门轻扣，篱笆寂静。茫茫风雪夜深，不再有归人。然而，我分明听见有清晰脚步声，正从远处踏雪而来！这声音真真切切，一直行至屋前，站在门口左右徘徊，久久不肯离去。

我惊醒过来，莫非来客人了！赶紧跑去打开门，一阵山风夹着雪片迎面吹进屋来，只感觉彻骨寒冷，门外黑漆漆的，什么也看不见。又走到院子内外四处找寻，却空无一物。

这是谁？在这风雪寒夜，悄悄带着思念从远方而来，站在门口，却又不肯相见？我四下找寻良久，终无所获，只好又回到房中。这孤陋寡闻，早已被世界遗忘的偏僻山村，也终于结束了一天的辛劳，在漫天的雪花飞舞里，沉沉睡去。

灶上水开了，我泡了杯茶，暖暖手。远处深山里，传来野鸟孤独的悲鸣，像是在寻找同伴，却再也寻找不到了，不禁叫人甚觉神伤。茫茫风雪中，隐隐约约的松柏遍野静立，似乎在诉说着久远离奇的故事。冷寂幽暗的山涧，溪水汩汩，从家门前流过，带走了溪花们烈日下的青春，和曾经斑斓起舞的蜂蝶争鸣。

我喝了口茶，披上大衣，靠在椅子上，渐渐睡去。正是：

> 孤山夜雪客投门，清酒一壶喜相逢；
> 古今多少风月事，都付乡野笑谈中。

蓦然回首，古时恢宏繁盛的城墙边上，古典文学的大门紧闭，曾经的姹紫嫣红、争芳妒艳，再也不见，唯留下一地的落寞冷清。传说，亚当夏娃偷吃禁果后，他们的灵就死了，只剩下躯壳在世间飘荡。

而中国人经过外来新文化与本土旧文化的剧烈碰撞，突然间把魂给闹丢了，当时却并不知道。一直到如今明白过来，神州大地上遍地游走着的，竟然都是些没有魂的中国人了。

在某一天，那躯壳遇见了人民币，当下二话不说，立刻彼此吸附住了，怎么也甩不掉。从此，人民币就成了中国人的魂。一夜之间，原本茫然游走的一个个，都活了起来，如同被钱牵引的风筝，在大街小巷、田野阡陌，满世界的飘来荡去，白天黑夜，身不由己。凡是看见的都说，看哪，这是一只只游荡的钱包。

恍兮惚兮，不可名状，强为之命名曰，道。道与神同在，大道同在的日子，称做美好。然而远古的大道，渐渐离人而去，剩下黑暗，正在社会的各个角落，一步步占据大道离去的空白。

"大道隐没了！"远古先哲发出遥远的哀叹，现在可以读懂了，因为现在的我们正发出同样的哀叹！他们哀叹在他们前面失落的恒古大道，而我们正哀叹失落了他们所开创的璀璨文明。到处是枪声，到处是炮声，以利益金钱驱动的各国文明，走到了末路。

天边的火烧云，映红了美丽黄昏中，诗人憔悴的身影，那是人类灵魂深处的风景。斜阳下的树影长长，人淡似菊，邻舍们的笑容昏黄，这是生命该有的样子。在人类灵魂深处的世界里，本没有熙熙攘攘，皆为利来，攘攘熙熙，皆为利往的纷扰。

杭州附近的山脚下，村口的小芳早已不再叫小芳。好像中了某种瘟疫，她穿上高跟鞋，抹着鲜艳口红，披着金黄头发，浮躁的心，怎么也无法在这片土地上安生。显眼的黑色薄丝袜，包裹着丰满臀部，在村子里荡来晃去，要勾引路边的水牛。

芳草与山花的争闹，淹没在荒野的暮色里，夜，带着审判，临到全地。那些正午阳光下炙热绚烂的花朵们，如今都顺服的安息在黑暗中。曾经招蜂引蝶的骄傲，青春不羁的妖娆，万山红遍的雄心，

哦，原来都只是日光之下，一场幼稚无知的美丽。

这烈日下的花儿，为什么这样红？漫山遍野，无知无畏，从这山开到那山，从这沟跨过那沟，就是在悬崖之上，也要盛开！青山不知芳草心，万里绵延种寂寞，黄花最解红花意，翻山越岭争枝俏。暮云归，夕阳西下，惶恐来袭，遍地悔泪成落红。

那年的杭州，非常轻狂。西湖边的芦苇丛，芦花疯长，不羁的野鸟盘旋在湖岸边，飞过美到心碎的黄昏，飞进游客如梦如醉的旅程，最后定格在湖边，一张张的婚纱摄影照片之上。

当时，我们正在杭州打工，我和老婆亚萍在一幢五层楼的农民房里，租了一个房间。房间对面，立着一幢有钱人家住的那种别墅房，那房子独门小院，院中花草树木繁茂，鸟雀蝉鸣清脆。房子里，经常可以看到有位资深美女，对窗独坐的身影。那怅然若失的叹息，那忧郁哀怨的眼眸，望尽了一个个日暮黄昏，看惯了一朵朵花开花落。

美女名叫史千红，老公因公司事情繁忙，经常不着家。他们在上海杭州都买有房子，还有个男孩，在读贵族寄宿学校。冬日的阳光清闲，照在百无聊赖的窗台，分外慵懒。

这里的时钟走的很慢，树木鸟雀似乎都已停止衰老，那房子的阳台上晒着一床被子，和时光一起，都停在了这个冬日午后。圣洁的阳光洒满墙垣，原来光阴也有颜色，是那种没有世事纷扰，永恒宁静的金色。

对面房子窗户半开，女主人盖着被子，一动不动，因该是睡着了。正是：

> **遍地西风逐叶忙，冬寒萧瑟树枝长；**
> **庭院深深梦无醒，屋内春暖人不知。**

史千红的老公，钱越挣越多，事越来越忙，最终未能免俗，学着人的样儿，也入手了个二房。那二房原是有人家的，只因嫌丈夫没本事赚钱，俩人便三天两头吵架。

加上如今社会上各种毒鸡汤泛滥：什么女人离婚越离越富，男

人离婚越离越穷；就因为我什么都没有，所以我要找一个什么都有的男人；若找了一个男人，拉低了我的生活质量，那宁可不要；若不能把房产证写成你的名字，就是证明这个男人根本不爱你；女人离婚，失去的只是一片树叶，得到的将是整个森林；我结婚才跟你要 36 万彩礼，那是被爱情冲昏了头，却要给你做一辈子的保姆，换算成每天就是 20 元钱的廉价保姆费，还任劳任怨……。

听着这些丑恶人性语录，直叫人生出一种快要窒息的感觉，天哪！我真怀疑这些精致利己主义'美女'，你若跟她多说一句话，她都要跟你收'说话'费。

这些女人毒鸡汤乍一听，还真有些道理，其实偷换了概念，人生最宝贵的爱情和婚姻，岂能当成一门生意来做？这叫人不由自主想起，那开人肉包子铺的老板娘，男人在她们眼里，那就是一只只热气腾腾的人肉包子。

能说出这种话的人，素质已经非常低下了，在她们心里，丈夫不过是一件赚钱工具，离婚是挤进上层社会的垫脚石。

跟这样的人同床共枕，什么时候把你谋杀了去换取巨额人身保险费，那只是时间问题了。这个世界已经疯了。自从人民币入了咱中国人的心，成了咱中国人的魂，这世界就慢慢变成了如今这副模样。

那二房本来就后悔嫁错了人，又长的略有几分姿色，哪里安分的下这颗心？遇着史千红老公正有意入手个二房，俩人一拍即合，登时觉得

相见恨晚。女人赶快回去把婚离了，扔下丈夫孩子，便直奔幸福生活来了。很快，生下一个女儿，才算是在这家里站稳了脚跟。有人要问，那生下来孩子的户口问题怎么办？这位看官，您就甭操那份心了，如今是什么时候？哪里还有钱解决不了的事情？家里人丁兴旺，做老公的，难免顾了这头顾不上那头，也就只好经常不着家了。

史千红在百无聊赖之时，常常倚窗瞭望，打发日子。而我在打工闲暇，休息天日，空虚寂寞之际，也不免独倚栏杆，抒发惆怅。

偶然四目相对，也就认识了；再然四目相对，也就聊上了；三然四目相对，这才发现原来竟然是红颜知己！哦，现在称这个为"闺蜜"。

亚萍和我不在一个单位上班，她在公司办公室，我在工厂流水线。这样的两个人居然也能凑合成一对，这是爱情神圣，不可侵犯的年龄，是午夜，醉倒在酒吧街头，放声高歌，笑看街上人来人往的浪漫岁月。

谁的青春不迷茫，谁的曾经不善良？材米油盐的煎熬，太过现实，等我们琢磨透了什么叫爱情，再来临吧。

你看这菊色黄昏，晚霞犹存。明月
已上树梢头，夜风吹动花墙下，如玉
般的俏佳人哪，为什么独自闺中，只
把青春虚度？
佳人久居深闺，不知外面消息，而今
依门扶墙而出，蓦然抬头，眼前竟是
一派秋风萧杀气象。原来一醉醒来，
已是换了人间，不禁倚门唱道：

　　　　　旧时墙外野草地，
　　　　　溪花艳妖黄昏里；
　　　　　蓝夜竹屋桂花树，
　　　　　外婆柴院蝶纷纷。

　　　　　噫！——
　　　　　原来姹紫嫣红开遍，
　　　　　怎似这般都付与了断井颓垣？
　　　　　曾几何那是文采斐然之邦，
　　　　　现如今怎落的个如此荒凉！
　　　　　说什么诗书礼乐之乡，
　　　　　却成了不通文学之地。
　　　　　秋千架下，
　　　　　明月湖畔，

黄叶飞满天。

小红哪，

快快与我拿了琴来！

且听我，

醉弹一曲，

一曲新《牡丹亭》。

那些一本正经之人的功名利禄，权势地位，虽恢宏堂皇，珠光宝气，却从来没人传写。自古以来，但凡稍微能写写画画的，竟都写些不正经的事，画些不正经的人。前人所追求的家财万贯，权势显赫，穷奢极欲，如今都已经随风而去，哪里还剩下半点痕迹？倒是各人所作下的善与恶，成了一部人类历史，被记了下来，在文人墨客的吟唱声中，流传至今。

原来金玉满楼，权势滔天，在冥冥宇宙中竟一文不值。就算是天上的浩瀚星云，繁多过海边沙粒，每天都在上演绚烂绽放，又归于幻灭，最终不过沦为易逝烟花，博人眼目一悦而已。正所谓粪土当年万户侯，于是，我接过那些人的笔，继续往下写。

冬日午后的杭州，仍是那么温柔，像一个冷若冰霜的美人，一皱眉，一拂袖，一瞪眼，总是令人着迷。西湖边上的吴山，最是热闹所在，每天迎来送往，见惯了形形色色的金银珠宝，怎么也不厌倦。另一头的孤山，气质迥异，孤傲立于一角，使人莫测高深。

我曾经鬼差神使的被那份气质吸引，不由自主的走进那山。幽径路上初始还有几个人，走到后来，人越来越少。环顾四周，西湖边上处处人满为患，唯这里竟只剩下我一人！颇觉尴尬，当下匆匆走过几个昏暗古庙、陈旧书房，不禁有些头皮森森。

正当我沉吟之间，忽有一队旅行团从山下走来，欢笑歌唱之声不绝，但听那歌声唱道："……只因为我们都是同路人，才会有同样的经历……只因为我们都是同路人，才会有同样的追求……"那

歌声甜美喜乐，叫人似懂非懂，好似来自另外一个国度，在当今的世界，没听到过这样的歌。

看着这些忽然出现的人群，我甚觉好奇，这山与山不一样，就连行走的人与人也不一样。这些人从我身边走过时，有几个冲我笑笑，他们看我的眼神好像看着一个无家可归的孩子，对，就这眼神。人群和歌声渐渐远去，消失在树叶斑驳的晚霞里，我看着这绚丽黄昏，怔怔出神。这就是我的孤山记忆。

孤山边上的西湖，一如往日，没完没了的莺歌燕舞，游人如织。西湖边上的商家小贩、打杂员工，全都打起十二分精神，忙的热火朝天，挖空心思也要留住湖岸边一个个行走的钱包。

那边正经事业如此吃紧，而我们这里却是另外一番景象。阳台上的我心怀惆怅，感叹人生，家对面的史千红，大冬天的，还在床上睡午觉，也不相夫教子，也不想办法出去赚钱。

在这个金钱的吼叫声如雷贯耳的时代，那简直就是亵渎神圣生命，罪无可赦。世界已经磨刀霍霍，愚妇却仍浑然不觉，我得去叫醒她，再这样睡下去，恐怕要被这世界所不容。

当即拨通她的手机，放在耳边，等了好久也没人接听。明明就睡在眼前，却不接电话，啥意思？三种情况：一是睡得太死，二是吃了安眠药，三是煤气中毒。看看半开的窗户，煤气中毒的可能性不大，大白天的，又没干啥累活，也不可能睡得太死，联想到她这几天的精神恍惚，我越想越觉得不对劲，八成是吃了安眠药了！这可了不得，我得赶紧跑去救人！

迅速下得楼来，匆匆走过一楼的隔壁，邻居家的小孩欢欢，正被他妈盯着学钢琴。那琴声支支吾吾，如泣如诉，似乎透着百般的不情愿。但听欢欢边弹边唱："……我是一只小麻雀，小麻雀，我要飞向自由的蓝天，飞进快乐的田野，温暖的春风啊，吹拂过小朋友的脸……"欢欢妈坐在一边桌旁，她是医院里的护士长，却硬是挤出时间考了本会计证。

这会儿，手上正做着会计帐，一边拿眼瞧着钢琴架，一寸光阴一寸金，那眼神分明在说："你飞呀，你飞呀，看你还能飞出老娘的手掌心！"太拼了，唉，这做人都到了这地步，当心那弦绷太紧给绷断了。我本想打声招呼，看看人家这光景，还能说啥？一晃而过，那边史千红还等着人救她哪！

一路小跑，迎面撞上亚萍从她姐妹陈静家回来，今天是星期天。她见我走的匆忙，一把拉住我："干啥去？慌慌张张的？"我一时语塞，这个事情跟你很难解释清楚，含糊应了句："有朋友叫我过去一下。"慌忙走了。

街边楼房的阳台上，有个老人，正巍巍颤颤探出头来朝街上张望。那是一张布满皱纹的脸，眼眶深陷，远远看去好像一个骷髅，把我吓一跳。对于他来说，什么崇高理想、伟大事业、万贯家财、以及各种深奥的思想理论，全都无足轻重了。

只有家对面的野蔷薇，风雨无阻，整日相伴，这就是生命的崇高意义。那绿色枝叶悄悄爬满墙头，脉脉无语，看惯了日复一日的斜阳巷陌，陈旧人家。

眨眼功夫，我来到史千红家院子门前，只见大门紧闭，小区四周冷冷清清，全都为赚钱这正经事业而奋斗去了。留下一片光权权的杨柳树，在房屋、草地之间，叹息着似水流年。

我没时间多想，立刻砸门，一边按门铃："开门！有没有人？开门！"骤然响起的砸门声，打破了小区的宁静，引得两旁邻居纷纷探出头来观望。

许久不见门开，果然是出事了，我打算翻墙进去，正四下里寻找垫脚的东西，这时门却开了。她穿着睡衣，面色非常难看，也不搭理我，一转身又上楼去了。果然有情况！我连忙跟着进了屋，顺手把门带上。

两边邻居一看，我呸！就这事儿，也要把门敲的满大街响亮？现今的世道荒诞，这点事情算个啥，当下各关各窗，各回各房，

散了。

认识红姐这么久，我还是头一次来到她家里。一进门，只见房子里装修很是气派。在客厅正中央，挂着一幅字画，气势磅礴。画的是三面青山一湖碧水，画上题着四个字：财源广聚。在画的两边各挂一联，题曰："人居宝地千年旺，财进家门万事兴"。我明白过来，原来那画的不是水，而是财。

在房间比较阴暗的一角，供奉有一个财神像，边上摆着果盘、香烛。我跟那财神不经意对视了一眼，它似乎看我不顺眼。我心中嘀咕，家中放着这么一个东西，时时刻刻看着你，还有家的味道吗？

却不料，那财神狠狠瞪了我一眼！怎么回事？我揉揉眼睛，再看时，那财神又成了一副慈眉善目的模样。可刚才那一瞪眼真真切切，犹在眼前。我隐隐觉得这房间的气氛不对劲，一种诡异的感觉漫上心头，偌大的客厅冷清异常，给人一种很久无人居住的错觉，我不由自主打个冷噤。

转身早已不见了红姐人影，抬头看看二楼，便顺着楼梯拾级而上。冬日的午后寂静悄悄，连鸟叫声也没有，空气中迷漫着一种说不清楚的荒诞气息。自从跟那财神对视一眼，人就有些神情恍惚，那脚踩楼梯的回音空旷，回荡在迷梦一般的午后，我仿佛正一步一步走进自己的宿命。

上到二楼门口，迎面遇见红姐坐在床前，脸色憔悴，一双眼睛正死死盯着我看呢。这场景有些毛骨悚然，我险些没退回一楼去，弱弱的问一句："怎么了？出啥事了？"红姐蜡黄着脸："他又有人了……"我一时没明白："你的意思是说，除了那个二房，现在又来了一个？"

她点点头："是的，小四，就是他公司里那个研究生刚毕业的会计。早就有人传闻在我耳里，说两个人在公司里，一个主外，一个主内，没事的时候，把办公室的门一关，多久也不见人出来！就

在昨天，被我亲眼撞见了，那小贱人竟然肚子已经高高凸起，大模大样坐在他车里……"

红姐说着感觉有些冷了，拉起旁边被子裹在身上："俩人一个会赚钱，一个会算账，如今的世道，它啥事都要讲究强强联手，连婚姻也要拆散重组。在如今这丛林社会，老实本分人，已经没有活路。"

那个二房老婆是个离婚的二手货，而且生的是女儿，对红姐来说，其实没什么威胁性。如今这个研究生刚毕业的会计，可就完全不同了，高学历高智商，事业上的得力帮手，还没结过婚，将来无论生儿子生女儿，红姐的日子怕是要到头了。

"可不能这么说。"我接过话来，"你们是领了证的夫妻，他们再怎么般配，也是不受法律保护的。话说回来，他当初和你结婚的时候，

可不是什么大老板，当时如果娶的不是你，娶了别的哪个败家娘们，说不定现在正背了一身债务，穷困潦倒呢！人生这东西，谁说的清楚！"

红姐一听这话，如梦中人，一下子醒了过来："兄弟，你说的对呀！"当下想起一件事情来，"我以前有个亲戚，当时是夫妻和人合股做生意，股东是个女老板。一来二去男股东和女股东好上了，俩人都是做生意的一把好手，把公司经营的特别好。男的就开始嫌弃老婆没用，后来干脆离婚，和那股东强强联手结了婚。

正当我们所有人，都觉得他们这下可要更创辉煌的时候，却不知怎么的，自从和那女人结了婚，公司就渐渐不景气了，弄到后来俩人竟落到了到处躲债的地步，现在人也不知道哪里去了……"我说："就是嘛！他当初若不是娶的你，绝对没有现在的身家，你可不要看低了自己。"

红姐心情有些好转，下了床，走到镜子前，对着镜子端详起来。最后仍是叹了口气，"唉！人老色衰，招人烦喽！"这说的哪里话，

我绝对不同意："姐，你这才多大岁数啊！正是青春年少，一簇鲜花盛开时节，怎么把自己说的跟老太婆一样？"红姐拿梳子梳着头发，斜了我一眼："就你这张嘴会说话！"

梳了一会儿头发，突然停住了，身子便觉得冷了，把梳子一扔，返回到床上，仍旧钻回被子下面瑟瑟发抖。看她这个样子，我便说："有这么冷么？也太夸张了吧。"见沙发上有条毛毯，就拿过来替她盖在被子上。正铺着毛毯呢，红姐忽然伸手拉过我去，一把抱住："好冷啊！抱紧我！"我没有心理准备，整个懵了！不知道该去抓被子，还是抓她的手，红姐口中呼出的空气，是那么寒冷。

我突然想起来一件事："糟了！窗子没关！这要是被家对面的亚萍看见……，那真是浑身长嘴也说不清了！"赶紧挣脱开来，条件反射似的跳起，直冲到窗前，迅速拉上窗帘，又一想，外面的窗子还没关！便隔着窗帘伸出手去，摸索着，把外面窗子也关上了，这才松了口气。

等我关上窗子，转过身来，房间变得很昏暗，卧室里的气氛，显得怪异起来。红姐见窗帘都拉上了，自然心领神会，被子下面的身体开始不安分的扭来扭去，房间里响起一种奇怪的呻吟声。

看着眼前这一幕景象，我惊呆了，其实我拉窗帘不是这个意思，是怕亚萍看见说不清楚。我傻傻的站在窗边，问了一句："红姐！你怎么啦？"只感觉心跳的厉害，红姐哼哼着，听不清说些什么。我走近床边，又问："你是身子不舒服吗？"这回听见红姐细若蚊虫的声音："被子盖太多了，有些热……"

穿着睡衣，加上厚被子，再加上毛毯，能不热吗？我赶紧搬起毛毯，放回沙发上。回来又问道："现在还热吗？"红姐有气无力的说："你捏捏我的手，看还热不……"我便把手伸进被子，一阵摸索，摸来摸去，找来找去，却怎么也找不到她的手，却摸到一堆软乎乎的烫手东西。

那头红姐急促的喘气，身子翻动不停，似乎整个人都不舒服了。黑暗中，好像藏着一只母猪，那"呼哧呼哧"的声音，响的吓人。

正在这时，突然门铃响了！我们两个同时一惊，立刻停住动作，仔细听，还伴有重重的砸门声！我说了句："你丈夫回来啦！"俩人顿时分开，全都手忙脚乱起来。

一阵没头苍蝇般的忙乱之后，红姐迅速跳下床，三两下穿好衣服，整理着头发，说道："这不可能！他自己有钥匙，干嘛敲门？"走到门口，又回过头来，"你先待在这里别动，我去看下。"楼下的门被砸得震天响，还一直伴随着"叮咚，叮咚"的门铃声，实在是叫人心惊肉跳哟！

我听见楼下开门的声音，然后是红姐的声音："你干什么？干什么！"也没见人答应，只听见有人飞快的冲上楼来，我定睛一看，天哪！竟然是亚萍！这是怎么回事？顿时脑子一片空白。

"我看你还有什么话说！"亚萍堵在门口，脸色铁青。

好一会儿，我才缓过神来，轻声说道："你肯定是误会了，不是这么回事的……""当着我的面，你还想狡辩！那你倒是说说！还能是怎么回事？你说呀！说呀！"

我支支吾吾了半天，说道："唉，我跟红姐那是闺蜜，闺蜜你有听说过吗？现在大家不都流行谈这个吗？我们谈的就是那种男女闺蜜，明白吗？唉，反正跟你说了你也不会明白。""呸！什么狗屁闺蜜！恶心！放着自己老婆不管，倒跑去别人家里谈什么闺蜜，你是吃饱了撑的慌啊？我都看你们两个表演一下午了，我问你，大白天的你拉那窗帘干啥？！"

红姐陪着笑脸，在一旁解释道："妹子，你想多了，张伟是怕我冷，真不是你想的这样的，我们是……"话还没说完，亚萍"啪"甩手一巴掌打过去："谁跟你是你妹子！不要脸的贱货！"一跺脚，冲我蹦出一句："我们离婚！"说完，眼圈一红，转身跑下楼去了。

我赶紧跟在后面追。

午后街上行人稀少，边上一间小店里，几个人正坐在那里搓麻将，隔壁饭馆的老板靠在门口打瞌睡，路上行人车辆匆匆，各奔钱程，全都没时间注意我们。

只有几个过路的小学生，诧异的看着我们，小小年纪，长着稚嫩学生脸，身子却块赶上我高了。现在的小学生，动不动就长的比女老师还高，那都是因为吃了各种垃圾食品、激素食品啊！你没看到超市里冷冻的牛羊肉，我有幸见过一回，羊喂的跟牛那么大，牛整个拼接起来有大象这么大，这都是激素饲料的功劳啊。最后，这些垃圾、激素化作一块块肥肉、美味，全到了人身上！

大人吃了，内脏肿大肥厚，外形膘多肉胖，成了一个个垃圾食品的毒害证据，行走在大街上。孩子吃了就蹭蹭往上长个，男小学生长得比女老师高，女小学生胸部比女老师丰满，不管男的女的，都把女老师给比下去了！唉，可怜的小学女老师，在这帮没心没肺，疯狂生长的学生面前，哪里还抬的起头啊。

我们一前一后在街上赛跑，那几个高大伟岸的小哥哥小姐姐们，透过他们的近视眼镜片，好奇看着我们，这两个小叔叔小阿姨，这是在干啥子哟？

一进家门，亚萍就开始整理衣物，这是要动真格啊！我从后面一把抱住她："能不能听我解释？"她"呀！——"的大叫一声，奋力挣扎，见挣脱不开，就用嘴咬，我"啊哟！"一声松开了手。没一会，全部东西都塞进了一个大皮箱，拖着就要往外走。

我拦在门口，亚萍冲我大吼："你再拦着我就砸！把你这一屋子全都砸个稀烂！"说着，转身跑去厨房拿了只碗出来，在我面前狠狠地砸了个粉碎。听着碗砸碎的声音，我痛苦的闭上了眼睛，脑子里浮现出茶杯，热水瓶，镜子，玻璃窗……，然而，再没听到声音，她走了。

房间里突然安静下来，叫人不太适应。大街上传来各种声音，

清晰可闻，我把头探出窗外，寻找她的身影，却没找到。车来人往的街上，没人能停住驿动的脚步，都精确奔走在各自的轨迹上。到处可见的，是跑推销、做保险的大学毕业生，花样年华，就这样，在汗流浃背的推销自己鄙贱的微笑中，苍白流逝。

迟迟不见太阳落山，我不想一个人呆在家里，这是薄纸糊成，一碰就碎的家，哪里禁得住一点点风吹雨打。昏昏沉沉走到大街上，漫无目的的游荡。我的脑海里回荡着，史千红家楼梯的脚步声，自从进了她家那块风水宝地，我便好似一步一步走进了一个迷梦般的午后。

一切都变得那么荒诞，世界冲我露出一个诡异的笑脸，搞不清楚哪里出了问题，这就要离婚了？我还没准备好哪，可亚萍摔门离去的场景，犹在眼前。

来自远方的新娘

阳光斜照在午后的街道，和家门口公园里的我。说是公园其实不过是一个绿化带，因为是星期天，里面散步闲坐的人不少。公园外面的世界行人车辆川流不息，资本的洪流汹涌，人人身不由己的奔跑，走不出金钱的漩涡。公园里面的人们心中茫然，不知道走向何方。一个乞丐躺在树荫下的长椅上睡觉，他挂念的是今晚的晚餐。

慵懒的日光之下，一天的日子很快又要过去了，在公园一处角落围满了人，不知道在干啥。我心中烦闷，漫无目的向着人群走去。

走近了，有悠扬的歌声飘来，透着庄严肃穆的味道，是我从来没有听到过的，不像这世界的音乐。我心中诧异，显然有不属于这座城市的人，来到了这里。

好奇的挤进人群，无人嬉戏玩笑，一个个神情凝重，围着场中人。我以为是在变魔术，后来发觉，这里面似乎是在举行某种仪式。四周燃着小火堆，每个火堆旁放着一只碗，碗里有刚放掉血的鸟肉，一把带血尖刀插在土里。大家不知道在做什么，四周围观的人群没有敢上前的。

场子中间，一个青年男子正在弹奏乐器，另一个青年男子在敲鼓，有四个穿奇装异服的女人随着音乐节奏，唱道：

……

冥冥之中的拣选，
千百年来的相遇，

……

群山为媒，
山花为证，
茫茫人海里，

谁是我的新郎？

嘿——

你是我的新郎！

人群之中，

你的眼神忧郁，

面色悲伤。

……

听不懂歌的意思，四个女子边唱边跳着舞，这舞蹈好有仪式感，与其说是在跳舞，倒不如说是在敬拜。怎么形容呢？山花般烂漫的身影，又群山般庄严的眼眸，无处不透着一种来自心底的虔诚，这种看不见说不清的东西，正是当今这个物欲横流的世界没有的。

在他们中间还坐着一个女人，盖着红盖头，一动不动。看这样子，难道是在举行婚礼？这么威严的女人，谁敢娶啊。我四处寻找新郎，周围满是看热闹的人群，没有一个是像新郎的。

就问旁边的人："这是在干什么？"没有人能回答，都是和我一样看热闹的，谁也不知道在干什么，却都兴致勃勃的观看。

他们犹自跳舞、歌唱、弹琴，并不像那些卖唱的，只为了取悦众人，他们是在完成自己的某种仪式。一会儿，歌舞结束了，跳舞的四人退下，侍立在四围，从人群中出来一个半大男孩，开始选人。

只见他随便拉了一个围观的人，走到新娘面前，新娘却摇摇头。小男孩放开那人，又找到另一个围观的人，那人却不愿意来，这又是火又是血的，谁知道你们是在玩哪一套巫术？那人死活不愿意，只喜欢站在旁边看热闹，大家看到这里都笑了，这时的场内气氛比先前欢快了许多。

一旁有人怂恿道："做现成的新郎，又不要你钱，这样的好事哪里找去？"这人回怼道："这么好的事情，那你怎么不去？"那怂恿人的原本是个街遛子，正恨不得做新郎呢，立刻自告奋勇走到男孩面前："我去！"于是男孩领着那人来到新娘跟前，新娘却把

头直摇的似拨浪鼓一般，引得围观众人哄堂大笑。

那街遛子见被拒绝了，不好意思的讪笑着，居然还不想走，厚着脸皮伸手要去揭开新娘的盖头。这突如其来的动作，谁也没料到，围观众人一下子全都没了声音，这家伙做事情不太地道啊。

说来也巧，正当他伸出手一低头的功夫，头顶大树上掉下来一只蜘蛛，正好落进他头颈的衣领里。街遛子本能的一扭头，接着便"啊哟"叫了一声，应该是被那蜘蛛咬了一口，赶紧反手去捉，却没找到。众人看到这场景，不禁又哈哈大笑起来。

有人指着那街遛子，笑道："这叫现世报。"这时，旁边侍立的俩个青年见状，赶紧上前把那街遛子拉到边上去了。小男孩只好又去找别人，我发现他找的人不分男女，只要愿意都可以拉到新娘面前，有个姑娘就被拉到新娘面前，新娘又是摇摇头。这又引起了一个高潮，围观的众人议论纷纷："怎么回事，连女的也可以做新郎吗？"

众人躲的躲，没被选中的没选中，小男孩找着找着到了我面前，不由分说拉了我就走，我都没想好是去还是不去，就已经来到了新娘面前。众人都在起哄："也该点头了吧，再选下去，都快要嫁不出去了！"那新娘奇迹般的果真点了点头，这回不是摇头，是点头！大家顿时一片哗然！我的乖乖，这玩笑开的有点大了，我赶紧高声解释道："我已经结婚了！你们选错人了！"

周围的人一听，又是一阵哄堂大笑，这是小孩子过家家吗？众人哄闹之际，却见原本一动不动的新娘，缓缓从宽长的衣袖里，伸出一只白皙的手，朝我递过来一片树叶，是的，确切的说是一片铜树叶。我略一迟疑，便傻愣愣的接过树叶，拿在手上仔细端详。那叶子做的惟妙惟肖，几可乱真，上面还刻着看不懂的文字。

我拿着叶子问新娘："这上面写的是什么意思？"新娘却不做声，也不知道那红盖头之下，到底是什么样的容颜。俩个青年又开始击鼓奏乐，四个女子便围住我们跳舞，口里唱到：

……
正是山川冰雪融化的时候，
万物在大地上苏醒，
百花盛开，
百鸟争鸣。
转眼间地上的果子熟了，
遍野芬芳，
秋水流过草地，
斜阳染红层林。
我的新娘顺着小径走来，
哦，
她正从小径走来。
……

　　我被他们围在中间，新娘又不说话，围观众人不断起哄，这叫我十分尴尬。又不忍心破坏她们美好的仪式，只好干站着，低头研究起手中的铜叶子来。那叶子上的文字弯弯扭扭，不像甲骨文，也不是英文。他们后来的奏乐是欢快的，舞蹈是热情奔放的，最后以一个甜蜜美满的主题结束了歌舞。

　　然后就开始各自整理东西，看那样子，她们收拾东西要离开了。就这么简单？这唱的是哪一出啊？这回我不同意了，我拉住其中一个人的手："等一下，你们就这样走了？既然选我当新郎，那新娘得跟我走啊！"我醒悟过来，隐隐约约觉得自己似乎成了某种巫术的祭品！这感觉怪怪的。围观众人也同声附和："是呀是呀，既然选了人家做新郎，哪有不跟人家走的道理？"

　　被我拉住手的女孩低头一笑，也不说话，挣脱了我的手，一群人就在众人的注目之下离开了，从开始到离去，那新娘一直盖着红盖头。这些人是怎么来的，又要到哪里去，没有一个人知道。大家看着她们簇拥着'新娘'越走越远，直至消失不见了，我远远看着

那离去的远方，火烧云映红了天边的黄昏。

众人都围过来看我手中的树叶，谁也看不懂，有人说了句："这是定情信物，你可收藏好了！"引得大家哈哈大笑，又有人笑话我说："你这做的算是哪门子新郎啊？被人耍了还不知道！哈哈哈。"说笑着，人群渐渐都散了，留下我一个，仍呆呆的立在原地，怎么也想不明白，刚才到底算是什么回事？这些都是来自哪里的人哪？也许这是他们的一个什么风俗吧。

我怔怔看着前方，再找不见那些来自远方的人，不知怎的有些神不守舍。边上的绿化带里，几个老头正在下棋，我将将头绪，都乱了，我是被亚萍闹离婚给逼出来的呀，我现在应该苦恼愁烦才对啊，于是烦闷的空气又开始笼罩我的黄昏。

一边是车来人往的大街，一边是落叶飘零的公园板凳，我心中茫然，不知道该走向何方。

正踌躇间，前方窜出一只大狼狗，冲着一牵小狗的妇女，张口便咬。妇女顿时吓得尖叫连连，亏得狼狗主人及时赶到，一声口哨，那狗才跑开了去。我们附近几个人，赶紧过去查看那妇人伤势，脚上有点出血，那小狗身上都是血。再抬头看那男人，遛着他的狼狗却已经走远了，大家冲他喊："你的狗把人咬了，总得送人去医院打个疫苗吧！"那人头也没回，没事人一般，扬长而去。

在这种人眼里，他的狗可比人贵重多了，狗咬你一口，一点事情没有，你若打他的狗一下，立刻要你赔偿狗的精神损失费！赔到你怀疑人生！他们都管自己的狗喊"孩子"。"唉，这人的天下，都让狗一样的东西在横行了！"不知谁说了一句。

大家七嘴八舌，有说打110，有说先去医院打狂犬病疫苗。一阵冷风吹来，地上的树叶翻滚，我只觉得眼前一黑，便要扑倒在地，感觉好似中暑了一般。身体一阵恶心难受，就离开人群朝前面走去。心想，好端端的，怎么就中暑了呢？中暑分两种，一种是夏天中暑，叫热暑；一种是秋冬天中暑，叫冷痧，我这估计

就是中了冷痧。这边亚萍刚跟我吵架完，走出来散散心，又中了冷痧，真是流年不利啊！

前面有一条公园长凳空着，我便走过去歇一会。还没等坐下，前方冒出一个人来，穿着五六十年代的那种粗布旧衣服，脚上是一双粗布军绿球鞋，身上还背着一个黄布挎包。我揉揉眼睛，刚刚前面还空无一人的，这人是从哪里冒出来的呢？

正在诧异间，他已走到跟前："师兄！你可知道吗，粮站在哪里？""粮站？现在哪有什么粮站啊？"我心想。听不懂他在说什么，这边身上中了冷痧，头脑昏沉沉的。他仍在那里追问："师兄！粮站的张秀英你认识吗？"

我茫然的摇摇头，凭直觉，眼前这个人行为举止有些奇怪，总觉得哪里不对劲。他冲我招招手："你跟我来，我们一起找粮站去，张秀英还在粮站那里等我们呢。"我心神恍惚，看他这么焦急，估计有什么要紧事，不知不觉竟跟在他身后走去。

一前一后来到一幢高楼大院跟前，眼看着他一脚迈入旁边的小门，我紧跟几步，也进了那门。一进门，就不见了他的踪影，我心里说："早就觉得不对劲了！怎么一进门就不见人了呢？"

四下寻找那人，却见眼前景物豁然开朗，原来这高楼后面竟还藏着这么空旷的一个后花园！四周绿树成荫，芬芳的青草地上，水泥小路，经纬交错，一片落叶都不见，真不愧是杭州，凡脚踩踏之处皆是风景。

这地方很安静，空气清新，适合养老。我四处找不见那人，却看见一个老人在里面独独而行，就上前询问："大伯，你看见刚刚有一个人进来吗？身上穿着绿色的粗布衣服，背着一个黄布挎包……"老人抬头打量了我一下，摇摇头："没见到有人进来啊，这里是机关大院，很少有杂人进来的。"听他这么一说，我才注意到那幢楼房，墙垣森森，坚固幽静。

回想起那人说的一些奇怪的话，顺便问道："老伯，你可知道

这附近有什么粮站吗？""粮站？"老人惊奇的看着我："若说粮站，这里在几十年以前就是粮站。"我脱口而出："那粮站的张秀英你认识吗？"老伯听我这么一问，陷入了深深的回忆中："哦，张秀英！那是很早以前的事情了，大概在五十年代吧，那时候粮站上确实有个叫张秀英的人。这都是些陈年旧事了。"

老人顿了顿，见我正洗耳恭听，便继续说道："当时粮食是国家重要物资，张秀英那时候20岁都还不到，她是在一天夜里值班，同抢公粮的歹徒搏斗中牺牲了。现在那幢楼房的位置，以前就是粮站的仓库……"我算是有些弄明白了，看来那个人说的还真有那么回事，但这都是猴年马月的事情啊？我又想起刚才那个怪人。

看着眼前这幢静悄悄的楼房，莫非他跑楼上去了？我谢过老伯，朝那幢楼走去。走到楼下，一楼的每个房间都门窗紧闭，我才想起今天是星期天。便顺着楼梯上去找他，二楼也没人，机关单位里的人都休假了。这些人拿着几十万的年薪，到处开会、旅游，歌颂蓝天下美好的社会主义，这种生活情调、档次，是我辈农民工兄弟姐妹一辈子都不敢奢求的。

当我走到三楼的时候，恰逢有个房间开门出来一个人，俩人冷不防打个照面，那人顿时问我："你找谁？"我见空无一人的大楼突然走出个人来，还问我找谁，一时竟不知道该怎么回答。他一看我的样貌就是个打工干活的人，这跟他们这里整天坐办公室的，那都不是活在一个世界的人哪，顿时提高了嗓门："我问你找谁！"我不知道怎么称呼那黄布挎包，只能勉强说："找一个人，背着一个黄布挎包……"

那人见我不知道在说些什么，终于耐心耗尽，冲我一声大吼："你是从哪里来的？怎么跑到这里来了，你知道这是什么地方吗？马上给我出去！"说着伸手很有气势的朝前方一指。我这才明白过来，眼前这人起码是个什么官，否则哪来这威风？

当时也心中火起，忽然好像张秀英的魂魄附体，我高声说道：

"我为什么要出去！这里是社会主义中国的土地！不是你们这帮官僚、资本家的私人住宅，这里是为人民服务的地方！人民才是这里的主人！你们把人民的政权还给人民！"

这些话都不用我思考，它就从嘴里噜噜噜直往外冒，把我自己都吓一跳，我这是怎么了？那个'官'更是被我说的一愣一愣的，他不是自觉理亏，而是听不懂我在说什么："你这人脑子是不是有病啊？在说些什么昏话！像你们这种外地民工，我稍微动动手指头，叫你在杭州连立脚之地都没有！"他用手指着我的鼻子骂。

我知道斗不过他，这是人家的势力地盘，但是那些话噜噜噜自己往外冒，我也管不住啊。如今既然已经骑虎难下，我也只能硬着头皮上："你也信不信，我给你去纪委投一封信，叫你马上头上的乌纱帽不保！"

其实我知道，投封信给纪委，屁用也没有！但也只能这样讲了，气势这一块咱绝对不能输。他讲的是关系、地位、势力，我讲的是民主、正义、良心，双方都听不懂对方在说什么。

正当这时，一旁办公室的另外一扇门突然开了，又出来一个人。这人两边一看，看明白我是个民工，当即二话不说立刻上前推搡我。那当官的吐出一句："把他给我拖出去！"说完，都懒得搭理我，转身进办公室去了。

那人逮着这么一个为领导效力的机会，而我又是一个对他毫无威胁性的民工，顿时恶向胆边生，从丹田发出一声吼："还不给我滚出去！小心我揍你一顿！"不容分说，就一路的推搡我，好像驱赶一个犯人。直到把我推出大楼，推出花园，推到大街上为止。

我站在车来人往的街头，四顾茫然，无缘无故大吵一通，竟然血脉通畅，反倒把那中暑的病给治好了。擦擦头上汗丝，清醒过来，回想起刚才遇见的那个黄布挎包，怎么想都不对劲。很显然，这楼里已经没有这人了。今天发生的一桩桩事情，蹊跷的很，一切都是从我进了史千红家的门开始的。看来那块风水宝地对我来说可不是

什么宝地啊。

夜色渐浓，我在路边小店吃了碗面条出来，遇见有个站在街边角落的人，拉住我："嗨，兄弟！我看你一个人逛街挺无趣的，给你介绍个好去处，40元钱KTV包厢唱歌，还有小姐陪唱。"我说："有这么便宜？"那人神秘的笑笑："杭州这么大，好地方多的是。"我正心情烦闷，有个麦克风大吼一番，还不贵，正中下怀。

当即坐上他的摩托车，一路跟他来到一个地方，是一个沿街的门面房，上面写着'宝丽量贩式KTV演歌厅'，也看到有一些人进进出出，便放下心来。现在的世道骗子太多了，不长个心眼，当心被人骗得连回家的路费都没有。

那人把我带到KTV领班面前，凑近跟那领班说了几句，就走了。领班把我领到一个小包厢："先生，您先坐一下，我们给您上点水果。"我随口问了句："水果要多少钱？"领班瓮声瓮气的说："先生，水果不贵的，10元一盘。"

没一会儿，上来4盘水果，服务员轻轻放在桌上，又帮我开了音响，教我如何点歌，便出去了。我一看4盘水果，正好40元，今晚算是来对地方了！照着点歌盘里存的歌曲，点了首《野花》，便手握麦克风放开了吼："……从没人知道我的名字，也没人了解我的故事，拥抱着海角天涯，骄傲着风吹雨打，燃烧年华不在乎真假……"

这词曲的作者，定是个惯偷，轻易就偷取了离乡打工人的眼泪。我觉得自己正是那朵随风飘摇的野花，正是那眷恋着天际狂沙的野花，这个世界太无趣，若某一天走了，那便再也不来了。

也不知道唱了几首歌，包厢小门一开，进来一个女人。三十左右，穿一件粉色外衣，领袖是那种黑色薄纱，臀部包着一件皮短裙，脚上穿着高筒皮靴，一头乌发盘起。她看上去喝了一些酒，坐在我旁边的沙发上，问我："我在这里坐一会可以吗？晚上喝多了。"我笑着说："当然可以，你只管坐，喜欢唱什么歌？我

来给你点一首。"

　　她说话带着杭州女人特有的温柔："你是那里人呀？我怎么听口音，你不像杭州人？"我说："我是安徽的，来这里打工。"她"哦"了一声，又问："在这里朋友多吗？晚上怎么只有你一个人来呀？"我说："晚上没联系朋友，我是一个人在街上无聊散步的时候，被人用摩托车拉到这里来的。"她又"哦"了一声。

　　我把话筒递给她，她走到大屏幕前，点了一首《酒醉的蝴蝶》："……怎么也飞不出，花花的世界，原来我是一只，酒醉的蝴蝶……"歌声软腻慵懒，叫人沉迷，在她的世界里，到处鲜花蝴蝶飞飞，好一个长醉不醒的温柔乡。如同酒气弥漫而成的梦，酒醒之后，仍然是漫长的黑夜。

　　女士拿着麦克风，摇摇晃晃，风情万种的唱完了《酒醉的蝴蝶》，便坐在包厢的沙发上休息。胸前纽扣从上到下解开三颗，酥胸半露，这是当今时尚，一条超短皮裙包不住丰满臀部，白皙大腿随意安放。

　　她冲着我笑："要不要来点酒？"我忽然回过味来，心想，不对呀，忙问道："你是这里的服务员？"她点点头。我说："我来的时候，那人说，这里消费只要40元，是不是这样的？"她笑的更欢了："哪里有这么便宜的？那是他们胡说的，这里的包厢费最便宜也要300元，还不包括水果、服务费、特别服务费……"我意识到问题严重了，明摆着这是摊上事了！

　　如果再和她有个什么不清不白的，纠缠下去，不知道要宰我多少钱哪！哪里还有心情再唱，立刻冲她喊："叫你们领班来，我要结账！"

　　小姐出去，一会儿领班进来，我说："我要结账！"领班瓮声瓮气的说道："先生，您好！您今晚的消费一共是800元。"我听的目瞪口呆："什么？800元？介绍我来的那人说，这里消费是40元的！"领班继续着她那职业性的声音："先生，我们这里是

高端消费场所，所有消费价格都是透明的，请您理解。"

我知道今晚没那么容易走了："那你算算！这800元到底怎么来的？"领班细心温柔的帮我算起来："包厢费300元，水果200元，小姐服务费300元，先生，您今晚一共消费800元。"我一听急了，大声嚷道："水果你刚才不是说是10元一盘的吗？这个小姐我也没有叫过呀，是她自己进来的！你们这是敲诈勒索！"

领班一见我这个激动的样子，也不想跟我多说什么，退了出去。一会儿功夫，从门外进来两个大汉，嘴里说："怎么着？想在我们这里吃霸王餐啊？"

我一看这苗头，心想，就这样被人打了，太不值了，冤有头债有主，被人打了也要知道对方是谁！立刻高声喊道："叫你们老板给我滚出来！妈的，杀瘟猪杀到我头上来了！"两人见我气势不小，一时摸不清我的底细，心中便有些犹豫，说道："好，你等着，我叫老板来！"

没一会，老板来了，是个40来岁的胖子，走到跟前，问我："你到底是怎么回事？"我便从散步说起，遇到那个人，然后被介绍倒这里等等。老板听我说完，说道："你被人骗了！我们这里是高档KTV，你可以去旁边包厢问问，哪个人不是这样的消费？"

我见这老板人还算和善，一时也搞不清到底是被谁骗了，摸摸口袋，说了句："可我晚上没带这么多钱呀！"老板说："那你带了多少？"我从一只口袋里翻出456元，另一只口袋还有200元和一部手机，我数着这456元钱，说："就这些钱了。"老板接过钱，想了想，把眼一闭，说："唉，那就算你450元吧！以后出来留个心眼，可不要再被人给骗了。"

出了宝丽KTV演歌厅，我越想越蹊跷，那个人无缘无故骗我干啥呢？还用摩托车把我载过来？肯定和KTV演歌厅有关系，晚上有个很明显的细节，就是那领班报水果价格的时候，报的是10元一盘！后面却变成了200元4盘。

我不能不明不白的就被人给宰了，我拿出手机，刚才就怕他们连我的手机也一起收了："是110吗？"那边："这边是110服务中心，请问您有什么需要帮助的？"我说："我被人给敲诈勒索了！"那边："先生，请您别急，您具体把事情说一说。"我便把事情的来龙去脉说了一遍，那边听完之后，说："很抱歉，先生，您这个属于消费纠纷，不属于我们管辖，请您拨打12315。"

　　12315管个屁用，我喊道："这么明目张胆的抢钱，还叫消费纠纷？"那边："请您不要激动，先生，您这里还涉嫌有小姐的陪唱，如果没有叫小姐的话，我们也许可以以'敲诈勒索'过来询问一下。"

　　我说："但是这个小姐不是我叫来的！是她自己进来的！"那边："根据您所反映的情况，他们收费还算合理，我们就算出警了，也不能帮您怎么样。感谢您的来电，请问您还有别的什么事情吗？"我高喊道："我操！你们110连诈骗、抢劫都不管，你们到底管什么！"愤愤的把电话给掐断了。

　　街风吹在额头上，凉凉的，但是我的脑子没法清醒。你在路上抢人20元钱，那叫抢劫，你开个店，勒索人200元2000元甚至2万元，那都叫做消费纠纷！我真替那些拦路抢劫的可惜，没文化真是太可怜了，应该开个店去抢！这种法律早就该废除了！那根本不是咱老百姓制定的法律。我已没心情继续闲逛，转身朝出租屋方向走去。

　　大街上车来人往，各种商铺、会所、夜店霓虹闪烁，愉快的人群从身边掠过，谁也不认识谁，杭州的街头从无哀愁。我裤兜里的手碰到一个硬硬的东西，想起来了，这是黄昏时分那个'新娘'送的铜叶子。

　　自打收了这铜叶子，什么破事烂事一件接着一件来，又或者说是由于人走了霉运，什么稀奇古怪的东西都找上门来了。不管什么原因，我觉得至少这不是什么好东西。那上面不是写着字吗？我决心研究一下这玩意儿，看看上面到底写的啥！

　　很快走进一家网吧，网吧里大多是打游戏的热血青年，如今社

会的高房价、高彩礼、金钱至上、物质主义等等，把咱们这些无产阶级，都逼到了网吧。

已经退无可退了，这里成了最后的防线，大家在游戏里终于打退了敌人一次又一次的进攻。花样青春无怨无悔，全都交代在了这比家还要熟悉的网吧，每当回首青春往事，原来竟全都是些网吧岁月。不要跟我说什么爱情，那些幼稚的玩意儿，在这金钱的吼叫声如雷贯耳的年代，早就已经灰飞烟灭。

我娴熟的找到一个QQ群，是专门研究文字的群，当我把铜树叶的照片传上去，那上面的人居然都不认识这文字！加了好几个群，终于有人私聊我，说他可以翻译出来，不过要收费。我说："我怎么知道你翻译出来的是对的呢？"那边说："你可以去各大群里打听打听我的招牌，信誉是否过硬！也就收你30元钱，我的信誉难道才值30元？不做拉倒！"

好不容易找到个人，不信也得信，我说："那好吧，信你一回，如果是假的，你以后在群里的信誉算是毁了。"微信付了钱，然后他把树叶上的文字翻译出来的意思，直接打在微信上传过来，是'古老的约定'。我仍然不死心，在各QQ群上又待了会儿，希望再来个人，这样可以确定答案的真假。

没多久，另一个QQ群上有个人说，他能翻译，还不要钱，很快把文字的意思打在了群聊里，是'来自远方的约定'。我靠！意思差不多，看来确实没骗我，前后也就两分钟的时间，白白损失我30元大洋！

看着翻译出来的意思，我依然没弄明白，什么约定？约个时间跟我结婚？我当时就申明我已经结婚了，难道还想叫我犯重婚罪呀！这也许是世界上最绝望的约定了，时间地点内容全都没有，我就傻傻的被人给约定了，是死定了吧，哈哈，我笑了，管他什么约定呢。

这时，某个QQ群里有人打出一行字："我老姐今天在抖爸爸的播播间里赚了0.5个W米"，下面有人回了一句："我在某

宝买了个剃须刀，花了我 18 米"，前面那人又回了一句："拼夕夕更便宜。"我看着这些人说的话，作为一个正宗中国人，我竟听不懂！我一度怀疑自己是不是进错了群，进到韩国群或者日本群什么的了。

我打出一行字："你们在说什么呀？我怎么听不懂？"旁边有好心人给我回了个："哈哈！"然后给我解释到，"他们是说主播老姐在抖音今天赚了 5 千元，另一个在淘宝买了一只 18 元的剃须刀，拼多多更便宜。"我总算听明白了："好好的话不说，怎么非得说些鸟语？"

那人又是哈哈的笑了："还不是被某档的网络限制给逼疯的，你打许多敏感字是要被禁言的，最后导致咱大中华的网民一个个说话就成了这模样。"我又不明白了："某档是什么意思？"那人又是呵呵一笑："就是工彩档。"我说："是共产党？"没想到'共产党'三字一打出来，连同我这整句话都不见了！天哪，这都是什么世道呀，这网上叫人说句话都说不利索！我终于明白人们说鸟语的原因了，这都他妈的被网络给逼的呀！

这天杀的网络，把我大中华的网民，一个个给逼的这么猥琐！好像做了什么见不得人的勾当，这是全体中国人的悲哀，是对中国汉字以及上下五千年文化的侵蚀。清朝的时候给一个个汉民都剃了头，如今在网络的民主自由上又给众人剃了头，中国人啊，什么时候能真正站起来做个人啊！什么时候能够在网络上，利索的把一句话说完！

我抬脚走出网吧，摸着裤兜里干瘪的钱包，思绪又拉回了今天的现实。打工人手里有几块钱是存不住的，这个世界会想尽办法，伸出各种各样的手来，把你钱包掏空。

回到家中，面对安安静静的桌椅，冷冷清清的房间，我的心还没有调整好。望着窗外，深夜的杭州，好像一个妖艳妇人，涂脂抹粉的行在暗夜，要迷惑醉酒的游客。古往今来的西子湖畔，总是莺

歌燕舞，游人络绎不绝，白天夜晚，商女幽怨的琴声，小贩卑微的叫卖声，淹没在了醉人的晚风中。

我拨通了陈静的手机："喂，陈静啊，亚萍在你那里吗？"那头陈静回了句："她说她不在。"就挂断了电话。此地无银三百两，我就知道在她那里，没有其他地方可以去的。偌大的杭州，虽然高楼巍然林立，大街小巷各种光芒闪烁，但如果没有钱，这一切都与我们无关。

我走到阳台边上，对面史千红家窗帘紧闭，看不到里面的情况，估计她丈夫回来了。黑黑的夜空里，不知谁家的电视机，传来戏曲唱腔："……良辰美景奈何天，赏心乐事谁家院，朝飞暮卷，云霞翠轩；雨丝风片，烟波画船……"

我的思绪，被带到那遥远的时空，那时候的草药是长在山上的，不是用化肥种出来的；那时候的教师，教人修身、齐家、治国、平天下，不是教导人成为考试机器，一心一意直奔升官发财；那时候的医生，讲究一贴药下去，药到病除，不求顾客盈门，但愿天下无病，而不是像现在，恨不得拉你去医院，你若不花个成千上万，那病就好不了。那时候一封信可以珍藏一生，而现在的人，除了钱，已经没有什么可珍藏的了……。

地球人不明白，到底是哪里出了差错？到底是谁，对这个世界下了诅咒？人人被权力、金钱越捆越紧，白天黑夜不得自由。那美好的国度，优雅的琴音，就像是一个梦一样，越来越遥远的离去，以至于让人怀疑，是否真存在过这样的国度？

明天还要上班，没有时间发呆了，我一头栽倒在床上睡去。当晚做了许多梦，有一个荒凉的海岛，一双黑色的眼睛，谜一样的门，山坡上开满白花的草地……。梦境杂乱无章，模糊而又神秘，在那里不再有痛苦、不再有眼泪、愁烦，连钱也没有了，在那里有永恒的安息。

工厂岁月

唱：
　　　　　　　夕阳西下，
　　　　　　山风吹起坟冢上摇动的荒草，
　　　　　　　那是逝者的诗歌。
　　　　　　　曾经的丰功伟业，
　　　　　　　　花前月下，
　　　　　　而今哪里还剩半点踪迹？
　　　　　　　　无处寻觅，
　　　　　　　　只剩下，
　　　　　　　漫山芳草碧连天，
　　　　　　　遍野闲花满人间。
　　　　　　　牧童骑牛经过，
　　　　　　　又到傍晚时分，
　　　　　　　　　哦，
　　　　　　　最美是炊烟！

　　大清早，天刚蒙蒙亮，一阵不轻不重的敲门声想起，硬是把我从睡梦中给吵醒了。这是谁？天都还没亮就跑来敲门。我衣服都来不及穿上，急忙起身去开门。门外站着一个人，是住在楼上的那个湖北人，脸色煞白，满头冷汗，颤抖抖的站在门前。伸手就借钱，说是肚子痛，好像是得了急性阑尾炎。

　　这突如其来的事情，我一点准备都没有，按理说，我跟他并不熟，不过是楼上楼下打个照面而已。看他痛苦成这个样子，于心不忍，好歹回去床边拿衣服，一摸口袋，才想起已经没剩多少钱了，几十元钱怎么拿的出手？硬摸出那张百元大钞："兄弟，本来可以多借你几百，昨晚一不小心被人骗了，现在只剩这点了。实在抱歉，你再去找别人借些吧。"

湖北人苦着脸接过钱，强忍着疼痛说道："兄弟，能不能微信再转账转一点给我，大清早的，我实在没地方借呀！"微信里我确实还有点钱，但是总觉得有点怪怪的，就像你没零钱给乞丐，那乞丐却忽然从身后拿出一只手机说："你可以用微信转账给我！"就是这种感觉。

有了这种怪怪的感觉，再加上我跟你一点都不熟，仅仅只是你住在楼上我住在楼下，仅此而已，我就不想再多借钱给他："兄弟，咱们都是月光族啊，微信里早就没钱了，你还是再去别的房间借些吧。"湖北人谢过之后，又巍巍颤颤的去敲旁边房间的门。唉，这出门在外的，不怕别的，就怕生病，到时候连个照应的人都没有。

我重新躺回床上，哪里还睡的着？没一会儿，隔壁几个房间，开始响起匆忙走动的脚步声，都该起床了。接下去，就是抢卫生间，刷牙，洗脸。一天24小时，这么长的时间，偏偏都要挤在这个点上忙乱，也是无语了。

为抢时间，东北人和四川人还打过一架。在家里的时候，大家可能并不觉得什么，一到了外地，那同一个地方的人简直就是亲人哪！你若不认同这个潜规则，那到时候被人揍的鼻青脸肿，也没人管你了。

人类社会用几千年时间构建的人伦道德、爱心良知，在如今这奇葩世代，纷纷土崩瓦解，又退回到了拳头就是真理的原始社会。我们这里还是东北人势力更强盛一些，所以他们在那里洗脸、刷牙什么的，一般没人会上前去抢。不就几分钟的事情嘛，忍一时，风平浪静，退一步，海阔天空，往后的日子还长着呢。

当时，我们几个站在边上，等那帮东北人洗漱完毕，上完厕所。站着的人一多，话就来了，便说到早上湖北人借钱的事情。你一句，我一句，众人把话往那里一凑，合计这整幢楼都被他借了一遍！这时，有个熟识他的人说："他昨天刚从厂里辞职出来，前几天从我这里借走五百元，到现在都还没还呢……"

"什么？"一听见这话，有个东北人急了，提着裤子从厕所里

跳出来："我借了他八百哪！说等发工资请我吃一顿，这完犊子的玩意儿！你们有谁知道他现在人在哪里？"众人一听，面面相觑，全都如提在冷水里一般，要知道他人在那里，这会儿早就蜂拥而上，揍他半死了！至此，大家心里都明白了八九分。

有人便提出要报警，当场被众人一顿说："那你等警察来？警察来了先要你录口供，然后看各人身份证，还要检查暂住证，说不定还能在我们中间查出一两个逃犯来呢……"

大家齐笑了，"只是我们没这么多时间陪你啊，上班迟到扣工资扣奖金，那倒是非常现实。"众人七嘴八舌继续给他上课："再说了，警察来了又能咋样？除了把每个人喊来，先把你们这些受害者教训一通，还能把那诈骗犯怎么样？之后还不是不了了之。你当真他会为这点事情，浪费警力物力给你立案侦办？

前阵子那个网红失踪案就在眼前，各种证据都清楚指向这是一桩杀人命案，全国轰动，结果你猜咋滴？都没立案！醒醒吧，兄弟，他们连杀人都不立案，你还在奢望这帮警察给你破诈骗案？那不过是门口的石狮子，摆设。

只等时间一久，老百姓一切冤屈都自动消失，天下也就太平无事了。"旁边还有个人说："我上次那辆电瓶车被人开走了，报案之后一直到现在，派出所哪里有来过半个电话？"那位老兄顿时哑口无言，原来这社会的太平无事是这么来的。

一顿闲聊之后，东北人全都收拾好走了，其他人也陆陆续续出了门。我买了份早点，拿在手上一路吃着，来到公交站台等车。

站台上站了很多人，大多是上班族，大家默不作声，望着远方。这时代每个人的心思都在钱上，到死还在盘算手中的那点钱："看，我这辈子赚了多少钱，谁谁谁还欠我多少钱，我死后要怎么分配这些钱，我投资在什么地方还有多少钱……"若有人抬头看着天上美丽的白云发一会呆，便会觉的心中不安，一种虚度光阴，浪费生命的罪恶感，油然而生。

麻雀不知道什么时候来到了这个城市，它们在树梢头跳来跳

去，往来汽车的喧嚣淹没了鸟叫声，清晨的阳光照射在树影之间，我觉得我的生命被什么东西震动了一下，看着那一树的绿叶发呆。深秋了，杭州灵峰山下的青芝坞，溪水是否仍然那么绿，行人身影悠然，行走其上。

公交车来了一辆又一辆，载走了一批又一批沉默羔羊，我的那辆公交车一直没有出现。正是：

西湖边上柳色新，春风拂动故人情。
公交站前阑珊处，不见当年等车人。

我随手捡起凳子上谁扔的一份报纸，展开，上面头条登的，正是美国制裁伊朗。为了伊朗的浓缩铀问题，国际上吵的不可开交。哦，车来了。上了车，美国继续制裁伊朗，至于以色列、印度、巴基斯坦、朝鲜，连原子弹都造出来了，这个时候美国却假装没看见。

原来这世界的公义，只有在对自己有利的时候，才被允许出现。车子一路向前开，美国继续到处掠夺抢劫、霸凌、敲诈恐吓别的国家，印度则一刻不停的在那里轮奸妇女，因为各个国家的爱好不同。拥挤的地球，满载污秽罪恶，向着宇宙深处如飞而去。

车子到站，我一路小跑进厂。我们厂共有 12 个车间，我们车间共有 6 条生产线，前两条是流水线，而我就在第一条流水线上。待我匆匆跑进车间，流水线线长杨斌正在给大家开早会，见我偷偷插入队中，下意识的看了下墙上的钟，那时钟不多不少，正好指向 7 点半。

我心想，这下无话可说了吧？只听杨斌说道："张伟，以后早点上班！你看，正好 7 点半，别人都是掐着分钟上班，你是掐着秒钟来上班啊？"

大家一听，全都笑了，我搔搔头，想不明白，不是没迟到吗？怎么听着又是我的错？唉，就咱这智商，怪不得只能混流水线了。话音刚落，人群中有人便应声倒地，众人都朝那边看去，有人喊了声："线长！杜金凤晕倒了！"

怎么回事，又不是在说她，她干嘛倒地？我们赶忙围过去，

只见杜金凤双眼紧闭，脸色苍白，躺倒在地上。杨斌上前伸手探了探她鼻息，又碰碰她手心、额头，初步分析应该是劳累所致。杨斌抬头四下看看我们："张伟、武海明你们俩人去找一辆工具车来，把她送到厂医务室去，其他人全都回到各自岗位，马上准备开机干活！"大家各自散去。

我和武海明手忙脚乱的找来一辆推车，和杨斌一起把杜金凤抬上车，然后我们俩人推着车子就往外跑。杜金凤为什么晕倒，这个我还是能够猜到八九分的，她平时很节约，挣 4000 元钱的工资恨不得省下 3900 元。她丈夫也在这厂里上班，是在别的车间，俩人一个德性，吃饭从来都是只买一个菜，再加上家里带来的一点咸货，就解决了一顿饭。照这么个节省法，再加上没日没夜的加班干活，不晕倒那才是怪事呢。

夫妻俩在老家市区还贷款买了房，家中老人带着孩子。可以这么说，她这房子的一半那都是从牙缝里抠出来的。如今咱大中国，每个人活着的人生意义就是为了买房买车，你若家里没房没车的，那走出去顿时就矮别人一截，都无法站直了跟人平等说话。

那叫啥？叫金钱歧视，一个亿的歧视一千万的，一千万的歧视一百万的，一百万的歧视几十万的。咱大中华文明古国，从古到今文明着呢，从来不搞种族歧视那一套，不管你什么肤色，只要你有钱那就是爷！所以杜金凤拼了命也要弄套房，这样才能站直了跟人说话，孩子在学校也不会低人一等。

去医务室的路上空荡荡的，每个车间都在忙着干活，我们推着小车往医务室跑。武海明一路捏着杜金凤的手，又是摸摸额头，异常关心。这武海明是什么人，我又不是不知道，我边推车边说道："咱们快点把她推去医务室，你现在又捏手又捏腿的有啥用？"

武海明朝我诡异的眨眨眼："你这么心急干啥？你是想早点回去干活啊"这边说着话，那手在杜金凤身上可没闲着，浑身上下基本都被他给捏了个遍。一会儿说太凉了，一会儿又说整个人都冰了，我给她暖和暖和吧。杜金凤隆起的胸部，在车子的颠簸中，

微微起伏。

我加快推车，都啥时候了，人命关天哪，虽说应该没什么大事，但就怕万一有个三长两短，这个责任我可背负不起。手中的车子推着推着，咋感觉越推越沉啊？我发现，若没有武海明在身边，我反倒推的更快，他在身边不是助力，而是阻力，我他妈这是在推着两个人哪！

刚想开骂，也不知是由于车子颠簸，还是武海明的'按摩'起了效果，杜金凤醒了！睁开眼睛，动了动腿，这把武海明吓一跳："你醒了？"杜金凤缓缓伸出手臂，我以为她是要推开武海明放在她大腿内测的手，然后再给他一个耳光。

却见那手臂落下，按住了放钱的口袋，有气无力的问了句："你们把我送哪里去？"我还没开口，武海明赶紧抢着说："你刚才晕倒了，我们正送你去医务室呢！这一路累死我了，总算把你救醒过来了！"为证明自己医术高明，武海明又开始继续上上下下揉捏起来，杜金凤晕晕乎乎，也搞不清楚到底是不是武海明救了她，又微微闭上了眼睛。

总算来到医务室，厂区的医务室是个闲职，王主任不知道去哪里了，只有一个医务员吴惠玲在。这吴惠玲连护士都不是，也不知道是谁的关系放在这里给主任当帮手，混一份清闲工资。

如今一看推进来这么一个大活人，脸色苍白，可千万别给医死了，当场吓得六神无主，反过来问我："她得的是什么病？"我摇身一变成了医生，只好赶鸭子上架，说道："经初步诊断分析，她这是营养不良导致的贫血，你先泡一杯热茶，加些许红糖，给她喝下去看看。"

吴惠玲赶紧泡来一杯热气腾腾的红糖水，扶起杜金凤的头，一点一点给她喂下去，眼看着她脸色渐渐有了些血色。这时，杜金凤的丈夫气喘吁吁赶到，我拍了拍还在关心同事的武海明："她丈夫来了，就交给他吧，我们走。"她丈夫对着我们一个劲的感谢。

回到车间，大家都已经在干活了，电闸一开，各人的手脚也就

不再属于自己，而是身不由己了。我回到我的岗位，替回那个替我干活的人。

由于不熟练，那人流下几个次品到了下家，下家见我回来，顿时没好声气的说："你把你的这些次品都拿回去！"说着，烦躁的踢了一脚凳子。我的流水线下家看我不顺眼，已经很久了。四川人，脾气大，上下家这么近的距离，低头不见抬头见，磕磕碰碰那是免不了的，可这小子居然在某天下班后，叫上一帮老乡，把我围在路上，打算要修理我！

当时幸亏老大苏志明看见，跑过来喝住了他们。打那以后，那帮四川人看见我都客客气气的。只有我那下家，仍然看我不顺眼，但是也没办法了，我活着不是为了让你满意。

跟这种人没法沟通，要和他沟通，除非确立你是孙子，他是爷。或者他做孙子你做爷，也行，不过这得看你的实力。如果你的势力够强，他倒是很乐意做你孙子，你觉得恶心，他可觉得享受呢！如果你没势力，那他更喜欢做你大爷！

可在我的世界里，人人生而平等，大家都是朋友，王侯将相宁有种乎？人生天地之间，人和畜生是有区别的，人是有人权的，有人格尊严的，干嘛非要骑在别人头上做人才觉得幸福？把别人踩脚下，才觉得快乐？现在已经不是奴隶社会了，但是许多人却仍以奴役别人为快乐，这些兽性膨胀的人，他们就好这一口。

干了一会儿活，我朝杨斌招招手，替我一下，我要去上个厕所。先来到老大苏志明那里打个招呼，苏志明是我们车间没有官职的老大，连杨斌也要卖他一个面子。他跟曾副厂长都能说上话的，这么一种特别的存在，用社会上的语言说，林子大了，什么鸟都有。然后，我这才走去上厕所，无非是出来舒展一下筋骨。

前脚刚来到厕所，后脚武海明也来上厕所，他嘿嘿的笑着，冲我抛来一个"媚眼"，蹲在大号上，点燃了香烟。这人浑身上下透着恶心，我不想跟他在厕所里亲密接触，正打算要走，被他叫住了："张伟，聊聊呀，好不容易出来透透气，别急着走呀！"

我只得转过身来，伸了个懒腰："有啥事，非得在厕所里说？"这家伙憋着气，"嗯——"一声，随后一阵臭气传来："咱线上新来的那两个少数民族，据说还是夫妻，挺老实的，要不叫他们晚上请我们吃一顿？"我说："人家大老远来打工，赚点钱不容易，就别折腾人了。"

大号上烟雾袅袅："我说张伟，少数民族都有好客传统，咱晚上过去他住的地方，他准请客！嗯——，咱再给他多灌些酒，一高兴，嗯——，说不定连他老婆都让你睡了……"

这都说的是些啥话，智力水平低下，也就就是幼儿园大班，我说："你当人家少数民族都是傻子啊？"一边捂着鼻子往外走，"你这拉的啥猪粪！太臭了，我走了。"

50武海明在后面蹲着喊："别走啊！再聊会啊，少数民族女人很好客的，拉下裤子就可以干的……"臭气熏天！这种奇葩，就算是个男人，也不敢跟他躺在同一张床上。

回到线上，继续重复那一整套枯燥单一的动作，有一瞬间，我都怀疑自己成了一个机器人。时间在这里过的飞快，眨眼到了吃中饭的时候，我茫然看着戛然而止的流水线，这到底算是争分夺秒的奋斗人生，还是麻木流逝的岁月青春？我真不知道。

大家如同一只只出闸的鸭子，一齐涌出车间来，各个车间的人又在开阔的大路上会合成浩浩荡荡的吃饭大军。我迈着略略加快的步伐走在其中，听见身后有人在喊我："师兄！等一等，别急着走呀。"我心里'咯噔'一下，这声音记忆尤新，'他'居然跟到这里来了？一回头，果然是他，仍然是那身粗布旧衣服，背着黄布挎包，脚上穿着粗布军绿球鞋，从人群中向我走来。

我脱口而出："你也在这厂里上班……"他答非所问冲着我说："你还在这里磨蹭啥呢？大家都去山上了，走！我们也去山上采山红子去！去晚了，山上的果子都要被他们采光了！"听他这么一说，我也有些着急了，眼前浮现出一番景象来，炎炎夏日，山上的空气也是热的，带着漫山遍野青草的气息，野果都熟了。

在阳光下，山花盛开之处，大家都在快乐的奔跑嬉戏，采摘山红子……。怎么也看不清众人的脸，众人幸福的笑容，在山野中模糊。不知名的野花开满山岭，在岩石缝隙间，在山坡上，在树林子里，好像一簇簇夏日里燃烧的热血青春。好多的山果哟，遍布在灌木丛中，群山之间，这里的时光似乎已经停止……。

山上有人在呼喊："建文、海燕，快过来！"嬉笑的身影遍布山野，我觉得这名字很熟悉，但是怎么想不起来是谁，好像孩童时代的玩伴，说不出来的亲切。山花丛中，有个人默默的看着我，容貌模糊，这是谁？她为什么一直不说话？不知怎的，我竟莫名落泪。

这时，'黄布挎包'已朝山上走去，远远的，又回过头来向我招手："别磨蹭呀，快点呀！大伙都在等着你呢。"我应了一声："哎！好的，我马上就来，我这就来！"心神恍惚间，欣欣然跟在他后面，向着那一片光辉灿烂之地走去。

一只黄绿色的甲壳虫，老是在眼前飞舞，路边的青草野花芬芳，随着那地的风儿吹来，似乎要苏醒人的灵魂。这脚下的草，怎么这么绿？我发觉自己从小到大，居然没有仔仔细细的端详过一株草，遍野的荒草微微摇晃，好像连绵起伏的诗歌。一只蜻蜓停在一株草上，远处传来人们隐约嬉戏的歌唱。一切都不再重要，我如释重负，朦朦胧胧觉得，这才是生命世界本来的样子。

忽然，有人拍拍我肩膀："你站在这树底下干啥？在跟谁说话呢？"我一扭头，原来是二线的哥们徐海峰，而我正站在一棵冬青树前。我赶紧四下寻找那个黄布挎包，看到'他'正在远处的人流中走远了，眨眼的功夫，消失在了浩浩荡荡的吃饭大军中。

回过神来，我这才意识到'他'来的蹊跷，回想到上次'他'莫名其妙的出现，又诡异的消失，心中顿时一阵后怕，我这分明是遇见东西了！自从上次走进史千红家那块风水宝地后，在公园里稀里糊涂做了一回新郎，那悠扬的琴声，虔诚的歌舞，神秘的铜叶子……，然后整个人就一直霉运连连。那日午后的阳光，令人眩晕，洒满墙垣，照在史千红家阳台的被子上，使人莫名感伤。这如梦一

般荒诞不经的下午。

　　徐海峰一路说些什么，我一句也没听进去，迷迷沉沉来到食堂，排队打菜，然后坐在食堂的餐桌前吃饭。觉得少了什么，才想到没见徐海峰的女朋友过来，不禁问道："今天怎么不见你女朋友来？"徐海峰诡异的冲我挤挤眼："你看，不是来了吗？"我转头望去，是三线的线长方晓玲，正微笑着朝我们走来，顿时明白："怎么，换人了？你这换人的节奏，都快赶上我换衣服的速度了！"徐海峰压低声音："低调低调！什么是中国速度，你懂的。"

　　当下，方晓玲走到跟前，大家彼此介绍一番，便落落大方的坐下了。我放眼望去，偌大的食堂，男男女女坐满了人，许多是夫妻一起从老家过来打工的，也有许多是临时搭伙的，有个名，叫做'临时夫妻'。在厂里打工，临时凑合做对夫妻，回到家乡再跟原配长久作夫妻，反正闲着也是闲着，空着也是空着，咱中国人比较节约，啥都不舍得浪费。

　　当然，方晓玲和徐海峰那不能叫做临时夫妻，这被方晓玲听到，那简直连死的心都有了！人家那叫自由恋爱，神圣爱情，这和一个月付二百元夫妻费的那种低层次夫妻，可不是一回事。

　　方晓玲是个女汉子，徐海峰是个俊俏小鲜肉，俩人倒是彼此互补的一对，只是徐海峰换人速度太快，他的存在实在是我们厂的一个祸害哪。但是现实是，这世上的女人，宁可喜欢叫渣男祸害的遍体鳞伤，也不愿意接受老实男人的真心，这个世界早已经疯掉了。

　　方晓玲把盘里的肉，统统都夹到徐海峰碗里，还掩饰的对我笑笑："我在减肥，不喜欢吃肉。"然后，用一种柔柔的目光，看着徐海峰把那些肉一块快的塞进嘴里，恋爱中的女人蠢得像头猪。我心里说："你这是在喂一头白眼狼啊！养肥了，正好一口吃了你！"方晓玲怎么也听不到我心中的呐喊，轻声问徐海峰："钱够用吗？不够从我这里拿两佰去。"

　　徐海峰咀嚼着满口的饭菜，满嘴油腻的含混说道："够用够用，这阵子不缺钱。"苍天哪！大地哪！我实在是看不下去了，这还有

天理吗？

吃完饭，他俩一对带着花前月下去了，我晃晃悠悠来到食堂对面的空地上，有个上海人老章，在演奏他的口琴。全厂都知道他会吹口琴，因为每天中午吃完饭，他都会在空地上吹几曲，他总共会吹 17 首曲子，所以得了个外号，叫口琴章。

没人知道他经历过什么，只知道他 40 多岁的人了，至今仍然是个单身。也没人愿去了解他的故事，他常常胡子拉渣的不修边幅，吹的最好的一曲叫做《花儿为什么这样红》，在厂里的联欢晚会上曾获得第三名。时间久了，经过的姑娘小伙都会哼上几句，这会儿演奏的正是这首歌，琴声呜咽飘散在工厂上空，好像这一片未开化土地上野生的启蒙文化：

······

花儿为什么这样红，
为什么这样红，
哎——红得好像，
红得好像燃烧的火，
它象征着纯洁的友谊和爱情。

······

在食堂边上的墙角，有个赌博摊位，风雨无阻，天天开张。我和徐海峰闲着无聊的时候，也过去押上几把，总的说来，输多赢少，我怀疑这里面有人出老千。十赌九骗啊，特别在那些资深赌摊，许多人的钱其实都不是输掉的，而是被人动了手脚骗去的。经常听到某某某赌博输了上百万，谁谁谁赌博荡尽家财、妻离子散，其实知道其中真相那才真叫一个冤哪。

如果真是输了，那倒也无话可说，愿赌服输，只能怪运气不好，可如果是被人在中间动了手脚······，然后，你辛辛苦苦赚了一辈子的血汗钱，就自愿送给了别人，等明白这残酷真相后，估计你不疯掉也会气的吐血。

午休的时间很快过去，短暂到那些少男少女都还来不及产生爱

情，浑浑噩噩的灵魂来不及萌生出纯真的理想憧憬，下午干活的时间就到了。机器一开，各个车间继续飞快的运转起来，杨斌在流水线上转来转去，这个说几句，那个讲两句，显示存在感。其实不转悠也没人敢偷懒，一偷懒产品堆成山，这叫机器倒逼管人。人类社会走到末尾，就是这结局，人全都被机器给奴役了。

正聚精会神的干活，后面隐约传来嘈杂吵闹声，我回头一看，三线有人在吵架。云南人葛青龙正抓着一个人的衣领，眼见着便要动手，那人见势不妙，抬手先给了他一拳！趁他愣神的功夫，又用膝盖猛撞他肚子，葛青龙一个趔趄，差点摔倒，一只手正按在一条凳子上，当即抓起凳子就朝那人头上甩去。

不好！我的产品！等我回过神来，一个次品已经流到下家去了，咱这是流水线，可不能走神。后面声音更加嘈杂了，我忍不住又回头看了一眼，怎么不见三线线长方小玲？估计去上厕所了，否则不可能由着他们胡来。

眼见着越打越凶，附近的几个云南人全都围上去，不分青红皂白，压住那人就揍。可那人也不是一个人出来打工的呀，立刻，只见一帮老乡从四面八方冲出来，也分不清谁和谁了，见人就打，三线那边乱作一团。

等我转过头来，已经又流下去两件次品，这可叫人怎么干活？精神没法集中啊！我下意识看看下家，流下去这么多次品，估计又要开骂了。但这回，我那下家心思早已不在我流下去的几件次品上了，只听他嘴里大喊一声："我操你妈的！"手里抓个东西，便要冲上前去，原来那被打的正是他老乡。

这时候，只听到有人在我们身后一声喊："全都给我干活！你们这是流水线！全都给我集中注意力干活！"我一抬头，杨斌正恶狠狠瞪着我们，我那下家脸色铁青，生生回到位置上，继续干活。我回过神来，差点又把次品给流下去了，不由的一阵手忙脚乱，再无心他顾。

这时有人要问，这么大个车间，就没人管了吗？其实，每条线

046

的线长，都有自己的盘算。首先，这条线不归我管，管了人也不一定听你的；第二，我去管三线，那自己这条线乱起来咋办？第三，我把三线给管好了，回头三线线长回来还要说，你怎么手这么长，都伸到我的线上来了？第四，管了管不住，那以后在自己这条线上也要威信扫地了；第五，这么多线长在这里，偏偏我跳出来管，是不是奔着以后做主任去的？这让其他线长心里怎么想？各种考量加在一起，最后，任他三线打的头破血流，一个线长也没过去。

杨斌象苍蝇一样，不停的在各人眼前飞舞："大家全都注意力集中！不要管别人的事，你们这是流水线！谁给我出差错，扣一个月奖金！不要忘了，你们是出来挣钱养家糊口的，不是来跟人打架来的。"我手忙脚乱的处理产品，只听后面又有人吼了一声："全都给我回去！"后面立刻安静了，我迅速扭头看一下，邵主任不知道什么时候来了，双手叉腰站在那里。

下班的铃声响起，从各个车间纷纷涌出人来，在开阔的大路上会合成浩浩荡荡的下班大军。中间有谨小慎微，沉默不语的，也有无知无畏，心直口快的，只听前面那无知无畏的高谈阔论着："……看来云南人没花头，打架还是四川人凶，你别看四川人平时不声不响的，真打起架来，反应快，下手狠……"

旁边有人打断他："四川人个子矮，任他凶也狠不到哪里去，他们全靠人多！"旁边另有人插了一句："其实他们那叫闹着玩，如果犯到我头上，我叫来的朋友，可以把他们两边全都放倒！"

我不由的笑了，因为葛青龙一帮人正走在他们身后，面对着这些无知无畏，叫人哭笑不得的人民群众，也只能是哑巴无语了，难不成又跑上去动手？用现在网上流行的话说，我也是醉了！至于谁对谁错，这不重要，在这片土地上，从来没有对错，也没有真理，这里只有势力帮派和宗族血缘。

青春迪厅

是谁看见天开了。远方的天空，
被光芒照耀，显出一派灿烂辉
煌景象。云端传来号筒声声，
鼓乐阵阵，内有歌声唱道：

真理如鸽子，
在这片无边无际的海洋，
寻找一个落脚之处，
却寻不着。
都说上下五千年，
人人把文明如衣冠，
穿在身上。
末了才发现，
自己才是那未开化的族类。
黑压压列国的人民，
如蝗虫遍布全地，
他们造出飞机大炮和导弹，
对准天空，
要抵挡那入侵人心的真理。

我拖着疲惫的身躯回到家中，房间里空空荡荡的冷清，桌椅床
柜寂静无声。这才想起，亚萍已经搬到陈静那里去了。拿出手机拨
通她的电话，才响了一声，就被切断了。我在房间里走来走去，最
后走到阳台上，对面史千红家的二楼还没开灯，一楼灯火通明，应
该正在吃晚饭。

夜色逐渐笼罩人心，偏行己路的各人，终于停下白日里奔钱的
脚步，蓦然回首，才发现已经离家太远太远。

　　我跑去楼下买了包方便面，一只鸡腿。正吃着，朋友周建勇发来微信，叫晚上去迪厅蹦迪，都在他家集合。安静的傍晚，没有琴声，也没有笛声，夜色闷的人心慌，这是青春期的杭州之夜。我匆匆吃完方便面，随手招来一辆出租车，说了声："去文三路。"

　　车子开进杭州的黄昏，灯红酒绿。司机是个油腻大叔，从我一上车就跟我聊："文三路那边学校比较多，你是个老师？"我惭愧的低下头："哪里，你看我这模样跟老师有半点沾边？我是厂里打工的。"

　　他继续说："杭州的酒吧、舞厅、宾馆很多，你们年轻人想找地方玩的话，我可以给你们介绍。"他们这些司机和酒吧、宾馆、商店等都有挂钩的，介绍顾客都有介绍费回扣的，这个我早有耳闻。我说："我们晚上倒确实是去舞厅，不过我现在是去一个朋友家，我们都在他家集合。"一路闲聊，到了周建勇家楼下。

　　我瞟了眼计价器，21 元，翻遍口袋没零钱，便递过去 30 元。司机接过钱，在那里艰难寻找。夜色幽暗车灯昏黄，大叔老眼昏花的在钱袋里竟摸索半天，还没找出钱来。若是只差个一两元钱，我早就拔腿走人了，等的人心烦。

　　大叔总算从钱堆里找到一张 5 元的给我，便没了下文。我拿着 5 元纸币，愣住了："不是 21 元吗？"他早就有准备，振振有词的说："现在油价贵，零头都是不找的，你随便去问哪家，都这样的。"

　　这不是睁着眼睛敲诈吗？我沉默了一会儿，这不是 4 元钱的事情，这事情的性质不对，他见我坐着不动身，继续说："小哥，不是我蒙你几个钱，现在油价贵，赚点钱真是不容易。"我心想，我一个电话打上去，周建勇家那一批人冲下来，我连本带利都要跟你要回来！又想想，算了，只不过区区 4 元钱，用的着拿大炮打蚊子吗？于是，忿忿开了车门，下了车，把那车门往后重重一甩，便向周建勇家走去。

　　后面车里，那司机恶狠狠甩来一句："你轻点啊！不会关门

啊！"我操！讹了我的钱，还嗓门这么大，这是明摆着吃定我了！料你一个外地来的打工仔，还能翻出什么浪花来？我顿时觉得浑身上下热血沸腾，一转身，指着车里说："甩你一下门咋啦！你讹诈我4元钱，我还没叫你还呢！"

"什么4元钱？都是这么收费的！你一个外地瘪三懂什么？没钱，以后就别叫车！再给我叽叽歪歪的，当心我揍你一顿！"说着，他竟然还要下车来的样子。我一看这情形，当即掏出手机，迅速拨通周建勇电话："我在楼下，赶紧下来！有人敲诈勒索！"

他见我掏出手机打电话，站在车门旁，犹豫了。就这么一犹豫的功夫，周建勇他们几个已经从楼上冲下来了，这反应，这速度，不去做消防队员，真是可惜了。那畜生什么人？比泥鳅还滑手，见大楼里突然冲出一帮人来，立刻钻回车里，只见一踩油门，车子便消失在了夜幕中。

周建勇几个人朝着车子大喊："别跑！别跑！被我抓住，看不揍死你，狗一样的人！"一时间人人群情激愤，我一看下来的几个人，一个手里握着半副扑克牌，一个手里拿着一个遥控器。

周建勇问我："亚萍怎么没来？不是说好叫她一起来的吗？"我说："吵架了，跑她姐妹家去了。""唉，夫妻之间，有啥好吵的呢，明天去把她接回来吧。"周建勇说了一句，见没啥事，大伙儿又回到楼上。一进屋，灯光刺眼，周建勇家像个小俱乐部，男男女女好多人。

各人重新落座，打牌的打牌，看电视的看电视，玩游戏的玩游戏，烟雾缭绕，打情骂俏，不亦乐乎。有一个叫阿文的年轻人，坐在窗边，扭头看着窗外，不知道在想些啥。他常说的口头禅是：没意思，啥都没意思！于是得了一个绰号，叫'没意思'。这'没意思'阿文，嘴里常说没意思，可啥事情他都要跟着，像个影子一样。虽然关键时刻派不上用场，有时候也可以凑个人数。

周建勇家窗子对面原是个废弃楼，有人看中那房子便宜，买去

稍加装修，现在是个养老院。那里的居室、院子历历在目，走廊和窗户都加着护栏，据说是为了防止老人自杀。我想不明白，这又不是监狱，是服侍照顾老人起居的地方，好端端的干嘛要自杀呢？

如今养老院的名声不好，各种真实案例层出不穷，什么护工虐待、贫富鄙视链、派系争斗……，这些年轻时候玩过的那一套，老了仍在玩，你以为人老了就会改啊？只是老一点，人还是那个人。所以不到万不得已，谁会把人往那里送？

社会上早就总结出养老院里的经验之谈：养老院里生活的最好的是儿女双全，且经常来看望的；其次是儿女不全，偶尔来看望的；排在第三的就是虽然有儿女，但是从来不来看望的；最底层的就是无儿无女的老人，受尽虐待，也无人知晓，投诉无门，能活着就是对你莫大的恩赐了，还不快谢谢老天！那些有儿女但从来不来看望的，人还不敢下死手，把事情做绝，万一人儿女哪天突然来了呢？那些无儿无女的，那就随便整吧，他们的故事无声无息，最后全都被带进棺材里去了。

我走到窗口，顺着没意思的目光，朝那里看了看。有个老人正站在护栏的窗子前，面无表情，屋里的灯光映照在脸上，那是眼泪！是在想念儿女，还是……，没人知道他在想什么。院子、走廊，灯火通明，有护工在里面走动。养老院是个小社会，外面的社会咋样，这里照样上演。只是外面的人可以跑，这里的人跑都没法跑，那些临到身上的各种事情，它日复一日的情境再现，重复再现，不断再现，这里的游戏没有退出这一说。

夜色下的养老院，安静在无人注意的角落，我不由的倒吸一口凉气，只有没意思这种奇葩才会对养老院感兴趣。我转身走到周建勇身后，周建勇正得了一副好牌，嘴里叼着烟，随手甩出一张牌："出个梅花6。"本想站着看会牌，无奈个个手里叼着烟，好像在驱赶蚊子，最后我被熏到一边看电视去了。

看了两分钟，广告来了，赶紧换频道。换来换去，除了新闻联

播和动物世界，剩下的就是各种虚假的肥皂剧。这个世界到处都在演戏，观众早已索然无味，看电视的人越来越少，演的人却仍兴致勃勃。因为这能来钱呀，就冲着钱的份上，我管他演什么，我越演越精神呢！我演的容光焕发！只要我不尴尬，尴尬的就是你们！

我把遥控器一扔，又被电视赶回来看打牌。沙发上的陈慧妮，对窗前的阿文说："没意思，你去把那遥控器捡来给我。"那没意思是啥人？怎么会按你的思路出牌呢？扭头看了一眼遥控器，说道："捡个遥控器有啥意思？你就算换了频道，这破节目看着也没意思。"说完，照旧转头看着窗外，还不如看养老院呢，虽然乏味，至少真实。

陈慧妮见没意思居然长脾气了，使唤不动了，觉得有点下不来台："你这也没意思，那也没意思，不如去跳楼算了。"没意思回了一句："跳楼有啥意思？谁都象你这样，一天到晚要死要活的。"我一看这样吵下去，接下去躺着中枪的就是我，赶紧跑去把遥控器捡起来，塞到那姑奶奶手中。

浴室里有人在叫："建勇！把我衣服拿进来，我的衣服放在外面了！"是周建勇老婆刘婷婷的声音。周建勇手里正握着一副好牌，哪里有闲空理会她，随口对看电视的小芬说："小芬，你给她拿一下。"小芬四下找了找，在沙发边上看到一叠衣服，就拿去给她。

递衣服进去的时候，门开的有点大，里面的春光正好被我站的这个角度看到了。刘婷婷的目光和我相遇的那一刻，不由自主的惊叫了一声："啊呀！"迅速关上了浴室门。

气的门外的小芬一个劲的敲门："干啥啊，大惊小怪的，是不是没见过女人啊？开门开门！"说着，又去拉门，吓的里面的刘婷婷怪声大叫个不停："啊呀！不要开门啊！"连打牌的人也笑了："哈哈哈，我说刘婷婷，你现在才知道，小芬可是同性恋专业户啊！被她盯上，你死定了，哈哈哈！"满屋子的人全笑了。

为避免刘婷婷尴尬，我又走到窗边看窗外的夜色，晚风拂过脸

庞，冷飕飕的，风中飘来女人的呻吟。我以为自己听错了，仔细一听，是从斜对面的房屋传来的。我赶紧冲屋内的人招手："快过来这边有情况！"现在的人，你懂的，周建勇房里的人也感觉到了异样，放下手中工作，纷纷来到窗边。

只有周建勇在房间里见怪不怪的说："哦，肯定是对面那房间，狠人哪，我这里还存了一段录音呢！"一听录音，我们全都醒悟过来，男的女的纷纷拿出手机伸出窗外，录下了这段震撼人心的呐喊。

时光转到如今这世代，遍地都是狠人，人生短短几万天，过一天那就是少一天，如今的人想喊就喊，想砍就砍，等到眼睛一闭，哪管他洪水滔天！这毫不掩饰的声音，飘过迷茫心灵，只觉得那一刻，我们的青春碎了一地！虽然各人都在脸上，努力展示出不屑一顾的表情。断断续续持续了5分钟左右，那声音没了，陈慧妮鄙视的扔出一句："哼，没用！"收回自己的手机，又躺沙发上去了。各人回到房间，重操旧业，有几个在那里来一个录音回放，听的一屋子男男女女哄堂大笑。现如今的女人，个个都是女汉子，你想叫她们脸红，门都没有。

这边刘婷婷已经穿好小芬给的衣服，等她出来的时候，周建勇面前已经赢了一叠钱了，把钱数了数，喊了一句："老规矩，去迪厅！出发——！"大家齐声欢呼："哦耶——！"门一开，一群人争先恐后冲下楼去，喊叫声、戏笑声、跑步声，乱作一团，把个寂静的楼梯吵得跟菜市场一样。有个老人悄悄开门，探出头来，还以为外面在打架或者在抢劫呢。

青春，总是以无所畏惧的姿势，站在日渐模糊的记忆里。那时候没有钱，也没有本事，可当一切逐渐褪去的时候，才发现，原来生命跟钱其实一点关系都没有。一切都日渐模糊，唯有这些激情肆虐的青春岁月，却根本无法褪去，一颦一笑，犹在昨日，在每个漆黑午夜，情景再现，叫人触目惊心。

我们有一辆车，但是坐不下这么多人，分成两批也很挤。周建勇开车，载了一批人先走，剩下的人，又拦了一辆出租车。初夜的路灯下，愉快的人群纷纷从身边掠过，我们一路唱着庞龙的《兄弟抱一下》：

······

兄弟抱一下，为岁月的牵挂，
为那心中曾翻滚的，汹涌的浪花，

······

是啊我们都变了
变得现实了
不再去说那些年少热血的话
兄弟我们都像是，山坡滚落的石子，
都在碰颠之中，磨掉了尖牙，

······

哥们的嗓音粗糙沙哑，基本靠吼，这嗓音和庞龙这首歌那是绝配，若再弄把吉他，往舞台上一站，稳稳就是一个黑豹乐队！比那些靠炒作红起来的无病呻吟歌手，强太多了。

满载着一车喧嚣歌声，我们到了一个迪厅门口，那房顶上霓虹闪烁，红红绿绿的光芒汇聚在一起，组成了四个字'那年花开'。我们一声欢呼："噢利给！到了！"纷纷跳下车来，直奔迪吧而去，司机从后面追上来，拉住我身后一个人："小兄弟，你们坐车还没付钱呢！"我一回头，只见司机正拉住没意思的手，没意思一脸茫然看着司机，不知道该咋办，这么多人，你干嘛偏偏抓住我，有意思吗？

我们中间有个叫'鬣狗'的走过来："什么叫坐车不给钱？你到底会不会说话？现在怎么满世界都是这样的人，一天到晚钱钱钱！你是不是想钱想疯了？你要钱进迪吧来，找周建勇去要！我们的钱都在他那里。"说完，一把拉过没意思，大家全都头也不回便走。

　　司机见我们人多，惹不起，再讨下去，说不定会被打的躺地不起，但又不甘心，愣在当场足足有十秒钟，大概在思考要不要进迪吧讨钱。马路上吹过一阵凉风，夹着树叶沙子，叫人睁不开眼睛，我回了一下头，那司机正嘴里骂着什么，悻悻走回车去。

　　一进迪厅，忽明忽暗的灯光伴随着震耳欲聋的音乐，扑面而来，舞池上尽是人头攒动。我适应了一下光线，看到周建勇他们，正在人群中放浪形骸。当下两批人汇合一处，舞池中央出现一阵小小骚动。这是烟花灿烂的年华，又是朦胧迷茫的岁月，这里的人们看见流星便会虔诚许愿，为一束玫瑰，便会以身相许。

　　迪厅里的人和外面的人不一样。这不是说迪厅里的人不生活在地球上，他们也在公司、工厂上班，他们也在大街上行走。但是不知怎得，一走进这午夜迪厅，立马就成了另外一个人，人还是白天那个人，人又已经不是白天那个人，到底哪个才是真实的自己？霓虹闪烁，昏暗人群无言。

　　有个三十多岁的女人，独自一人在舞池狂舞，优美的身姿顾影自怜，没人靠近她。好像丛林里颜色异常鲜艳的东西，往往有毒，这种太过张扬的女人，往往社会背景复杂，谁碰上了，就会给谁惹来一身麻烦。午夜如梦，人群汹涌，没人能读懂她的寂寞。

　　有几个纹身的社会大哥，在迪厅四周的角落转悠，他们一般不跳舞，他们似乎知道迪厅里的每一个秘密，却没人知道他们。

　　不知从哪里冒出一个醉汉，在我们边上张牙舞爪的撒酒疯，没人去管他，他是身体的醉汉，我们是灵魂的醉汉，醉汉又何必难为醉汉。迪厅的音乐风暴强劲，在这墨黑的青面獠夜，我们用身体的剧烈摇摆，叩问迷茫青春。

　　女士们，一改白日里的矜持，一个个随着音乐节奏，身姿左右摇晃，目光迷离暧昧，笑容神秘莫测。男士们则在排山倒海，热浪一般的歌声中，如稻草人癫狂摇动，那一只只挥舞的手臂，似乎在求告神明的救赎。霓虹灯闪烁明灭，众人都醉了，象麦浪中喝醉的

麦子，在风中呓语。世界，今夜请将我遗忘。

周建勇拍拍我的肩膀，用手指了一个方向，我顺着手指的方向看去，只见没意思不知道什么时候和那个独自跳舞的女人搞在了一起，两个正在那里跳的热烈。这女人本是全场焦点，众人的目光或多或少都在她身上，现在加上一个愣头青没意思，那就更有意思了。

我看了下角落里那几个纹身哥，他们倒没什么举动，面无表情盯着舞池中这一对奇葩，曾经沧桑的心再难起一丝波澜。我们这边人数虽多，但一半是女的，到时候有什么冲突，能派上用场的却并不多。

有一帮中年大叔，坐在舞池边上，时不时的冲着没意思他们瞎起哄。那女人不好意思了，回到座位休息，没意思赶紧跟了过去，看来这对姐弟谈的还不错。没意思干别的事情，干啥啥不行，但在跳舞方面，还算可以拿得出手。

中场休息的时候，有人暗暗向我们兜售摇头丸。现在正值扫黑除恶时期，那些卖药的收敛许多，见我们不感兴趣，一晃就不见了人影。我们从吧台搬来两箱啤酒，外加几包鸡翅膀，就是今晚的宵夜。那边没意思扭头看看我们，我向他举了举手中啤酒和鸡翅，他摇摇头，现在这时候啤酒和鸡翅都已没意思。

迪厅的灯光音乐变得柔和朦胧，象略带伤感的诗歌，黯然笼罩在各人身上。昏暗中，没意思突然从座位上奋勇站起，朝着迪厅门外狂奔而去，把我看得目瞪口呆，我转身对旁边的人说："看，没意思不知道怎么了，突然跑门外去了。"一旁的陈慧妮早已见怪不怪："他就这个样，不用管他，准又是哪根筋搭错掉了。"

我们继续喝酒，听鬣狗吹牛，说以前夜闯坟地的事情。照他的说法，坟地其实是有时辰的，一般在晚上 11 点左右，最容易出东西。那些来无影去无踪的阿飘分白色、红色、黑色，也有绿色，其中属黑色阿飘能量最高，人们常见的大多是白飘，却已经被吓得魂不附

体了，鬣狗自称见过红色的。

小芬紧张的问一句："那红色的是什么样子？"鬣狗四下找了找，指着刚刚和没意思坐在一起的那个女人说："就象她那样。"我们一听，全都笑了："哈哈哈，我靠！放你娘的狗屁！"鬣狗却一本正经的坚持称："就是象她这样，头发披下来可以遮住脸的那种，没跟你们开玩笑！"谁也不会相信鬣狗说的话，午夜的杭州，却悄悄垂下长发，散发出一种诡异的浪漫。

大家正在说笑着，却见没意思匆匆从门外跑进来，手里多了一束玫瑰花。可不得了！这小子从哪里学来的这一套？我们全都惊讶的合不拢嘴，这是什么情况？只见他大步走到那女人跟前，突然递上玫瑰，那女士一见到鲜花，顿时满脸惊喜，不好意思的看看四周，发觉人都在看着他们，又变得害羞起来。

活久见！难道这就是传说中的一见钟情？大家你看看我，我看看你，总觉太不可思议，这爱情来的太快，实在诡异。还是刘婷婷反应快，掐准这时机将了周建勇一军："建勇，你啥时候也给我送束花呀？我现在才发现，从恋爱到结婚，你从来没有给我送过一朵花！"周建勇被这突如其来的一问，直接躺枪，张口结舌，一下子竟答不上话来。好久憋出一句："那都是电视剧编的，现实里谁还送花啊？你不要被没意思那奇葩给洗脑了。"

这话一出，在坐的女士们可不乐意了："当然是要送花的呀，谁要是作我男朋友，必须要送一束玫瑰给我，我首先声明，必须是深蓝色的。"

旁边鬣狗等几位绅士一听，靠！怎么不早说！那还等什么？纷纷起身，要去花店买深蓝色玫瑰。我跟周建勇是过来人，一看这情况不对呀，这戏不该是这么唱的呀，赶紧把他们都给拦住了，我们果真要被没意思那奇葩给洗脑了不成？

我们这边吵成一团，没意思那边俩人却正深情款款，上演着罗密欧初见朱丽叶，一个是未经世事的一往情深，一个是了然风

月的欲迎还羞。然而，五光十色的迪厅，却见不得这野生的爱情恣意生长。

有个喝的醉醺醺的大叔，早已经在角落里忍你们很久了！摇摇晃晃的走到他们两个面前，一把拉起那女人，浑身酒气："走！跟我走！"那女人原来和他是相识的，但是在众目睽睽之下这样拉来扯去的，到底不成体统，况且面前还坐着一个呢，这怎么下台？当即挣脱了他的手，说道："建国，你不要这样行不行！我看你晚上是喝醉了。"

那男人一听，立马说："我没醉！"抬手从口袋里掏出一叠钱，往桌上一摔，"谁说我醉了？清醒着呢！晚上带你开房去！"这时，才注意到傍边坐着的没意思，便冲着没意思来了句："你身边的这位小哥哥倒是真醉了，呵呵呵……"说着，冲没意思笑笑，便拉起女人的胳膊往外拖。

女人连忙捡起桌上的钱，要塞还给他，一边说："别拉我！你不要这样！这么多人看着呢……"待还想捡起桌上那束静静躺着的玫瑰，被大叔一把拉开，两人一路拉拉扯扯向门口走去。

舞池边上，大叔那一桌的人又开始起哄："晚上你们去哪里啊？也带我们去开开眼啊！哈哈哈……"女人一回头，看见没意思正捡起桌上的玫瑰，似乎还想追来送给她，便朝他挥挥手："他晚上喝醉了，我去帮他醒醒酒，小哥哥，我们明天再见！等我哦，不见不散！"说着，冲没意思妩媚一笑，被那男人拉出了迪厅。

没意思手捧着玫瑰花，站在那里呆若木鸡，好像高高的山岗上，守卫神圣爱情的卫兵，全场的人都笑翻了。我走过去，把他给劝了回来，没意思突然狠狠甩了自己一巴掌！我连忙说："你这是干什么？舞厅里的女人都是逢场作戏的，你还当真了！"没意思低头不语，我们回到座位继续喝酒，没人再跟没意思去开玩笑，连陈慧妮也不说什么了。没意思独自坐在角落里，看着迪厅里的欢乐人群发呆。

几杯啤酒下肚，我跑去上个厕所。走到厕所门口，见有个女的趴在洗手槽上呕吐，旁边站着一个男的。那年月，我们都很迷茫，男孩迷茫，女孩更迷茫，不然怎么会吐成那样？

就因为在人群中多看了一眼，旁边那男的立刻恶狠狠冲我吼道："看什么看？"人这玩意儿真是奇怪，白天都人模狗样的，一进迪吧，立刻变成了另外一个人。稍微一碰，就揍你一顿，若不小心踩一脚，那可了不得，那得要捅你一刀！我赶紧扭过头，走了进去。

回来的时候，正遇见迪厅门口进来一位姑娘。看气质像个女大学生，文文静静的，低着头，找个角落坐在那里，也不看任何人。我看着这角落里的姑娘，疑惑不解，她来这里到底是干什么呢？杭州的午夜浪漫而又诡秘。

狂暴的音乐重新响起，人群又兴奋起来，我们扔掉最后一根鸡翅，涌向舞池。酒后的的士高，才是正宗的士高。灯光忽明忽暗，人群若隐若现，人人脸上都笑容灿烂，欢乐国度已在今夜降临。不要想明天，明天太遥远，明天毫无意义。来吧，帅哥，为何冲我微笑莫名？为何你的手中没有玫瑰？哦，不重要，这都不重要，你的微笑使人着迷，你的微笑又那么模糊。

台上的驻唱女歌手，浓妆艳抹，在人浪中疯狂甩着头发，雪白的大腿分外显眼，丰满的胸部晃动，居高临下，要倾倒众生。男歌手戴着黑色眼罩，挥舞手臂，好像蒙面侠佐罗，这是今晚捍卫自由的勇士，引领时尚的型男。

只见型男手握麦克风高喊："现场的朋友们！大家一起嗨起来！——各种小房各种开，各种女人各种嗨，只要灯光闪的快，没有悲伤只有爱！...哦耶！哦耶！..."劲爆的音乐声中，唱起了沙哑低沉的男版 DJ《午夜情人》：

......

倒了杯红酒
听着电台的歌

等待相聚的那一刻
没有约地点
也不确定时间
只在午夜等你出现
我是你午夜的情人
对我的感情你从不认真
我知道你只是害怕
不敢担起这份责任
我是你午夜的情人
只能回忆你给的温存
其实我爱你有几分
你就伤得我有多深
……

　　这带有磁性的魅力男声，加上神秘黑色眼罩加持，底下的男女人群彻底沸腾了，挥舞手臂，疯狂呐喊摇动。全场不约而同的歌唱声，场面壮观，好像一望无垠被风吹动的麦浪，又仿佛自己正是那位为爱受伤的午夜情人。

　　我眼光瞥见那个大学生姑娘的座位，她仍孤单坐在角落里，这是在迷离午夜流浪的城市小芳，杭州之大，竟无处可以安放她们的青春。她们在黑夜里游行，等待着无人能给的，爱情。

　　有几个小哥注意到她了，走上去和她攀谈。矜持的外表下，往往藏着单纯的心，聊了几句，女孩嫣然一笑，那清纯笑容，象暗夜里盛开的郁金香。这是烟花易逝的青春，这是流年哭泣的岁月，我闭上眼睛，跟着的士高的节奏摇摆。

　　狂暴的音乐拂过人群，好像大风吹过草原，我正是那随风飘动的荒草。不知道过了多久，等我再睁开眼睛的时候，那姑娘连同几个小哥都不见了。我四处搜寻，彷徨深夜，迷一般出现的女孩，又迷一般的消失，今晚她会出现在哪里？是跟人住进某个迷乱的宾馆，

还是同谁睡在某个简陋的旅馆，又或许，喝醉了酒，躺在酒吧街头的某个角落……。

时间已经很晚了，我们一群人摇摇晃晃走出迪厅，身后，是节奏依然强劲的音乐，和逐渐模糊的歌唱。醉眼迷离间，仿佛看到前方走着一个红衣女人。长发披肩，正好像和没意思跳舞的那位女士，又好像坐在舞厅角落的大学生姑娘，她转过身来，冲我奇怪微笑……，怎么也看不清她的脸庞。杭州，悄悄披上神秘的面纱，在深沉的夜色中，渐渐落下帷幕。

回到周建勇家，已是凌晨1点。我们一个个满身酒气，倒头便睡，有睡床的，也有睡沙发的，横七竖八躺了一屋子。

迷迷糊糊之际，我的手机响了，拿出来一看，是史千红打来的。深更半夜的，怎么还没睡？我睡眼惺忪，问道："什么事？这么晚了，怎么还没睡啊？"

那边情绪比较激动："我想出去旅游散散心，你能陪我去吗？"我打着呵欠："你这是干啥呢？半夜三更的到哪里去旅游？不会是在梦游吧？"那边哭了："我们吵架了！我现在心情很烦，想找个地方静一静……"我一时无语，不知道该说什么好。那边把电话挂断了。

村里有位姑娘叫小芳，

长的好看又善良，某天

进山洗衣，再没回来。

村里的文书小李闻讯，

急忙进山寻找未果，回

来写下了这首小芳之歌：

正当山花，

开满山岭，

枫叶红遍林子的时候。

大山，

编织了一个缤纷易碎的梦。

那里的蒲公英，

到处飞舞，

眩晕的映山红，

燃烧在半山腰。

小芳走进了大山的梦里，

小芳走进了自己的梦里，

那地方，

缤纷美丽，

朦胧易逝，

她不再回来。

哦，

她再也没回来。

只为了那一个，

缤纷易碎的梦。

　　早上，我站在产品源源不断的流水线上，瞌睡阵阵袭来，稍不留神，就滑过去几个产品。后面二线的徐海峰在喊："张伟！昨晚干啥来啦，是不是决战通宵啊，怎么精神不振哪？"我没功夫跟他废话，转头露个苦脸，昏昏沉沉继续干活。

　　没一会，徐海峰又在后面喊，这回是小声的喊："张伟！张伟！"我不耐烦的回头说道："你小子叫魂啊，一早上叫个不停！"徐海峰用手指指门口，我一看，瞌睡立刻醒了，郭厂长来了！线长陪着主任，主任陪着厂长，一伙人浩浩荡荡的视察车间来了。

　　我立刻打起精神，撸起袖子加油干哪。我们是一线，离门口最近，郭厂长很快就走到了我跟前，我说了声："厂长好！"郭厂长点点头，过去了。走到下一个人那里，停住了，我担心的事情还是发生了。

　　厂长倒没说什么，主任说话了："怎么回事？产品堆积这么多？"我那下家早就等着他这一问，已经很久了，逮着这机会，立

刻戏精上身，满脸无辜的指着我："厂长啊！这些都是上家流下来的，不是我的，已经不是一次两次了，他经常这样把次品流下来，堆到我这里都没法干活了！"天哪，这话狠，真实够狠！

一旁的杨斌顿时一个箭步上前，拿着产品看了看，便直奔我而来："张伟！你这一早上干的是什么活？！"说着把手里的产品往我面前一扔。我无言以对。郭厂长看着手里的产品，说了句："你们流水线干活要打起精神哪，这么多道程序下来，到你们这里，基本都已经是成品了。"

说完，继续往前走，主任意味深长的看了我一眼，杨斌恨恨的用手指着我。我的心情坏透了，低着头继续做，不能停哪！

到了吃中饭的时候，杨斌把我叫到办公室："我说你小子今天怎么回事？一早上给我出这么多次品！你也看到了，厂长、主任的脸色有多难看！这事既然连郭厂长都知道了，那程序肯定是要走的，扣半个月奖金！你给我记住了，若以后再出这种低级错误，那整个月奖金都没有了……"我一听半个月奖金没了，那这个月干活还有啥劲啊？

垂头丧气的走出办公室，工友们三五成群的正赶往食堂，看着这些清一色的工作服，不禁想，我这样整天辛苦的挣扎在温饱线上，到底是为了什么？难道只是为了能够看一眼，明天升起的太阳？面对这心灵的提问，我竟不知道该怎么回答。

忽然想起，昨晚史千红不是叫我陪她去旅游吗？他们有钱人可以到处游山玩水，说走就走，我就不能做主一回，做一回自己命运的主人吗？从一出生，就伏在父母、老师的手下，叫你往东哪敢往西？及至长大了又伏在钱的手下，响当当一个英雄汉，竟被一个钱字给拿捏的死死的，只要钱一声令下，哪个敢不拼死向前？

如今越混的不济了，竟伏在机器手下，被机器给管住，半点动弹不得！做人到这份上，也是无语了。当下郑重决定，咱也要来一次说走就走的旅行，向那强大灰暗的命运，作出唯一的一次抗争！

如同向来忠实环绕的行星，忽然在某一天脱离了轨道，闪耀着美丽的光芒，划过天际，向着梦想飞去，成为了夜空中的一颗流星。

我得先打个电话给史千红，一方面确认一下，昨晚的电话是不是在做梦，另一方面，免得我请假出来了，她又反悔不去了，那我岂不是两头落空了吗？我拨通她的手机："喂，红姐吗？"

那边："张伟啊，是不是想通了，打算陪我去旅游？"我靠！她还真惦记着呢！我说："陪你旅游可以，但是咱们先把话说在前面，我可是陪你去的，这个费用问题得你来解决，你也知道我那几块钱工资……"

那边："说哪里话呢！我叫你陪我去，难不成还叫你出钱？你那几块工资够我买什么的？"我沉思了一下，说："那行！你打算去哪里呢？"那边："我也不知道，你说哪里就那里吧，反正走的越远越好，眼不见心不烦！"我说："那好吧，我去网上先找找旅游地，找好了再联系你。"那边："你快点找啊，最好明天就能出发！"我说："好嘞！"

既然那边确定了，那厂里这边还得请假呢。我想来想去找不出请假的理由。生病？这得医院里面有人脉关系，没有熟识的医生帮我开病假条，就没法请病假。事假，能有啥事呢？这个时候，突然想到了死去多年的奶奶！我一拍大腿，奶奶真是好啊，你就算到了天上，还在帮我哪！

我立刻掉头返回办公室，半路遇见杨斌正走出门来，要去吃饭。我挡住他说："线长，我要跟你请个假。"杨斌一愣："刚才为什么不说？"我说："线长，我是一直想说，是想了好长时间才不得不说了。你早上也看到了，照我这工作状态，非给你捅出大篓子不可。我跟你说吧，我奶奶病重了，前几天托人来电话叫我回去，我这几天满脑子都是奶奶躺床上的样子，真没心思工作了，我得回去一趟。"

中国人没别的，那个个都是孝子哪！谁没事还搬出自己的奶奶

来？杨斌一听，二话没说："原来是这样！咋不早说呢？奶奶生病这么大的事情，非得到现在才说！你写个条子，放我桌上，中午吃过饭，赶紧回家看奶奶去！"我应一声："好嘞！谢谢线长！"

当时就在办公室写请假条，等写好条子，杨斌早已经去食堂吃饭了，我把那条子压在桌子上，便匆匆跑了出来。整个厂子非常安静，都去食堂吃饭了，麻雀在树枝上叫着。我发现已经很久都没听见麻雀的叫声了。其实麻雀天天在叫，但是我却怎么也听不见。

我吹着口哨，迈着欢快的步伐，赶往食堂。路边角落里，围着几个人，不知道在干啥。从熟悉的背影看，分明是五车间的蒋辉他们那帮人。这蒋辉是五车间的老大，也是全厂出了名的地痞，只见他们三个人围着一对夫妻模样的员工，在谈着什么。不用猜都知道，准没啥好事，我本不想参合他们的事情，隔个车间隔座山哪，苏志明都管不了他们的事，何况我。

无奈，那被围的两夫妻见好不容易有个人经过，便向我投来求助的目光，在这种目光下逃跑，我做不出来，只能硬着头皮朝他们走去。唉，我真是太难了。

蒋辉看到我走过来，远远的便指着我说："给我回去！不关你的事，你给我吃饭去！"我装作好奇，边走边说："啥事情啊？神神秘秘的，你们都不吃饭了吗？"那女的见我走近，逮住机会便冲我哭了："我们是外地来打工的，真没钱了，家里还有老人、孩子哪，求求你们了，就放过我们吧……"同蒋辉一起的有个人便说："不就跟你们借几个钱嘛！搞得好像要杀人一样的，又不是不还你，下个月发了工资就还你！"

那女人哪里肯信，只顾在那里苦苦哀求，惹得蒋辉几个心烦，伸手在她老公头上拍了几下。我站在边上说了句："多大的事啊，至于么，等会别弄得把厂长都给叫来了。"

蒋辉一听，转过身来，上下打量我："你这说的是什么话？！"我尬笑了笑，尴尬人偏遇尴尬事："呵呵，好好好，算我没说，我

吃饭去了，肚子饿死了，你们继续……"说完，一溜烟跑了，远远一回头，蒋辉这货还在恶狠狠的看着我，这不知从哪里冒出来的一根葱。

匆匆跑到食堂，小菜都已经被打光差不多了，我这会儿的心思已不在小菜上了，胡乱打了一份，坐在角落里捋捋头绪。我已经请假了，说走就走的旅行就在眼前，宝贵的时光过一分少一分，伤心事、烦心事天天有，时时有，而开心的时光过了现今就没有了。

说起旅游，常听人们说四川九寨沟不错，那地方水清，清的发绿，又听人说西双版纳不错，那里的树高，异国风情使人耳目一新。但总觉得缺少些什么，这些风景都没法抚平我心中如影随形的忧伤，也无法抹去史千红刻骨铭心的痛。

食堂里吃饭的人，渐渐稀少，只有领导他们还在吃，他们是专门一个小吃饭厅，领导事情忙，来的晚走的也晚。我今天吃饭思想走神，心思都不在吃饭上了，好像一颗围绕恒星转了亿万年的行星，突然有一天对他说："你自由了！"他竟不知所措。

有人在身后推我，我一转头，正遇上蒋辉恶狠狠的眼神。我赶紧说："我当是谁呢，原来是蒋辉老大！"蒋辉用手指戳了戳我的脑门："你这人头还蛮大的嘛，要不是看在苏志明的面上，你这脑袋早就被人给修理了。"说完，一帮人大摇大摆走去食堂打菜。

没一会儿，那两夫妻也急急忙忙走进食堂来，男的脸上身上都是血迹。俩人来到打菜的地方，一看，剩下的那点残羹冷汁已被食堂人员端进去了，便在窗口喊："食堂师傅，还有小菜吗？我们还没吃饭呢。"里面食堂的听见，都这时候了还有人来打饭，不免有些不耐烦："你们再来晚些，这些饭菜就倒掉了，以后吃饭记着早点来！都什么时候了，真是的。"

两夫妻一路赔不是，勉强打了一些饭菜，俩人就在角落吃了。一会儿，蒋辉他们吃完走人。也是事有凑巧，五车间的一个线长还在边上吃饭，那俩夫妻见蒋辉那帮人走了，便过去把发生的事情向

那线长反映。

那线长听完他们反映的情况，顿时把头摇的如拨浪鼓一般，这事管不了啊！线长艰难的咽下最后一口饭，指着那个小吃饭厅说："这事情得找主任厂长，他们都在那里吃饭，你们过去把情况跟他们反映。"

两夫妻一听，也顾不上吃饭了，识识疑疑的走到那小吃饭厅门口，犹豫再三，还是没敢进去。"唉。"我叹了口气，你们自己做鸡头的硬不起来，我们身后做鸡屁股的硬死也没用啊。我就这么不咸不淡的说一句话，差点就被蒋辉给收拾了。遇着这种事情，你当事人不上前，谁给你上前？那线长给他们指了条路，也算仁至义尽了，早就吃完饭走人了，我坐在那里，则是在想下一步旅游的事情。

两夫妻硬是在门口，直等到里面领导吃完饭，走出屋来。那先出来的是曾副厂长，一看门口站着两个人，一个身上还带着血迹，不禁问道："你们有什么事吗？怎么脸上身上都是血？"

那女人被曾副厂长一问，眼泪顿时就下来了："领导，你可要给我们作主啊！我们是外省人，坐了几天几夜的火车跑到这里来打工，家里还有老人孩子等着我们寄钱回去哪。刚刚蒋辉领着几个人硬是拦住我们要借钱，我们实在是没有钱借给他们，结果就把我丈夫打成这样……"

曾副厂长一听，竟有这种事情，这还了得！立刻拨通了蒋辉的电话，原来他手中就有蒋辉的电话："你给我到食堂来！"

几分钟的功夫，蒋辉跑进食堂，曾副厂长劈头盖脸就是一顿训："你知道为什么把你叫来吗？"蒋辉哪里会不知道？低着头默不作声。"人家从外省坐火车，来到这里打工，家中还有老人孩子，你却把人堵在路上借钱？还把人打成这样！以后再发生类似事情，你不要在这厂里待了！"

说着，抬手就是一巴掌扇过去，这"啪"一声分外响亮，连我这边都听着十分悦耳，蒋辉得了这一巴掌，捂着脸出去了。曾副厂

长又转身跟两夫妻交代了几句，安心上班，不要有顾虑，有事找领导等等，说完这些话，离开食堂去了。

眼看食堂吃饭的人没剩几个了，食堂工作人员开始出来打扫卫生。

眼前晃动的人影，嘈杂的说话，现在都已与我无关，似乎成了另外一个世界的事情，我意识到，至少在现在，我已不属于这里。再坐下去，那才真叫浪费光阴呢，我像个幽灵一样，离开了食堂。却又在厂子的空地上飘荡，一时间还不想离去。

许多人照常在那块空地上休息，唯有计件车间的员工们干活最积极，吃了饭全到车间去了，场地上一个不见人影。对他们来说，从清晨到黑夜，人生就是一场没完没了的干活，稍一停下，那就是钱从身边溜走的声音。

他们在他们的世界里永远不停的在干活，直到干不动的那一天，也无人能叫他们醒来。空地上，吃了饭没事的员工，闲坐在那里。上海人'口琴章'，在演奏他的《花儿为什么这样红》，三流音乐家的旋律在厂子空地上飘荡：

······

花儿为什么这样鲜？
为什么这样鲜？
哎——鲜得使人，
鲜得使人不忍离去，
它是用了青春的血液来浇灌。

······

再见了，朋友们，我要离开你们一会儿，去到一个遥远的远方。听说那里是诗人和山花的故乡，我将住在那里。

食堂门口，那夫妻俩刚走出食堂，便被人拉到一处角落。蒋辉已经不见了，其中有个人抬手就抽了那女人一耳光，打的她头发也散了，几乎倒地："你去告啊！你再去找领导告状啊！我看你能找

几个领导！"围在旁边的人也没闲着，一顿拳打脚踢，直接揍的那做丈夫的趟地不起，不住的求饶。看那样子，今天不借钱是不行了，多少得出点血，买个太平。

食堂边上墙角处的那个赌博摊位，照例围了许多人，人人脸上容光焕发，好似遇见了喜庆的日子，估计今天庄家输的脸都绿了。这么好的机会，我也想临了押注一把再走，可是没有时间了。我难道是请假出来赌博的吗？

我仿佛已经不是属于这个世界的人，比起赌博，我更向往遥远的远方，我似乎听到有来自远方的呼唤，正急切的催我速速前行。我不由自主的飘出厂子，进入了那流星的轨道，回转身，再看看这熟悉的地方，厂里的工友们，如同设计好的程序里的纸片人，各人一切照旧，在那里重复着昨日的故事，日复一日……。

正午的阳光普照着杭州的新城古迹，这里千百年来上演着太多的悲欢离合，连呼吸的空气里，都散发着前人的叹息。在那些一处处的断井颓垣之间，青苔枯藤早已爬满墙垣，游人们哪里知道昨日的故事，人人争先恐后的涌向一处又一处风景，这里拍一张照片，那里买一张门票，到处人头攒动，好不热闹。

杭州城默默不语，静静屹立，那百年的树木垂荫，千年的街道纵横，醉人风景如烟。终敌不过西湖边上微微拂动的，那一抹春色。

行星永远不懂流星的轨道

时光飞逝，地球人还在愚蠢的数
着钞票，还没数完，人就没了。
一眨眼，物是人非，尽是虚空：

地球人哪！

你们是中了谁的诡计？

钢筋水泥的无情建筑，

压死了野地里生长的爱情。

机器的轰鸣，

响彻全地，

消灭了生命，

和生命的诗歌。

生命的领地越来越少，

最后连人也被机器所取代，

生命从地球抹去！

山风吹过，

在一块古老的石碑上，

刻着远古的传说，

曾经有一种东西，

叫作生命。

那时百花盛开鸟雀争鸣，

醉人的晚霞映红田野，

人们载歌载舞，

大地上满了欢乐。

自由的空气，扑面而来，我闭上眼睛，享受这片刻放风般的宁
静。久违的阳光洒在脸上，使我心慌慌，好像一个偷窃光阴的贼，

时光从来没有象现在这么宝贵！我赶紧找到一家网吧，上网查寻旅游信息。身边一台台电脑前，坐满了玩各种游戏的朋友们，网吧的网管照例伏在收银台上打瞌睡，一切都是那么美好。嗯，这美好的下午应该载入史册。

我输入"旅游"两字，电脑上跳出来各种信息，大多是商家广告，简直浪费我的生命。各种旅游地，都让我砰然心动。以前那些旅游胜地，在我眼里不过是一些文字符号而已，而在今天，这些山川湖泊全都活了！成了真实的美景，呈现在我面前。

待心情渐渐平静，才发现这些精雕细琢的景区，都不是我心想要去的地方，到底要去哪里？我和史千红一样迷茫，我们唯一知道的就是要远行，远行，离开这满了忧伤之地，去到人都找不到我们的远方。最后，我被一篇叫做川藏线游记的文章，深深吸引住了。在那一条漫长的公路上，囊括了全国各种风景，走过这条线，等于把全国各地的风景都领略过了。那一眼望不到头的荒原，巍峨绵延的群山，哦，黄沙，黄沙，遮住了游子的视线。主要是够远，都远到天边去了，我决定，就它了！

关于川藏线，网上有各种传闻、秘籍、攻略，去的人多，所以信息量也特别大。我看了一下午，头都大了，不知道该听谁的。想了想，还是先打个电话给史千红，万一我选好了，她却不愿意去，那我不是白忙活了："喂，红姐哪！"那边："怎么说？"

我懒懒的靠在网吧沙发凳上，这感觉太美妙："地方我选好了，现在正在查看资料，就是川藏线，你去过吗？"那边："不知道啊，离杭州远吗？"我说："远，远到天边去了！就是去西藏的那条路，风景好着呢。"那边："去西藏啊，行，够远！就这么定了，你准备充分点，我们明天就出发！"我说："好嘞！"电话挂了。

继续在网上查找资料。关于川藏线，什么传闻都有。失踪的女大学生，油腻老司机，主动献身的穷游女，带绝症女友做生命最后旅行的悲情情侣，恶臭难闻的厕所，组队驴友，当然还有美丽的风

景。总之，什么都有，真是一个神奇之地。听说川藏线快要修建铁路了，路上的风景以后都是从高铁的窗口一晃而过，那太没劲了。

然而，徒步的依然会徒步，自驾的仍然要自驾，旅游就得用我们的脚亲自去丈量，高铁跟我们有什么关系？坐在高铁里一路到西藏，喝一杯奶茶，再坐车回来，这算是啥子事情嘛？

由于这是高原地区，地广人稀，前人的经验，旅行的攻略，那是不得不看的。有攻略说，有人骑行两天，就打道回府了，说宁可躺床上看电视，只有疯子和傻子才会跑来川藏线做驴友。有照片为证，3个大男人坐在碎石路上哭，旁边横着自行车，后悔的肠子都青了！我不由哈哈大笑，有这么恐怖吗？

又有攻略说，在山洞口遇到有人拦车，必须冲过去，因为这是抢劫的，一停下来，就把你拉到山洞里面抢个精光！还有牛羊什么的，根本不能碰，碰一下赔两万！这个真吓着我了，不管是真是假，绝不能让史千红知道，她知道了还敢出来吗？

还有攻略说，心脏病，高血压不能去，胖人不能去，过不了高原反应，太瘦的也不能去，因为身体能量不足，上有老下有小的也不能去，不对自己负责，总要对亲人负责，独生子女也不能去，要对祖宗负责，单身徒步女孩不能去，因为回来已经不是女孩了，单身男孩更不能去，因为已经回不来了！我靠，这哪里是去旅游，这摆明是去赌命啊！再听这些歪嘴驴友说下去，连我都不敢去了。

赶紧寻找正能量的，正能量的也有很多，这篇是这样写的："我们坐着藏族司机的车，一路欢声笑语，司机还给我们预备午饭，牧民们都淳朴热情，宰羊杀牛接待我们。我们喝着酥油茶，吃着青稞饼，和藏族人民一起跳藏舞，三月的林芝大峡谷特别美丽，是不能错过的风景地哦。"

嗯，这还差不多，不过看着怎么有点象旅行社写手写的广告文章？旅行社为了招徕生意，特意招募写手，专门在网上发表这类误导文章，口气、套路千篇一律。总之，网上的这些游记、攻略，大

多都没个正经，本来就是驴友们旅游之余的顺手涂鸦之作，又不是司马迁写史记，也就做个参考吧。

　　找了好久，网上游记虽多，但是大多记述不详，说了这点，就没那点，都是兴趣所致，大写一通，不够全面。我扭头看看网吧门外，不知不觉，天竟然已经快黑了，我都坐了一下午了！我请假出来的宝贵光阴哪，我说走就走的旅行啊，第一天就这样坐在沙发上度过了，呜呼——。

　　夜幕渐渐降临，我还没有找到满意的旅游指南，不免心中焦急。我像初学走路的孩童，蹒跚在我的轨道上，开头几步总是最艰难。翻看了无数的网页，鼠标不经意点开一篇文章，这是一篇详细的旅游攻略，是我看过最全的了，我诧异这么好的攻略，居然默默躺在角落，赶紧把它下载到手机。

　　苍天不负有心人，总算让我找到一本靠谱的攻略，这攻略的出现有些奇怪，这么详细全面的攻略，点击率居然这么少，也许是作者有意为之？这到底是个什么样的人？这种不沾世俗随性而为的气质，深深吸引到我，可惜网海茫茫，相见无期啊。那攻略的标题叫做《天路秘籍》，作者署名'沧海野驴'。

　　攻略秘籍在手，相当于有了一个活向导，下一步去买些旅行必备物品，明天就可以出发了。我关掉电脑，起身去结账。

　　身后却突然响起一阵嘈杂人声，一回头，只见有个人匆匆朝我这边跑来，后面有人在喊："抓住他！抓住他！"我下意识的伸腿一拦，那人轻松跳过，眨眼跑出门去。

　　等后面几个人追到门口，哪里还有踪影？这时许多人围上前来，我拉住一个人问道："怎么回事？"众人七嘴八舌说："是小偷！手机被偷走了！"又有人指着我说："你刚才其实有机会拦住他的。"我说："怎么不早说？刚才如果喊抓小偷，我也许能拦住他，我都不知道怎么回事，我还以为打架呢。"

　　这时，网吧老板高声喊道："大家上网要注意了！手机不要乱

放桌上，现在的贼都流行'白日抢'，抢了就跑！各位上网的时候，最好把手机藏在身上。"上网的众人一听，赶紧都把手机从桌上拿走，放进贴身口袋里，一时间人心惶惶。

旁边有个哥们说道："白日抢这事，在浙江义乌最多了，我有个朋友就在义乌车站被抢了。"见我们大家都看着他，更来了兴致，继续说道："那天刚一下车，东南西北还没有搞清楚，立刻围上来一帮人。先是问你去哪里，然后众人争着抢着要带你去，围着你推来拉去，把你搞的晕头转向，等你反应过来，才发现身上的手机、钱包全被拿走了！"

有人问了一句："那他没报案吗？""当然报案啊！但有屁用！这伙人长期盘踞车站都几年了，也没见谁抓进去，这里面的水太深，当地管理部门无论如何也推不掉责任，最轻也是个不作为！魔幻点的，还来个里应外合，这在如今这个社会，也不是不可能。

这年头只要没上报纸，没上电视，谁来管你？人人全都一门心事，只管闷声赚钱一件事。赚到后来却发现，被房地产商、通货膨胀、股票金融等各种吸钱利器吸了个精光。原来在这里等着你们哪！

有专家说，让老百姓维持在吃不饱饿不死的状态，对国家最有利。起初也有些不知天高地厚的愣头警，凭着心中正义硬要揽些案子来管，可在咱大中华这一块，你懂的，那些案子查到最后，哪一件不是盘根错节，牵扯方方面面。再查下去，连自己的饭碗都查没了！小警察查不动了，纯真的理想幻灭在现实的高墙之下，最后无一例外，全都不了了之。"

这位老兄正讲的起劲，却不防有人窜出来一本正经的加了一句："在公众场合，不许谈论政治！你懂的！"众人一听，这话怎么这么耳熟？这句中国特色的话,怎么到哪里都能听到？有人问他"人活着，连说话的自由的都没有，满嘴说的都不是自己的意思，而是那看不见的主人要你说的意思，那不是成了现代版的奴隶吗？这人活的比狗还不如，狗好歹它的叫声还代表自己的愤怒呢。"

边上一愣头青不解的问道："为什么不能谈论政治？法律上不是规定公民有言论、出版、信仰的自由吗？"

一听这么幼稚的提问，大家都笑了，其中一个明白人给他指点迷津："法律？这世界的法律有两种，一种是纸上写着的法律，另一种是现实中行出来的法律。你没听见执法者常说的一句话吗，老子就是法律！没错，这是个诚实人。那行出来的才是真法律，那是要真正'法律'到你头上的，至于那纸上的法律，也仅仅只是纸上而已。

你没看见前阵子有个网红失踪了吗？最后尸体被找到，各种迹象显示被杀，纸上的法律说，要彻查！现实的法律说，那是自杀，我说他自杀那就是自杀！最后，法律到各人头上的法律，就是自杀。你明白法律这两字，在中国是什么意思了吧？"

见说了一大堆，越说越政治，大家本能的有些汗毛森森的感觉，扭头看看网吧门外，又看看网吧里面，似乎再说下去，就有什么东西要起来抓人的感觉。于是有人说了一句："唉，别说了，谈论政治有屁用！就算谈的青筋暴涨，又不能挣一分钱，远不如玩游戏来的要紧啊！"

这话没毛病，可别小看游戏这玩意儿，这东西若是玩好了，那可是一本正经赚钱的营生哪，多少人都是靠卖游戏装备、游戏币来挣钱的！我们其实不是游手好闲的纨绔子弟，不，我们是起早贪黑、辛苦工作赚钱的正经养家人啊！我们是有公司的，我们公司的名称叫做'游戏工作室'。

大家醒悟过来，正经人也会偶尔犯糊涂，净说些不正经的话。于是各人回到座位上，又继续干各人的事业去了。

我也回过神来，咱现在可是专门请假出来的，是与这个世界走在不同轨道上的人，这时光多精贵！我怎么居然还站在网吧，净听人闲聊些毫无意义的事情，简直是慢性自杀啊，差点被他们的思路给带着走了！咱好不容易挣脱这世界的轨道引力，绝不能再被吸回去，醒悟过来后，我赶紧走出网吧，先找了家餐馆，点两个小菜，

肚子填饱再说。

等餐馆师傅炒菜的功夫，忽然想到了亚萍，怎么说这事情也得跟她通个电话吧。便拨了她的手机，才响了一声，又被她切断了，我不知道这事情何时才算到头。菜上来了，一盆是竹笋炒肉丝，一盆是葱油西湖鱼，外加一瓶大梁山啤酒，简直天上人间！

我从来饮食不讲究，一包方便面就可以一餐，一碗饺子就可以一顿，很少这么像模像样的吃一回。我夹起一片肉丝竹笋，塞进嘴里，咀嚼几下，又端起碗灌了口啤酒，啊！这感觉没法用语言形容！什么叫品味？这就叫品味人生哪！随手又夹了筷葱油鱼肉，再来一口啤酒，酒菜入喉的瞬间，此生无憾矣！什么黄金万两，什么别墅豪车，都敌不过今晚这一顿葱油西湖鱼！

吃菜喝酒之际，我也没闲着，从手机里翻出那篇《天路秘籍》，查看旅游攻略。上面这样写着：旅途常备物品篇。若要活命，必备红景天、高原安胶囊、创口贴，还有巧克力、防寒服、徒步鞋、口罩、手电筒、身份证、地图等等。这些都是必备，此外还记着许多东西，根据各人情况选购。

真是详细攻略啊，不枉我找了一个下午，'沧海野驴'大哥，小弟这里先谢过啦！刚读了个开头，我便不禁对野驴大哥的严谨治学态度，肃然起敬，对着手机作了一揖，以示感谢。唉，茫茫人海，真正在关键时刻帮到我的人，要么在天上，要么连姓名都不知道，这就是人生。

酒足饭饱之际，一眼望去，那靠窗边角落处，居然还有游客题了一首小诗！这定力、这境界，在如今满世界都围着金钱疯狂旋转的年代，属实太难了。我凑近仔细看，是水笔写的清秀宋体，诗曰：

西湖泛舟

红衣客人湖上游，

秋波脉脉频回眸。

又是一年柳色新，

望尽游人不见卿。

看这诗，定是位多情才子所写，可惜了，佳人已乘游船去，唯剩烟柳空依依。当初如果主动那么一点点，现在也许就是一对伉俪故地重游，也就没有这首小诗什么事了。到底是有情人终成眷属，还是有情人两地相思，结局更美丽呢？都很美，我想我也是醉了，在这烟雨迷蒙的西子湖畔。

出了餐馆，走在初夜的杭州街头，华灯下的商家已显疲惫，夜色中的游客兴致正浓。身边偶尔掠过几个夜跑的人。他们如同杭州宠爱过度的孩子，被喂的太饱，营养过剩，每天需要把多余的脂肪消耗掉，然后再接着吃。而我，根本不用消耗，那脂肪就没了。对他们来说，人生就是琢磨着怎么把吃下去的东西，能够顺利的拉出来的过程。我照着《天路秘籍》的指导，寻找一家户外用品商店，先把秘籍里写的那些东西准备齐。

路过一家水果店门口，我已经很久没有吃过水果了，我努力回忆，想不起来最近一次吃水果是什么时候，一个月前，还是半年前？能想起来的，除了产品源源不断的流水线，就是塞满人的公交车，亚萍日渐哀怨的目光，迪厅震耳欲聋的音乐……。我一个人吃不了什么，挑了一个大苹果，让老板称。老板略一迟疑，开店这么久了，还真没有遇上过只买一个苹果的人。然而，生意这东西并不在乎一时的买卖，在乎的是长久的人脉，来的都是客。

老板接过苹果，放秤上一称，3.68元。我没零钱，掏出一张50元的钞票，老板接过钱，刚想找钱给我，不知怎得突然直冲到门外，对着门口刚停的车子大喊："这里不能停车！店门口不能停车！"

那宝马车才不管这些，稳稳当当停好，车门打开，从里面出来一个年轻女子，扭头就要离开。老板急了，立刻跑上前拦住："你不能走！这里是店门口，不能停车！"那女子听见他这外地口音的普通话，不屑的说："我就停这里了，你还能把我咋滴？"

老板有些神情激动："你讲讲道理行不行？你把车子堵在我店门口，这叫我怎么做生意？"女子说："我就停一会儿，马上就走的。"说完又要走，老板挡住说："停一会儿也不行，你必须马上开走！"女子一听，脾气上来了："我管你怎么做生意，今天就停你门口了！看你还能把我怎么着！"说完硬要离开。

老板立刻张开手臂挡在她面前，女人推开他继续往前走，老板从后面拉住她衣服不让走。女子回头一看，你这摸水果的手，居然拉我衣服，这还了得？顿时指着他说道："把你的爪子拿开！现在已经不是车子的事情了，你弄脏我衣服了，必须先拿3000元赔我衣服！"

老板一听，不由自主把手一松，弄脏人衣服确实有点理亏，但车子仍是必须得开走，毕竟就指着这店面糊口过日子。女子见老板仍然坚持要她把车开走，也不多说什么了，开始掏出手机打电话。

街上的人一看这边吵架了，立刻跑过来几个围观的，我站在店门口说："老板，给我结一下账吧。"老板哪有心思结账，冲我摇摇手，示意我等一会，你这3.68元的生意，一转身那女人扔下车跑了怎么办？我便站在那里吃苹果，吃完整个苹果也不见他俩有个了结，心想若不是50元钱在他手里，我去旁边店里换个5元10元，扔下就走人了，谁知道他们吵到什么时候？

正等的不耐烦，只见一辆宾利迅速开到，出来一对夫妻模样的人，看那年龄口气估计是她的父母吧。那父亲脖子上挂一条金项链，身材彪悍，一下车，什么都不用说了，直接跑进灯火通明的水果店，找到一根棍子，然后冲出来对着老板的头就是猛敲，水果店老板立刻满头是血，蹲下了。

这时，围观的人已经很多了，一些人拿着手机秒变网红，早在那里直播了，也有人想上前劝架，那父亲用棍指着众人说："你们谁敢靠近，我就打谁！"说着，又用脚猛踢老板腹部，一旁的母亲也没闲着，对着那些为老板说话的路人和围观者破口大骂。那女子则靠在宝马车边，得意洋洋的看着这一切。

水果店老板已经躺地不起了，那父亲踢着他的头说："一刻钟之内，老子要是看不到 3000 块钱，以后你就别在这里混了，你这条贱命值几个钱？还不够我买一块手表……"老板挣扎着从地上爬起来，吐了几口血唾沫，说了句："你等一下，我这就去拿。"

步履蹒跚走进店里，也就两分钟的功夫，旋又出来，对那父亲说："给你钱。"猛地抽出怀中的右手，手里拿的却不是钞票，而是一把锋利西瓜刀。那刀子直刺对方心脏，在众人一片惊呼声中，迅速又补了两刀，那父亲没哼一声便栽倒在地。

众人哪个敢上前劝阻？眼睁睁看着他，又两三步跨到那做母亲的跟前，连捅三刀。杀一个是死罪，多杀几个也不过是死罪，杀红了眼的老板并没有放走早已瘫软在车边的女子，象拎小鸡般地将她提出数米，当着众人的面又是连捅数刀，扔于路边。这短短几分钟时间发生的变故，谁都没有料到，大家全都惊呆了，谁也不敢上前，只远远的看着。

干完这些活，水果店老板脸色死灰，一屁股坐在那父亲一动不动的身体上，带血的手掏出一包烟来，但翻遍口袋，却没找到打火机。附近有个人扔过去一个打火机，老板捡起来，好不容易把烟点着，说了句："谢了。"拿烟的手在那里颤抖的不行。

我目瞪口呆的看着眼前的一切，这是什么样的世界啊。几分钟后，警方和救护车陆续赶到现场，不费吹灰之力便将凶手逮捕，这大概是这些警察抓过的最好抓的凶手了。警方组织几个人保护现场，警车和救护车载着 4 个人呼啸而去。

有许多后来跑过来的人，没看到现场，都围在录视频的网红周围，看情景回放。众人七嘴八舌，有的说："现在这世道，穷人好像都回到了旧社会，到处是有钱人、贪官、恶霸横行，中国民主革命好像只是一场梦，醒来什么都没变。"

有个人说："你这视频放到抖音上去，浏览量要暴增了！"录视频的人摇摇头："要审核的，因为内容太过真实，所以很可能无

法发表。"那人不解的问道："为什么内容真实的东西不能发表，而假的才能发表？尤其是那些骗子的产品，你就算投诉也无法叫它下架？"这不经意的随口一问，没有人能够答的上来。

四围的众人都在纷纷议论刚才的事情，群情激动，沉默羊羔们终于不再沉默。我心里想：老板手里还拿着我的50元钱呢，我找谁要去？看看店门口站的警察，他们破案不行，但是拦住我，不让我进店找钱还是很行的。短短几分钟的时间，刚刚还好端端一个水果店老板，眨眼人就没了，这是什么造型的啊，这世界也太魔幻了吧。夜色渐渐笼罩这荒诞不经的傍晚，空气中到处飘散着，那种猪肉屠宰场的气息。

人群越聚越多，先到的人越说越激动，后来的人一知半解，在那里瞎嚷嚷，这里的喧闹一时半会是没法平静了。不远处开着一家玉石古玩店和一家画廊，有人探头朝我们这边观看，那玉石店门口写着'高价收购昌化鸡血石'几个大字，印入淡淡夜幕中。那家画廊老板客客气气的把一个顾客送到门口，估计谈成了一笔生意。

我渐渐从刚才那惊魂一幕中回过神来，将将头绪之后，我还得继续走在我的轨道上。这个世界要极力把我拉回它的轨道，似乎不允许我的离去，我不能再被它的思路带着走了。流星的轨道，是一片山花灿烂、幸福宁静之地，再没有眼泪、悲伤、痛苦、愁烦，能夺去我心中的喜悦。哪怕只有短短的几天时间。

于是拨通史千红的电话："红姐吗？"那边："嗯，张伟，准备的怎么样了？"我搔搔头："红姐，路上要带的东西，网上我都查过了，你要不要跟我一起去户外用品商店看一下？"那边："看你这小样的！你只管买来，花了多少钱全都算我账上就是了。"我说："我也不知道要多少钱，一两千的话，就算我的，金额太高的话再跟你报吧。"那边："你不要买漏了就行！"说完，电话挂了。

我在街上寻找户外用品商店，天已经黑了，冷风吹过灯火阑珊的街头，吹乱了游人的头发。在街边的一个角落，坐着两个人，由

于天比较黑，借着街边的灯光才看清，是一老一少。老的是五十岁模样的妇女，少的是五六岁左右的男孩，正坐在路边茫然发呆，看那样子不像乞丐，也不像吃了饭闲逛的，倒像是流落街头无家可归的模样。

我不禁心生怜悯，鬼差神使走上前去："请问你们，吃过饭了吗？"那妇女一回头，见是我，警惕的扭过头去，不理我，大概把我当成骗子了。我心里说，我还怕你们是骗子呢，这年头骗子满天飞，谁敢相信谁？

见她那警惕的模样，我反倒放心了，骗子一般不会是这个样子，于是我继续说："如果你们没吃饭的话，我带你们去快餐店吃一顿，要不给你们买些方便面也行。"

妇女总算点了点头，也不见起身，那意思是要方便面。我心里说，这是从哪个偏僻农村跑出来的人啊，怎么这么老实？同时又觉着亲切，似曾相识，很久以前在老家的淳朴乡亲们，不正是这个样子吗？这是他乡遇故人了啊！故人还是那般淳朴，可是世界却早已经变了模样。

我的故人哪，你们根本就不属于这个世界，为何要跑来这里？你是那个世界里的人，跑来这个世界的杭州，可怎么生存？你如果再年轻些，凭着天赐女人的原始本钱，倒可以进足浴店、KTV、酒吧找份工作，或者在街边一站，寻那些单身男人也可以要些钱。可五十多的年纪，又不会打扮，又不会八面玲珑、见风使舵的说话，又没有学历手艺，想在杭州找到工作，难哪。我也不多想了，先去旁边小店给她们买些方便面再说。

等我提了一黑袋的方便面出来，递到她们跟前，总算听见那妇女说了声："谢谢你。"我借着机会问道："你们怎么想到跑到杭州来？"妇人操着外地口音说："我闺女在杭州打工，好几年联系不上了，我过来看看，顺便看能否找份工作什么。"

我说："杭州这么大，你到哪里去找你闺女？找不到的，至

于工作……"我想到介绍所，那地方可去不得，拿了介绍费之后，一般你就在家里等吧，也不知等到何年何月是个头，就算给你介绍个工作，那工作你吃的消吗？都是不知道经过多少人的手，挑剩下来的。

想来想去，我给她指了条路："你看见街上那些大大小小的饭店了吗？"她点点头，我说："你去这些饭店，每家每户去问，要不要人，总有个饭店是要人的，即便不要人，也能要口吃的。"她又点点头。我没时间了，说了句："我还有事情，得先走了，有什么事情的话，你可以拨打电话110。"她在那里一个劲的谢谢我。

我叹了口气，继续在街上寻找户外用品商店，终于从一个跑步的年轻人口中，找到了一家户外用品商店。然后，照着《天路秘籍》里写的，把必备物品都买了，正想着要不要买帐篷。

关于帐篷，上面是这样写：以前必须要帐篷，现在帐篷一般用不上，沿路旅店已经很多了，当然，以睡帐篷为野外爱好者除外。这就是说用不着帐篷了，我继续往下看：准备几个牌子和1000元现金，每个牌子分别写上，'求搭车''求RB''求混帐'之类的搭车标语，另外这1000元现金是打死也不能动的。

我心里说，我们是打算自驾游，又不是徒步游，用得着这些吗？不过看'沧海野驴'大哥的口气，不容置疑，似乎也是必备的。那就备吧，反正也没多少钱。

拖着大包小包回到家里，一楼欢欢家正亮着灯，里面又传来弹琴的声音，这么晚了还在练琴，这是要冲刺世界冠军吗？琴声呜咽，断断续续，飞入黑黑夜幕中，传进千家万户里。站在这他乡的出租屋前，我忽然觉得有什么温柔的东西，触碰了一下心弦，想起几句：

谁家玉笛暗飞声，散入春风满洛城。
此夜曲中闻折柳，何人不起故园情。

在这个惆怅夜晚，故乡，以突如其来的方式，闯进彷徨心怀，我蓦然回首，原来已经走的太远太远。那回不去的故乡，遥远而又

模糊，农家柴院里，奶奶慈祥的身影，黄昏夕阳下，伙伴们纯真的笑脸，深山水库间，野鸟清脆的鸣声，还有田间乡野一个个美丽的传说……。

回忆是多么钻心的刺痛！我们仿佛一夜之间，全都被抹除了记忆，集体进入到如今的世代，那依稀模糊的美好家园，到底是怎么悄然离去的，如今谁也想不起来了。现在我们唯一可以抓住的，就是钱！绝不能再让钱也离开我们而去！

晚风吹过心房，湿漉漉的凉，推开房门，屋子里空荡荡的安静。我把大包小包往地上一扔，跑到阳台，她家拉着窗帘，灯光朦胧，不知道里面什么情况。我发了微信过去："一切准备完毕，明天早上7点50坐高铁到成都，再从成都租车去西藏，准备好3万元钱。"

不一会儿，那边回信了："要这么多吗？我有车呀，我们可以自驾游。"我回："3万元有备无患，穷游的话2千元也够了，只是穷游你吃得消吗？你是越野车还是普通车？普通车的话还是不要赌命了。"那边："不是越野车。那就照你的方案吧，明天早上7点50，火车站会合，我要早点睡了，晚安。"我回："88"

在阳台站了一会儿，对面屋子的灯灭了，估计她老公吵了架去二房那里了，不，应该是三房那里，三房挺着大肚子有孕了。我走回屋里，也打算早点睡觉，这时候才发觉屋内有些异样。只见床上的被子，不知道什么时候叠的整整齐齐，我是从来不叠被子的，除非一种可能，就是亚萍回来过。

然而，我很快打消了这想法，因为又看到在靠墙的桌子上，静静的放着几株野花，是连根拔起的那种，根上还带着新鲜泥土，这绝不是亚萍会做出来的事。在花的旁边，端端正正放着一本书，就是我扔在床头的那本武侠小说。

这房间里分明有人来过！但这人是谁呢？除了亚萍不会有第二个人，还有一个人，就是房东大妈。一想到房东大妈，我笑了，打死也不会是她，叫她给我叠被子，还送什么花给我，下辈子吧。

难道真是亚萍回来过？

我赶紧给她打电话，那边电话响了几声，就被人关掉了。我也不想多费脑子了，明天还要去火车站买票呢，随手拿过那本武侠小说，想躺床上看会，然后酣然入梦。翻开小说，里面掉出一个东西，我一看，这不是那片'铜叶子'吗？我那天回来就扔在抽屉里，什么时候它跑到书里去了？那'叶子'静静的躺在我的手心，我觉得它在冲我笑！我的妈呀，哪来的这种念头，吓死我了！

我赶紧把它扔回抽屉，就听见角落里有人轻轻笑了一声："呵呵，去旅行喽。"绝不是幻觉，半夜三更的，这太吓人了！我赶紧顺着那笑声的地方看去，是衣橱那里，难不成那里还躲着个人？我壮着胆子问了一声："谁呀？快给我出来！"整个房间一片寂静，再没声音。

我得过去看看，不搞清楚，藏着这块心病，晚上怎么睡？我悄悄走过去，一把拉开衣橱门，里面仅有的狭小空间，除了几件衣服，啥也没有。这时门外有人敲门，我的第一反应是："亚萍回来了。"走过去把门一开，没人，却不防在脚跟前站着两小孩，一男一女，一米高，女孩子头上盖着红盖头。小男孩把女孩往我门前一推，嘴里说了句："新娘子来喽！"便哈哈笑着撒腿跑开了，女孩站在门前一动不动。

我心里寻思："我们这里从来没有小孩的呀，都是打工人，一天到晚累都累死了，哪里还有精力照看小孩，这两孩子哪里来的呢？"联想到刚刚房间里的诡异状况，又看着眼前如同木头人一般，一动不动的女孩，忽然回过味来，只感觉阵阵头皮发麻，轻轻喊了声："天哪！我的妈呀！"赶紧把门关上。

靠在门板上直喘气，那双腿不由自主的发抖，待心情稍稍平复，又想："明明看见的是俩个小孩，别自己吓自己了，今天晚上这是怎么了？不过是俩个小孩玩闹，也能把我吓个半死。"便大着胆子，又把门打开，本想跟门口的小女孩说几句话，不曾想，门外早已空

空荡荡，哪里有人？我这才意识到确实不对劲了，以前可从来没有出现过这种事情啊。

我迅速跑去拉开抽屉，拿出那片铜叶子，一定跟这叶子有关，却又不知道该怎么处理它。那天悠扬的歌舞犹在眼前，新娘白皙的手指，围观人群模糊的笑容……，看来那都不是闹着玩的哪！

我不知道遇着了什么，也想不了那许多，跟史千红已经约好了，箭在弦上已不得不发。看着屋子里的桌椅厨柜安静异常，晚上若有第二个地方可去，我就不住这里了！可我真没有别的地方可去啊。一咬牙，只能硬抗了，咱连穷都不怕，还怕你个鬼！重重关上房门，口里大声咳嗽一声，一头钻进被子里，便睡了过去。

不知什么时候睡着的，早上6点半，闹钟准时响起，我居然睡了个好觉！三两下穿好衣服，来到卫生间，照例，等东北人他们先洗脸、刷牙、上完厕所，然后才到我们。上次有个不开眼的，蹲在那里上厕所，结果上到一半，东北人等不及了，进去生生把他拉出来，说上班要迟到了，让他先上。这样也行？我算是开眼了。那以后再没人敢跟东北人抢厕所。

今天我的心情比较悠闲，排在众人最后面，谁来都让他先，因为轨道已不同，流星和行星那不在一个频道上啊。我如同另外一个世界的人，看着他们匆匆忙忙的急样，这感觉真是太美妙了。我摇头晃脑的脱口而出："林花谢了春红，太匆匆……。"

旁边几个人惊诧的扭头看我，以为来了个外星人，居然没人能听懂！这真是斯文不值一斤菜钱的时代，诗篇不敌一斤猪肉的年代啊。没一会儿，房子里起床的人越来越多，楼梯上下，卫生间，全都是忙乱人影。我只稍稍比平时动作慢了半拍，刹那间，人去楼空，跑的一个不剩，全都往四面八方奔钱去了。只剩下，空荡荡一幢大房子，真幽静。

房东大妈见我磨磨蹭蹭的，没有去上班的意思，立刻断定我要偷东西。满面笑容走近前来："哎，那个谁，怎么还不去上班呀？

不怕迟到扣钱吗？"这笑容看着诡异，叫人忐忑不安，我答道："阿姨，我这几天要出去旅游，我现在马上去楼上拿东西，东西比较多，昨晚买了一晚上呢。"说完，迅速跑上楼，打开房门，背起那些大包小包走下楼来。

房东大妈早已挡在大门口，见我一下子拎出这么多西来，不明白了："你到底是去旅游还是要搬家？怎么带这么多东西？"我善解人意，立刻放下包裹，打开其中一只大包："是去旅游啦！阿姨您看，这不都是旅游用品吗？"

房东大妈什么人？当下亲自下手，把一堆大包小包挨个儿打开检查，见都是旅游用品，这才说道："哦，原来真是去旅游啊！我还以为你要搬家呢，搬家可要告诉我一声啊。"我笑着说："没有搬家啦，我还要住很长时间呢！"说着，背起这些大包小包走出门来，身后，大门"砰！"的一声关上了，吓我一跳。

都说人走茶凉，可这人都还没走哪！倒像是被一脚踢出门一样，唉，现在的行情，真是连一点客套都不带了。

我拖着大包小包往大街上走，街边角落处，捡纸箱卖废品的大爷，正在往纸箱上洒水，我搞不懂，莫非纸箱也会口渴？这时的街上，行人还比较少，从远处有个人朝我这边走来。渐渐走近了，我才发觉，他似乎不是朝我这边走来，而是朝我走来！这是一个外国人，身上穿着一件灰色长袍。我第一反应，这是一个阿拉伯人，杭州是国际性都市，外国人倒是司空见惯。

他一直走到我跟前，比我略高，我迷惑的看着他，以为他要向我问路。他停住脚步，注视着我的眼睛，目光温和深邃，似乎能够看透我的内心："你的轨道改变了。"我能听懂他的意思，但是我不明白，他怎么知道我的轨道改变了？我想说什么，又不知道该说些什么。

这个奇怪的人，看着我的眼睛继续说："凡不爱世界的，世界也必恨恶他，凡爱这世界的，世界也爱凡属它的人，这世界就是权

势、金钱和情欲，你不属于这世界……"

这话听的我一头雾水，我怎么就不属于这世界呢，我不过是去旅游而已，又不是离开这个世界。眼前这个人似乎有很多的话要跟我说，而我却听不懂他在说些什么，只能呆呆的看着他，一句话也说不出来。外国人的脑子跟我们不一样，他用手指了一下旁边："你看，你的车子来了。"我转头一看，一辆出租车正好驶过，赶紧招手，总算等来一辆车。

车子到跟前，我二话不说，打开出租车的后备箱，把所有行李全都塞了进去，正准备上车的时候，才想起那个奇怪的外国人，四下张望，大街上空空荡荡，哪里有什么外国人？司机冲我在喊："上车呀。"我回过神来，钻进车子，对司机说："去火车东站。"车子冲破清晨的阳光，向着曾经流星划过的远方驶去。

一路上，老是浮现那外国人奇怪的眼神，他到底要向我表达什么？自从那个迷乱的午后开始，我不知道遭了什么，接下去一页一页往后翻开的日子，每一页咋都变得那么怪诞？这外国人说我不属于这世界，这话叫人细思极恐，难到我这次旅行是一趟有去无回的不归路……？我坐在车上，只觉得心里阵阵发毛。

车厢摇晃，人在旅途

远方古道上，有位姑娘站在路中央，
长发披肩，身姿妙曼，穿着彩云之
裙，拦住一个行路的书生说：
"此山是我家，此路是我开，
想要从此过，留下歌一首！"
我靠！今遇着拦路打劫的了！
书生卸下一路的风尘，对着姑
娘施了一礼，略一沉吟，唱道：

千年的山风，未经世事，
吹过那油腻都市。
喧嚣的大地上，
市井商铺车来人往，
掩盖了历史，
一页页神奇的画卷。
谁会相信？
在这钢筋水泥的建筑之上，
曾经落霞与孤鹜齐飞，秋水共长天一色！
我今要乘鹤归去，
寻找那尘土飞扬，
尘土飞扬的茶马古道。
巫峡神女长袖舞，
巴山夜雨狐仙梦。
秦岭蜿蜒，
挥不去汉时的歌唱；
山花烂漫，
唱不尽村女的爱情。

岩石嶙峋，
溪水冰凉，
再也不见了洗衣人。

　　到了车站，虽说约好在门口等，抬眼望去，到处都是房子、车子和川流不息的人群，到哪里去找依门等候的史千红？我拨通了电话："我到车站了，你在哪里？"那边："我在门口呀，你呢？"我说："我也在门口，大门正前方。"

　　那边："哦！我看到你了！"我四处张望，从角落里走来一位戴墨镜的俏妇人，峨眉淡扫，朱唇粉颈，一头乌发高高盘起，黑色的羽绒服，蓝色的牛仔裤，身上背着一个旅行包，正冲我神秘微笑。这难道是从天上掉下来的艳遇吗？我只觉得精神恍惚，差点没认出来！看来女人真是妖精，变化多端。

　　火车站人多眼杂，为了避免不必要的麻烦，我们按照约定方案，她去买票，我远远的跟在后面，保持一段距离。史千红在前面走着，边上抢出一辆小车，车上趴着一个残疾小孩，那小孩一把拉住她的裤腿不放手，原来是个小乞丐。史千红跺跺脚，想把那脏手甩掉，小孩却越发抓得紧了，怎么也甩不掉。

　　一个怕脏了裤子，一个怕没饭吃，到底哪个力量大？我后面看着，觉得有些好笑。史千红赶紧从包里拿出几个硬币扔给他，这才挣脱了那只小手，急急忙忙赶去买票。这时，远处有个人在吼："又来了！又来了！再被我看见，把你抓进去关一个月！"小孩一见那人，飞快的用手滑着小车溜走了，远远的有同伙在那里接应他。

　　听说在那些孩子的背后，都是有团伙的，他们从小被人贩子拐来，掰断手脚，然后被训练成职业乞丐，成为了幕后老板的摇钱树。那些幕后老板，拿着这些孩子的钱，穿名牌，住洋房，出入各种体面场所，成为这个世界上的成功人士。

　　史千红已经买好票，在远远的向我招手。我走到离她不远处，找个地方坐下等车。开始检票了，我装作不经意的跟在她后面排队。

到了剪票口，是自动检票机，我接过她塞给我的票，因为行李多，折腾了一小会儿，总算进了剪票口。

接下去就轻松了，人流分成了好几股，站在各自的站台上候车。史千红站在人群中，摇曳的身姿好像风中玫瑰。这分明是闺中玫瑰，为何盛开在旷野之地，流浪在江湖之间？终成了，风吹日晒布满尘土的野玫瑰。有诗为证·

> 本是宅院闺中栽，
> 高墙檐下寂寞开。
> 何故零落荒野地？
> 无限妖娆终是泪。

高铁来了。正是阳春三月时节，江南草长，人世外的野花开满山谷，溪涧边的青草绿意盎然，如蝗虫般布满全地的人类，正忙着低头赚钱。

我们进到车厢里，在一车的南腔北调声中，找到座位，放好行李，这才如释重负的双双倒在位置上。身后，都是不堪回首的往事，前方，才是失落已久的故乡。一种人在旅途的味道，悄然在空气中迷漫，满车的人，都不认识。无论善恶，此时全都慈眉善目的靠在座位上闭目养神，一切都很美。

窗外的风景，在逐渐模糊的视线中变幻。田野的电线杆上，停着成排的麻雀，那是乡村凝固的乐谱；一晃而过的溪流、小桥，伸出温柔的手臂，想要把我们留下；怎么也没有尽头的，是那一望无际的荒草，正如我们心中疯长的陈年岁月。

此刻杨斌他们，应该正在机器的轰鸣声中，忙的不可开交；西湖上的游客们，也正气喘吁吁的，赶着一个又一个景点；而我的列车，象一头愤怒的狮子，要甩掉人群，甩掉痛苦，甩掉命运，带着甩掉一切的速度，一路向西。

窗外的风景变化太快，没一会儿，眼睛就疲倦了。身边的史千红也由闭目养神，变成了昏昏欲睡。迷迷糊糊间，我来到一个野山

水库，清晨的山脚下，草木茂盛，薄雾迷蒙。那水库很大，湖岸边的一块大岩石上，远远坐着一个女子，面无表情，若有所思。我的心中泛起一种似曾相识的感觉，却又无从想起。那女子穿着一件淡黄色格子衬衫，身下系着一条白裙，裙子下摆有点弄脏了。

水库四周的湖岸，树木青翠历历在目，迷雾蒙蒙，若隐若现。看不清全貌，水鸟清脆的鸣叫声越过水面，湖的四周很安静。这女子好像我熟悉的一个人，可我却又从来没见过她呀？这种感觉越来越强烈，我很想走过去，对她说些什么，却又说不出话来。人世间的钱权名利，繁华喧闹，痛苦哀愁，此刻忽然都显得无足轻重。原来在灵魂的世界里，这些东西毫无用处，并不是生命存在的意义。

天色渐渐昏暗了，水库山谷中，悄然下起了小雨，那水库，那荒山，那女子，在暗如夜晚的一片山雨中，渐渐模糊……。山上有一间小屋，我冒雨向小屋走去，怎么这么累啊，同时又感觉如释重负，充满安息。清凉的山风带着雨，从山上吹来，打在我身上，有一股浓重的青草气。我回头看水库，她的身影隐约，远远的还坐在那里。大山的轮廓崔嵬，一条山路通向山岭深处，那小屋门边放着一口水缸，不知道住着谁，我走在这山雨之夜，世上的一切渐渐淡去……

等我醒来，眼前众人仍靠在各自位置上闭目养神，窗外的风景不断变化，轻轻摇晃的列车，提示我人在旅途，原来是做了一个梦。服务员推着餐车过来，大家开始买盒饭。车子来到我们旁边的时候，我推了推已被吵醒的史千红："吃点饭吧，你要哪种？"史千红看了看推车里的盒饭，指了指下面那层的，我要了两盒，一人一盒。胡乱吃完饭，四下看了看，洗漱间那里有个垃圾桶，便过去把饭盒给扔了。傍边是厕所，我顺手推了下门，里面有人。

回到坐位，坐着无聊，手中又没一本书什么的，这年头，人都把看书这件事情给忘了。这趟旅途，如果有一本书在手，等书看完，

成都也到了，这该是多么优雅美妙的事情啊。现在只能看看窗外的风景了，看的久了，眼看着又迷迷糊糊睡过去了。

忽然，车厢前方传来一片嘈杂声，并且很快，那声音穿透前方车厢迎面而来。那是一种无法形容的声音，撞击声、叫喊声、哭泣声还有风声雨声、树叶的沙沙声，交织在一起，穿破前方铁质车厢呼啸而来。

一时之间，我们车厢里充满了各种嘈杂声音，各种使人悲伤的声音，使人情不自禁莫名落泪。我们这边没有睡着的人多有被惊到的，大家彼此惊恐相看，嘴里说："这是什么声音？怎么车厢里都是这种声音？"

正议论纷纷，那声音尖叫呼啸着从我们中间骇然穿过，却没有看到人，等我们反应过来，已经到下面的车厢去了。由于那声音过于凄厉、真切，凡听到的人都毛骨悚然，众人惊魂未定彼此议论："有没听到刚才那声音？""这是什么声音？太吓人了！""好像有什么东西从我们这里经过呀！""我也听到了。"

正当大家议论纷纷的时候，有人惊叫一声："快看窗外！"众人一齐望去，只见外面被风吹来一块红布，紧紧的贴在玻璃窗上，同时每个人身边的窗户，都不约而同的想起急切的敲窗声。众人大骇，其间有人厉声说道："什么东西！快给我滚！"只听窗外有悲凉的声音，叹息数声，而后车厢内忽然又恢复了平静，所有声音都消失了。大家齐盯着那红布看，那红布在窗外迎风招展，忽然被风吹走，不见了。

这下好了，那声音虽然不见了，但车厢里却一下子热闹非凡，醒着的人都彼此激动的大声议论着刚才的场景，睡着的人也多有被吵醒了，不解的在那里问："什么事？什么事？"渐渐的，大家的说话声归于一个人身上，由于那人声音比较小，我们便都围了上去。

只听他在那里说："……我是由于工作原因，经常在这一带出差的，每次高铁经过这地方，都会莫名其妙出点状况，后来便从别

人口中听到这么一件事情。"有几个人在旁边问："什么事情？"那人便给我们讲了这么一个事情：

"以前我经常在这一带跑出差，也没见什么事情，大概半年前开始，这地方就老是出状况，后来便听到一件事。这还得从一个女大学生说起；当时这女学生是大学放暑假，吃了晚饭没事在家附近散步。不知从哪里窜出一条狼狗来，追着她咬，一个女孩怎么跑得过狼狗？当场便被咬的倒在了路上，幸亏路人看见，及时把那狗赶跑了，女学生见伤势不严重，也就回家了。

回家后没几天，开始渐渐显出得病的症状来，见人就咬，一段日子之后，就离开人世走了。那女孩有个哥哥，也不知道他是从哪里打听到，那狼狗原来是某某厂里的，得了这消息，当时就跑到那厂里跟老板理论。事关人命，老板打死也不承认，这哥哥见老板不承认，就跑到派出所报了案。

第一次，派出所出警把俩人都传唤去了解情况，第二次，就单单传唤那哥哥了，后来干脆派出所和老板一个口径，都说那狗不是老板厂的。哥哥明白过来，原来是被买通了，气愤不过，告到法院。老板势力强大，关系早已经接到法院里面，最终判决女孩哥哥败诉。这做哥哥的眼见在这地上伸冤无门，就天天扯了横幅拉在厂门口，上面血书写着：'还我命来！'时间一久，后来就被老板雇了黑社会打成重伤。

人穷病重，床头凄凉，谁会来管你？这哥哥躺在床上日夜思想，一个想不开，终于在某个雷雨交加的夜晚，拖着虚弱的身体卧轨自杀了。也有的版本说是被老板雇的黑社会杀了，再放到火车轨道上，反正火车一压，死无对证，这事情就算了结了。从那以后，也不知怎的，高铁经过那出事的地段常常出怪事，过了那地界就没事。"

大家听完后都摇头叹息，各人回到座位，一番感叹之后，又继续各人的心事旅程。传闻归传闻，有人信也有人不信，但刚才遇到的事情，真真切切使人恐惧，谁也没法解释，也许那传闻正是最好的注解。

窗外变幻不停的景物，开始带走人们的思绪，从眼前飘到远方。这世界每天都在上演离奇的故事，故事主角们的心事又有谁懂？无人能安慰那愤愤不平的心，他们犹自继续他们的演出，有无观众，已不重要。

我回到座位上，史千红已经醒了，一脸漠然看着窗外，不知道这会儿她在想些什么。我才发觉一整天都没上过厕所，便盼着那厕所门早点打开。这门也真有意思，你越盼它开，它越不开，不断有人经过那里，拉了拉门，发现是锁着的，又走了。

我忽然想到，可以去别的车厢啊，大活人还能让尿给憋死了。我摇摇晃晃的行走在微微震动的车厢，身边是陌生的旅人，前方是山花和诗人的故乡，这种人在旅途的感觉，比旅途的风景更美。

下一节车厢的厕所，也很抢手，几个年轻人等在门口，玩着手机，也有人在角落抽烟。我小心翼翼的穿过人群，现在的人都是玻璃做的，可碰不得。我要去寻找下一个厕所，总不会每个厕所都有人吧。

在我前面走着一个人，这人边走边在那里掏裤兜，掉落下来一张百元钞票也不知道。外面的天地就是广阔，整天待在厂里哪会遇上这种好事，我顿时觉得一阵热血上涌，是的，没错！人民币上的毛爷爷，正冲我慈祥微笑呢。

我第一个反应是想喊，但是不知怎的，却没喊出声来。我若无其事的走到那钱边上，缓缓蹲下，捡起那张钱，便往口袋里塞。还没等我塞进口袋，有人在拍我肩膀："喂，喂，朋友！"我一扭头，是旁边座位上的人，这人比较胖，脖子上挂着根很粗的项链，他指了指那钱："这是我放在地上的，喝口茶的功夫，一转身，你就跑我这儿捡钱来了！"

他旁边还坐着一位朋友，也没搞清楚什么状况，立刻窜出来随声附和："这是他掉的钱！你怎么跑到我们这里来捡钱来了？"胖子回了一下头说："不是我掉的，是我故意放在地上，消磨时间玩

的呢！"看来他们还没统一好口径，也难怪，这么短时间，哪里来得及统一口径？

我看看苗头不对，本来还想说'这是我掉的钱'，但有些底气不足，他显然是看见我走过来，慢慢蹲下捡的钱，于是改口说："这是前面那人掉的钱！我正要拾了钱交还给人家呢。"那人一听，扭头看看我前面，除了几个一直靠在厕所边上的年轻人，哪里有什么掉钱的人？立刻指着我说："人呢？你什么意思？你是想跑到我这里来讹钱还是咋地！"那手指都快碰到我鼻尖了。

这时，周围的人骚动起来了，大家一听说钱掉了，这触动了人身上最敏感的神经，连睡梦中的也纷纷醒过来，检查自己的钱包，说不定那钱是我掉的呢。

"我最后说一遍，你交不交？"胖子用手指着我。我回了一句："不是你的钱，我交给你干啥？"话音刚落，就被人一拳打在脸上，紧接着，两个人便一起朝我扑来。一个胖子就已经比我魁梧，加上两个一起，我根本不是对手，只有挨揍的份。

眼看着都快被人打倒在地上了，这时斜刺里杀出一个老妇人来，高喊着："我的钱，我的钱，你们不要打了，这是我的钱啊！……"一边喊一边死死来抓我的手，要夺我手上的 100 元钱。

胖子那朋友，见不知从哪里冒出来一个老婆子，便顺手推了她一把："你一个老太婆跑来掺和啥！"那妇人一个踉跄，倒在地上，便坐在那里捶胸顿足，对着周围人哭诉起来："……你们这些挨千刀的！这是我的钱那！早上临出门数了又数，明明带出来 500 元，刚刚上了一个厕所回来，就剩 400 了！……你们把钱还给我吧……发发善心吧……"

一时间头发散乱，声泪俱下，有围观的群众便站出来了："你们连老人的钱也抢啊，赶紧把钱还给人家，这真是什么世道！"也有人提醒道："老人家，您是不是记错了？"老妇人一口咬定，不会错，就是上厕所丢的那一百。

双手不敌四拳，最后手上的 100 元还是被他们给抢走了。我站起来，在边上抹着鼻血，那老妇人见状，便跟在他们身后，一定要把那钱给要回来。围观的众人出于义愤，都在帮着老妇人说话，我这边战斗刚结束，他们那边的争战才刚开始，到底是千夫所指的舌头厉害呢？还是拳糙皮厚的壮汉厉害？看那架势，还真难说。

车厢的人，乱哄哄的。我想起来了，我是出来上厕所的呀，怎么搞成现在这模样？有好心人递给我一包餐巾纸，我接过说声谢谢，一边搓着鼻血，一边继续往前寻找厕所。一路上，大家见我脸上、身上都是血的样子，纷纷给我让路，这年头能在身上带点血的，一般都不是好惹的主。

走到下一个厕所，靠着脸上、身上这些血迹，众人让我优先进了厕所。上完厕所往回走，那老妇人那一堆人还在那里吵个没完，列车长也给叫来了。不管什么样的结果，我丝毫不感兴趣。

回到座位，史千红一见，惊叫起来："哎呀，怎么去上了趟厕所，就变成这样了？"忙从包里取出棉花、酒精等，帮我擦拭。这些本来都是给川藏线上预备的，没想到在火车里倒先用上了。我仰头靠在座位上，前方那个厕所的门还没打开，门口仍是站着那几个年轻人，我估计里面的人是晕倒在地上了，否则哪会这么长时间不出来？

史千红拿着棉花的手，在我脸上温柔的游走，这是一个贤惠妇人，我懂的她都懂，我不懂的，她也懂。

正浮想联翩的时候，前面那个厕所门忽然开了，门外几个年轻人惊回头，显然没有想到这门也会开，从里面赫然走出一个高大魁梧的山东大汉来。他看看门口几个人，又朝我们大家望了望，气宇轩昂的朝自己的座位走去。

门口那几个人，见人总算出来了，赶紧抢着上厕所。但是那厕所门怎么弄也打不开，又给锁住了，这把人给急的，难道锁坏了？几个人在门口研究琢磨，那门就是打不开。捣鼓了一会儿，正在众

人疑惑之间，忽然，门却自己开了！从里面又出来一位亭亭玉立的女士！这把门口的几个人，搞愣住了，一时之间反应不过来。

等到其中一个明白过来，不由惊讶的张大了嘴巴，继而，偷偷的笑了。我们坐在座位上的乘客，看着厕所门口上演的剧目，如同看电影一般，有几个看懂的也在那里偷笑，这可比电影精彩多了。大部分人还是睡得迷迷糊糊，现在的世界怪事多，只要不出人命，谁都别来烦我！

既然门开了，当即有位憋久的，迅速闪了进去，立刻又关上了门。而这位风情万种的女士，站在厕所门口，竟然还不走！从容不迫的从随身包包里拿出一面小镜子，补点口红，扑点粉，理理头发，又整整衣服，又看看脸上潮红未退的气色，心情大好，这才收起镜子，优雅的走回座位。

这气场实在太强大，象我这整天在流水线上讨生活的，哪里见过这世面。众人相视一笑，心照不宣，列车不停的前行，窗外景物变换着模样，车厢里又渐渐沉闷起来，昏昏睡梦，愁烦心事，朦胧往事，又笼罩上了各人心头。

成都，川藏线的起点

唱：　　　宇宙穹苍早已不再，

围着地球旋转，

莎士比亚的歌剧，

也不再新鲜，

神放在众人心上的律法，

渐渐被遗忘。

地球上微小如尘埃的人类，

已不再追问，

那生命不能承受之重的，

为什么，

没人再关心明天。

前方，

是谁燃起迷人的火焰，

灼热妖娆，

正引诱死荫黑暗中的人们，

前仆后继。

　　窗外的天色渐渐黑暗，列车员摇身一变，成了推销员，推着一辆小车，开始向我们兜售各种商品。这世界，除了赚钱，就是花钱。车窗外面的群山，在黑暗中隐隐约约。车厢间轻轻的碰击声，象催眠的夜曲，催促着我们快快离开这个世界，进入梦乡。

　　忽然被一阵声音吵醒了，列车员在车厢广播中报站："成都到了，到站的旅客请下车。"旅客们纷纷起身拿行李，终于到成都了！

　　我摇醒史千红，两人拖着半梦半醒的身躯，背起大包小包行李，随着人流来到大街上。街上车来人往，到处是匆忙的脚步车轮，一个个为何行色匆匆，你们到底要走向何方？有个拾荒老人，在角落

里捡垃圾，晚风吹过佝偻的身躯，渐渐消失在黑暗中。

初来乍到，东南西北都搞不清楚，我们拦下一辆出租车，先找个地方随便凑合一晚再说。因为怕被出租车宰客，便对司机说，只要找个附近的小旅馆就行。人在外地，一开口满嘴普通话，等于是告诉别人，这里有只待宰羔羊。那些旅游景点、饭店餐馆每天都在上演一幕幕宰客剧，顾客还是那么激动愤怒，老板早已没了演出激情，怎么宰客怎么收场，全都轻车熟路。

司机左转右转，把我们拉到一个旅馆门口，就开车走了。昏暗路灯下，行人车辆稀少，远处有个酒店高耸入云，写着'龙之梦大酒店'。这种酒店往往很贵，我笑着对史千红说："晚上我们去住那个龙之梦大酒店？"史千红回答道："好啊，你来买单啊！"嘴上说着大酒店，我们的脚步却很诚实的迈进了那个小旅馆。一问房价，老板娘笑眯眯站起身来："80元！"我们一听这价格，彼此交换了下眼神，找对地方了，不住这里住哪里？

正付钱拿身份证，门外又进来几个人年轻人，两男一女，背着大包小包，看来也是旅游的。男的高大健壮，女的则妖媚白皙，一看就是那种大城市人。年轻就是好啊，除了手中钱有点紧，其他什么都好。那些富二代，连钱紧这个唯一的缺点也没有了，完美。我们付完押金，接过老板娘的房卡，仍然背起大包小包，走上二楼来。背包原可以放在大堂，但是人生地不熟的，不放心，还是放在房间安全。

一路找房间，他这里的房屋结构，是一条走廊两排房间，我们拿着房卡一间间的找过去。期间，有几个房间里还传来诱人的叫声，这影响了我们行走的速度。小旅馆隔音不好，现在的人又不比以前，以前唯恐让人听见一星半点，便觉的好似吃了多大的亏一般。现在的人连接个吻都要跑到大街上、地铁站、人多热闹处，生怕你们看不到。

一路小心翼翼走来，其中有个房间动静特别大，吵的人睡意全

无，我回过头，意味深长的冲史千红笑笑。她两手里都提着包包，便伸出腿来踢了我一脚。正闹着，那三个年轻人也走上楼来了，我们俩人赶紧停止打闹，一本正经继续寻找我们的房间。

终于找到房间号，我把房卡放在门锁那里，门一点反映都没有，这不是磁性门锁。我见门锁那里有个卡位，就把卡插进去，还是没用，这房门我竟打不开！唉，车间流水线出来的人，没见过世面哪，旁边史千红也弄不来。

这太丢面子了，眼看着那三个年轻人来到我们对面房间，轻松开了房门就进去了。只听那女的说："帮他们开一下门吧，他们门打不开了。"一个年轻人过来，把我们的门卡翻个面，再插进门锁，轻轻一转动，门开了。靠！原来是没有翻面的缘故。

打开房门，我把所有行李往地上一扔，什么也不想了，便扑到在床上，实在太累了。正睡的香，被人推醒，红姐已经洗好了，穿着睡衣坐在被窝里说了句："你不洗澡，就这样睡啊？"见我没啥反应，又说："那我关灯了啊。"就关了灯。我半梦半醒的，懒得起来，昏昏沉沉的继续睡。

红姐却睡不着了，躺在床上身子反来覆去的，嘴里说："怎么这么痒？"我一听，深更半夜的，这是几个意思？还让不让人睡了。红姐索性坐了起来："这被套肯定没换过，睡着不舒服，人怎么越睡越痒起来了！"这些小旅馆，看来真不能住，便宜没好货啊，我强撑起疲惫的身子，说了句："我去楼下找老板娘，换被子。"

来到楼下，有个客人正在向老板娘打听，店里有什么特别服务没有。做老板娘的，哪个不是八面玲珑心，当然明白'特别服务'4字的意思，笑眯眯的说道："我们这里可是正规旅店，没有那些乱七八糟的东西，你如果旅途疲劳的话，我可以给你安排小姐按摩一下筋骨。"

我没心思听他们闲聊，直接对老板娘说："我们被子睡着太痒了，好像没换过，我们要更换床单被套！"老板娘说："这么晚了，

服务员都下班了。这样吧，我给你换个房间。"态度倒是挺好的，我便拿了房卡，回到房间，和史千红一起拖着大包小包出来。

正在门口整理行李，这时我听到一些声音，觉得有点异样，不由停住了动作。史千红见我不动，就踢了我一脚。我示意她轻声，指指对面那房门，只听有隐约的叫声传来。史千红侧耳一听，惊讶的合不拢嘴，悄声说："那是在唱歌。"唱歌？我不信。干脆把耳朵贴在门上，顿时里面混乱的喘息呻吟声、叫喊声，激荡人心的啪啪声，扑面而来。

史千红也把耳朵贴在门上，听了听，顿时无话可说，红着脸拔腿就走。我回想起前面那女人妩媚端庄的容颜，清纯甜美的嗓音，无法和房间里的那个联系起来。这个世界太疯狂，我这混流水线的，快要跟不上了。

我们找到换的房间，史千红一进新房间，立马又重新洗澡，我把行李往地上一扔，仍旧倒在床上休息，这来来回回折腾的，累死了。

史千红在浴室里说："怎么没电了？"我睁开眼，房间一片漆黑，还没等我反应过来，灯又亮了，连同电视机也开了起来！见电视机叽里呱啦的说起话来，吓我一跳，怎么着，这房间还玩灵异么？紧接着，我又听到衣柜打开的声音，一扭头，衣柜还好好的。不对劲啊！

换房换给你的哪有什么好房？心想再换房间，又怕被老板娘认为我们太挑剔，这个房间不满意，那个房间又不满意，想来想去还是忍了，凑合一晚吧，明天一早就走人了。红姐还在里面洗，我觉得有一种阴暗的压抑感不断在房间里蔓延，说不出哪里出了问题。房间床对面的墙上挂着一幅油画，画上的美女正向我投来邪恶的微笑，这看的我心里直发毛。

关于脏房，我略有耳闻，但我没有这方面的实战经验，忽然想到手机里的那本《天路秘籍》，或许里面会有介绍？随手打开手机

查看，里面还真有记载！

上面是这样写的：酒店入住篇。其中又分为上下两篇，上篇写正常入住注意事项，下篇是酒店灵异篇。

我直接翻到灵异篇：1、进门之前要敲门三下，表示尊重；2、发现你随意乱丢的鞋子被放的整整齐齐，要故意重新搞乱；3、发现睡觉多了个人，不要声张，听到哭声、衣柜打开声，不要理会，装作不知道；4、忌讳进房间后不声不响，他们会把你当成同类向你显现；5、忌讳半夜照镜子，这个不解释，想想都瘆得慌；6、忌讳盯着墙上的画看超过3分钟，久看必出事；7、不要住酒店尾房，尾房最容易招东西；8、半夜听到什么声音，千万不要模仿这种声音；9如果隔壁有人在重复说同一句话，要立刻打开电视，不要进入他的语境当中；10、和亲人保持联系，入住第一时间要告诉亲人、朋友你入住的时间、地点、酒店名称。

太吓人了！这哪里是住酒店，分明是走上了生死未卜的不归路啊，就剩留下最后的遗言了！幸亏我们的房间不是尾房，隔壁才是尾房。正看着，红姐洗好出来了，哼着歌儿在那里吹头发，无知者无畏，还是不要告诉她了。她一出来，房间里不好的感觉都没有了，看来那东西还专挑单身的下手，或者其实本来就没有什么，是我太累导致的心里作用而已。

我又翻了翻酒店入住上篇，上篇这样写着：1、不能喝电水壶的水，有人会把内裤、袜子放里面高温杀菌；2、不能喝玻璃杯的水，保洁打扫是先搽马桶然后搽的就是玻璃杯；3、把房间门的保险栓拴好，免得半夜醒来发现有人站在床头向你微笑，好几个酒店都出这事情了；4、尽量不要直接接触遥控器，那上面的病毒、细菌比钞票上的还多；5、要检查正对床的地方，看有没有摄像头。我看到这里，赶紧扔掉手中的遥控器，晚了，还是晚了一步。

红姐收拾完毕，躺进被窝里，还是那句话："你不洗澡啊，那我关灯了。"就关了灯。这回我其实还是想起来洗一下的，但是她

关了灯，也就懒得动了，明天再说吧。

迷迷糊糊时分，好像听到有人敲门，然后就是门缝里几下悉悉索索的声音，这在寂静的房间里显得那么真切，有人从门外塞东西进来！我一下子醒了，问了一声："谁啊？"没人回答，红姐说："你去看看，好像有什么东西塞进来。"我开了灯，走到门边，捡起来一看，是几张小卡片，上面印着美女头像和电话号码。

我靠！原来是这玩意儿，我随手扔在一边，说了句："是小卡片。"要不是明天还有很多事情要办，不要说小卡片，就在这房间里，还有张大卡片呢！我关了灯继续睡。

却睡不着了，不知何时，隔壁那间尾房开始闹腾了！看来野驴大哥说的没错，尾房果然凶啊，我细听，好像女人的哭声，断断续续。我知道，你肯定死的好冤哪，可千万不要跑到我们这间来吓人哦。那细细的哭声渐渐变重起来，变成了一种哼哼声，原来还是个香艳女鬼！我明白过来，隔壁房是在办事呢。

夜深人静的，透过薄薄的隔墙传来，特别清晰。起初那哼哼还是比较克制的，生怕有人听到，到后来就不行，隔壁女士开始大声呻吟起来。这么近距离，传来这种叫人脸红心跳的声音，换谁能睡得着？我推推史千红："你这样也能睡得着啊？"她在被窝里偷偷的笑："不要说话，抓紧睡觉！明天还有很多事情要办呢！"我靠！如果这样都能睡着，这人真可以成仙了。

我们这边说笑着，隔壁可一点没闲着，一会儿这个声音，一会儿又那个声音，变着花样的折腾我们，这摆明是要把我们两个放在火上烤啊！心猿马意之际，我脑子里忽然划过《天路秘籍》里的那句话：要看看正对床的地方，有没有摄像头！正对床的就是那幅美女画，此时安装摄像头的美女眼睛正看着我们表演呢！我不由浑身一个激灵，若不是《天路秘籍》提醒，今晚一个不小心，说不定明天就成了顶级 A 片的男女主角，火遍大江南北哪！一盆冷水浇下，我顿时伏在床上动也不敢动。

只听男人的声音："喜欢吗？"隔壁女士喘着粗气："……嗯……喜欢！"房间里渐渐传来一种轻微的"叭叭"声，听那光景，此时两人应该正在那难舍难分时刻。随着响声动静越闹越大，俩人渐入佳境，已尝到滋味的隔壁女士，不由自主激动的叫出声来。听着这魅惑人心的叫唤，红姐那头却一点声音没有，无法想象她此时的模样。

隔壁女士兴奋了，开始旁若无人的大声叫起来，伴随着一片湿润嘹亮的"啪啪"声。夜深人静的，在这种性命生死的紧要关头，谁还顾得了这许多。午夜的层楼寂静，远处的房间也偶有轻微的喊叫声传来，这成都的漫漫长夜哪。终于，那男的扛不住了，匆匆抵抗几下，败下阵来。隔壁女士发出一声，意犹未尽的叹息，一场争战便戛然而止。

房间这边，被吵的近乎抓狂的我们，防线几乎崩溃。现在的女人太强势了，一个个好像午夜里的妖精。屋里归于一片沉寂，我们两个总算解放了。正要睡去，隔壁却又闹腾起来，就不能消停一会儿吗？男的声音："说好两百的，你想敲诈啊？"那女的："你当打发叫花子啊？两百是你自己说的，我们标价都是 800 以上，还有路费，特别服务费，共 1200 块！少一分都不行！"男的："你打算狮子大开口啊！吃定我了是不是？"女的声音一下子提高了 80 度："什么？想赖钱是吧？"当即就是拨手机的声音："我在 219 房间，有人吃生米！"

我一听'吃生米'，这显然是一种圈子里的黑话。坏了，肯定是碰到黑社会了，这位哥今晚凶多吉少。

果然，没一会就听见上来几个人，一脚踢进房间，也不见什么争吵，那男的立马就怂了，估计来人都带着砍刀。又听见女的说话："刚刚跟你要 1200，你还不肯，现在加上几位兄弟的路费，怎么也得 5000 吧？"男的声音："老大，我没带这么多钱呀，口袋里总共才一千多点……"

一时间没了声音，估计在搜身，然后就听到一个低沉男声："这

106

不是银行卡么，麻烦你跟我们去街上的取款机取一下，我们都是道上的规矩人，就取你5000。"男的一下子激动了："你们这是抢劫！我要报警！"

只听"啪！"一声，那低沉男声继续说："你是不见棺材不落泪啊？，都给我上，今晚就废了他！"接下去就是一番拳打脚踢，桌倒凳摔，那男的最后还是屈服了："好吧，我跟你们出去……"然后就是一群人从我们门前经过的脚步声。

史千红和我听的都惊呆了，你看我，我看你，俩人半响不敢发出一点响声。

正在这惊魂时刻，我们房间突然响起了敲门声："大哥开门！服务员！"我的天，正是那个女人的声音！莫非今晚他们每个房间都要搜掠一遍吗？我心蹭的下就提到嗓子眼，没敢答应她，先起身赶紧把两人的钱包、手机，悄悄塞到床垫底下，然后用刚睡醒很不耐烦的声音说："谁啊？睡觉了，别敲了！"

没想到这女的听见有人搭腔，敲的更厉害了，我感觉那门马上就要让她晃开了："大哥，我是服务员，你里面开水有没有？"我的心眼看都要从嗓子眼跳出来了，鼓起勇气喊了句："别敲了，开水我自己会烧，睡觉了！明天再说了。"

果然这个女的就不敲了，感觉往下一个房间去了，我的心可算落地了。这时，只听见对面那屋，女的刚喊一声："大哥！"里边一个年轻的声音马上急促的说："睡觉了！睡觉了！睡觉了！"连说三遍，一听也是紧张过头了，女的知趣的又往下面的房间去了。

我和史千红面面相觑，胆战心惊的缩在床头，怎么也睡不着了，万一他们又杀回来了，这不单单是劫财，还有劫色的风险哪！如果现在退房，三更半夜的到哪里去？剩下的几个小时，那真叫是一个度日如年哪。

长夜漫漫，离天亮还早呢，我拿出手机继续翻看《天路秘籍》的酒店入住篇，我一直怀疑床前那幅画的美女眼睛安装有摄像头。

关于酒店摄像头他下面写了一段：1、进房间后，先不要开灯，看看房间里是否有异常的红点、光点；2、插上房卡后，听听是否又异常声响，这可能是偷拍设备启动的声音；3、偷拍设备一般对着床，可以先躺床上，看看哪个角度比较适合偷拍，重点检查；4、偷拍设备一般需要充电才可以工作，特别是有电源的地方，仔细检查；5、打开手机相机扫描，使房间处于黑暗状态，发现手机屏幕有红点，极有可能是隐藏的针孔摄像头。

看完这些，我把心中的怀疑告诉史千红，红姐本来已是惊弓之鸟，一听这话更是吓死了："这里还有摄像头？天哪，太可怕了！"我说："还不确定，我们先关了灯，检查一下。"

于是，关上灯，我睁大眼睛看，房间里一片漆黑，啥也没有。又开了灯，跑到正对床的那幅美女画像跟前，站上凳子仔细端详，那眼睛是画上去的，不像是按了摄像头。那画放在一个玻璃画框里，我干脆取下画框仔细研究，薄薄的画框也没有藏摄像头的地方。剩下就是电源有关的地方了，电视机、空调、床灯等等，我全都检查了一边，因为不是专业的，所以也查不出什么东西来。

照着野驴大哥的《天路秘籍》，只剩下最后一步，打开手机相机扫描。如果还查不出什么，我也不想查了，这一路来累死了，晚上又是个通宵无眠，管他有没有摄像头呢，我们是出来旅游的，可不是出来检查电路的。

我打开手机相机扫描，又把灯关了，红姐在黑暗中说："好了好了，没摄像头的，别自己吓自己了，这鬼地方，天快点亮吧……"我举着手机，四下照照，嘿，屏幕上还果真出现红点了，我压低声音说了句："有红点！"红姐躺床上咯咯咯的笑："那你去把摄像头找出来呀。"

我向着红点移近，走至跟前，叫红姐开灯。灯一亮，靠，原来是电视显示屏下方的红外线光源。我不死心，又关了灯，拿着手机四处的照，又被我发现一处红点，我对红姐说："开灯吧，这次如

果不是，就不找了。"红姐开了灯，我发现我手机对着的是一个插座孔，照理说，插座孔里面应该是一片漆黑才对，怎么会有红点？我把眼睛对着那插座孔看进去，里面好似有什么反光的东西，我觉得那东西应该就是一个针孔摄像头！转过头来，不偏不倚，正对着床。

我指着插座孔对史千红说："还真有摄像头。"史千红不信，跑过来也对着插座孔看了看，说："里面是有个圆圆的反光的东西，我们要不要报警？"我想了想，说："万一警察来了，里面不是摄像头，那怎么办？"史千红也犹豫了："是呀，我们现在在他们的地盘上，肯定要报复我们的。我看还是算了吧，多一事不如少一事，这地方太恐怖了，我们还是早点离开为妙。"我点点头，这是啥旅馆啊，这江湖也太险恶了吧。

隔壁一直没有听到那男人回来的声音，好不容易熬到天微亮，我们早早的收拾东西离开。走到楼下，老板娘在服务台睡觉，见我们下来，微笑着说："这么早走啊，昨晚睡的好吗？"我心里想，妈的，就跟你好像什么都不知道一样，嘴上说："睡好了，我们有事情要早走！"结完账，老板娘还在后头说："下次再来啊！"我们拖着大包小包，逃亡似的赶快离开那地方，不是再来，是再也不来了！

天色微明的大街上，行人稀少。接下去就是找旅行社，根据网上的说法，旅行社也有好坏，找不好，碰到象今天小旅馆这样的野鸡社，那可就惨了。成都之大，我不能再随便找辆出租车，被拉到一个野鸡社就完事。这些出租车和那些宾馆、旅行社、购物店，饭店、夜总会等等都有千丝万缕的关系，拉来客户都有提成的，如果任由他们拉，天知道会把我们拉到哪里去？这档子事情，我原来都是知道的，没想到昨晚投店心切，一时大意了。

找旅行社，目前对我来说最可靠的还是先看看《天路秘籍》，这世界太多广告，太多陷阱，只有素不相识的野驴大哥最可靠。我掏出手机，史千红凑过来，一晚上没睡好，风韵少妇此时脸色憔悴：

"在看什么呢？"我仍然看着手机："查找旅行社。"

翻了翻，果然有记载：旅行社篇。旅行社分为品牌社和野鸡社，品牌社价位高，安全有保障，野鸡社价格低，服务不专业，旅行到一半，有半路涨价的陷阱，建议品牌社。后面列了几个川藏线口碑还行的旅行社。有了野驴大哥的指点，事情就容易了，我们拦了一辆出租车，直奔其中一个叫'四川中青旅'的旅行社而去。

到了地方，来的太早了，门都还没开呢。俩人找了个早餐店，一人来一碗'麻辣肉汤圆'，吃的我们面红耳赤，满头大汗。史千红早上逃难一般的出来，根本没心情化妆，此时仍是素面憔悴，所以也不怕出汗。咱是货真价实美女，用现在的话说，那脸经得住洗。不像有些称为明星的，洗了一把脸出来，全公司的人都找不到她了。

吃过早饭，旅行社还没开门。逛成都，我们没兴趣，城市的那些套路、手段、嘴脸，全都如出一辙，太熟悉了。既然无处可去，我们便席地而坐，有句话不是叫做'行到水穷处，坐看云起时'么。我们两个如傻子般坐在他乡街头，看着来来往往的陌生人群，听着南南北北的各地口音，我却把身边的人给忽略了。一个女人，若能够陪你看日出日落，走千山万水，而不感到疲倦，那都是因为爱。只是等我明白过来的时候，已经太晚太晚。

繁忙的大街上，人人都在欢天喜地的各奔前程，正所谓，人为财死，鸟为食忙。路过的人们看我们，夫妻不像夫妻，情人不像情人，乞丐又不像乞丐，拖着一堆行囊，灰头土脸，风尘仆仆，奇怪的远方来客，你们为何而来？何必问我们从哪里来，我们的故乡在远方，为什么要流浪？只为心中，那一片如影随形的忧伤。

旅行社终于开门了，接待我们的是一位姑娘。通过她给我们分析的各种方案、利弊，最后我们选定拼车去拉萨。因为旅行社正好有客源，第二天就可以出发了，价格是6000元每人，比网上到处喊的3800元贵多了，但是我们觉得3800元根本没钱赚，半路上肯定埋伏着各种套路、手段，还是买个放心吧。

厌倦了这世界的嘴脸，仅有的一次旅行，不能让这些世俗的东西再破坏我们的兴致，分散我们的精力，我们要进入我们的轨道，进入那叩问心灵的纯粹旅行。能否回来，早已不重要。

住进旅行社的定点宾馆，由于一路颠簸，加上昨晚又一晚没睡，我们沾着床就睡着了。期间，史千红的老公电话打来，两个人在电话里大吵一通，史千红躺在床上哭了一下午。

这觉没法睡了，我走出宾馆，来到外面到处闲逛。乡村各有各的苦难，城市的幸福到处一样，高楼大厦，宽阔街道，来来往往的车辆人群，有钱的坐轿车，没钱的电瓶车，还有无处不在的乞丐，胸前挂个牌子，写着，家中变故，生重病欠下巨额债务……。哦，如今为了社会和谐，许多乞丐都不见了，不知道去了哪里，被和谐掉了。

乡村的山野上，开满人世外的太阳花，城市街边都是陌生的异乡口音，谁也不认识谁，这感觉相当不错。

我走在成都街头，身形憔悴，街道行人车辆如梭，高楼林立，商铺喧闹，都与我无关，这些都不再是属于我的世界。我的世界是在那山花烂漫的远方。

在一个弄堂口，有户人家的阳台上，一朵小花探出头来，仿佛在向世界宣告，生命的崇高意义。我顺着弄堂往里走，这是一处住宅老区，陈旧的房子，布满青苔的街边墙壁，这里安静的出奇。

在弄堂深处有一棵高大的槐树，长在房子间的空地上，俩小孩在底下玩耍，一个老人正从屋内拿出洗衣机洗好的衣物，晒在树间的晾衣绳上。午后的阳光透过树叶、房屋，映照在斑驳的地面上。

那旧房子一幢连着一幢，布满苔痕的墙壁，写满旧日往事，喧嚣的成都居然还有这么一处地方。房子里的人大多出去赚钱了，这里显得空落落的。有个中年男人靠在门边的椅子上，身上披着大衣，旁边放着一杯茶，闭目养神，或者，已经睡着了。

弄堂外的成都，人人都在匆匆忙忙的赚钱或者花钱，好像捆绑

在资本上的陀螺，旋转不停，这人却在大白天打盹，虚度光阴，真是太邪恶了。一寸光阴一寸金，一寸光阴一寸血哪，你这样怎么对得起你一家老小？怎么对得起你曾经的老师同学亲戚朋友？怎么对得起你的良心？

当然如果你很有钱的话，除外。人家大领导、大老板为这社会做出这么多贡献，难得休息、旅游，那叫修身养性，陶冶情操，品味生活。

正想着，不料那男人睁开眼看了我一眼，这把我吓的，似乎他知道我心里的心思。我赶紧快步向前走去，回一下头，他又闭上眼了。

前面的一间房子里传来欢快的唱歌声，准确的说是哼歌声。我顺着歌声走到门前，那门开着，是一个年轻妇人带着三岁孩子在整理房屋。她看见我，愣住了，大概这里很少有外人进来，问我："你找谁呀？"我说："我是来旅游的，路过这里。""哦"她点点头，忽然指着我的衣服说："你的衣服怎么了？都弄脏了。"

我转头看看手臂，才想起刚才看槐树的时候，人靠在墙上，那墙上都是青苔。连忙转过身，她果然惊呼一声："你后面也脏了！"想了一下，说，"要不我给你洗一下吧。"我跟她素不相识，不好意思麻烦人家，摇摇手："不用了，我回宾馆可以洗。"

正说着话，她丈夫从外面回来了，骑着一辆破旧的自行车，冲我点一下头，就进了屋。女人见丈夫回来，不好意思的对我说："我要关门了，他上夜班，还要睡一会儿。"说着，就把房门关上了。

我心里纳闷："他上夜班，你让他睡去，关门干啥，莫非我还吵了他睡觉不成？"正疑惑间，听到楼上半开的窗户传来女人开心的嬉笑声，才明白过来。这成都的婆娘果然都是辣妹子，只听楼上闹了一会儿，那女人操着浓重成都口音说："那人说不定还在楼下呢，我去看看。"就见她从窗户里探出身来，见我果然还站在楼下，不由冲我神秘一笑，这笑容太暧昧，和蒙娜丽莎的微笑有一拼。她

居然没穿衣服，甚至我瞥见那胸前一晃而逝的乳房。

　　然后，只见窗被关了，又一把拉上窗帘，楼上的嬉笑声重新响起，这回轻了许多。我拍拍身上的青苔，先回宾馆洗一下衣服，想起史千红来，估计还在吵架。

　　回到宾馆房间，史千红果然仍哭红着眼，睡意全无。我们出来外面胡乱吃些，走过中午弄堂的地方，奇怪，却怎么也找不见那弄堂。史千红问我："你在看啥？"我摸着后脑勺，看着眼前一幢幢繁华高楼，热闹商铺，心中纳闷："明明是这里，咋就不见了呢？"

　　直到吃饭的时候，我还在走神，那长满青苔的墙垣，昏睡的中年男，快乐的女人，和容貌模糊的破旧自行车男，都渐渐淹没在了夜空下的成都。

　　回到宾馆，俩人都没心情看电视，沉沉睡意袭来，不知不觉就睡着了。这一觉我们都睡得很沉，醒来的时候，直接已是第二天清晨。

　　司机来了，40多岁模样，穿着一件黑夹克，平头，一看就是个老司机，车子是一辆三菱帕杰罗。我们放好行李，坐上车，司机说："再等等，还有两人。"说话间，宾馆里出来一对情侣，40左右，男的成熟健壮，女的身着长裙，一头蓬乱短卷发，知性美艳。

　　司机冲他们招招手："这边哪！"他们过来，问："是中青旅的车吗？"司机说："是的，我再给你打个电话，省的你还以为坐上黑车了呢！""哈哈哈……"大家都笑了，这年头骗子太多，不防着点，什么时候被人卖了都不知道。情侣的电话果然响了，全都确认无误，于是出发。

　　未经世事的阳光照进车窗，成都的高楼小巷、街铺人群，逐渐消失在我们的视野中。前方是陌生而又苍凉的山峰、草原，多少感慨的往事，曾经钻心的刺痛，都速速被抛在身后，全都忘了吧。心中的远方，随着车厢内一首悠扬的康定情歌，迎面而来。

老王的故事

有户人家，住在山脚，与世隔绝。女儿名叫小翠，二十岁了还不懂人事，常玩耍于山林之间，嬉笑于草木灌丛。一日于林间偶遇一男子，遂与人私奔而去，不复还焉。及至某日，携家眷儿女还家，父母家人早已人去楼空，不知所终。此时小翠，穿金戴银，与世上妇人无异矣！当夜，山中风雨大作，河流峰谷竟起歌声，感叹小翠之沦落尘世。偶有路人经过闻之，其觉惊奇，遂记述谓小翠之歌：

有一个美丽的传说，
那精美的石头会唱歌，
草木走兽会说话。
这真是神奇的土地，
千年的狐狸成了精，
只为了那一夜，
那一夜，
人间的爱情。
皇权富贵弃如草芥，
人情世故全然懵懂。
我今跋山涉水，
远道而来，
只为要寻找，
那离奇的，
被尘沙掩盖的陈年旧事。

身后日渐模糊的，
是争名逐利的人民，
和娱乐至死的时代。

　　车子开出市区有一会儿了，毕竟要相处 10 天左右，大家免不了各自介绍一番。司机叫老王，情侣男的叫东哥，女的叫丽姐。我们三个男的，互相扔了几回烟，大家也就熟了。东哥和丽姐看着不像夫妻，他们看我们也不像夫妻，这年头关系都复杂的很，上司和下属，老板和秘书，姐夫和小姨，同学？同事？网友？牌友？楼上楼下的邻居？各种组合，太复杂了，也没必要搞那么清楚，大家出来玩，高兴就行。

　　东哥坐在副驾驶，他先开的口："王哥！你开车几十年了，咱们这一路上去，旅途漫长，你给我们讲点川藏线上的事情吧。"司机老王娴熟的把着方向盘，娓娓道来："要说川藏线上的故事，那就算讲到拉萨都讲不完。我先给你们念一段线上流传的顺口溜，做个开头：

长长一条川藏线，
多少故事在昨天。
林芝波密然乌湖，
天上美景现人间。

　　川藏线一路都是风景，一路都是故事，其中数然乌到林芝这段的峡谷最美，还有就是稻城亚丁。"我插上一句："王师傅，您是老司机了，路上的一切安排都交给您了，我们只负责看就行了。""那还用说！这一路都听王师傅的。"大家随声附和。

　　老王被大伙一捧，登时来了兴致："我跟你们说，凡是来川藏线的，那都不是一般人哪，大家为各种原因，最后都走上了这条自我放逐的天路。""自我放逐之路，太对了！"我不由的脱口而出："其实来这里旅行的，都无关乎风景，大家醉翁之意不在酒，这是一场心灵的旅程！"

王师傅回头看我一眼，尽管开车回头危险："一听就知道，这小兄弟年纪虽小，悟性却不小，既然能坐在这车上，那就说明大家都是同路人啊。"旁边一直没开口的丽姐来了一句："同是天涯沦落人，相逢何必曾相识。"前面人车比较多，王师傅没法回头，看着前方叹了一声："唉，到底是有文化的，说起话来就是不一样！"大家都笑了，能在这万里之外的天路上同行，想不成朋友都难，网上流传的"拼车多知己，骑行成朋友"此话非虚也。

史千红淡淡笑了笑，默默无语，才下眉头，却上心头，千般心事有谁人能懂？叹前尘漫漫，山高路远，可奈何，天凉好个秋！东哥靠在副驾驶上，头随着车子摇晃，不知道是在听我们说话还是在看风景。

老王继续说："说到川藏线的故事，那必须要说一说，这条路上随处可见的穷游女。现在外面都在传，穷游女旅游是靠身体换路费，关于这个，我要为这些善良、弱小的女孩子说句公道话。就我这十几年下来，见过太多的穷游女了。这些女孩在家里的时候，哪个不是本本分分的大学生、白领、打工妹，如今一来到川藏线，你说一个个就立刻变成，红头发绿眼睛的饥渴少妇？这可能吗？"

"哈哈哈……"我们全都给逗笑了，东哥接过话说："王哥，你这话说到要点上了！我是一百个佩服！你看现在这些所谓的正经女人，找个对象，先要问清楚对方有多少钱，多少房子，还有多少彩礼，一分钱没出到位，立刻从婚礼上扔掉礼服走人！遇到大老板、大领导偶尔看她一眼，立刻好像苍蝇看见了粪坑，连忙上赶着投怀送抱。这就是主流社会的正经女人。

"哈哈哈，"我笑了："比起这种心如蛇蝎的正经女人，我倒喜欢那些如蒲公英随风飘荡的野山花。"

老王接着说："是啊，本来就是属于两个世界的人，那个世界的人恶事做尽，最后把一切罪恶都推在最底层、最柔弱无助的人身上，仿佛这样他（她）就可以洗白了。属于那个世界的人，永远搞

不懂，有人为什么要千里迢迢，日晒雨淋的，来走一回这条到处是尘土的川藏线。"丽姐说："王师傅，你不是故事挺多的嘛，给我们讲个川藏线上的故事吧。"

老王把着方向盘，看着前方："好嘞！你们听好了，我给你们讲一个'穷游女上车分手'的故事。那是几年前的事情了，当时有个公司女白领，本来在家里上班好好的，但是偏偏心里却一直有个穷游川藏线情结，不去川藏线走上一趟，这个死结就没法解开，这成了她少女时代的一个梦。

终于，在某天，跟单位请了长假，开启了一个人的川藏线之旅。临行那天，她那个男朋友见拦不住，自己又没空，就跟她约法三章，'怎么走都可以，就是不能上老司机的车。'女孩说，'没问题！'男友不放心啊，自己又没空，就24小时微信监控。一会儿问，'在那里了？发个位置。''在成都'，一段时间又问，'在那里了？发个定位。''在新津。'过一段时间又问，'到哪里了？''雅安。'一段时间又问，'在哪里？''在理塘了。'这时候男友说话了：'怎么这么快，你上车了吧？'女方没有回音，男友说，'我最后问你一遍，到底有没有上车？'女方只好老实回答，'搭了一辆车……。'男方果断微信拉黑，从此再无联系。"

一直没说话的史千红，这时候来了一句："那后来呢？"

东哥接道："后来？后来女方带着老司机回娘家过年来了。"丽姐赶紧说："别听他的，应该是这样，后来，这姑娘回家来，什么事情都没发生，咱们继续照常上班。"我接过说："不可能，正常的结局是，女孩回来了，从此象开了挂一样，迷上了穷游。穷游是病，不去治不好，去了后，就会癌变。这不是我说的，这是网上说的。"

最后，老王给出标准答案："都不是。这事情的结局就是，微信拉黑，再无下文。"

故事告一段落，大家都进入了休息状态，只剩老王孤独的瞭望前方。车子向着荒山野岭驶去，渐渐在我们面前，掀开了川藏线粗犷古

朴的面纱。四围的群山连绵起伏，前方的道路蜿蜒漫长，世外的阳光照在原野的石头上。厚重的沧桑感，瞬间击中了我们这辆满载忧郁的车。川藏线，我们来了，不为别的，只为看一眼你脸上的风霜。

风景不断变化，高山变成了草地，草地又变成山谷。路上有零星的骑行队伍，也有徒步的，骑行的有一半可以坚持到拉萨，徒步的最后结局只有两种，一种搭车，一种打道回府，纯徒步走到底的，几乎没有。

偶尔有靠着网友打赏的动力，坚持到底的徒步网红，用她们的话说，那是从去年走到了今年。

走上这种千里自我放逐之路的，大多心里有一个准备，只为看一眼那漫山遍野的格桑花，就知足了，能否回来，已不重要。这是那个世界，腐臭的拜金主义人，和物质至上主义者，永远都无法明白的天路。

前方出现三个徒步穷游女，缓缓而行，步履蹒跚，照这种花拳绣腿的步伐，就算走的头发白了都到不了拉萨。那大大的背包里，装着虔诚又迷茫的信仰，好像朝圣的信徒，她们这是在向自己迷茫的青春朝圣。她们终于和川藏线合为一体，成为了太阳底下，最热烈盛开的野山花。

我回头看了看，已被我们甩的越来越远的三个姑娘，三个大学生模样的女孩，带着大檐太阳帽，清纯可爱，何苦要跑到荒山野岭来受这份罪！唉，谁的青春不迷茫，谁的青春不荒唐。大概是刚开始徒步的缘故，她们以为光靠彩色的少女之梦，就可以支撑她们徒步到拉萨，所以还没想搭车。那蜿蜒的公路是那么浪漫美丽，青青的草地，无限温柔，正如她们朦胧驿动的心。

一直走，一直走，直到最后实在走不动了，这才发现，那五彩缤纷的梦，怎么忽然变成了生与死的选择？迷梦散去，原来现实是无边无际的荒野风沙。心中憧憬的开着发光轿车、手拿带刺玫瑰的帅哥，并没有出现。倒是破破烂烂的货车老司机，有条件的停车载

客，生存与贞操之间的选择，无法逃避的横在眼前。清纯瑰丽的少女之梦，终于在诗一样的远方，醒了。这浪漫太过现实，有刻骨铭心的伤痛。

川藏线对于穷游女，是梦碎之地，也是梦醒之地。那作茧自缚的蛹，艰难的破壳，走到精疲力竭，最后终于顿悟成了蝶，从此满世界的飞舞，惑乱人间。回首往事，寒雨之夜，明朗清晨，无法忘记的总是那条，叫人魂牵梦绕的川藏线。远方是那么使人绝望，远方是那么朦胧美丽。

当我再一次回头的时候，骑行的和徒步的，都没了踪影。前方一会儿是村子，一会儿是山坡，一会儿是县城，到雅安这一路海拔低，到处是车子，是人，什么路都有。我们坐在车上都颠簸的不怎么舒服，真不知道那些骑行的、徒步的、甚至听说还有一步一叩头的，是如何到的拉萨。

车子开到一处山坡地带，前面有一群牦牛挡在路中间，放牛的人却不知跑哪里去了。我对老王说："王哥，按一下喇叭，让牦牛散开。"老王立刻打断我："不行的！绝不能按喇叭！牦牛不是人，它听不懂你按喇叭的意思。一旦按响喇叭，牦牛或被惊散，或被激怒，后果都不堪设想，到时候，它们的主人可就要来找你麻烦了。"

于是，我们就在那里等，干等牛羊散开。这期间，丽姐问老王："王师傅，听说在这里撞死一只羊，要赔 1 万元？"老王神色凝重："差不多！上次有人撞了一匹小马，赔了一万八，这还是在公安警察的协调下达成的价格。你如果撞死一头牦牛的话，那会赔到你怀疑人生！"

我不禁说道："这藏区的牧民怎么这么坏！以前在大家的印象中，不是都很淳朴善良的吗？"老王回答道："那是以前，牧民确实没这么坏，几十年前你若撞死一只羊，那羊主人还会邀请你去他家里吃羊肉呢。现在不行了，现在的人像传染了瘟疫一般，一个个只认钱。"边说边摇头。

等的不耐烦，后面的车子都排成队了，东哥想要下车去赶牦牛，正和老王争论着，车子四周不知怎的围上来一群孩子。我以为孩子们是看见汽车好奇，围上来看看，老王说："他们是来讨钱的。"一听这话，我们立刻各人在身上找起零钱来，大家凑了几十元，交给老王。

老王很有经验，叫过来那个最大的孩子，把钱塞到他手里，又不知跟他说了些什么，一群孩子便欢快的跑去把前面那群牦牛，给赶到一边去了。老司机就是不一样，我们瞬间脱困了。

车子开出老远，丽姐回头看了一眼，轻叫一声："你们快看哪！他们又把牛赶回来了！"我们一听，都回头看，果然，那群孩子又把牦牛赶回了老地方。我靠！原来这是日光之下的一个局！都成一种职业了，我的天哪！

拐了几个弯之后，前面的地势逐渐开阔，我们的车子如骏马，奔驰在一望无际的公路上。老王在车上放着歌曲《泪蛋蛋掉在酒杯杯里》，深情辽远："……酒瓶瓶高来酒杯杯低，这辈子咋就爱上个你，一次次的短信你不回，泪蛋蛋掉在酒杯杯里，酒瓶瓶倒来酒杯杯碎……"

以前在课本上，读过'天涯海角'四个字，而如今我们正奔驰在课本上写的天涯海角，因为囚禁已久的心要寻找归宿，所以躯体便被驱逐在流浪的路上。广阔的蓝天白云底下，时间如轻烟飘逝，显得无足轻重，回首人世间，我们想要抓住什么，却什么也抓不住，随着无力的手臂垂下，我们便如飞离去。高原的阳光，暖暖的照着草地，和草地上随风摇动的野花。

车坐久了，大家都有些疲劳，靠在各自座位上，渐渐无话。窗外风景变幻，各人的心事浮上心头，往事片段出现在脑海里，模糊又遥远。嗯，对，要的就是这感觉，终于可以无牵无挂的想起点滴往事，可以无忧无虑的看遍山花烂漫。那禁锢人思想的，捆绑人身心的金钱的律，终于在这个与世界截然不同的流星轨道上，失去了

作用。

　　我想起小时候的一件事情，打苍蝇，一双小手拿着苍蝇拍子，迅速一拍，一只苍蝇就被打死了。然后不能浪费了，得把这只苍蝇拿去喂蚂蚁，放在蚂蚁必经的路口，不多久，就会出来许多蚂蚁，把这只苍蝇给抬走了。

　　又想起用弹弓弹麻雀的事情，那是个夏日午后，寂静炎热，我用自制弹弓从电线杆上弹下来一只麻雀。当时还没死，挣扎着在地上扑腾，不知怎得被村里的王婶看见了，用5毛钱买走了我的麻雀，说是可以给她孙女做咳嗽药。我得了5毛钱很高兴，放在口袋里，因为小孩口袋浅，东跑西跑的钱就没了，当时非常后悔，心想何必收人钱呢？送给她不就得了，谁弹个麻雀还卖钱的，就觉得很羞耻。

　　还有一回，是采摘山草莓，那日和小伙伴一起跑到很远的大山上，摘了很多的野草莓。当时没带袋子，把身上的所有口袋都装满了，等回到家里的时候，天已经黑了，被父亲训了一顿。在生命的回忆里，原来这些微不足道的小事，才是最有意义的事情，那些与钱无关的角落风景，才是灵魂深处的最美风景。至于长大后怎么赚钱，怎么努力出人头地，却怎么也想不起来了。

　　车厢里很安静，各人的思绪都飞的很远，不知道他们在想什么，但可以肯定的是，在此刻苍凉的川藏线上，没人会去想怎么出名、怎么成功、怎么赚钱这类事情了，因为这才是浪费光阴！公路边经常可以看到出了故障，被人遗弃的高档轿车，好端端的，就扔了，任凭在太阳底下烂成废铁。这年头的人不缺钱，稍微出点故障，修不了了，一扔了事。

　　可我不明白的是，既然这么有钱，咋就不能扔点钱给穷人、病人、残疾人？跟辛苦给你打工的工人，却一分一毫算清楚，能扣就扣，能骗就骗，能抢就抢，然后把这些'辛苦'钱一股脑儿扔到荒凉高原，空赚了一堆罪恶在身上，也是蠢的没治了。

山魅

老王一声喊："到泸定桥了！"我们一听'泸定桥'三字，纷纷醒过来。上学时候课本里写的，红军飞夺泸定桥，那故事虽然读过多年，却仍然记忆尤新，这是一场闻名中外的战斗。大家全都一扫倦意，跳下车来，要去感受一番当年那战火纷飞的岁月。

泸定的大街上，车来人往，好不热闹，城市的繁华到处一样，乡村的妖娆却各有各的不同。在泸定桥边上，如今一派繁荣景象，林立的高楼大厦和熙攘的街市喧闹，将泸定桥上血与火的厮杀声，渐渐淹没。

我们跟着老王来到桥头，湍急的河水仍然是 1935 年的河水，寒冷的铁索仍然是当年的铁索，只是桥上的英雄们，都已经跟着部队，去了另外一个时空。他们在他们共产主义的国度里，人民真正站起来做人了，成了那国度里的主人，政权握在乞丐、农民工、残疾人、无依无靠的孤寡老人手中。

在他们的国中，做领导的、当官的是低头为人民服务的，最受尊敬的不是最有钱、最有权的人，而是最有爱心、最谦卑、最公义的人。再没有人压迫人，再没有人逼死人，那里的人都不吃人。说真话的人不再被封杀，而是被高举，在那国里，说虚假赞美的人是可耻的，说真话的才受人尊敬。

我们走在桥上，铁索桥晃的人心慌，左边人多桥就往左边斜，右边人多桥就往右边倒，这桥仍然保留着战火年代的锋芒，游客走在上面嬉笑、惊叫之声不绝。却再没人想起，那些在这青山怒水之间，安息的灵魂。当时是生与死的抗争，压迫与反压迫的决斗，现在是腐败与反腐败的斗争，金钱与良心的决斗，中国的革命远未结束。

湍急的河流两岸，遍野树木萧萧，那一株株青松挺拔，好像当年穿着青衣的部队，站满山岭。山上盛开的不知名的山花，正是那

122

些长眠安息的灵魂。我耳边响起毛主席的诗词来：

卜算子·咏梅

风雨送春归，飞雪迎春到。已是悬崖百丈冰，犹有花枝俏。

俏也不争春，只把春来报。待到山花烂漫时，她在丛中笑。

　　往事一幕幕，都已随着一江溪流远去。纵有执着的灵魂徘徊江边，不肯离去，但再也无人去倾听他们的声音。泸定桥在遍地的商铺、超市、宾馆、足浴店、舞厅、酒吧之间，记忆逐渐模糊，终成了每天坐在那里，收收门票，晒晒太阳的一个古稀老人。我们走到桥对面，丽姐看着满山苍翠，心中欢喜，提议上山走走。大家都是为了崇山峻岭的召唤而来，早厌倦了那些商铺、香火、金银，纷纷表示赞同。

　　还真有一条上山的路，我们一行人拾阶而上，走到半山腰，俯瞰泸定城。脚下的泸定桥、大渡河和整个县城，在青山怒水的洗礼之下，一切功名利禄顿如烟云，全都被革命的山风吹到了九霄云外。在远处的一片树林里，有一个地方的山花开的特别灿烂，红的、白的、黄的开满草丛，鲜艳异常。两个女人欢呼着跑去采花，男士们则比较务实，跟着她们后面四处寻找，希望能摘到几颗大自然馈赠的野果，尝尝滋味。

　　史千红穿着牛仔裤，比较利索，丽姐穿着长裙子，行走不太方便。出来爬山涉水，还穿条长裙，女人就是这么不可思议。遇见碎石多的地方，还得史千红牵着她走，就这么一提裙，一扭腰，那举手投足之间散发的风韵，更比史千红小胜一筹。

　　眼看着俩人到了山花丛中，那一片树林间野花特别繁盛，我四下看看别的地方都几乎不见有什么花。正感觉稀奇，听见史千红和丽姐在喊："你们过来帮我们拍张照片呀！"女人就是女人，到哪里都忘不了那份虚荣，我拿着手机走近过去，正要给她们拍照，却发现在她们身后不远处，有个人在树林中向我们张望。我仔细看了看，天哪，那林中之人咋跟丽姐长的这么！太像了，那人也是一头短卷发，细腰丰臀，裙子隐约，被杂草遮住了。

这是怎么回事？我赶紧拉拉身边老王的衣角，指着那方向说："王哥，你看前面林子里好像还有一个丽姐？"老王、东哥一听，全都朝那方向望去，果然看见有个女人，在树林里朝我们张望。东哥说："确实挺象的，怎么会这么巧？刚刚我们在山下的时候，我就看见前面有个女人挺像小丽的，当时也没在意，没想到她竟然也跑到树林里来了。"

我不同意："那树林里树高草杂，根本没有路，她一个女人跑那林子里去干啥？"史千红和丽姐还不知道在她们身后还有个丽姐在看着她们呢，还在摆着撩人姿势，叫我们快点拍照。我和东哥则朝着那女人喊："喂——，这位女士，过来一起拍张照片啊。"那女人朝我们看了看，并未搭理我们，一转头钻进树丛里，不见了。史千红和丽姐不知道我们在喊些啥，仍旧摆着姿势，示意我们快拍，浑然不觉身后的情况。

正在我和东哥疑惑之间，前面老王早已举着手机，稳稳当当拍了几张照片，对我们大家说："好了好了，没有时间了，大家下山吧！"老王是向导，既然向导吹响了集合号，大家便嘻嘻哈哈的走下山来。一路上我跟东哥还在争论那个女人，东哥问我："那你说不是游客，难道是小丽她表姐？小丽确实还有个表姐，跟她长的挺像的。但放在这里荒山野林的，说不通啊。"我解释不了，但东哥的说法也明显站不住脚，我抛出一句："也许是幻觉吧。"

东哥更有理了："一个人也许是幻觉，但是不可能三个人都出现幻觉啊！"我反问道："那你说，山下那游客，她一个女人，跑去那乱草丛中干啥？而且你看她那个举止神态，你不觉得有一种无法描述的味道吗？"谁也不能拿出一个叫人信服的说法，两位女士则完全不知道我们在说些什么。

我们回到山下，走在泸定桥边的大街小巷之间。这些熟悉的街道人群、住宅楼房、晾晒的衣服被子、饭店老板忙碌的身影，仿佛又把我带回了世界的轨道。

　　大家匆匆溜了一圈，丽姐和史千红各买了一顶太阳帽和一串手珠子，天生丽质稍加装饰，顿时成为一对丽人，行走在旅途的大街上，使路人纷纷回头。回到车上，我们要继续走进崇山峻岭中，走进大山的呼唤里，那里才是我们的轨道，我们的轨道是一条黄沙漫天，荒凉沧桑的曲线。

　　车子离开繁华泸定县，驶向我们各人心中的原野，苍翠爬满太阳底下默然无声的巍峨群山。我们在车上谈论着泸定桥和泸定县，不禁又聊起山上那个奇怪的女人，这时，一直沉默不语的老王开口了："其实今天山上遇见的东西，那不是人，我们跑车的通常把那叫做'山魅'。这东西在深山野林中出没，能通人心，幻化出人心中的影像来。所以我当时就叫你们下山，幸亏今天遇见的是'山魅'，危害性不大，如果遇见的是'山魈'，那可能就有性命危险了。"

　　我们四人听的目瞪口呆，竟有这种事情！两位女士还将信将疑，因为她们没见着真身。我忽然想到："王哥，你不是拍了照片吗？拿来看看，说不定拍进去了。"

　　老王一只手握着方向盘，一只手掏出手机递给我，早被史千红一把抢去，两个女人问了老王手机密码，凑一头翻看起来。只听见俩人"啊哪！""吓死人了！"的在那里叫，我不用看都知道，想必已经拍进去了。我后来拿过手机，仔细放大看那个'丽姐'，神色、衣着都很相像，看来它是一直在学她，真叫人细思极恐。

　　丽姐已是吓得花容失色，嘴里不住叨叨："这太可怕了，吓死人了，吓死我了。"东哥回过头来安慰她："没事没事的，我们不是已经离开了吗？何况我们有 5 个人呢，有什么好怕的！"史千红则抱着丽姐，抚摸着她的头发，嘴里说："不怕，不怕，咱不怕。"好一对姐妹情深。

　　车内渐渐归于平静，车窗外面偶尔有组队骑行的人从我们身边掠过，包着头蒙着脸，只露一双眼睛，听说这里的太阳很毒，不知不觉就被晒成非洲黑人。

徒步的人三三两两，偶尔出现。已经不怎么看到了，走到这里，许多徒步之旅都已经变成了搭车之旅。尘土弥漫，车窗盖了一层灰，老王打起了排雨架。几年如一日的跑川藏线，什么地点停车，什么时候吃饭，什么时候拍照片，全都成了老王工作中的一道道程序，自然而然，又恰到好处。太阳渐渐西斜，我们开始翻越折多山，晚上要赶到新都桥住宿。

折多山的公路弯太多，加上海拔高，缺氧，老王建议如果有人感到难受，可以拿出氧气罐吸些氧气。我们安静的躺在车上，瞭着车外面那些艰难骑行，又斗志昂扬的驴友们，心中问："这是为什么呢，放弃安舒适的日子，一个个千里迢迢跑来，踏上这艰辛旅程。哦，只是为寻找心中朦胧的信仰。"

公路上空的云很低，云的影子在山坡上行走。夕阳渐渐从天边溜走了，留下最后一抹晚霞，久久不肯离去。原野上的树木芳草们，并不知道那将要来临的黑夜，犹自在山风中妖娆摇曳。

淡淡夜色中，老王把着方向盘，不紧不慢的说道："这还是几年前的事情了。那次我送完客人，空车返回，天已经很晚了，我急着赶路去巴塘。车子开到一个路段，你们猜，发生了什么事？"我半闭着眼睛："山体滑坡？"丽姐懒懒的吐出一句："出交通事故了吧？"

老王摇摇头，为了打破这高海拔造成的旅途乏味气氛，提高音量说："都不是，那事情你们谁也猜不到。当时开到那路段，我就发觉不对劲！怎么身边来来往往的车子一辆都没有？这地方虽然偏僻，也不至于一辆车经过都没有啊。

本来一路月光的夜晚，突然变得很黑很黑，如果说是天气变化，那也得有个过程啊，不可能一下子就黑成伸手不见五指。再说，川藏线上虽然气候多变，但是凭着我多年的经验，如果天变黑，多半是要下雨，然而车窗上却没有半点雨滴。"

我们四个本来一路颠簸，又加上夜幕降临，都闭着眼睛迷迷糊

126

糊的。现在听老王这么一说，全都醒了，来了精神。新都桥还没到，窗外的风景也没了，此刻最美的风景就是老王的故事了。我们一个个耳朵竖起，身子却疲惫的靠在位置上，随着车身摇晃。醒来的史千红催着说："说下去呀，我们都在听着呢。"

老王继续说："本来我的车灯照明性能很强，可以照到前面起码50米距离，在那一时刻，却只能照出前面两三米远，好似有什么东西把光线挡住了，使光线无法穿透。当时车里的空气很压抑，我感觉到有种莫名的烦躁，顺手打开音乐，想放松一下。

可那放出来的都是些什么歌啊，不知道怎么形容，那歌声叫人听了心里瘆得慌哪！我赶紧把音乐关了，当时心里便"咯噔"一下，立刻就明白过来，碰到东西了！那时周围特安静，这安静是那种死一般的寂静。荒山野岭的，我可真有些心慌了，根据别人的经验，遇着这种事情要马上停车。"

副驾驶的东哥突然冒出一句，我还以为他睡着了呢："那是碰上鬼打墙了！"我这方面的事情听到过一些，就纠正他的说法："鬼打墙是原地绕圈子，象这个应该叫做鬼拦路。"丽姐在旁边说："你们两个都别打岔，让王师傅继续说。"你看，全都醒着哪。

老王接着说："正当我要停车的时候，车灯照见前面路旁三米远的地方，居然还有人在赶夜路！我仔细一看，是一个徒步穷游女，头上戴着那种时髦的太阳帽，身上穿着一条文艺长裙子。我当时心想，这么晚了怎么还在走啊，真是太可怜了，载她一程吧。

于是我把车停在她身边，摇下车窗对她说，'姑娘，上车吧，我载你一段。'她转过身来，那是一张清纯秀丽的脸，见我愿意载她，很高兴，便伸手拉那后座车门。不知怎得，她怎么也拉不开那门，还是我从里面帮她打开了，这才上了车。上车之后我问她，'都这么晚了，你怎么还在走？'她神色疲惫的说，'搭不到车啊，师傅谢谢你了，帮我载到前面路口就行，我的朋友们都在那里等我呢。'我就一直不停的向前开，窗外还是很黑，车灯仍然只能照前面两三

米远的地方。"

丽姐靠在位置上感叹："那些穷游的人真是疯狂啊，都半夜三更了还在走，应该是跟朋友走散了吧？"我郑重其事的分析道："青春少女，半夜三更，独自漫步，行走在诗一样的远方，那可是骨灰级的浪漫情怀啊！只是，这种半夜三更的浪漫，口味有点重啊。"身旁史千红"扑哧"一笑，打了我一下："就你会说，一派胡言！王师傅继续说。"

老王笑笑，继续讲："当时，我不知道开了多久，这前方的路好像没有尽头哪！我一直在那里开，但感觉车子就像跟原地踏步一样，时间似乎也停止了。最后，那姑娘说了句，'师傅，我到地方了，谢谢你啊！'然后就在那里开车门，想要下车，但是怎么也打不开那车门，又是我帮她打开了车门，她才下了车。

看着黑漆漆的公路，我不禁感到奇怪，这前不着村后不着店的，她下车干嘛呢？就探出头去，冲她喊，'姑娘！这里乌漆嘛黑的，你干啥去啊？'她回头冲我一笑，'我去我朋友那里，你也来吗？'这笑容，怎么形容呢，唉，太美了，我有一种想要随她而去的冲动。后来见我迟迟未下车，她转身嬉笑着向山上跑去，直至融入黑暗中，消失不见了。我开动车子继续上路，奇怪，车灯亮了很多，又能照见前方 50 米远了。

我一踩油门，车子很快就到了巴塘。"

听完老王的故事，东哥严肃的说："王哥，辛亏你没有下车，你如果跟她去的话，估计就回不来了。"我们大家都表示赞同，这回全体意见高度一致。老王说："后来，我多次白天开车的时候，特别留意那地方，这是一段危险路段，听说出了好几个事故，真不敢想象那天晚上，这么黑的天，怎么轻易就过了呢？"

"那要感谢那姑娘啊，以后再遇见的话，可不要让她再跑了，直接娶回来做老婆！"东哥说，我们大家全都哈哈大笑起来。

丽姐的夜晚

在遥远的远方，有间小屋，
住着一个巫婆。凡是走迷
了路，误入小屋的，都要
讲一个动人的故事才能离
开。因此，有许多人，便
永远的留在了那里。每到
三更半夜便会听到巫婆的
歌声：

暗夜华灯影重重，
欢乐宾客形绰绰。
门前几株山桃树，
路边盛开月季红。
纷飞的蝴蝶，
五彩斑斓，
清凉的小溪，
落英缤纷，
这里的故事，
仍在继续。
客人哪，
快快重整行装，
跋山涉水，
欢聚来这魂牵梦绕的美丽长夜。

车到新都桥的时候，已经天黑。下了车，冷风迎面吹来，有点
头痛。史千红更是出现呕吐症状，显然是产生高原反应了。老王熟
门熟路的把我们带到一家民宿，民宿便宜啊，不过我们也没去计较

129

这些，过得去就行。进去看了下房间，里面布置的还蛮不错，浓浓的异乡情调，果然是老司机，精的跟猴似的。

各人都太累了，没什么胃口，就让老板娘炒了几个家乡菜，在店里凑合一顿。在我们桌子旁边另外还开了一桌，是一帮骑行、徒步的年轻人，他们已经吃的差不多了，仍然兴致勃勃的在那里干聊天。男的、女的，大家来自天南地北，却好像久别重逢的亲人，感觉那么亲切，只因为我们都是同路人。

在这苍凉、偏僻的天涯路上，不会有满身铜臭的钱奴，也不会有利欲熏心的权奴，还有那些五颜六色的社会人，他们打死也不会跑来川藏线上喝西北风的，我们永远走不进他们的世界，他们也永远不会明白我们的家园。

老王早就说了，进藏前3天不能洗澡不能喝酒，可东哥偏不听，非要来点酒，还硬拉着我也跟着喝了一杯。幸亏只是啤酒，换作别的酒，那明天不用旅游了。因为不能放开喝，大家又都没胃口，这顿晚饭也就草草解决了。史千红身体不舒服，吸了几口氧气，早早就躺下睡了。我靠在床头看电视，只觉得头痛，呼吸也闷的慌，便走出屋子来透透气。

路过那些骑行、徒步的年轻人住的房间，那里的门是开着的，里面说话声，打牌喊叫声，音乐唱歌声，啥声音都有，那30元40元一夜的房间，却是最快乐的房间。

这使我想起学生时代的春游，当时我们住的是招待所，有两个同学半夜逃出去玩，直到第二天早上都没回来。这把领队老师给急的，到处打电话，又把同学们分成一组一组的，四处寻找，都没找到。后来连当地警察都来了，仍然没有找到。

这事情，成了我们学生时代的重大事件，回校后全校师生开大会反思、检讨，领队的老师处分，当班的班主任辞退，家长跑到学校死去活来的大闹……。唉，不堪回首的往事！这是整个学生时代，都无法忘却的记忆，那两位同学再也没有出现过。

　　而我们日思念想的春游啊，从此少得可怜，更别指望过夜了，都成了一日游。那两位同学如果还在的话，现在也许成了某个老板，成天出入于酒吧、饭店、宾馆之间，或者成了一个打工人，整天为钱低头辛苦劳作，养活一家的人，又或者……。我忽然觉得，人生不如就停留在那个岁月里，更有意义。

　　出了旅馆，远远看见镇上有个地方灯火通明，那应该是新都桥镇比较热闹的地方了，我象黑暗中的飞蛾看见了火光，便朝着那亮光飞去。在小镇的大街上，有几个做买卖的站在街边，手里拿着许多珠串、狼牙、羚羊角什么的，一些游客围在那里看。我也凑了上去，别的小物件没什么感兴趣，那个羚羊角看上去挺别致的。我也不懂羚羊角有什么用，只是觉得好玩，拿在手里把玩着。

　　卖货的见我拿起羚羊角，别的生意也不做了，赶紧上前来，用打着手势的普通话跟我说："羚羊角！正宗羚羊角，八千！拿走！"我一听："啥？八千元？"他点点头，把羚羊角往我怀里推，嘴里说："给钱！八千！"我吓了一跳！赶紧说："我只是看看，不买，不买。"卖货的登时不高兴了，脸色变得很难看，气愤的说："七千！拿走！一定要拿走，否则佛祖要惩罚你的！晚上你别走了……。"

　　我一听，我的妈呀，这里卖东西都这样卖的吗？我哪里来这么多钱？看着这个也不知道是真是假的羚羊角，我呆住了。这时，旁边几个卖货的也围上来了，你一句我一句，听不清楚说些啥，有个还伸出手来拉我的衣服，看那架势，晚上我是走不了了。

　　我一看苗头不对啊！幸亏附近还有几个游客，我赶紧冲他们喊："大哥！你们帮我说句话啊，我是真没带钱哪！帮帮忙啊。"其中有个游客见他们强买强卖的架势，看不下去了，抄着北方口音，也不知道是山东的还是东北的，挺仗义的说了句："人家身上没钱！你们拉着人家有啥用？你们这买卖还做不做的？不做的话，我们都

不买了！"

那卖货的见我确实不像有钱的，那边还等着做生意，凶巴巴的用手指了指我，一把夺回羚羊角，回那边去了。我可算舒了口气，赶紧掏出烟来，给那几个北方朋友递了一圈烟，也没兴趣再待下去了，便飞也似的逃离了这地方。

独自一人走在灯光闪烁的异乡街头，欢乐的人们，三三两两到处游荡，燃烧的篝火堆，点燃了游客心中的浪漫。热闹的街市背后，是狂野的黑暗群山，空旷的山风带走了所有往事，这里人人脸上都洋溢着笑容，仿佛这里就是梦想之地。我却没有什么幸福的感觉，几堆篝火，营造出来的幸福幻象而已，天一亮，全都消失了。

回到旅馆，那几个穷游的年轻人，仍在他们房间里闹腾的欢。我又重新靠在床上看电视，走了一圈，跟卖货的吵了几句，头痛减轻了不少。这时有人来敲我房门，这会是谁呢？难道在川藏线上也有半夜服务？我起来开门，门外站着丽姐："你们这里有什么药吗，阿东好像高反了，人很难受！"史千红已经睡下了，我们这里只有红景天、高原安胶囊，我赶紧拿了跟她出来。

到了她们房间，老王已经在那里了，拿起我的药看了看，说："这些都是提早几天服用，才有效果，何况他这个是喝酒引起的，基本没药。我早就叫你们不要喝酒，不听，现在你看！幸亏晚饭上我硬拦着，若任由他一直喝下去，那明天都别想起来了！"

东哥躺在床上，鼻子吸着氧气罐，身子不停的翻来覆去，心情烦躁难受："哎哟！你们不用管我啦！全都出去吧，让我一个人静一会儿行不行！"丽姐泡了杯茶，放在床头，见他心情烦躁，大家便都退了出来。

在门口，丽姐问老王："他这样子没事吧？明天早上能起来吗？"老王说："应该问题不大，晚上喝的又不多，睡一觉就会好了，睡觉时注意开窗通风。"我们在走廊闲聊，往来客人走上走下

的，比较打扰，丽姐便提议不如到外面走走，散散步。

我们出了旅馆，外面是黑黑的群山和灯火阑珊的小镇。在旅馆旁边的黑暗处，一对男女拥抱在一起，轻轻说着谁也听不清的情话。他们也许前几天还素不相识，在这神奇的川藏线上，浪漫如同山上的雪花，动不动就会不期而至，短短几天便可以爱的难分难舍。至于将来，谁也不敢去想，旅行结束，结局大多各奔东西，只剩下那空荡荡的爱情，在川藏线上空飘来飘去。

我们漫无月的的在空地上散步，丽姐说："这里的夜晚怎么这么黑呀，连路都看不见。"老王掏出随身携带的小手电，照在丽姐前面："今晚还算亮的，山区没有路灯，川藏线的夜晚经常是漆黑一片，伸手不见五指。手电筒就像是身份证一样，随身必备。"

在漆黑一片的前方，我们看到有微弱的灯光在空地上，老王说那是有人搭了帐篷过夜。我们好奇的朝那灯光走去，走近了，是两个帐篷，还听到里面有人说话，一下子却又没了声音，估计他们此刻正竖起耳朵，在听我们的脚步声。

我们在外面听他们说话，倒没什么，他们从里面听外面的声音，那可就可怕的多了，什么声音？是动物还是人？还是更加诡异的东西？总之，那帐篷里的人声突然安静了，看到的其实并不可怕，脑子里想到的才可怕。我们不想打扰他们，继续往前走去。

老王用手电筒照了照前方："前面是山脚了，再走下去，就是爬山了。"丽姐随口说了一句："爬山好啊！到这川藏线上来，不就是为了爬爬山，看看花儿么。"一听丽姐都这么说了，我们两个大男人还怕爬山不成？老王说："那咱们现在就上山，不过大家注意，走慢一点，免得产生高原反应。"说完，我们便开始往山上走。

原始的山岭，人迹罕至，山风吹的荒草沙沙的响，我们不知道为什么要离开喧嚣人群，来到这荒凉到骨髓的地方。老王在前头说：

"据不完全统计，每年命丧川藏线的至少有上百人，但是人们依然前仆后继，纷涌而来，这到底是为什么呢？"丽姐边走喘着气，应声说："每个人的心境不一样，像爬雪山，明知道有去无回，人还不是照样去？他们说，在雪山上经常可以看到死亡登山者的尸体，完好如初，好像睡着了一样。"

老王微弱的手电照着几米远的前方，继续说："这地方太荒凉了，有时候独自开车在这群山之间，没来由的就会莫名伤心。"丽姐在后面说："要的就是这感觉，来川藏线就是要见识一下这种凉彻心扉的绝望，要见见这原始世界的真面目。若有幸能长眠在这沉默万年的崇山峻岭之间，也未尝不是一件美事。"我跟在后面，插不上话。能长眠在这川藏线上，是一件美事？这人得经历多少沧桑，才能说得出这样的话来啊。我年龄太小，阅历不够，半懂不懂的，只有听的份。

起先还说说笑笑，到后来话都说完了。月光之下，群山的身影高大崔嵬，越走进大山深处，那种原始苍凉的气息越发强烈，吸引我们的脚步不由自主的前行。在这漆黑暗夜，我们寻找一个深藏在大山里的梦，这梦奇幻诡异，朦胧模糊。千万里，我追寻你的召唤而来，叩问心灵，泪流满面，黑色的原野却默然无语。

老王忽然停住了脚步，我跟丽姐同时说："怎么了？怎么不走了？"老王指指前方，轻声说："前面有人。"这半夜三更的大山上，哪来的人？我们顺着老王微弱的手电看去，在前方10米远的地方，有个灰白色的身影在移动，好像是一个人。老王朝他问了一句："对面是谁呀？说句话行吗？"那人却并不答应，渐渐走进了前方的黑暗中。

我们三人站在原地，一时半会不敢向前，老王说："或许是游客？"我反对："这三更半夜的，他一个人跑山上来干什么？就算是小偷，这里也没有东西给他偷。"丽姐这时说："川藏线上什么人没有？你们过去看看呀，或许是什么人心情不好，想不开呢，难

道还叫我一个女人上前去呀。"

听丽姐这么一说，我跟老王徒然增加了勇气，我们俩人竟迎着那诡异身影的方向走去。只见那东西远远的还在走，我跟老王仗着手电的微光，加快脚步朝他直奔过去。一直追到了一块大岩石的地方，那身影一下子拐进岩石后面，不见了。我跟老王围着岩石转了一圈，那人就跟消失了一般，没了。我们这才注意到，丽姐没跟上来，她应该是走不动了，估计还在原来的地方。

这山荒凉的连鸟叫声都没有，有什么东西，在我们旁边扑啦啦的响起，老王用手电一照，是一只灰鸟，正拍着翅膀飞走了。这里的山岭人迹罕至，芳草鲜花开了又谢，大块的岩石裸露在山坡上，山风吹来，给我们带来深山里的消息，有山鬼在远处的谷间出没。

我们往回走，喊了几声，没人答应。后来就看到丽姐，站在前方的草丛中等我们，我们上前说："喊了你这么多声，你怎么都不应一声，害的我们到处找！"丽姐笑笑说："现在不是找到了吗？"接着又说，"刚才走的时候不觉得什么，现在站了一会儿才觉得有点冷。"老王随手脱下外衣，披在她身上。

三人又走了一段山路，丽姐借着老王的灯光，看到旁边有许多花儿，就跑去采花。居然还有这种情致？这是从哪个国度跑来的佳人哪。月黑风高夜，纤手把花采。这么浪漫的事，可能以前都还没人做过，这是丽姐的首创。我笑着说："这些花被你采了，连长啥模样都看不到，放到明天早上就枯萎了，只可惜白生长了这些年月。"丽姐在黑暗中说："白天山花随处可见，今晚最美的花却只有它们，所以这些花今晚遇见我是最好的归宿。"一边拿着刚采的花，放到鼻子前闻了闻，说了句："好香啊。"

我和老王凑近丽姐，闻了闻说："果然好香！"丽姐好像看到了什么，指着那些花上面说："这花丛中还有蝴蝶在飞！"我们拿手电一照，果然看到有黑色的蝴蝶在飞舞，这些神奇的不睡觉的黑

斑蝴蝶。

丽姐高兴坏了，嘴里说着："这么多野花，这么多蝴蝶呀！川藏线，我来了！"像个孩子似的，就向前方跑去，消失在了黑暗中。我们没想到她会这么疯，跟白天端庄成熟的丽姐，判若两人，怕等会不好找，就冲她喊："丽姐、小丽，可不要跑远了，等会儿找不到你人了。"丽姐在远处哈哈的笑，好像大山里的精灵。

等我们顺着声音走去，一路叫她的名字，也不见答应。后终于找到她人，正独自幽幽的坐在一块大石头上，我走上前说道："丽姐，你怎么又不说话了？害的我们好找。"丽姐似乎在想着心事，没搭理我们，我们便在旁边站了一会儿，大家一时无话。

渐渐的，气氛便有点不一样。荒山野岭，孤男寡女，深更半夜的，丽姐坐在石头上久了，冷起来了，说道："不如我们还是回去吧。"老王便分析给她听："我们现在回去，东子还没睡，又吵的他心烦，最后还不是再被他轰出来散步？"我接着说："散步，然后走着走着，不又走回到了这里来了。"

丽姐一听，乐了："你们两个呀，白天怎么不见你们这么会说话？一到晚上，一个个像变了个人似的。"闲聊了一会儿，随着话题渐渐深入，大家言语之间便有些粗俗轻佻，正聊的有些口干舌燥心跳加快，丽姐却站起身来："时候不早了，我们该回去了，再不回去，明天都起不来床了。"

见她执意要走，我们便同她一起走下山来。回到山脚处，远远看见那帐篷微弱的灯光，丽姐忽然想起一件事来："糟了，王师傅，你的衣服刚才无意中拉在山上了，应该是在刚才坐人的地方。"老王说："没事，我回去找。"

这山这么大，又没有路，白天还行，晚上找起来有点难度，我便自告奋勇说："那我和你一起去吧，反正丽姐也到家门口了。"我和老王便上山去找衣服，丽姐自回旅馆。

这山上本没有路，我们只能凭着感觉，向大概方向一路找去。

白天应该没问题，可晚上就不行，四周一片漆黑，小手电灯光微弱，只能照前面两三米远。我们找了一圈，愣是没找到。我说："要不等天亮，再来找？"老王拿着手电东照西照，说："天亮来找更不行，现在还知道大致方向，等天亮来，真是东南西北都不知道了。"

俩人继续在山上搜索，我看到前方似乎有灰白的东西，好像老王的衣服，就指着那方向说："前面那灰白的东西，是不是你的衣服？"老王把手电往那方向一照，由于距离还比较远，看不大清楚。俩人渐渐走近，哪里是什么衣服，分明是个人！

老王顿时大喊一声："你是谁？！"我顺着微弱手电方向看去，只见一个人坐在石头上，好像丽姐，朦胧中似乎正冲着我们笑！我脱口而出："是丽姐吗？刚才不是回旅馆了吗？怎么还在这里？你到底是人还是鬼……"

丽姐不解的说："我一直坐在这里等你们回来，你们刚才不是去追那个游客了吗？追到没有？"我和老王全都疑惑了，刚才明明回旅馆了呀，怎么现在又出来一个？这个年龄的女人，就像那画上的蒙娜丽莎一样，永远是一个谜。

我忽然联想到泸定桥山上发生的事情，不禁汗毛直立，这多半是遇见东西了，轻轻拉拉老王衣袖："丽姐已经回旅馆了，那这个难道是山魅……"老王拿着手电的手，明显抖了一下，说了句："我怎么觉得回旅馆的那个才是山魅……"无论哪一个是山魅，这事情都叫人细思极恐。

俩人正悄声说话间，我又发现丽姐背后草丛中好像有一对眼睛，发着绿光盯着我们。我手指着那绿光，对老王说："王哥，你看她身后还有一对眼睛！"老王也看到了，冲着那绿光又是一声大喊："什么东西！"

俩人同时拼死上前，用手电一照，是一只动物，不知道是狼还是狗。

137

那东西站在那里，并没有要离开的意思，我问老王："这是狼还是狗？眼睛怎么这么吓人？"旁边'丽姐'一听'狼'，吓得一声叫："啊，吓死我了！"上前便扑在老王身上，死死抱住不放。老王一时顾不上那么多了，指着那东西对我说："不是狼，狼的耳朵是竖着的，这东西耳朵下垂，应该是条野狗，你拿块石头把它赶走就行。"

我随手捡了块石头，朝那东西扔去，那野狗不情愿的转了个身，还没有要离开的意思。我立刻明白，这果然是条野狗，换成狼的话，早就扑上来了。我于是捡了块更大的石头，狠狠朝那野狗砸去，嘴里大喊："还不给我滚！"那狗估计被石头砸中了，嘴里"呜"的叫一声，跑开了。我乘势追上几步，又仍了几块石头，直到把那野狗打的跑没了踪影。

等我走回来，却见老王一手拿着手电，丽姐仍紧紧抱着老王不松手，我说了一句："好了，野狗赶跑了。"但两人好似没听见一样，一动不动，这就奇怪了，我凑近仔细看了看，我靠！原来两人正嘴对嘴在接吻呢！这荒山野林的，真是叫人心跳加速，一点心理准备都没有。

眼前的丽姐好像换了一个人似的，在夜风中显得那么风骚妖娆。俩人吻的很投入，连舌头都伸出来了。我心中泛起怪怪的感觉，怎么也无法和白天的丽姐联系起来。看他们两个这么投入，一时半会是没法分开了，我围着两人转了一圈，丽姐成熟的臀部正冲我示威。我不由自主伸手放在那上面，丽姐身子一抖，扭头看了我一眼，虽说这是伸手不见五指的的暗夜，但那目光仍使我打了个寒颤。

丽姐又被老王捧过脸去。听着丽姐夹着喘息的闷哼声，我不由自主伸手在她胸部揉了几下，手感很软，鼓鼓胀胀的。丽姐整个人颤抖了一下，挣脱老王的嘴，大口的喘着气。无力的看着我们俩个，半眯的眼睛，那迷乱眼神好像川藏线无尽的黑夜。

我麻溜拉下她的裙子，顿时露出一只丰满诱人的屁股来，那里

还剩一条迷你小内裤，这也太小了吧，比我的手掌还小。

漆黑夜色下，那隐约朦胧，风骚撩人的白色身影，使人眩晕。丽姐摇晃耸动着臀部，不知疲倦，再也不掩饰心中隐藏的风情万种。空旷山谷中，飘散着一片气喘吁吁的呻吟，山风中都是丽姐慑魂荡魄的叫声。

半夜里的女人都是妖精，我跟老王最后双双败下阵来，丽姐瘫软的靠在大石头边，一时起不来。老王说这里的地形比较熟悉，衣服肯定就在附近，不死心，想要再找一遍，因为那衣服口袋里有钱包、身份证，我便陪他又找了一圈。最后在走出百米远的地方，硬是被他找了回来。

等我们兴奋的回来叫丽姐一起回去，却早已经不见她人影。也许我们走错了地方，四处喊，也没人答应。由于天色很黑，刚才她具体躺卧之地，我们也搞不清了。

按理说，她在暗处，我们在明处，我们找不到她，她应该能找到我们，至少我们的呼喊声她能够听到。但今晚的事情非常诡异，这个丽姐是突然出现的，又是突然消失的，而且那么风情万种，象换了一个人一样，我和老王都有点迷茫，这个到底是丽姐还是山魅？黑暗中，山风吹得满山荒草摇晃，魅影重重，回想起刚才的事情，恍如做了一梦，明天记得一定问问她。于是，我们走下山来。

到了山下，回到那两个帐篷的地方，远远看到有人手拿一把藏刀，正在逼睡帐篷的人交 200 元钱，说是把他们的草压坏了。那睡帐篷的，从梦中惊醒，早吓坏了，乖乖交了钱。老王说，这都不稀奇，这跟在草地上停车一样，也要收费的，理由也是草压坏了。

草真能压坏吗？那就不是草了。我们回到旅馆，路过丽姐东哥的房间，我鬼差神使的轻轻敲了敲那门，里面没人答应，估计都睡着了，或者丽姐还没回来？虽然有强烈的好奇心，但是我们还是不想打扰他们，回到各自房间，又不能洗澡，倒下便呼呼睡去。

早上醒来，我头痛的不行，高反了。史千红昨晚睡得不错，早

早的下到楼下去吃早饭了。等我硬撑着走到楼下，太阳已经很高，东哥、老王、红姐都已经在那里了，唯独不见丽姐，估计也是闹高反了。昨晚这样折腾，不高反才怪呢，只有老王这个老司机没事人一样。早餐是土豆烧牦牛肉、糌粑、一人一杯酥油茶，我一点胃口没有，胡乱吃了些，上去楼上拿罐氧气吸着。

等丽姐跌跌撞撞从楼上下来，我们已经全都吃好早饭，坐在一楼闲聊。丽姐身体不舒服，头发凌乱，根本没心情化妆，就这样素颜下来了。一般敢素颜的，那颜值也是明摆在台面上的。丽姐跟没事人一样的吃着早饭，好像昨晚啥也没发生，老王则照常聊着以前经历的故事，这都是些实力派演员哪！但是照昨晚那诡异场景，疑点也很多，我现在都糊涂了。

一早上，我和老王一直都没机会问她，昨晚到底怎么回事？胡乱吃过早饭，丽姐跑去车里拿氧气罐，借着这个机会，我过去跟她提了一下昨晚的事情，可她根本没反应，看那神情，好像根本没有后面那一段，我算是彻底糊涂了。

所有人都吃过了早饭，我们继续开始我们的旅程。上车之后，史千红和东哥换了位置，这样方便他照顾丽姐。我和丽姐人手一罐氧气，好像负伤的战士，各靠在东哥左右，一车人各怀心事，踏上了今天的艰难之旅。

今天的行程是从新都桥到稻城亚丁，老王说，新都桥美景其实昨晚已经过了。由于昨晚天黑，没看清楚，我们便特意又原路返回，只为看一眼那摄影者的天堂。等我们车开到那地方，已经有一些人在那里拍照了，朝阳下的山脉，美的让人心醉，居然还有彩虹！彩虹，我很小的时候在田野里看到过，以后就再没有看到。

彩虹罩在大山上，金光闪闪，光辉夺目，好像从天而降的天堂。旁边的山脉略显灰暗，辽阔连绵至远方。山顶之上，漂浮着伸手可触的白云，白云之上，是遥远孩童时代的蔚蓝天空。牛羊悠闲散落的草地上，开满山花，每一朵，都开的那么热烈狂野。

有几个专业摄影师，架着摄影器材，在那里拍摄。东哥和史千红好奇心驱使，过去看他们拍风景，丽姐也跟在后面，我和老王借着机会拦住又问她："昨晚到底怎么回事？后来怎么不见你人了？"

丽姐一脸茫然："后来你们把我送到帐篷那里，你们不是回去找衣服了吗，我就回旅馆了，你们当然不见我人了呀？""这么说，你后来没回来过？""我累都累死了，还回来干啥？怎么了，后来又出什么事情了吗？……""这……"我们两个面面相觑，一时无语。

丽姐见我们不说话了，笑着扔下一句："你们两个说话说一句藏一句的，准没好事，搞不懂你们。不跟你们说了，呵呵呵呵……"说完，留下一串神秘笑声，转身朝东哥他们走去，那穿着裙子的背影，风韵依然。原野的山风吹过，吹起一头温柔短发，贴在她脸上。这年纪的女人，就是一个永远无解的迷！

我和老王互看一眼，我忽然注意到，今天老王的脸颊怎么这么消瘦？整个脸都凹进去了。我说："你今天怎么脸都瘦凹进去了？印堂发黑。"老王看着我说："你不是也一样？"俩人你看我我看你，难道昨晚真是遇见了山魅？或者这是由于劳累？这事情恐怕永远都搞不清楚了。

谁说美景不能带走，我们要把这景色装进相机里，装进心坎里，装进生命中。红姐、丽姐、东哥、老王，他们全都拿着手机在那里拍，我站在他们身后，把他们的背影拍了一张。这才是最亮丽的风景线，回首往事的时候，这正是我生命里的一道风景。

拍完这些恋恋不舍的路边美景，我们继续心的旅程，开始向稻城亚丁进发。路上偶尔有骑行的队伍，出现在我们眼前，然后，全都被我们甩到后面去了。身边的东哥说话了："王哥，这一路风景看过来，大家都有点审美疲劳了，你给我们来个故事吧。我现在知道为什么穷游女都喜欢搭老司机的车了，故事多啊！"大家一听，都笑了。

于是老王讲坛又开讲了："这回我给你们讲一个'夜车尾随'

的故事。那还是 2009 年的事情了，那时候川藏线没像现在人这么多，进藏的车辆也少。当时有个驴友，独自骑行川藏线，因为在骑行路上爆了胎，耽误了不少时间，还没骑到理塘县城，天就黑了。路上没有路灯照明，四周一片漆黑。深山野林孤身一人，骑着骑着心里有些发毛，这半夜三更的川藏线，谁知道会跑出什么东西来？

正在忐忑不安之际，前方突然出现一束灯光，这灯光是透过身后的摩托车射过来的。当时这哥们心中一喜，总算有人了！但没高兴多久，欢喜就变成了害怕。因为后面的车子老是跟着，保持一段距离，就是不开过来。之前就听说过理塘治安比较乱，这位朋友心里开始犯嘀咕，'不会是遇见抢劫的吧？'，藏人都是狠角色，在川藏线上抢劫、杀人，然后往无人区一扔，那可是神鬼不知呀。

于是加快了骑行速度，而后面的摩托车依然紧咬着不放。中途这哥们试着停车，假装检查自行车，不料，后面的摩托车也同样停车，和他始终保持在五米左右的距离！这下这位小哥的心理防线，算是彻底奔溃了。天哪！这不是折磨人吗？你要抢就快点抢吧，别玩什么猫捉老鼠的游戏了，行不行？

我不由的笑了："哈哈哈，现在抢劫、盗窃都流行高智商犯罪，先要弄得你害怕，主动放弃抵抗意志，然后事情就好办了。"

老王继续说："最后，这位朋友是真怕的不行，用冲刺般的速度，拼命骑到了理塘县城。到了有灯光的地方，瞬间感觉安全起来，停在路边，一边喘着气一边回头看看摩托车。那摩托车开到跟前，结果发现，原来竟是个藏族姑娘，脸上遮着挡风用的丝巾。这位小哥实在搞不明白她一路尾随的理由，难道要找临时男朋友？

出于好奇心，就拦住问她，'姑娘，刚才在公路上你为啥一直跟着我呢？'灯光下，藏族姑娘羞涩的低着头，沉默了几秒时间，说，'晚上没有路灯，你一个人骑行不安全，我在后面用灯光给你照着，你就可以看清路况了。'这哥们沉默了，最后脱口而出的'谢谢'两字，完全是本能反应。这故事就一直流传在川藏线上，直到

现在。"

听完这故事，我们也沉默了，史千红说："其实藏族人民还是很淳朴的。""是啊，早些年的藏族人都是这样的，你路上撞了他一头羊，他还会请你去吃羊肉呢，只是这几年来旅游的人多了，人心都变了。"老王回答道。

稻城亚丁这边海拔比较高，到了地方，我们均出现不同程度高原反应。除了老王，各人身体有的刚恢复，有的还在高反中，象一队残兵败将，哪里还有力气登山？我早上就高反，现在更是头疼欲裂的难受，丽姐虽一路吸氧，嘴唇仍然是紫色的，大家都没胃口，胡乱吃了几口饭，就全都早早躺下休息，一夜无话。

第二天起来，由于海拔太高缺氧，许多美景都要徒步十几公里，还要爬三步、歇一步、喘口气、再登山。身体差一点的，五脏六腑都翻腾起来了。挑战需要勇气，看着一个个艰难登山的人们，你们这都是为什么啊，跑到这高原上来自讨苦吃。

走到一半路，两位女士均表示吃不消了，大家只好决定不去了。看着别人朝着牛奶海、五色海方向走去，我们只能在脑子里想象一下，就算到过了。回头望一眼雪山，庄严肃穆，近在咫尺，却又那么遥不可及，这里的天空纤尘不染，蔚蓝到使人敬畏。忽然感觉自己很渺小，一切的烦恼都不值一提。

我们来到另一个海拔低一点的地方，珍珠海，景如其名，好像从天上掉落在树海间的一颗珍珠，真是太美了。一行人如在画中游，流连忘返，几生错觉，莫非此地就是我们心中朦胧的故乡？可那流浪的心哪，为什么仍然那么忧郁、闷闷不乐。稻城亚丁抬头低头，都是风景。

晚上我们住的民宿比较特别，是一对小夫妻开的。年轻人追求浪漫，头脑一热，脑门一拍，变卖了所有，跑到这里开了这个民宿。夜幕降临，我们这些白天累的半死的游客，此刻半躺在旅店大堂的靠椅上，一动也不想动了。

　　夫妻俩人的穿着打扮透着浓浓的文艺范，整个大堂布置很有艺术氛围，丈夫弹着吉他，妻子敲着鼓，给我们带来了印象深刻的民宿文化。其实准确的说，是西藏的民宿，汉人的文化。我见住个旅店，还安排这么高规格的艺术大餐，暗中拉拉老王衣袖："我们这样听歌，要收费吗？"老王得意的说："我带你们来的地方，怎么会收钱呢？只管放心享受就是了。"

　　这内地吉他、鼓声散发出来的艺术气息，和这片高原土地融合在一起，碰撞出别样的火花，一种流浪他乡的情怀油然而生。在以后一个个恶贯满盈的油腻日子里，总叫人时不时能想起这个高原之夜，和那一对长夜当歌的民宿夫妻老板，还有那一份始终拿捏的死死的艺术范儿，这是一种生活态度。

　　男歌手的吉他在漆黑的川藏线之夜里摇晃，女艺人的鼓声阵阵，敲进人心扉，催促着人们整理行装，快快进入异乡国度。他乡的山风吹过，吉他手的歌声，好像灵魂的呓语，唱的是《如果爱还在》：

……

经过多年以后读懂了好与坏
可是昔日的故事它早已不在
翻阅曾经保留的旧照片
幕幕往事重又回想起来
许多东西都是失去了才会明白
原来丢掉了自己一生的所爱
想要回到过去早已不存在
只能把所有的美好留在脑海

……

　　歌声伤感深情，好像叹息的诗篇，使人想起一幕幕不堪往事，十个人有十个人的陈年旧事，史千红起身先回房去了。我白天走的太累，加上高原反应，靠在椅子上无力起来，在众人一片鼓掌叫好

声中，我的思绪被迫又回到了从前……。

不知道怎么回的房间，醒来已是早晨，今天的行程是从稻城亚丁到巴塘。大家在旅店大堂集合，各人的身体都有些恢复过来，川藏线上呆久了，就会渐渐习惯这里的高海拔。要说风景，这一路走来，要数稻城亚丁最美，有许多人直接坐飞机飞来稻城亚丁，玩过之后又直接飞回去，这也是一个不错的选择。

但是我们几个人，显然不是冲着风景来的，这一条长长川藏线，是我们的流放之路。人人歌舞升平，醉生梦死，唯有我们罪孽深重，无可饶恕。

一路上，风景不断变幻，广袤的山脉，湍急的河流，绿茵的峡谷，还有遮山的白云，何处才是心灵停泊的港湾？风景太美，美的转瞬即逝，终究都成为了过眼云烟，怎么也无法医治，我们心中越来越强烈的苍凉感。

窗外，越来越多的出现草地，应该是传说中的毛垭大草原，正在向我们走来。到了一处地方，大家下了车，谁也没说话，全都被辽阔草原的美，震撼了！成群的牛羊在上面吃草，这里的牛羊吃的太饱，肚子圆鼓鼓的，浑身发亮，我都担心它消化不良。风吹动草地上的花，轻轻摇晃，各种昆虫在青草和鲜花间飞来飞去。

在这一片青草与鲜花的海洋，丽姐忍不住躺了下去，闭着眼睛，枕着狗尾巴草，在原野的微风中睡去。优雅的长裙，盖在腿上，遮住了温柔曲线，知性的脸庞，美丽迷人，隐藏了太多哀愁。这是风景中的风景，我们不禁纷纷拿起手机，拍下了这惊艳时刻。史千红拍完之后，还不忘打我一下，意思是，你也该拍点别的了吧？呵呵，我立刻心领神会，调转镜头，对准眼前这位嫣然一笑的佳人，也拍下了珍贵的一瞬。

时间在这里，已经停止，谁能抵抗这诱惑？我不由的也倒在草地上，耳边传来风吹动野花的声音，我想起小时候在田野里捉甲壳虫的午后。那时候的时钟走的很慢，金黄色的下午，我们嬉笑着跑

遍山野，满头大汗，怎么也不见太阳下山……。

我听见大地的心跳，深沉辽阔，都市、工厂、街道、吵闹、嘲笑、人民币…，一切都不再重要，只愿能永远的睡去，在这洒满阳光，遍地山花的远方。

旅行仍要继续，我们回到车上，又开始奔驰在没有尽头的公路上。路边偶尔出现组队骑行的驴友，太阳快要落山了，余晖斜照在山坡的荒草石头上。前方有一个穷游女背着背包在缓缓而行，不知道她在想些什么，这些穷游女孩好像川藏线上随处盛开的路边野花，时不时就会冒出一个，她们的心思，是黄昏下川藏线上的一个谜。

老王见这里路段偏僻，车辆人迹罕见，关心的把车子开过去，停在她身边："姑娘，这里人烟稀少，你有什么需要帮助的吗？"女孩转过身来，20多岁模样，太阳帽、文艺长裙、脖子上围着粉色丝巾，只是全都已经被风沙吹的脏兮兮的了，眼神中掠过一丝惊喜："师傅，还能搭个车吗？"

我们的车子一个萝卜一个坑，再要多余一点也没有了，老王说："位置是没有了，车内矿泉水、方便面倒是还有的。"她失望的摇摇头："这些我都有了，谢谢你们了。"说完向我们挥挥手，老王一踩油门，我们的车子继续向前驶去。

我回头看看，她又像先前那样在后面缓缓而行。广袤的原野上空，一只秃鹫在女孩头顶上方盘旋。女孩在向它招手，大鸟啊，你是想把我当作食物吗，还是想带我去遥远的天国？无边无际的荒草地上，寂寞如烟蔓延，儿时的记忆、尘世的努力纷纷随风淡去。记忆的残阳里，远远的她在笑，那笑容神秘无邪，是这个世界里从没见到过的。

我们车子的轮辙越来越远的离去，她成了远远的一个点，我看见那小点，不知怎得离开了公路，向着蛮荒山野移动，没人知道她要去干啥。在她前方，一片原野的山花绚烂。

这些谜一般的穷游女，游荡在川藏线的每一个角落，她们是最

懂川藏线的人。是什么力量能够使一个女孩，可以不在乎脸上的妆容和服饰，如同乞丐般的到处游荡？这是她们最美的青春岁月，年老发白，回首往事的时候，这是无法褪去的记忆。黄昏、夕阳、遍野的黄沙、和夕阳下的沉思。

我们的车子在望不到头的公路上奔驰，远方的尽头就是故乡。等我们赶到巴塘，天已经黑了，巴塘的街上写着'弦子故里欢迎您'，想必那优美的弦子舞，就是从这里出来的。这里海拔低，没有高反的风险，老王同意可以喝点小酒，但是仍然不能洗澡。结果，除了老王，我们晚上全喝醉了。

东哥嚷嚷着："走！晚上我请客！我们到外面去喝去……"说着便往外走，我们一伙人跟着出来，摇摇晃晃，东倒西歪的在大街上行走。巴塘的夜晚比较热闹，老王把我们带到一个热闹地带，人们都在跳舞，我们也夹在人群中间跳。肯定是乱跳，但这里的人用笑声，接纳了我们这几个醉酒的游客。

夜幕之下，弦子的曲调悠扬，藏女的长袖飞舞，旋转的人群变成了欢乐的海洋。

等我们回到旅馆的时候，丽姐和史千红还嚷嚷着要跳'弦子舞'。旅馆里的人都看着我们笑，我们大声喧闹，丽姐和史千红干脆在原地跳起了自创的'弦子舞'，这两个白天一本正经，端庄温柔的女人，原来也有失态的时候。她们跳的太难看了，引的几个穷游年轻人哈哈大笑，最后我们被老王推进了各自的房间，各人沾床就睡。

宁静小村

唱：　　　　弦子扬起优美的旋律，
在群山之间，
姑娘的身姿轻盈，
在百花丛中，
那翩然起舞的长袖，
使人眼缭乱。
欢乐歌声，
已传遍青草地，
我的心哪，
你为何忧伤？
太阳渐渐落下地平线，
断肠人在天涯。
相逢总是同命人，
欲哭无泪，
欲笑无声，
不如一醉在这陌生他乡。
往事已经模糊，
往事依然惊心！
如同傍晚山脚下，
盛开的血色映山红。

　　早上醒来，史千红已经不在房间里，我起床洗嗽完毕，走到楼下，他们都已经在那里吃早饭了，这次人都齐了。今天的目的地是八宿，一路上，地形复杂多变，听说容易出现抢劫什么的。我问老王："以前他们抢劫一般抢什么车？"

　　老王想了想，说："什么车都抢，只要机会合适，就可以抢。"我说"一般抢骑行的或者徒步的比较多吧？汽车好像不容易被抢。"

老王说："也不一定，那些抢汽车的，一般选在山洞，在山洞里把你的车子逼停，然后把你抢个精光。"

丽姐插上一句："那现在抢劫的还有吗？"老王停了停，说："还是有的，没以前那么猖狂了。"车开到一个岔路口，出现三个穷游女，在路边招手，手上拿着牌子'求搭车'，估计搭了别人半路的车，最后不同路了，只得跳下来换车。我们车上已经满员，一个也搭不了，只能呼啸着从她们身边一闪而过。

这里地形变化特别大，高山峡谷比较多，随着车子一往无前的高速挺进，天气也是一会儿下雪，一会儿下雨，一会儿又晴天了。这一路下来，特别是去了稻城亚丁之后，现在看窗外的风景，我们已经出现视觉疲劳，视觉震撼没有刚来川藏线的时候大，除非出现然乌湖、来古冰川这样的特别风景。

丽姐又提议老王讲故事，现在旅途中最美的风景，就属老王的故事了。川藏线很美，但是若没有饱经风霜的老司机，和路边如山花般盛开的穷游女，川藏线就会乏味许多。

老王清清嗓子，咳嗽几声，开讲："川藏线上随地都是故事，我这个故事叫'暖床的故事'。那是前几年的事情了，有个穷游男，一路穷游到西藏。后来钱用光了，窘迫潦倒，于是就在一个条件设备很落后的学校，莫名其妙做起了'援教老师'。在来西藏的第二个月，大雪封山，孩子们都无法来上课了，宿舍里的东西全部吃完。

就在那个食物告罄的傍晚，有个藏族姑娘提着一个大包出现在宿舍前，用非常生硬的汉语喊，'老师，老师！'。这个'临时老师'推开门，发现原来是离学校最近的一户藏民家的姑娘。这个姑娘放牧着许多牦牛，父母都去世了，有个弟弟在学校念书，她就是靠放牧来维持她和弟弟的生计。她径直走进宿舍，拿出许多食物，还生了火。正生着火，这个'临时老师'站在边上，表示那些食物会支付费用给她，那姑娘一听，不停的摇头。

吃过晚饭，外面风雪很大，天已经黑了。此时，姑娘做了一件让人瞠目结舌的事情。她跑去坐到冰凉的被窝里，说，'我给你暖

暖被子'接着，便脱下一件件外衣，钻进了被窝。'临时老师'登时不知道该怎么办，外面风雪'呜呜'地呼啸着，他却觉得浑身发热，连看都不敢看那姑娘一眼。正当他浮想联翩的时候，藏族姑娘说了一句，'老师，被窝暖了，你可以睡了。'他扭过头来一看，她正慢慢起床，穿好了衣服。然后用手摸了摸被窝，说，'暖暖的，老师，你可以睡啦。'说完，就带着空袋子，回去了。

这位穷游男在故事的结尾，最后说道，'我本来是到西藏穷游的大学生，意外做了西藏孩子的'援教老师'。但是，那位藏族姑娘却在灵魂上援教了我，让我知道在人世间，竟有一种灵魂是这么圣洁。'"

听了这故事，我们大家都沉默了。我想来想去，总觉得哪里对不上："这故事可不能这么理解，关于这个故事，我有另外的观点。"大家一听，不禁都好奇的转过头来，看我到底要发表什么高见。我继续说道："大家都被穷游男的思路，给带着跑了，其实那位姑娘心里，应该并不是这么想的。你们想想，这天底下，有哪个姑娘会逢人就去给人暖被窝？这里面先不说有没有那个意思，但这事情肯定不是邻居之爱，应该是男女之爱。"

东哥睡好了，人也精神了，接过话来说道："我也觉得这个穷游男是一根筋，这摆明了是罗密欧与朱丽叶的故事，可这小子硬是把他演成了刘胡兰与邱少云，任你熊熊烈火，我自巍然不动。这多伤人家姑娘的心哪！我要当时在场，肯定狠狠训他一顿。"

丽姐看着老王说："王师傅，你怎么看呢？"老王眼看前方，笑着说："这个我也很难说啊，我又不在现场，只是讲了一个真实的故事而已，他故事原文就是这样说的。你们女人最懂女人心思了，你们觉得那姑娘会是怎样想的呢？"丽姐嫣然一笑："我们当然懂啦！但是保密！"史千红也笑而不语，一副神秘兮兮的样子。

大家正说笑着，前方的车子突然停了，路段出现塌方，警察和施工队正在抢修作业。我们从车里出来，举目望去，前面后面都是车子，公路上排起了长龙。这时，有经验的司机，拿出喇叭，开始播放起了广场舞音乐，没一会，居然吸引了一大批人，聚在公路上

跳起了广场舞！世界之大无奇不有，好像在庆祝堵车。

等到通车的时候，已经是晚上了，我们赶着去八宿，路上也没停靠。车子不停的在夜色里奔驰，我看看车窗外，下起了雪，车灯所照之处，细小的雪花如飞蝇一样到处飞舞。雪夜里的川藏线，昏暗模糊，好像一个蓬头垢面的绝代美人，又如一幅写意中国画：暗夜孤村人迹少，偏僻山岭雪茫茫。

外面雪花纷飞，车内的我们迷迷糊糊，靠在座位上半醒半睡，只剩老王一个人全神贯注的在开车。身边的史千红已经睡着了，头枕在我的肩膀上；丽姐在位置上眯着，睡意朦胧；东哥靠在副驾驶座上，随着车子的晃动，头轻微的摇晃，摇晃……。

不知开了多久，老王突然大声喊了一句："这不对劲啊！不行了！"一个急刹车，我们大家不由自主纷纷向前倒去，一下子全都醒了："怎么了？""啥事情？"老王激动的指着前方说："你们大家都来看，前面是几条路？"我顺着他手指的地方，放眼望去，在10米开外处，车灯赫然照见，路分成了两条，清清楚楚的摆在那里。

于是大家都说："两条！"老王转过头来又问我们："你们当中，有谁看到的是一条路的有没有？"我们相互看了看，都说："是两条路啊。"前面副驾驶的东哥也一口咬定："是两条。"

老王颓丧的靠在座位上，叹了口气："唉，看今夜这苗头，晚上怕是要在这里过夜了……。这个地段从来都是一条路的，现在怎么会生出两条路来呢？"我脱口而出："你的意思是说前面的路有问题？难道是修了新路，或者是遇见岔路鬼了？"

红姐丽姐齐声问："什么是岔路鬼？"老王又叹了一口气："按照道上的说法，一条路开着开着，分成了两条，那就是遇着岔路鬼了。你随便选哪条路都是死路，按照道上的规矩，通常遇到这种情况，就只能停车等天亮了。"

丽姐不由好奇的问道："你以前也碰到过这事情吗？说不定这是刚修的新路呢。"老王郑重的说："这种事情，在你们看来稀奇，对于我们跑长途的司机来说，那太平常了。特别是开夜车的，啥事

152

情没碰到过？"

我们大家朝窗外四处看看，并没有发现什么异样，哦，对了，那漫天纷飞的雪停了。但这也不能说明什么问题，川藏线上的天气，本来就是变化无常，一会下雨一会晴天的。此刻，车窗外是冷冷的月光夜，草丛、树木、岩石历历在目，没见有什么异常的。更没发现有什么岔路鬼、拦路鬼，披着白衣，在四周飘荡。

一车人静悄悄的坐了一会儿，东哥说："也许是新造的路吧？我看并没有什么异常啊。"老王坚持说："我常年跑这条路，不会错的。这是我们跑长途的规矩，遇到这种情况，只能等天亮。这一路开过来，你们有注意到那些路边的报废车没有？许多好端端的平路，那些司机不是把车往沟里开，就是往岩石上撞，你们不觉得奇怪吗？还有，本来川藏线上车流很多的，现在你们探出头去看看，前面，后面，连一辆车都没有了……"

一听这话，我们纷纷把头探出窗外，四下查看，果然一辆车都没有！不禁全都毛骨悚然起来。

大家都在车里憋着，感觉无聊沉闷，本来叫你们看风景的时候，一个个都昏沉沉的想睡，现在叫你们睡觉，却又一个个精神抖擞。丽姐终于首先憋不住了，冒出一句："我想上个厕所，忍不住了……"这事情谁都没碰到过，不知道该咋办，只能看老王。

老王一口回绝："不行！不能下车，下车准出事！""那咋办？总不能在车上解决吧？"东哥说。老王坚持说："就算在车上解决，也不能下车。"我们大家都觉的这话过分了，根本没见什么岔路鬼、拦路鬼，不过是新造了一条路而已，就这么自己吓自己？我说了一句："这样吧，让丽姐下车，我们大家都帮你看着，万一有什么不对劲，我们赶紧下车来帮你。"老王见拦不住，撂下一句话："你们不听，到时候出了事情可别怪我啊。"

丽姐便拉开车门，迫不及待下了车。本来想就地解决的，回头一看，我们大伙都在看着哪！觉得不好意思，就走到对面的一块大石头后面，蹲下了。我们当然紧盯着哪，这荒山野岭的，加上多出

来的两条路，谁知道下边接下去会发生什么事呢？那石头并不高，丽姐的半个头还露在外面呢。

但是我们看着看着，事情就变得诡异起来，好长时间过去了，丽姐老是露着半个头，就是不站起来，大家喊她也没回音。东哥觉得事情蹊跷，立刻打开车门，便要下车去看看。老王一把拉住他，说："现在事情已经很明显了，你再下车，肯定同样出事！"东哥哪里肯听："就算真有危险，我也绝不能扔下她一个人！"一开车门，下了车，向大石头走去。

剩下我们三个留在车里，全都瞪大了眼睛朝窗外看，看看会发生什么。东哥走到大石头那里，就转身向我招手，示意我过去。我虽然心里疑惑，但是人家既然叫我过去帮忙，我如果不去，这面子上挂不住啊。

刚想下车，被老王拦住了："你干啥也要下车？"我说："他不是在向我招手吗？我得过去看看。"老王说："他一直就站在石头那里没动，什么时候向你招手？"我问史千红："你有没有看到他在招手？"史千红说："招了一下吧，没看清楚。"听史千红这么说，这明摆着她也没有看到东哥在招手，我又看看那边，东哥扔在向我招手，示意我赶紧过去。我顿时觉得头皮发麻，怎么呼出去吸进来的净都是冷气哪？

这可咋整？我突然想出一个办法："这样吧，王哥，你拉住红姐的手，红姐拉住我的手，我下车看看，有什么不对劲的话，你们赶紧把我拉回来就行。"老王无奈的在那里摇头："唉，没用的，没用的。"

于是，我拉住史千红的手，史千红又拉住老王的手，我下了车。下车以后看到的情况就不一样了，原来丽姐被石头砸伤了，坐在地上起不来，东哥招呼我赶紧过去帮忙。我对史千红说："你把手放开吧，丽姐受伤了。"史千红一听，对老王说了句："丽姐受伤了，我也下去看下。"就把老王的手给甩了，跳下车来，和我一起向东哥走去。

154

我说："叫你放开我的手，你怎么把老王的手甩开了？"史千红说："你不是说丽姐受伤了吗？我当然是甩开老王的手，过来看看呀。"我回头看东哥他们，他们已经站起来，向旁边走去，我喊了一声："东哥，你们干什么去啊？车在这边哪！"他们头也不回，继续向路边走去。我再回头看车子，哪里还有车子的踪影？登时明白过来，糟了！遇上事了！

史千红紧紧抓住我的手，脸色煞白，惊恐的看着我："怎么回事？怎么会这样？"我怎么知道啊？眼看着东哥他们快要走远了，我心想，不如跟着他们，四个人总比两个人强。就对史千红说："我们跟着东哥他们走！"说完，扶着她，一起向东哥赶去。但是不知怎么的，任我们怎么赶，总也赶不上他们，老是保持着这么一段距离。我们在后面喊："东哥！等一下，等等我们。"他们好似没有听到，只顾在前面赶路。

前方的道路两旁，草木渐渐茂盛起来，我抬头看看天空，灰蒙蒙的，好像快要天亮了，没有太阳，没有月亮，也没有星星。隐约朦胧的山坡上，出现了一片树林子，东哥、丽姐彼此依偎着，走进那片林子去了。等我们赶到林子边，已经失去了他们的踪影，原来这是一片杨梅林。

正当我们焦急寻找的时候，从树林里走出来一位大叔，面色和善，微笑着问我们："朋友，你们来到此地，可有什么事情吗？"我说："请问大叔，有没有见到两个人，一男一女，刚刚进到林子里？"大叔摇摇头："没见着。"见我们两个迟疑不决，一时间又不知道该往哪里去，便邀请我们来到他家中，从灶间拿出一竹篮的杨梅招待我们。

这杨梅颜色乌红，大颗粒，味道甜美，我对这杨梅的印象非常深刻，一直无法忘记。史千红和我两个肚子吃的饱饱的，几乎忘了这是在他乡，只觉得这地方分外亲切。

我们吃完整整一篮的杨梅，想找大叔问问话，隔壁传来鼾声如雷，大叔已然睡着了。我们来到外面空地上，才看到房屋后面的山

上还有许多房子，原来这是一个村庄。各色野花开在村子道路两旁，有一种蓝红两色的鸟，在村里飞来飞去。家家户户门前屋后，尽是鲜花野草盛开。

我们走到一户人家那里，院子打扫的干干净净，我们站在院中喊："请问里面有人吗？"等了多时，也没人回答，院内房间的门户却开在那里。我们走上前去，才发现原来一家人都在屋子里都睡着了，这地方竟然夜不闭户。又走了几家，都是同样情况，这里似乎没有时间概念，想睡就睡，想干活就干活，没有忧愁，没有烦恼。

总算看到一户人家的院子里，有个老婆婆在干活，竹子编织的院门口，有不知名的植物藤蔓长满篱笆，篱笆上开满了各色小花，一派宁静甜美气息。我们上前一看，原来她是在做一种糕点小吃，阵阵清香很远就能闻到。

老婆婆见到我们，很是高兴，招呼我们坐下，给我们泡了两杯山花茶。我喝一口那茶，只觉清香入骨，分外香甜。这时从屋里走出来一个人，手上捧着一盘水果、糕点，头上戴着那种时髦的太阳帽，那帽子上还绣着一簇红花，身上穿着一条文艺范长裙子。

看着这熟悉的装扮，我的第一反应，这不是川藏线上的穷游女吗？怎么这里也有？老婆婆见我们诧异表情，便对我们解释说："她是几年前来到我们村子，到了这里后就不走了，正好我和老伴无儿无女，就留她和我们一起住下了。"我问这姑娘："你叫什么名字？你是从川藏线上来的吗？怎么来到这地方的呀？"

姑娘见我这么多问题，笑了，我注意到她头上的太阳帽，那帽檐的地方有一处淡黑的污汁，怎么也洗不掉，估计是川藏线上的风沙吹久了的缘故。

姑娘答道："我叫陈姗姗，我记得自己是从川藏线来的，但是怎么来的已经想不起来了。"身边的史千红又问她："那你还想回去吗？"姑娘又淡然一笑，摇摇头："往事都已经模糊遥远，记不起来了，如今我已经来到这永恒安息之地，你们为什么还要我去什

么地方呢？"听了这话，我若有所悟，一时间说不出什么话来，陷入长久的沉思之中。

陈姗姗带我们来到后山，后山上到处开满一种深蓝色花，她采了一朵在手上："这花叫做'蓝色相思'，奇异之处是，你若在别的地方也遇见这样的花，那么你采一朵在手上，心里想着我的名字，然后挥动手臂，我这里的花必定掉下一朵，随着你手臂的动作，在我面前飞舞，我就知道你们在想我了。然后我捡起地上的花，挥动手臂，你那里的花也必定掉下一朵，在你面前飞舞。我们就会感觉到彼此的思念了。"

我一听，好神奇！立刻跑到山的另一边，口中呼唤史千红的名字，摘下一朵，挥舞。没一会儿，我面前的深蓝色花果然掉下一朵，又从地上起来，径自在我面前飞舞。远远的，史千红兴奋的挥舞着手中花朵，嘴里喊着："太浪漫了，这蓝色山花太浪漫了！"便像小姑娘一样，漫山遍野的跑，我望着满山的'蓝色相思'，心里说，这地方太美了。

三人从后山回来，老妇人还在院子里干活，史千红对老人家说："婆婆，这么晚了，怎么还不去睡觉呀？"老人说："我的老伴出去干活，到现在还没回来呢。"我和史千红便自告奋勇："在哪里呀？我们帮你去找找吧。"老人指了个地方，我们就顺着那方向，一路找去。

走到一个树木繁茂处，前方林子里出现一个少年，约十二三岁，好奇的朝我们走来。史千红朝他招招手："小朋友，我们跟你打听一个人……"话没说完，那少年忽然一转身，嬉笑着跑开了，眨眼功夫，便消失在了林子深处。我和史千红互相对视了一眼说："这是什么人？"我们朝着前方继续走，在一个下坡的地方，那里有一片乱石头，在石头边靠着一个老汉。我们上前一问，他正是老婆婆的老伴，原来他的腿摔伤了，我便背起他往回走。

回到家中，老婆婆终于见到她老伴了，非常高兴，不断的谢谢我们，要留我们住下。我们心中想着早点寻见东哥他们，便婉言谢

绝了。陈姗姗给我们准备了许多水果、糕点，让我们可以在路上吃。我们摘了几朵'蓝色相思'，以作留念。离开这户人家，我们继续寻找，可走遍了这村子，也不见东哥、丽姐他们。

一条小路通向村外，不知道该往哪里走，我对史千红说："顺着这条路走，我们就出村了。"史千红忽然心生留恋，幽幽的说："我不想离开了，这里的一草一木都倍感亲切，好像自从出生以来，便是为了寻找这个地方。"我说："奇怪，我也有这感觉！好像以前一路走来，都是客旅，都是在流浪，这里才是故乡。"

既然这样，我们就返回村里，小村有一条山路，通向山脚，我们便顺着山路往下走，也许东哥他们在山下也说不定。我回头望了一眼，穷游女陈姗姗和她的美丽小村，她永远留在了这里。是的，若有人的家园甜美宁静若此，没有人喜欢流浪。

走到山脚，遇见一个中年男人，手握鱼竿，站在小河边钓鱼。任光阴缓缓流逝，白发爬上额头，我与山川一同变老。不知怎的，我们一见如故，相谈甚欢。接连钓上几条鱼之后，那人收起渔具，邀请我们去他家歇息，他家就住在山脚的一间小屋。房子附近，一条小溪自山中流出。

约莫傍晚时分的光景，这地方没有阳光，也没有月光和星星，那人背着鱼篓在前走，竹子做的鱼篓里，鱼在里面扑腾，散发出一股青草气和鱼腥味。我们来到他家房屋前，那房屋是竹子和茅草搭建而成，房屋的院子内外是遍地的野草、山花、树木。

那人在门口叫了声："阿英，来客人了！"里面登时出来一位中年妇人，面容气质正如院外的芳草山花，一见我们，甚是欢乐，立刻把我们让进屋来。

进到屋里，史千红帮着女人洗菜做饭，好像到了自己家里一样，我们两个男的则出来，坐在院里闲聊。一会儿功夫，菜烧好了，酒也热了，四人落座畅谈欢饮，最难忘的是那一盘红烧河鲫鱼。正吃喝的时候，外面忽然飞进来各色蝴蝶，有大的也有小的，在院子里上下飞舞，久久不肯离去。如此美丽的山居傍晚，住过一晚，此生

无憾矣。我当时就用手机拍了许多照片，山花院子，好客夫妻，迷人小屋，彩蝶黄昏，这是最美山居，没有之一。

饭后，夫妻俩把卧室让给我们，他们睡柴房去了，这里风俗如此，我们也只能恭敬不如从命了。这地方没有白天黑夜，我们站在卧室门口睡意全无，正想跟那夫妻再聊聊，柴房门开着，里面的人却已酣然入睡矣。这里人都是这般的无忧无虑，说睡就睡，不知老之将至，不知岁月忧伤。

我和史千红因为无法进入酣睡，便想到外面走走，也不打扰夫妻告别了，顺着一条芳菲小路，我们走进山林深处。天色渐渐变得昏暗，有雨点落在我身上，我对史千红说："不行！快要下雨了，那边山路上有个凉亭，你看到了吗？我们过去避避雨。"不远处，有一个路廊设在那里，其实不能叫做凉亭，我们便跑进那路廊躲雨。前脚刚进，后脚只听哗啦啦一阵声响，那雨便如瀑布一般倒了下来。我们正庆幸跑的快，只见远处烟雨迷蒙的野地上，远远跑来三个人，及至近了，是一男二女。

等他们匆匆冲进路廊，已经是全身湿淋淋的了。本来还可以脱衣服拧干，但现在因为有生人在，大家都只能干站着，照这样下去很容易感冒生病。我便对那男青年说："兄弟，我们两个不妨转过身去，让她们把衣服脱了拧干，然后我们都转过身去，你再把衣服拧干。"那青年觉得此话甚好，大家便照此行事，期间我们彼此略有交谈，原来他们是表兄妹三人，分别叫柏子健、芳小婷、叶小茜，一起出来游玩，不料遇着这阵大雨。

言谈间，山谷内外已变得天昏地暗。满山的芳草鲜花，在风雨中黯然失色，遍野的森森林木，在黑暗里若隐若现。凉风卷着雨，呼呼吹进路廊，打在人身上骨头发抖。不一会儿功夫，溪水哗哗暴涨，冲刷着冰冷的岩石，清新的青草气息扑面而来，这风雨交加的荒山野景，真是太美了。

正当我看着磅礴大雨的山谷怔怔出神，身后女士已经擦干身子，穿上了衣服，换子健拧干衣服了。趁着这时候，我才转过身

来看清，两位姑娘都很漂亮，一个长的山花烂漫，一个长的芳草萋萋。

我闻到她们身上有股特殊的香味，对一个说道："我怎么闻到你身上有股青草气？"那位叫小茜的姑娘，脸一红，躲到小婷身后，又探出头来："那她身上是什么气味呢？"我凑近又闻了一下："嗯，有股花香味。"两位姑娘都不好意思起来，史千红忙解围道："大家萍水相逢，说什么气味不气味的？真是的！"胡乱说笑几句，外面的风雨渐渐小了，旁边子健也已擦过身子，穿上衣服。

这里的天气多变，须臾雨停，天空明亮许多。雨后的空气分外清新，子健问我们："你们从哪里来？要到哪里去呢？"我和史千红面面相觑，一时竟想不起来，迷茫的说："我们只记得是从川藏线上来，要到哪里去，现在已经想不起来了……这里甚好，我们一路跋山涉水，似乎就是为了来到这里……"子健和姐妹一听，心中快乐起来："原来是远方来客啊，请随我们来。"便邀请我们去他家歇宿。一路上山草越来越茂盛，树木松柏亭亭静立，偶有山民经过，大家彼此微笑点头，自然亲切，好像很久以前早已熟识。

在山岭深处，出现了几间小屋，那房屋前后山花妖艳，柴院内外桃李不言，落英缤纷。我一见到这地方，就甚喜欢。子健到了屋前，喊了一声："奶奶！家里来客人了。"也不见有人出来，我们大家便自己进了屋，走在后面的小茜说："奶奶腿脚不便，坐在屋里的凳子上。"

我进到屋内，果然见到一个老妇人坐在小凳上，我和史千红见过奶奶。老人见到远方客人很是高兴，招呼小婷、小茜给我们泡上桂花茶，又拿出这里的特产糕点。当下，我们大家围着奶奶，欢快畅谈，老妇人幸福的眯着眼睛，笑容慈祥。

晚上史千红和两姐妹住一房，我和子健睡一处，因为兴致颇高，我们还下了一盘围棋。山中无年月，悠悠一盘棋，我不是专业棋手，终以输棋结束。躺下没多久，子健酣然入睡，这里的人都有说睡就

睡的本领，我和史千红在这里却怎么也进入不了梦乡。

我睁着眼睛，看着屋子，心想，这里处处那么亲切，可就是无法入眠，不知道怎么回事。正想着，从我睡的床四边，弯弯扭扭的爬出许多虫蛆来，越爬越多。我只觉得一阵恶心，赶紧把子健叫醒："兄弟，你看，这哪里来的那么多虫子？怪恶心的……"

子健起身一看，忙跳下床来，问道："我们这里从来都是干干净净的，也没有外人睡过这床，如今你一睡，就爬出这许多虫子来，这虫子肯定是你带来的。你到底是何方人氏？从哪里来？"我觉得心中一片茫然，以前的记忆变得模糊。

子健暗叹一声："糟了！"急忙跑到史千红她们住的那间，这里夜不闭户，直接闯进去，只见史千红她们三人睡一床，那床上也已是到处爬满虫蛆。我们赶快叫起她们，三人起床一看，全都惊声尖叫起来，问我们为何会这样？子健心中已然明白："你们定是从一个污浊之地而来，身上才会带有这些东西。在我们后山有一条小溪，你们需去那里洗净身上的污秽，方才可以居住在我们中间。"我和史千红一听，心中欢喜，急忙随着他们来到那小溪边。

但见溪上一片水雾蒙蒙，溪水清凉彻骨，我们在水中洗净上岸，只觉得浑身轻松，便跟在三姐妹后面，走回家来。路边有几个野草莓，长的很是显眼，史千红摘了几个吃了，又递给我，那味道极甜。正待再摘几个，被前面小茜回头看见，连忙说："不能吃！这里草莓有几种是有毒的！"我们一听赶紧扔掉，然而已经有几个吃下肚子去了，刚还不觉的什么，片刻功夫肚子便越来越痛，好像肠子打结一般的难受，旁边史千红也出现同样症状。

同行的子健一看情况严重，焦急的来回走了几步，最后说道："这毒只有千年断肠草能解，那断肠草长在高山绝壁之上，十分难找，我得立刻就出发！"说完，朝着深山直奔，去找寻那千年断肠草。

期间，我痛的几乎要死，隐约听见两姐妹在远处说："看他们

162

两个光景，恐怕熬不过多少时间了，姐姐，我想……"另一个说："不可！……"又听到一声大叫："小茜！……"便没了声音，我也失去了知觉。

等我醒来的时候，已经躺在床上，肚痛也消失了。身边一个人也没有，我下了床，走到史千红那间，她正在床上整理衣服头发，也已好了。我们两个四下寻找，找遍里里外外，却不见一个人影。

又返回史千红的房间，发现桌上早已留有一张纸条，上面写道：不辞而别，还请见谅！我小妹本是山中野草，今为治病，耗尽身血，现我们已回山中养病。我们本都是山中花草树木，无父无母，奶奶乃是风雨夜中，在路边被风刮断的半截枝条，本以为又来了两位兄弟姐妹，却不想我们彼此这般无缘！罢了，天意如此，唯愿天涯海角有缘再会，祝你们早日康复！小婷。

我忽然明白过来，原来叶小茜就是那株千年断肠草！这些山中精怪，刚刚还嬉笑眼前，转眼已是人去楼空，看着这空空荡荡的房屋，不知何时能再相见。我和史千红顺着小路往山下走去，远远一回头，连那房屋柴院也已然不见了，只剩下一片山花野草的荒地，在微风中摇动。这些山中精灵来时纯真可爱，去时伤痕累累，他们因感天地情爱而生，又为爱而去，一颦一笑恍如儿时同伴，叫人感怀叹惋，久久不能相忘。

踟蹰良久，我们终须继续前行。前方出现一间茅屋，天都已经这么晚了，还有小孩在房屋边上玩捉迷藏。我们甚觉口渴，就上前去讨水喝。敲了几下本就开着的门，从屋里走出来一位年迈老伯，请我们进屋歇息，给我们倒上两碗清茶，老伯又回里屋睡觉了。

我们喝过茶，见旁边有一张小床，正想躺下歇息，只听得屋外传来歌舞喧闹的声音，不由的走出房来。但见青青的草地上，还有一拨人，男的女的，都在欢乐歌舞。有弹奏的、歌唱的、敲锣打鼓的，其中有个领舞的女子唱道：

......
草色青青树依依，
晚风吹动绿罗裙。
远方的客人哪，
从何而来？
为何你的脸上，
带着愁容？
哦，
带着愁容。
你们定是从那忧伤之地而来，
从那劳苦愁烦之处而来。
看哪，
这里鲜花遍野，
溪水清澈，
这里是另一个天地。
......

我们不知不觉走出房屋，也加入到他们的歌舞之中，不用学习，自己就会跳。史千红跳的真好看，脸带红晕，眉目传情，从没见过她这样美丽。正在众人欢舞之际，我透过欢乐人群忽然看到东哥、丽姐相互搀扶着，正往山下走去，我赶紧拉起史千红就朝他们追过去："哎！东哥丽姐，等等我们呀！"

一路追赶，直到山下的一个村子，那村子灯火通明，张灯结彩，好像有人在办酒席。东哥丽姐进了村子就不见了，我们四处寻找，在村口遇见一个人，说知道他们在哪里，便领着我们，进到了那户办喜事的人家。那家里有人把我们带到院子里的宴席之上，叫我们坐在上位，成了整个村子的尊贵客人。

有人向我们献上礼物，又给我们倒上美酒，摆上葡萄，大家通宵达旦的欢乐。有弹琴的，吹笛的，歌唱的，众人纷纷走到席间，

跳起优雅美丽的弦子舞。各家各户都献上自己的牛羊肉、首饰、衣服，放在我们面前。

史千红拿起其中一支长长的发簪，让我给她插在头发上，然后娇柔妩媚的看着我，说："怎么样？"我定睛看着她，说不出的美艳迷人，不由说道："嗯，真是太美了！"其间，有一男一女过来给我们敬酒，我看着特别面熟，但是就是想不起来在哪里见过。

这里的夜晚，好像没有穷尽。我们随着快乐人群，一起跳着、唱着，喝着美酒，打着节拍，我无意中抬头望望天空，灰茫茫的，没有星星。这里的夜晚，可真是漫长，正想着，房间里和院子里的人群，逐渐退到屋外去了，我们不由自主跟在他们后面出来。全村的人，排着长长的队伍，敲锣打鼓的护送一对新人，向村外走去。

我们跟在众人后面，来到一座木桥前，桥下是一条小溪，人群陆陆续续过到了桥的那一边。在桥的那头，有户茶摊，有个人穿着一件灰蒙蒙的衣服，坐在一条竹凳上，在卖茶，凡是过桥的都要买他的茶喝。

正当我们也想跟着过桥时，头顶忽然有个声音说："在这里，你只是一位尊贵的客人，你们是客人，客人！"我顿时觉得如梦初醒，我是客人，不属于这里，我该回家了！然而，我的家又在哪里呢？我不禁陷入深深的沉思之中。

渐渐的，我回忆起进村的那条山路，路边开着妖艳的野花，那些野花这里一簇，那里一群，散发着奇异的别样气息。这些花儿，为什么要如此妖艳盛开，盛开在荒无人烟的青春岁月。

然后就想起走在前面的东哥、丽姐，果子累累的杨梅林，对，还有老王！一想到老王，我觉得事情怪异了，老王不是在车里等着我们吗？那我现在是在哪里呢？……岔路鬼！我想起来了！只觉得一阵心里发毛，照这么看来，这地方已经不是人世了，我的天哪！这可怎么办？不禁焦急万分。

正一筹莫展之际，忽然手触碰到裤兜里的手机，想起手机里还

有一本《天路秘籍》！不知道写那本秘籍的人，是否也曾到此一游？这位作者神秘莫测，说不定在那本秘籍里，也有关于岔路鬼的一星半点的记载！

我赶紧掏出手机，这可是我最后的一根救命稻草了。居然还能开机，我的老天爷哪，这得是什么样的情分哪，让我今生遇见了野驴大哥！

我用颤抖的手指翻开这本《天路秘籍》，上面有一处写道：道路遇鬼篇。道路鬼分为鬼打墙、拦路鬼、岔路鬼、追车阿飘、吊车头鬼等等，品种繁多，总称为道路鬼。遭遇道路鬼，人无法自救，乃需借助外力。首选，站在原地不动，等天亮；其次，如果已经走动，那就立刻停止走动，坐下，仍然等天亮；第三，如果已经走出很远，见到了'人'或者'东西'，那就只能祈求神明保佑、自求多福了。根据生还者的经验，喊"宇宙的真神啊，救我"最管用；第四，如果有外人打你一巴掌耳光，也有奇效，可惜你自己深陷其中，已经无法叫人打你了。

我看了这四种选择，其他三种都已经与我无关，只剩"宇宙的真神啊，救我"这最后一种了，赶紧大喊："宇宙的真神啊，救我！"喊了足足有几十遍。人在生死存亡之时，发出的呼求最为迫切，也最为强烈，可以冲破一切阻挡，直达天庭！

忽然人就清醒了，睁开眼睛，身边都是岩石和杂草，也不知道身在何处，头上却已是艳阳高照的早晨。也不知是哪位神明救了我，我一骨碌坐起身，发现史千红正躺在旁边，一只手还紧紧抓着我的手。

我照着《天路秘籍》记载的方法，抬手甩了她几个巴掌耳光，嘴里大喊："该醒了！该醒了！"她渐渐睁开眼睛，苏醒了过来，疑惑的看着我："我们这是在哪里啊？"我四下看了看，也不知道在哪里，不确定的说："应该是在一个山沟里吧。"她呆呆的坐起身，努力在回忆什么，似乎人还没从那异世中回来。

　　我可没工夫去管她了，接下去，马上打电话联系老王，这里的信号很微弱，好不容易连上："王哥，你在哪里？"那边老王兴奋的声音："总算回电话了！我在公路上找了你们一个早上哪！你们现在人在哪里？"我说："我不知道啊，身边都是石头、杂草，应该是在一个山沟里吧。"那边老王说："赶紧找一条公路！然后发一个定位给我。"我扶起史千红，两人摇摇晃晃走出山谷，前方远远的看见一条公路，我靠，一晚上居然走了这么多路！

　　约莫二十分钟左右，老王的那辆三菱帕杰罗出现在公路上，看到这辆熟悉的越野车，如今叫人倍感亲切，热泪盈眶。上了车，我一看车内只有我们三个，便问道："东哥丽姐他们呢？"老王神色凝重的说："我都已经找了你们一早上了，只找到你们两个。"我说："那只有报警了。"老王不明白昨晚后来又发生了什么，我却很清楚，八成已经是凶多吉少，他们凭着自己，是无法醒来的。

　　于是，老王就拨110报了警，报警之后，我们又在附近山上找了一遍，那么大的山岭草地，就如同大海捞针一样。老王因为报了警，需要在原地等警察来，说不定还要去警察局录口供。本来按照程序，我们也要一起去的，但是这样一来，我们这趟旅游不就全都报废在警察局里了吗？再说，我们真的无法提供任何有价值的线索，说了警察谁会信？按照昨晚那情形，我们绝对是头号嫌疑犯，如果去警察局接受审讯，那不关上10天8天，估计出不来。

　　所以，我们大家一致决定，留下老王一个人就可以了，若警察问起来，就说只有三个人旅游，至于后来警察到旅行社查到有5个人，那时候已经找不到我们了。我们跟老王大家统一口径之后，便下了车，在公路上徒步行走，找机会搭车去然乌湖。

来古冰川

都市的空气，实在污浊，
乡镇的街道，也不干净，
穷困潦倒的我，手握吉
他，如孤魂野鬼，游吟
在这一片贫瘠土地：

这是前所未有的时代，
精致利己的潮流汹涌，
以淹没一切的速度。
炫目的科技，
浩瀚的信息，
在宇宙穹苍中爆炸。
弱者的哀叫，
恶者的狞笑，
响彻这个星球的每个角落。
我要快马加鞭，
向着时代相反的方向，
疾驰。
回到孩童时代的杨梅林，
回到那个魂牵梦绕的下午，
那里没有金钱与科技，
只有爱与安息。
我不再回来。

走过都市繁华，心却无处安放，见过太多风景，何处是我心中的诗和远方？我和史千红背着大包小包，向着然乌湖的方向走去。起先还感觉颇为新鲜，走着走着就疲乏了，路上的车子呼啸而过，

168

没有一辆为我们停留。蓦然回首，原来我们正是那传说中的，徒步穷游男和穷游女！

看着眼前这条蜿蜒前伸，没有尽头的公路，背着大包小包的我，腿都软了，原地踏步都觉得累，我们可从来没有想过要徒步318国道啊！我从包里拿出写着'求搭车'的牌子，挂在史千红背后，然后一边继续向前走。

路上几个骑行的驴友从我们身边骑过，向我们竖起大拇指，表示敬意，都到这地方了，仍在坚持徒步，着实令人敬佩！我真是欲哭无泪，还是别敬意了，朋友，把你的自行车借给我吧。看着他们轻松的飘然而去，我不禁想起线上的一句话：川藏线上，自驾的佩服骑行的，骑行的佩服徒步的，徒步的佩服磕头的！一想到还有磕头的为我们垫底呢，那还怕什么，顿觉有了力量。

从来没想过，我会行走在万里之外的远方，风尘仆仆，马不停蹄的追赶，追赶那如影随形的忧伤。远方的山近在眼前，是那么的寒冷与陌生，我们一个个前赴后继的赶来，只为那叩问心灵的召唤。我四顾茫然，谁能回答灵魂的提问呢？哦，是遍地的山花，是那遍地盛开的格桑花。

太阳渐渐西沉，然乌湖依然遥遥不可及，史千红晒了一下午的太阳，脸色又黑了不少，我们根本没想到戴口罩这问题，心思都不在这上面了。这里路况不怎么好，地貌越来越荒凉，砂石土质干燥疏松，存不住水分，浮尘处处飞扬。有的山上几乎寸草不生，从没见过这么素面朝天的山岭。

毒辣的阳光过后，随着山的高度增加，天色渐渐开始阴沉，天空飘飘洒洒的飞起了雪花，这时候太阳还没有完全退去。以前只听说过太阳雨，没想到今天见到太阳雪了，那雪花在太阳光的照射下飞舞，呈现出一派令人眩晕的美丽景象。群山在淅淅沥沥的飞雪忠朦胧，这异域景象叫人莫名神伤，人世间的一切都显得那么无足轻重。

雪花随风钻进了衣服的领子、袖子。不断有车子从我们身边呼

来古冰川

啸而过，史千红拖着一个小包，背着'求搭车'的牌子，好像一个流放的犯人，在这漫天飞舞的太阳雪中，累的走不动了。我跟她说："再坚持一会儿，翻过这山就到了。""是吗？总算快到了！"她脸上露出兴奋的笑容。其实，我只是给她打气，让她坚持下去，我也不知道走到哪里了，反正一路向前就是了。

太阳雪只出现一会儿，随着天气变得阴暗，天空又开始下起小雨，淋的我们脚上的鞋子从里到外，都湿了。累不算什么，身上、脚上都湿了，那才叫难受。

我回头看看史千红，这忽然雨忽然雪的打在脸上，都分不清到底是雨还是泪了，这就是我们的诗和远方。我们一路扪心自问，为什么要来到这天之尽头，云之崖，承受这心灵、肉体的放逐徒刑？人人都歌舞升平，醉生梦死，唯有我们的罪孽不可饶恕，世界上有许多的事情没有为什么，只因人浅薄的心灵装不下那份沉重。

终于翻过大山往下走，山这边的天气与那边截然不同，又看到了艳阳高照。我觉得不能再这样走下去，一会儿天黑下来，这荒山野地的，没处投宿。我们在公路边找一块石头坐下，史千红不抱希望的冲着一辆辆开过的车子挥手，我则掏出手机，关键时刻咱还得靠沧海野驴大哥。

我翻出《天路秘籍》，上面写道：穷游女搭车篇。你若不想饿死冻死被咬死，或者在漆黑不见五指的山沟摔死，那就得守规矩。1、要举牌子，先举'求搭车'、'求捡走'，这招不行再举'求RB'、'求混帐'；2、要单身，你三四个人一起举牌子，那就算举到天黑也没用；3、不要做蒙面大侠，你蒙着脸，谁知道你长得好看还是难看？是正经姑娘还是杀人越货？4、最后实在没办法，天暗了，人看不清你牌子的字，那只能换衣服，换上那种夏天穿的，卧室穿的，若隐若现的，夜色朦胧，好像川藏线上游荡的阿飘，据说效果奇佳，这是最后的办法了。

我一拍大腿！顿时如醍醐灌顶，真是一语惊醒梦中人哪，有了

170

野驴大哥的指导，心中立刻敞亮多了。我马上找出'求 RB'这牌子，让史千红到公路边举着，'求搭车'已经用了一天了，没用。然后是单身，我四下观看，看到不远处有一个山沟，便跑过去，蹲在那山沟下面藏了起来。

怪不得一天都没人搭理我们，原来是我在身边碍手碍脚的缘故！至于蒙面，本来就是忘记带口罩了，人也晒黑了许多，所以对于我们来说没有蒙面这一说。最后第四招是在天快黑的时候用，现在天还没黑，还不到动用这招的时候。于是就这么决定了，我躲在山沟下面，史千红则举着牌子，在公路拦车。

车子一辆辆开过，都没有停下来的意思，如今穷游女的名声不大好，什么蹭吃蹭喝蹭住、还偷东西什么的，搞得有些司机看到穷游女都躲着走。眼看夕阳西沉，我不禁心中焦急，冲着她喊："快换牌子！换牌子，赶紧的，天黑了就麻烦了！"史千红立刻从包里拿出'求混帐'这块牌子，然后又跑到公路边站上了。我看看天边，太阳已经没了，一片绚烂晚霞，烧红了半个天空，时间怎么过的这么快呀！

也许是换了牌子的缘故，这时，居然有一辆车子停下了！是一辆灰色普拉多，只见司机缓缓摇下车窗，探出头来，冲史千红摆摆手。史千红赶紧跑过去，两人在车窗边亲切交谈。

眼看那车主似乎同意了，我不由的欢呼一声："成了！"立刻从山沟下面一跃而起，兴奋的跑去拿行李。谁知道那车主，见不知从什么地方，突然冒出一个男朋友来，当即就改变主意，冲红姐摇摇手，眼看就要开溜。

我心想，过了这村就没这店了！绝不能失去这最后一根救命稻草，上去一个算一个。赶紧扔掉行李，跑去对车主喊着说："一个人！就一个，就一个，我不走！"红姐回过头来："要走一起走啊，你不走我也不走。"我说："你傻啊，都啥时候了，上去一个算一个，我们到然乌湖会合！"说着，强行把她推进车子，那车子便一

来古冰川

171

溜烟的开走了。

剩下我一个了，在公路上来回的踱步，我早就听说，在川藏线上穷游男搭车成功率只有百分之一。我现在考虑的不是搭车，而是怎么走到然乌湖，凭我一个人的行走速度，再扔掉些行李，估计走个一晚上，应该也可以到然乌湖。问题是荒山野岭的，狼、藏獒、抢劫的、还有那看不见的东西，还有往来不断的车子，晚上徒步危险性比较大。

无知者无畏，以前做小孩的时候，从来不知道什么叫害怕，现在江湖混老了，知道的东西多了，胆子也变小了。这时候，又想到了《天路秘籍》，既然上面写有穷游女搭车篇，说不定对穷游男也有指点一二，虽然穷游男搭车成功仿佛是不可能完成的任务。

我又拿出手机，仔细翻了起来。果然，上面还写有这么一段：穷游男搭车篇。成功率低不要怪我，你懂的。1、文艺形，姿势端正，礼貌搭车，成功指数1%；2、生病形，生病倒地，等待救援，成功指数2%；3、主动出击形，站在大路中央拦车，成功指数1%；4、人民币形，拿出10张人民币，做成扇子状，站在路边规矩招手拦车，不要吓着司机，成功指数18%。

我一看还有这么多招数，心中有底了。文艺形想都不要想，直接淘汰，没这么多时间可供我浪费了；生病形估计成功率也不大，谁知道你是生病了还是就地露营呢，还是心灵感动在祈祷川藏线的神灵呢，这川藏线上啥人没有？等司机略一思考的功夫，那车子早就过去了；剩下主动出击形，或可一试。

正好前面来了一辆车，我便拼死冲上前去站在马路中央，张开双臂拦车。司机一个急刹车，停了下来，伸出头来说道："你要干嘛！"我立刻跑上去："师傅，能不能搭个车？……"哪里知道，话还没说完，那司机一句："你想抢劫还是咋滴？"一脚油门，逃也似的开走了。

我靠！在川藏线上，穷游男跟穷游女的竞争力，那真是一点都

没法比啊！看来这一招还是不行了，现在还剩下最后一招。我从口袋里摸出 10 张人民币，做成扇子状，老老实实站在路边拦车，口里默默念叨，听野驴大哥的从未失手，这回一定能再次显灵！

车子过了一辆又一辆，司机都好像没有看到我手中的人民币。是不是举的不够高？我又把手臂伸长一点，举过头顶。眼看天色已黑，就在我万分沮丧的时候，有一辆车停下来了。

司机探出个头："去哪里？"我说："去然乌湖。""就你一个？"我说："是的。"司机又说一句："500 元。"我说："行！"立刻跑去取行李，放在后驾驶室。地方狭小，放完行李，勉强可以坐个人，这是一辆货车，车上都装满货了。司机看上去有些疲惫，我也很累，给了钱，放下心来，没聊几句话，我就靠在后驾驶室，昏昏睡了过去。

等到被司机叫醒的时候，已经到然乌镇了。我搬下行李，四下看看，没见史千红站在路边，估计已经住进客栈了。我拿起手机："红姐啊，我已经到然乌镇了，你在哪里？"那边："我在紫宸泊阅大酒店，308 房间，酒店就在小镇上，你打听一下就可以找到。"

我背着大包小包的行李，稍微跟人一打听，果然就找到了。这酒店倒是不难找，我站在门口看了看，只见楼层建筑气派典雅，比那些小旅馆强太多了。走进酒店找到 308 房间，史千红开了门，冲我一笑，这么多天没有洗澡，加上风吹雨淋太阳晒，那脸看起来好像一个西藏大妈。而她看我，说不定更象是一个非洲大叔呢！

这酒店房间装潢的很不错，是我们一路过来，住的最好的旅店了。听说这里海拔高，我们仍然不敢洗澡，怕高反。胡乱吃了点晚饭，因为太累了，从来没有感觉到这么累，两个人都臭烘烘的，拿块毛巾随便擦一下身子，也没力气看电视了，倒头便睡，可惜了酒店这么干净的床单被套。

半夜里，我从噩梦中惊醒，忽然想起东哥和丽姐来，便给老王打了个电话："王哥，有找到东哥他们了吗？"那边老王缓缓接了

电话，睡意惺忪："没有，还没找到呢，明天警察可能会打电话给你们。"我一听，急了："你都跟警察说了？"老王："我倒是没说，但警察肯定要去旅行社查的，到时候我可瞒不住了，你们若想不被打扰，或者这几天关机也行。"

那边电话挂了，我愣了一下，当即把手机给关机了。想想现在的高科技，不放心，说不定关机了仍能找到，干脆叫醒史千红，把两个手机都调成静音，然后一直放视频，直到手机没电为止。

第二天吃过早饭，听说然乌湖分成上然乌和下然乌，上然乌湖风景比较好，俩人就在大街上寻车。找到一辆出租车，没有营业执照的，说可以带我们去，收了 35 元钱，其实就是那种拉客的黑车。一路沿着然乌湖行驶，不断有车辆、游客出现在湖岸边。

到了地方，正是三四月份，上然乌湖景色迷人，湖边的雪山，一派端庄肃穆，圣洁恢宏屹立，震撼人的心灵。那湖水清澈养眼，但是总觉的没有传说中的那样美到极致，果然，最美的风景都是在海报上。

我们跳下车，向着湖心走去，车主追上来："请你们把剩下的车费付掉。"我和史千红一听，诧异了："车费不是上车的时候就给你了吗？"车主耐心解释道："刚才收的是一个人的车费，还有另一个人没收。"

这我们就不同意了："刚才上车的时候，我们问你去上然乌湖多少钱，你自己说 35 元，现在到地方了，变成 70 元了？你想抢钱啊！"

车主仍然胸有成竹的挡在我们面前，看来玩这套路也不是第一次了："我刚才说了，35 元是一个人的价钱，我在这里开车几年了，要不要我叫人来给你证明一下。"我一听，火大了，你这是在威胁我啊："你以为你在这地方有些势力，山高皇帝远，就可以敲诈勒索啊！把我惹急了，我抱着你一起跳然乌湖去！"

旁边史千红见状，从口袋里掏出一张 50 元的递过去："好了，

174

都不要吵了！找给我 15 元。"那家伙摸摸索索从口袋里掏出 15 元，递给史千红："找你钱！我可是明明白白的，多一元钱也不会收的。"说完，转身扬长而去。史千红挽过我的手臂，拉着我向湖边走去："算了，不就几十元吗，别影响了我们的兴致。真要算钱，我们半路下了老王的车，那白白扔掉的几千块钱才多呢。"我说："不是几十元钱的事情，他这种行为叫人生气。"

我们走近湖边，这湖水从深山而来，又往峡谷而去，它们的世界没有愁烦。游客们堆叠了许多的石头在岸边，要留下来过这里的痕迹。抬头是宏伟壮观的雪山，在它面前，我们显的那么微不足道，前方是清澈湖水，可以洗净一切污秽，我不再烦恼。我们缓缓漫步在然乌湖畔，各自拿出手机拍照，我顺便翻阅了下《天路秘籍》，看看野驴大哥对然乌湖有什么指教，如今翻看天路秘籍已成习惯。

上面这样写到：然乌湖，恍若上天滑落的一滴眼泪，纤尘不染的湖面上，寂静得没有丝毫声息，犹如被时光凝固的女子。然乌湖的美，震撼人心，但只是忽然出现的那么几日，便不见了。我在上然乌湖边最南端的一片树林下，埋有一个盒子，盒子上方的树枝上系有一条五彩绳，有心者得。

看到最下面一句，我不由眼睛一亮，咦！原来在这幽静神秘的然乌湖畔，竟然还埋藏着一个秘密？多少人看到过这句留言，不过是一笑而过，但是我现在正好站在上然乌湖边！这大概就是冥冥之中的天意吧，我一定要找到那棵树！

史千红坐在湖边的石头上，静静出神，好像已经石化，似乎跋山涉水一路的虔诚叩问，在这里终于找到了答案。我对她说了声："你坐在这里休息一下，我去那头走走。"便沿着湖岸，去寻找那棵系有五彩绳的树。上然乌那么大，湖边长树的地方却不多，我掏出指南针，测了测方位，锁定一片林子，便朝那个方向走去。

好不容易走到那片树林跟前，遥遥一望，一片郁郁葱葱，哪里有什么五彩绳飘摇？我在那小片树林底下找来找去，转了一圈，还

是没有找到。回头看看史千红，依然远远的坐在湖边，好像一座雕像，我这才明白，什么叫做被时光凝固的女子。

我看远处还有一片树林，也许是那边吧？就朝那边走过去，这么大的然乌湖，要找一根绳子还真是不容易。最让人犹疑不定的是，到底有没有这绳子？也许日久被风刮走了，也许被别人先找到了，也许这根本就是愚人节的一句玩笑？这么一想，太打击信心了，我在然乌湖畔游走，就当是欣赏风景了。

逛了一早上，绳子没找到，风景倒是拍了不少。远处史千红在向我挥手，示意我该回去啦，我唱着容中尔甲'神奇的九寨'往回走：

……

> 在离天很近的地方，
> 总有一双眼睛在守望，
> 她有着森林绚丽的梦想，
> 她有着大海碧波的光芒．
> 到底是谁的呼唤那样真真切切，
> 到底是谁的心灵那样寻寻觅觅，

……

山风吹来，前方树林的枝条上，有根东西在迎风飘动。这不正是秘籍上说的那根五彩带子吗？由于枝叶繁茂，没风的话，挂在那里根本注意不到，真是众里寻他千百度，蓦然回首，此人却在灯火阑珊处！我赶紧跑过去，那系着彩带的树底下，平平整整的，草比较少，我想应该就是这里了。

湖边多的是尖石头，随便捡了块，在那个位置刨了几下，果然，下面还真露出一个小盒子来！看来埋的不深，我赶紧把那盒子挖出来，也顾不上看了，拿在手里，就朝史千红走去，海拔高，不敢跑。史千红见我手里拿着一个盒子，当时便问我："你手里拿的啥东西？"我看了看盒子，说："我也不知道啥东西，我们回到酒店再看吧。"

唱：　　　　然乌湖边的雪山，

永远保持着一种姿势，

俯视人间。

看遍了列国的强盛与衰败，

阅尽了人世的荣华与卑贱。

在这傍晚的旷野，

有个人跌跌撞撞，

步履趔趄，

寻找归家的路。

夜幕降临，

风雨交加，

无处可藏身。

恢恢天网，

疏而不漏，

从未放走一只蝇蛾。

夜更深了。

午饭，青菜鸡蛋汤、酸菜鱼汤、土豆红烧牦牛肉、酥酪糕，外加一人一瓶啤酒。我们把小菜一扫而光，我惊讶史千红哪来这么好的胃口，天知道这几天过的是什么日子啊！吃饱喝足，中午去爬来古冰川，是搭别人的车去的。不是想少俩个钱，跟那些黑车打交道，破坏一天的心情。

到了地方，远远看到来古冰川雄伟壮观的屹立一方，但还是有一段很长的路要走，这是走过的最难走的路了，除了石头就是泥土。同行的人比较有经验，说现在是 3 月份了，担心冰水融化，不让进，入口处有人把守着。我们是从另外一边偷偷进去的，终于走到冰川脚下，各人的鞋子算是废了。这里的冰块年代久远，听说有上亿年了，已经成精，颜色都成了蓝色的了，像钻石一样，晶莹剔透。

冰川上处处透着寒气，幸亏中午吃得饱，热量充沛。这些巨大的冰形成一个个蓝色冰洞，里面的世界更精彩。史千红在一个冰洞

口朝我招手："张伟，帮我拍一张照片。"我拿着手机连拍了好几张，她又跑进山洞里面，冲我喊："快进来！这里也拍几张。"难得见她这么开心，又跑又叫的彻底放飞，好像是一个20岁的女孩，我担心的高反也不见了，大概在川藏线上时间久了，习惯了。

出了冰洞，史千红在冰雪地里疯跑，我在后面喊："别跑这么快啊，当心高反！"她却不管，一路笑着一路跑，最后闪进一块冰山，消失在我的视线之外，好像来自来古冰川上的精灵，如今又回到了冰川的怀抱。

我起先没觉得什么，东看看西逛逛在原地等她，这是高海拔地区，我可没这么疯。可等了很长时间，等我意识到情况不妙，开始四处寻找的时候，再也不见她的人影，打她手机也不通。我跟同来的几个人说："我的女朋友不见了！你们帮我一起找找吧！"

大家一听人不见了，都焦急起来，帮着我四处寻找。我们在寒风中呼喊："史千红——史千红——"可是再也不见她的人影。多年以后，梦回川藏线，在我诚实的记忆深处，史千红是在那天不见的。我满山呼喊她的名字，直到天黑，也没寻见。

明明是在那天失踪的，但是后来她又和我一起回到杭州，在世俗中沉沉浮浮许多年，这个史千红又是谁呢？我出现了记忆断层，好像有俩个史千红，这也是困惑我一生的事情。每当回首往事，史千红的身影，在我记忆的陈年旧事里泛黄。我的生命中出现了曼德拉效应，也许我不能接受史千红离开的事实，或者那是山魅，这个世界诡异的事情很多，我一直觉得前面的史千红和后来的史千红，有种说不出来的，不一样的感觉。

于是，第二个史千红，重新接上了我断层的记忆。

回到宾馆，天已经全黑了，我不知道怎么进的房间，整个人浑浑噩噩，好像灵魂还没从来古冰川上回来，靠在宾馆的床头一动不动。我一遍一遍回忆冰川上的一个个细节，怎么也想不明白，好端端的人怎么就消失了呢？正在这个时候，听见有人敲门的声音，我

过去把门一开，是史千红。我惊呼一声："天哪！你总算出现了，我还以为你失踪了呢！吓死我了，你后来去了哪里？"史千红好像很累，一脸疲倦的说："我走迷路了，好累啊，我要睡会。"说完，就扑在床上，不动了。

我搞不清楚她是怎么回来的，只要人回来就好，松了口气，决定洗澡。自打坐上川藏线的车，就再没有洗过澡，那一身的汗臭味，都可以把彼此给熏倒了。忍无可忍，无须再忍，当淋浴喷头的热水开关打开的瞬间，那简直就是全世界最幸福的事情。

热水流过身上的每一个毛孔，所有疲劳烟消云散，我再也不想去爬什么山了，洗完澡后，躺在床上美美睡一觉才是天下最美的事情。这是所有徒步川藏线的人，多么痛的领悟。

洗完出来，换红姐进去洗，我则钻进被窝，拿出中午挖出来的小盒子，这里面究竟会是什么呢？一层层剥掉盒子上的胶带纸，慢慢打开，一叠陈旧的百元人民币赫然映入眼帘！发财啦！我数了一下，一共是十张。拿掉上面的钱，底下还有东西，是一张折叠的写满字的纸，纸下面是一个小信封，封口封住了，里面应该是一封信。

我展开那张纸，上面写道：朋友你好！你能够见到这封信，说明我们都是同道中人，感谢你对我的信任。这一点盘缠不成敬意，你如果落难了，那正好可以救急，如果平安，那就算是我们的见面礼。我给你这封信，是介绍一个去处，那地方风景绝美，如梦如幻，远胜过川藏线，你若有意，可以一游。只是那地方，连我自己也已经找不到了，大概地址是在浙江省宁波市檀头山岛以东的一个海岛，坐船大概需要六七个小时。我年轻时候去过一次，那时候连手机都没有，你如果找到的话，请把下面这封信给一个人，信里有我用相机拍下的她的照片。拜托了，素未谋面的朋友！野驴敬上。

这世界就是这样奇妙，有些人每天见面，却形同陌路，有些人素未谋面，却早已经是朋友。这一路走来，若没有这位看不见的朋友，我都不知道死了几回了。我放下盒子，闭上眼睛，全身放松的

靠在床头，思绪纷乱，从杭州西湖上叹息的杨柳树，飞到了川藏线诗一般的远方，又飘进神秘莫测的异境他乡……。

忽然想到，在那个山蝶纷飞的山居傍晚，我还拍了许多的照片存在手机里呢，一直没时间看。便打开手机查询那些照片，可点开手机文件夹，里面一张山居照片也没有了，竟都成了一张张漆黑的画面！我略一思索，明白了，那里的光不是我们这里的太阳光，所以是无法拍出照片来的。

正懊恼间，史千红洗完澡出来，身上裹着条浴巾，随口问了一句："张伟，你把感冒药放哪里了？我吃一颗预防感冒。"我指了一下边上的包包："在那个白色包里。"她走过去，蹲在那一堆行李间翻起药来，身上的浴巾本来就短，人一蹲下，半个屁股都露出来了，啥也没穿。

这叫谁受的了？你这是什么意思嘛。我走过去，照着那白晃晃的部位打了一下："阿姨不讲文明，有没有找到药？"红姐惊叫一声，回头瞪我一眼："说谁是阿姨呢？是想被赶出房间去吗？没规没矩的！不懂礼貌。"又继续转头找她的感冒药。我轻轻把手放在那大白屁股上，红姐身子一颤，一把按住我的手，红了脸："快把手放开，看你这脏手都往哪里放呢！真是越来越没礼貌了。"

然后房间里一阵寂静，寂静之后，是男女混杂的粗重喘息声。然后，红姐便叫出声来，有了第一声就有第二声，一声更比一声嘹亮。我忽然想到一件事情："……昨天你上了那人的车，后来你们怎么样了？……"红姐已经激动的不行，在不停的迎送，喘着粗气："……还能怎样！还不是都被你们搞了……啊！……"说着，越发兴奋叫起来，这和白天端庄稳重的史千红，怎么也联系不起来啊。

迷乱之际，看到宾馆房间里挂的一幅画，我整个人都僵住了。红姐见我突然不动了，那风骚入骨的身子，正妖娆的不行呢，当即扭头冲我说道："怎么不动了呀？"我说："我忘了检查一下这房间有没有摄像头……"红姐一听，也吓的呆住了，问道："这可怎

么办？"我把心一横："算了！如果有摄像头，已经来不及了，早就拍进去了。还不如敬业一点，把剩下的一半拍完！"红姐一听，忍不住笑出声来："我打死你！"都啥时候了，哪还顾得了这许多，红姐越发叫的欢起来，看她那不要脸的模样，好像生怕房间外面的人听不到。如今的人，你懂的，都是狠人哪。

我们在然乌镇的宾馆里，住了两天，整天都在那个宾馆里，没有再去爬山。期间，我充电开了手机，查看来电提醒短信，看看有没有警察来电。那用座机打来的肯定是警察，还有一个陌生电话，不知道是谁。反正闲着无事，我便用酒店电话打了一下那个号码，那边接通之后，竟然是中学时期的班长徐祖耀！说什么过几天要开同学会了，务必参加什么的。同学会？这是哪儿跟哪儿啊？这太遥远的概念，出现在万里之外的川藏线上，我的脑子差点转不过弯来。

然乌湖已经看过，其他风景我们也不想再看了。次日，我们便在镇里打车直接去拉萨。在拉萨的时候，因为用手机拍照，被人收去四十元，说是侵犯了牛的肖像权，然后我们带着一脸的懵逼，坐飞机回了杭州。

川藏线，这一片黄沙弥漫的天路，在视线中逐渐模糊远去。这拷问心灵的旅程，我们行走过的诗和远方，一转眼，已经成为过去，成了一个曾经的梦，伴随在我们以后的每一个油腻日子里。这一趟圣神的旅程，时不时会从回忆里跳出来，不时刺痛一下那麻木已久的心。

同学会

等我背着大包小包的行李，回到家中，已经晚上 10 点了。打开家门的那一刻，迎面给了我一个不小的惊喜，亚萍回来了！正躺在床上看电视。她看到我这个风尘仆仆的非洲大叔，也是很感意外，迟疑了几秒钟，最后还是决定不理我。我主动说了句："你回来了。"便在房里整理行李。

整理完，又洗了澡，便要上床睡觉。亚萍狠狠的把我从床上踹下来，不许上床，最后好说歹说，又是赔不是，又是表决心，总算上了床。我太累了，只想倒头便睡，但是我又明白，这时候如果倒头便睡的话，那明天真的是要去领离婚证了。我强打起精神，抱住她，亚萍拼命的挣扎、反抗，最后慢慢放弃了抵抗，只剩下粗重的喘息声，飘散在漆黑的夜空之下。

还有几天假期没用完，本来没事的话，我打算提早上班，咱是本分人，一空下来，不上班不赚钱的，就要受到良心的谴责，一种罪恶感便要压的人喘不过气来。可是班长徐祖耀又来电话了，说明天就是同学会，全班人都叫齐了，就差我一个，好像我不去就成了千古罪人。我本来就是可去可不去的，看现在这形势，还真非去不可了。地点定在安徽省合肥市的香格里拉大酒店，我们是在合肥附近的小镇读的高中，现在大家都是三十岁的人了，同学们早就已经分散到全国各地。

我是坐高铁来的合肥。等我赶到酒店，同学们大部分都已经到了，暂时分散在酒店大堂各个角落，一群群一簇簇，物以类聚。使我尴尬的是，个别人叫不出名字，可人家却偏偏记得我，而我心中记忆犹新的同学，却对我没什么印象。大家见面，拥抱的拥抱，握手的握手，虽然觉得这么做有点夸张。

我看到高中时候的好友杨波，这么多年不见，混的人模狗样的，

站在人群中间高谈阔论。我上去一拍他的后脑勺："嗨！还认得我吗？几年不见，混的不错嘛！"周围的同学们刹那间全都惊呆了！一个个瞪大眼睛看着我，好像我是从原始社会来的未开化人类。我赶紧看自己的衣服，虽然不是名牌，但还算干净，没什么地方弄脏啊？我不知道发生了什么。与其说我下了他们一跳，倒不如说他们把我给吓着了。

"杨总，会议室准备好了，同学们可以进来了。"同学会组织人，班长徐祖耀，见机行事，赶紧招呼大家去会议室。但是杨波回头看着我，没动，他不动所有的人都不动，我感到前所未有的不知所措，这到底怎么回事？

杨波终于露出笑容，跟我来了一个拥抱，又握着我的手说："你是张伟！这么多年了，还是那么年轻，有活力！"这话说的，好像他是我长辈似的，杨波的言谈举止让我感觉到非常陌生，跟换了一个人一样，我觉得和他有沟通上的障碍。机械的跟他握了握手，看着周围的那些同学，动不动什么科长、处长的彼此称呼，名片互递，重新建立关系网，我突然意识到我来到了一个陌生坏境。

站在人群中间，我不知所措，因为身上没有名片可以拿出去跟人交换，只好像个傻子一样，陪着笑脸在边上听人说着不感兴趣的话题。最后，大家在杨波的率领下，一个个鱼贯而入。

进到会议室，我见到了高中时期的死党谢竹青，我的老毛病又犯了，上去随手拍了他一下后脑勺："你小子不会也做老板了吧？然后跟我来一句'这位同学好像很面熟哦'？"他回了我一拳："去你的！一个班上能出几个杨波？一个合肥能出几个杨波？"从他口里，我才知道了许多事情，杨波现在已经是身价十几个亿的大老板了，我们班里还有几个同学都在他公司上班呢，今天的同学会就是他出全资举办的，包括我们来回的路费都包了。

会议室的会议开了 30 分钟，班长讲完，杨总讲，杨总讲完，蔡总讲，蔡总讲到最后说："下面由我们吴镇长讲话，大家欢迎！"

于是大家热烈鼓掌，我心里纳闷，开个同学会还要请什么镇长来讲话，这排场也太大了吧？这都是手里几个钱闹的。正想着，台下上来一个人，吴洪跃！我靠！我还以为是谁，读书的时候就坐在第一排，因为好动，人送外号'吴猴子'。没想到几年不见，居然成了镇长。

这同学会的'会'字，和开大会的'会'，其实是不一样的，一个是聚会的会，一个是传达领导决策的会。但是我们班人才太多，硬是把这'会'开成了那'会'，唉，民意终究敌不过强权哪！

吴镇长讲完，大家鼓掌完毕，接着是县公安局第2中队副中队长潘志毅发言。潘队长说完，大家热烈鼓掌完毕，班长徐祖耀建议电器机械发动机厂副厂长鲍兴国讲话。因为我们班人才太多，普通身上没有一官半职的，哪里还有说话的地方，就算叫你站起来，在这种气场之下，咱也不敢开口哪。万一不小心说漏出几句真话，那可怎么收场？

最后这同学会就开成了工作报告会，回首过去，展望未来，我们在伟大的中国共产党领导下，继往开来，奋勇前进！这可苦了象我这样的流水线上的工人，这无缘无故的被拖了来，接受再教育，聆听新指示。

其实我一句也没听进去，那都是毒鸡汤啊！我们没钱的人虽然在大会上没有言论自由，就算言论了也没人听，但我有不听的自由。那些发言的人其实也很难受，说的那些场面话，连自己都不信，只是为了发言而发言，这活其实是个吃力不讨好的辛苦活。把快乐的同学聚会，硬生生居然能变成这么畸形别扭的玩意儿，全世界除了中国人，再没有了。

开会结束后，我们接下去的程序，是'看望母校'。谢竹青说，这次我们看望母校杨波捐款100万。到了校门口，校长和学校的主要领导早早就等在那里了，在校门口站一下，就赚100万，这买卖怎么算都不亏。我们跟在队伍后面滥竽充数，好像衣锦还乡一

样，也混了个贵宾待遇。

　　走在学校的操场、食堂、宿舍、教学楼，各人不免感慨一番。那时候我们没钱，但是我们很快乐，那时候我们很善良，但是我们很迷茫，那时候我们很努力，但却不是为了钱。我感慨当初绝世独立，倾国倾城，从不拿正眼看人的班花陈巧琴，现如今正紧紧陪伴在杨总左右，生怕杨总一不小心滑一跤，那可多叫人心疼。

　　校长和教务主任陪着杨总、蔡总，一路视察过去，副校长陪着吴镇长走在后面，众人一路感慨。走过一处地方，是一个高高的秋千架，每个学校在特定的时期，都会发生一些标志性事件，我们学校也不列外，就是这个秋千架。

　　如今杨总等人，因为事务繁忙，已经想不起来这些往事。其他的同学因为考职称、做小官、拼了命赚钱、出人头地、养家糊口等等原因，也忘记了这些往事。但总有一些人会记得，只是记得的人也装作不记得了，因为那些事情不属于如今这个世界，与这个世界的纸醉金迷、关系人脉、权力金钱至上，格格不入。谁若在现在这个时候，说起这些煞风景的往事，就成了不识时务的另类。

　　众人经过那地，谈笑着当前的房价、股市行情，孩子的教育，有没有好的关系攀个好的前程，马云和马斯克最近的动向如何，一掠而过。

　　我也一掠而过，这伙人中间的潜规则，自从我拍了杨波的后脑勺之后，我就突然开窍了。我并不愚蠢，当初和这些人一起上学的时候，我就不是他们中间愚蠢的那一个。

　　然而，回忆却可以在我的脑海里肆意疯长，如荒草长满心中的原野，这个没人能够夺去。

　　那都是什么样的岁月啊。那时候天空的白云是爱情的使者，有人会从云端寄来情书，那时候连呼吸的空气都迷漫着相思，那时候的心灵，一旦装下了一个人，那么就再也不可能装下别人，世界上的一切也都不复存在，心中的所思所想全都是这个人。

正是上高中最后一年，老师、家长拼命灌输考上大学改变命运，赤裸裸教导拜金主义：读读读，书中自有黄金屋，读读读，书中自有颜如玉。终于成功教导出了一代贪官和唯利是图的百姓，整天追逐金钱、美色，剩下的全是虚无。李雪琴和林建辉是我们班上的一对情人，由于保密工作做的好，那时我们全都一门心思考大学，谁也没注意，要不是出了事情，说不定现在已是同学中间的一对模范夫妻了。

出事的那晚，我们正在教室夜自修，据后来同学回忆，当时听见操场上有人吵架的声音。第二天事情就传的沸沸扬扬，据最完整的版本是这样，那晚李雪琴和林建辉从教室出去，俩人偷偷在操场的冬青树下约会。

正亲热的时候，被高二年级的不良学生张勇等伙同校外社会青年捉住。当时就把林建辉塞了嘴巴，吊在树上，同时把李雪琴奸污了，后来由于人太多，干脆又把她带到小宾馆，又多人和她发生关系。李雪琴不堪受辱，从宾馆楼上跳下，死于非命。

这帮流氓逃得逃，抓的抓，按下不提。且说林建辉，自从天亮穿条裤衩被人救下之后，就一直没有音讯。后来又来上学，据说是被家长逼着来的，马上就要高考了，他的成绩不错，考上大学不成问题。他回来后也一直很老实，我们几乎快要忘了这事。

然后，在高考的最后一天，就出现了秋千架上的一幕。林建辉用一根很粗的绳子，把自己吊在了上面，由于那晚下雨，尸体拿下来的时候涨的很大，都认不出来了。经过法医鉴定，系自杀，不是他杀。

唉，那时候的人就是想不开，一根筋，放在现在这世道，这算多大的事情嘛！重新换一个女人不就行了吗？还有新鲜感，你懂的。唉，都怨岁月太纯真。那时候校园霸凌很猖狂，学校的操场、走廊，空气中都弥漫着不安。青春岁月不带点校园霸凌，那都叫不完整人生。

那个高二年级的张勇，他经常唱着一首歌，叫'白天不懂夜

的黑'：

　　……

白天和黑夜只交替没交换，
无法想像对方的世界。
我们仍坚持各自等在原地，
把彼此站成两个世界，
你永远不懂我伤悲，
像白天不懂夜的黑。

　　……

不懂那星星为何会坠跌

　　……

　　回忆徒增伤感，还是忘了吧，我们都在一起努力忘记那些无脑青春，不合时宜的纯真岁月。再说我们一伙人参观学校完毕，在学校会议室里还要开个会，校长、校务主任先后发言，向我们汇报工作，请我们指导建议。我甚感惶恐，从来都是听惯了校长的训话，这次居然请我们指导校长，还要向我们汇报工作，感到浑身不自在，这都是几个钱在那里搞鬼啊。校长啊校长，你能不能象当年一样，把腰挺直了，再训我们一顿啊！

　　回到酒店，正好吃晚饭，前面的程序其实都是过场，吃晚饭才是正事。酒席场上无领导，感情浅舔一舔，感情深一口闷，席间有音乐伴奏麦克风自由唱，谁来兴趣了都可以上去献歌一曲。这会儿总算有点同学会的意思出来了，不知怎么回事，我们班的女同学个个好酒量，读书的时候咋没看出来，原来都有公关气质呢？有人拿着话筒在那里唱《暗香》：

　　……

当花瓣离开花朵
暗香残留
香消在风起雨后

无人来嗅
如果爱告诉我走下去
我会拼到爱尽头
……

有点身份的男同学在大谈姐妹情，没有身份的男同学，都在那里大谈兄弟情。席间，班花陈巧琴站起来向杨总敬酒，其他女同学一看，纷纷效法，起来一杯接一杯的敬酒，杨总一口气被灌下去五六杯。哪一个都不好拒绝，凡是站起来敬酒的，都是手里有点能耐的。

同学们三五成群，各自分散坐在那里，老板和领导坐一桌，中间还有几朵班花点缀。象我们这些没有身份的，也一桌，中间几朵丑花点缀。高中时候的座次排列，全部作废，从新洗牌，现在的排序更加趋于理性、成熟、合理，象高中时候鲜花插在牛粪上，这样幼稚的排列组合，是不会再出现了，否则也显得我们班中无人。

可我却一厢情愿的，仍喜欢高中时候的座次排列，那是老天排的，是最好的排列。但那样的座次排列不会再出现了，就算现在硬排在一起，也已无话可说。

谢竹青读书的时候，暗恋着班里的陶慧芳，那时候胆子小，不敢表白，现在决定把这迟来的表白补上。端了一杯酒，就过去了。陶慧芳正坐着听台上唱歌，冷不防谢兄出现在眼前："陶慧芳，我敬你一杯。"二话不说，一口就把整杯酒给闷了下去。

陶慧芳愣了一下，优雅的站起身来，端起酒杯咪了一小口，说到："谢竹青，我看你晚上喝的太多了，要不要打个电话给你老婆，让她晚点来接你？"谢竹青一个劲的摇头，我远远的冲他挥手："开口啊！别傻呆呀！"谢竹青呆呆的站在那里，足足有半分钟，口里一个字都挤不出来，最后竟一转身硬是退了回来，原来胆子依旧小。

到现在这年龄，班里的同学基本都结婚了，还有六个女同学，五个离婚，一个剩女。五个离婚的女同学，是今晚最抢手的，身边

围了一圈的男同学，在那里咯咯笑个不停，应该算是离婚之后，最觉幸福之夜。

剩女名叫朱秀丹，能剩下来，总有些古怪的地方，所以没什么人搭理她。

我闲坐着无事，我是混流水线的，咱知道分寸，自己竞争力不强，那剩下这个归我吧，我向她走去。刚走到身边，冷不防身后杀出曾卫国，他也跑来找她聊天。他头上顶着曾主任的光环，我头上顶着流水线的头衔，还没开聊，胜负已分。果然没聊几句，我就败下阵来，剩女朱秀丹虽说有点古怪，但谁有权谁没权这种大是大非的问题，还是分的清的。

读书的时候，大家都很迷茫，爱情朦胧美丽，事业遥远伟大。现在已经不再迷茫了，大家全都思路清晰条理，目标坚定明确。女同学今夜都目光专一，直盯杨总、蔡总绝不花心，男同学都直面惨淡人生，知道这些成了精的职业妇人，有多么难对付，幸亏还剩了六个。

晚上我们的住宿，都安排在香格里拉的 11 层，包层了，向下俯瞰，城市的灯光辉煌璀璨，各种酒楼会所一片繁荣昌盛。我躺在床上看微信，今晚同学微信群特别热闹，打出去的字，一秒钟就不见了。忽然有人私聊我，一看是高中时好友邢国良："你怎么把杨总给得罪了？杨总现在叫你过去赔礼道歉！"接着就把房间号给了我。我心里"咯噔"一下，这杨波现在是越来越看不明白了，他到底还要怎样？我可是高中时期的好友，不是高中时期的仇人啊！

怀着忐忑的心情，我敲开了那房间的门，开门的是头牌班花陈巧琴，这个我不意外。我小心的往里走，杨总坐在被窝里，看的出来，那被窝里面应该还钻着一个人，不知道是谁。我轻声说道："杨总，这个……"话还没说出来，杨总已经憋不住大笑起来："哈哈哈……，你还真跑来道歉啊！我正跟巧琴打赌你会不会来呢！你果真来了，哈哈哈……"我不知所措的站在那里，心想，这到底是唱

189

的哪一出啊？

杨总大笑着说："张伟！你当真我会不记得你吗？咱们当初可是死党啊。"我松了口气："你还真是吓着我了，我还以为你都变得不认识了呢！"杨波继续说："我叫你过来，是有件事情要交给你去办。"我说："什么事？"他说："你过来看。"

一看他递过来的手机，微信在那里"滴滴滴滴"响个不停。"这帮娘们，一个个全找我私聊，我怎么应付的过来啊！好几个我已经分派给下面的兄弟了，你是最后一个我想分派任务的人，说吧，你要哪个？"

我心中不由一阵狂跳，他这意思已经说的很明白了。我努力平静我的心，仔细看着这些私聊的名字，有几个是意料之中的，有几个是意料之外的。我点了其中一个："赵韵芳。"旁边一同观看的陈巧琴说了句："眼光够毒，真是稳、准、狠哪！"杨总说："那你去吧，房间号不要记错了。"我临走弱弱的问了一句："我就这样去敲门，能行吗？"旁边陈巧琴笑了："杨总办事，你还不放心吗？"

走到门口，我又折回来，心想既然私聊的全知道了，那还差一个："杨总，我还有个问题。"杨总笑着说："还有什么问题？"我看了一眼那被窝里的："这个是谁？"杨总一听，又是"哈哈哈"笑的差点背过气去，一边给陈巧琴使了个眼色。

陈巧琴忍住笑，轻轻走到那头，突然猛一下掀掉被子，床上登时现出一个光溜溜白净净的佳人来！那人"啊！"一声惊叫，赶紧用手捂脸，原来竟然是陶慧芳！陶慧芳一边捂脸，一边叫："啊呀！没脸见人啦！没脸见人啦！"把头钻到杨波被子里，死死抱住杨波不松手。我们全都哈哈大笑起来，我趁着这功夫，赶紧轻手轻脚的溜出门去，留下一屋子乱成一团的吵闹声。

我在走廊里平复一下情绪，如今网上都在流传一首顺口溜：

同学会
没事开开同学会，

190

拆散几对算几对。
当年不解风与情，
如歌青春不复归。

这年头，到处都开同学会，都是手里有几个钱闹的，本来10年一开，现在一年一开，那东西有瘾哪。

走到一间房间前，我敲了敲门，门从里面开了，我进去，随手关了门。房间里黑呼呼的，有个人影飞快的钻进了被窝。我打开床头灯，"不要开灯！快关掉！"那人闷在被窝里说。我迟疑了一下，想等脱掉衣服再关灯，她见我没反应，又说："你再不关灯，我不做了！"我一听，马上关了床头灯，进入正题。

黑暗中，双方起先都比较拘谨，由于看不清彼此的脸，渐渐就放开了。随着身体紧紧纠缠在一起，她变得兴奋起来，嘴唇、舌头异常热烈，超乎我想象，跟先前判若两人。随着床上的啪啪声响起，同时传来一种悦耳诱人的叫声，眼前的女人是那么陌生。不，所有的人都那么陌生，我生出一种荒诞的错觉，晚上的同学会是不是都是外星人假冒的？直到出门来，都不知道到底是不是赵韵芳，听那声音应该是。

坐在回家的高铁上，我的脑子有些凌乱，不，是混乱。这是什么样的时代啊！所有的一切，都飞速的向后飞去，就像这高铁的速度。今天还在的，明天已经不在了，昨天还是的，现在已经不是了。

曾经有一个遥远而神圣的午后，知了不停的在教室外面诉说，外面的世界很精彩，教室里老师的教鞭，指引着我们人生的方向。懵懂岁月，在手指缝间流逝，如歌的青春啊，一去再不复返。

我们在教室里齐声朗读："《钱塘湖春行》（白居易），孤山寺北贾亭西，水面初平云脚低。几处早莺争暖树，谁家新燕啄春泥。乱花渐欲迷人眼，浅草才能没马蹄……"

离婚

唱：　　　　花开堪折直须折，
　　　　　　莫待无花空折枝，
　　　　　　空折枝啊空折枝。
　　　　　　双亲健在，
　　　　　　何事清明墓前显孝心？
　　　　　　不如还家团圆乐融融。
　　　　　　月圆之夜，
　　　　　　亲朋满座，
　　　　　　喧宾夺主，
　　　　　　妻子儿女恩爱享天伦。
　　　　　　待到了那缘尽人散时，
　　　　　　子欲孝而亲不在，
　　　　　　空举杯，
　　　　　　而四顾茫然。
　　　　　　夫妻本是同林鸟，
　　　　　　醒来早已各自飞，
　　　　　　一个遁入山高云深不知处，
　　　　　　一个飞去天涯海角无踪影。

　　回到杭州，警察的电话也跟着来了。我一看是川藏线上熟悉的座机号码，迟疑了一下，还是把他按了。多一事不如少一事，这事情我们嫌疑最大，真给拉进警察局去，各种刑事手段一上，说不定就被问成了杀人犯。谁知道他们怎么办案的？反正我是不知道，我们虽没杀人，但是别人却不这么认为，这事想想还真叫人不安。

　　我给史千红打了个电话："红姐，有没有收到警察打来的电话？"那边："有啊，打听有关那两个人失踪的事情。"我说："那

你怎么说的？"那边："我就实说了呀，下车后跟在他们后面，后来跟丢了。""……。"我一下子答不上来，这怎么是跟在他们后面跟丢了？那两个是他们吗？

这事情我跟史千红彼此都说不清楚，那跟警察就更说不清楚了。

正愣神的功夫，史千红那边又说："……张伟……我要离婚了……""什么？"我吃了一惊，虽说我早就知道他们迟早要离的，但是没想到来的这么快！"谁提出来的？""他提出来的。""不离不行吗？"我说。"这回恐怕是不行了……"红姐的声音难掩心中的颤抖。

原来，在我们去川藏线之前，他们就已经在吵离婚了。因为离婚协议谈不拢，她丈夫就从经济上掐断她的一切生活来源，来逼她签字。我很后悔，第一次游川藏线，没经验，咋就忘了戴口罩呢？脸都晒成了黑炭，好像从非洲来的女黑人。她丈夫一看这模样，这是从哪里冒出来的，人不人鬼不鬼的，本来就吵着要离婚，加上这压死骆驼的最后一根稻草，净身出户！立刻离婚！

我在电话这头说："你先不要急于离婚，离婚协议谈不拢绝不离！他是过错方，就是告到法院，也是对你有利！"那边："我也是这么想的，把我逼急了，那就法院见！"我想了想，说："那你最近要注意了解律师方面的事情,这种事情,没有律师会很吃亏的。"那边："是的，你也帮我找找啊。"我说："好的。"那边挂了。

正好我还没上班，不妨趁现在帮她找一下。我在杭州举目无亲，能依靠的就是网吧，不要说，这网吧比亲戚朋友还靠得住呢。我赶紧找到一家网吧，上网查寻杭州律师信息，身边一台台电脑前，坐满了玩各种游戏的朋友们，网吧的网管照例伏在收银台上打瞌睡。

老办法，我输入'杭州律师'4字，屏幕跳出来一堆信息，什么杭州十大律师、五大律师，全国优秀律师杭州办事处等等，这都是你们自己给自己封的，别当我不知道。

到底哪个律师最优秀，只有鬼知道，我既然不能知道哪个律师最好，那就找个离我最近的。搜索到一个叫刘国军的律师，算是比较近的，我记下手机号和地址之后，先打通电话，然后就按照所写的地址打车过去。

到了地方，那门口写着《浩天律师事务所》，两间门面，马马虎虎还行。我一脚迈进去，接待我的是个年轻男律师，估计大学刚毕业，我可不能让他来代理我的案子，我开门见山就说："我刚刚给你们刘国军律师打过电话，他在哪个房间？"

那大学生指了指最里面的门："那个是他的房间，但是他现在正在见客户，您不妨先把案子跟我说一下，我再给您去通报一声。"我便把事情大致说了一下，他问："涉及金额大概多少？"我说："我也不大清楚，1000 万左右总有吧."大学生一听，觉得可以通报了，叫我先坐一下，便跑去敲门。

一会儿门开了，出来一对小夫妻，大学生跟在后面冲我招手："刘律师请您进去呢。"我赶紧进去，里面是一个装潢考究，很有气派的办公室，刘律师四十左右，冲我打个招呼："你好！请坐。"接下去，我便把大致情况给他作了个介绍。

刘律师问："男方经营的是什么企业？"我说："这个我也不大了解，我是跑来先替她了解一下大致情况，具体事情到时候她本人来可以直接问她。"刘律师又问："那她丈夫这边几个女人的情况，她有没有掌握？特别是那个怀孕的。"我说："因该没有掌握，她大部分时间都在家里为主，很少过问他企业的事情的。"刘律师想了想："我们选个时间，约她本人过来，这是我的名片，你先拿着。"说着递过来一张名片，我接了。

正聊着，那个大学生又进来了，附在刘律师耳边说了几句，刘律师站起来对我说："不好意思，来了个大案子，这样吧，你先到黄律师那边坐一下，这案子暂时交给他负责，你放心，我会全程跟踪把关的。"我见他都站起来了，也没理由再坐下去了，大学生开

了房门，我跟刚才那小夫妻一样走了出来，门外站着两个精明干练的职场人，一看就知道是大企业案子。企业越大，涉及金额越多，律师抽成也越多，我们这些个体户、小百姓的生意，他就不怎么看的上眼了。

黄律师那间房门关着，大学生也没有进去通报，而是让我在大厅先坐一会儿，由于有了刚才的经验，我明白，他里面谈的案子金额不会比我小。这个社会很现实，多大的实力请多大的律师，明码标价，一分钱都不含糊。

大厅里还坐着几个民工，因为坐着比较无聊，我们便聊了起来，民工问我："你是什么案子？"我说："我是离婚案，你们呢？"民工一听我问他案子，立刻嗓门就大了，看看周围环境，又压低嗓门对我说："我们是讨薪，老板欠钱不还已经一年了！我们去要钱，还说我们恶意讨薪，说话态度不好，声音太响亮，还堵他车子。"

我说："讨回属于你们自己的钱，算啥恶意？抢别人的钱才叫恶意，他不还你们钱才叫恶意。还有，什么态度不好？难道要像狗一样摇着尾巴舔鞋子，乞求他还钱，才叫态度好？顺着他的意思，永远不要提欠钱的事情，那你们态度就更好了。"

农民工苦笑一声："唉，兄弟，我们这一路讨薪过来，最气人的是那一次遇见什么专家教授，这帮一肚子坏水的东西居然说，人家老板开一家企业不容易啊，底下那么多人跟着吃饭，你们把他逼急了，手下2000号人失业，你们吃罪的起吗？老板常年为企业打拼，给国家纳税，要体谅他的苦衷。你们动不动堵他车子、办公室，妨碍他正常工作，说话不文明，这就是你们的不是了。说到后来，老板反倒成了无辜受害者了，我们成了恶意闹事者，这世道还有天理吗？"

农民工们说着说着嗓门就大了起来，里面的人还以为吵架了，纷纷开门向外观看。大学生见一个房间出来人了，赶紧叫农民工进去，免得吵得鸡犬不宁。

出来的就是刚才那对小夫妻，因有事情还要问问刘律师，所以也坐在了大堂里等。我也算老油条了，上前问道："你们是什么案子？"

他们一开口，那案子更奇葩："我们是在自家房间里睡觉，这没碍着谁吧，谁知道小偷会进来偷东西？碰巧我丈夫半夜起来上厕所，那小偷本来就身体透支，加上心情高度紧张，忽然见到门开了，出来个人，当场就吓得心肌梗塞，死了。

后来小偷的家属就上法庭告我们，要我们赔偿50万，现在的人都是想钱想疯了，能讹一笔钱最好，讹不到钱，他也没有损失什么呀。更不可思议的是，法院为要展现他的公平正义，坚持说50万是不可能的，双方各打50大板，判决我们赔偿5万。这是什么法律？这种法律是哪个玩意儿制定出来的？"

我听得是张开嘴巴合不拢，真是新刻拍案惊奇啊！这一桩桩一件件，好像天方夜谭的一样的事情，却真真切切的发生在眼前，现实太魔幻主义了！这比画家笔下的魔幻世界怪诞多了。我说："那律师怎么说？"

小夫妻眼睛睁的圆圆的说："律师说，跟法院不能逆着来，逆着来准输。你得顺着他的思路来，你们房子不是死人了吗？那你们不能住了呀，得卖房子！因为死了人，本来100万的房子，现在只能卖80万了，还不定有人要，这20万的损失是小偷造成的，所以20减去5等于15万，小偷家属还要找给你们15万！"

我一听，绝了！不愧是大律师，再添上这么登峰造极的一笔，这是什么造型啊？这怪诞的世界，复杂而又弱智到使人看不懂。看来像我们这些老实人是没法在这社会混了，只能回老家去种田了。

看看那扇还没开的门，我等不及了，谁叫我的案子金额不够，级别不够，我也是先来探个底的，回去和史千红商量后再说。我跟大学生打个招呼，说等下次带了女主一起再来，便走了出来。

夜幕下的杭州，自带醉人气息，大街小巷春风徐徐，带走了游

人一切的烦恼忧伤。我回来了，只为再看一眼明天升起的太阳。

打开出租屋的房门，亚萍已看着电视睡着了。隔壁住着几个打工仔，在打牌喝酒，大声喧闹，一天的疲劳，和各种的烦心事，全都在烟雾缭绕的醉意中，归于无有。我如同脱轨的流星，重新被抓回轨道，继续那没有尽头的转动。我对亚萍说："我们要个孩子吧。"话一出口，我便后悔了。

亚萍一骨碌爬起来，醒了，睁大眼睛看着我："什么？要孩子？孩子生出来你养的活吗？我跟你结婚，已经是这个世界上最疯狂的事情了，再进一步，那就不是疯狂，而是无知！"我惭愧的低下了头。亚萍觉得自己，好似被人拐卖的妇女，随时想着怎么逃出这赤贫深山。我有一种负罪感，这种罪恶叫没钱，这年头啥都不是罪，但如果一旦没钱，那可真是罪大恶极，罪孽深重，罪无可恕哪！

早上匆匆赶到厂里，杨斌照例开早会，这次拿出一个投票箱，说是选举'生产标兵'，一条生产线选一个，无记名投票，每个人投两票，票多者当选，选出的标兵工资奖金会有上调。就这么点事，可把咱线上的工友们给高兴坏了，一个个神秘兮兮的。

王金花她们几个女的凑在产品线一头，一起商量，生怕别人听到；武海明他们一帮老乡另外扎一堆，在那里低声交谈；其他的，三三两两各自低头填写，最奇葩的是孙旭东，居然跑到二线的墙角去写，生怕被人知道他投了谁，以后日子不好过。徐海峰不在我们一线，否则我选徐海峰。在一线关系比较好的，就是我的上家刘昆杰，我就选了我自己和刘昆杰。

最后杨斌揭晓选举结果，竟然是武海明，他们老乡人多！这么个吊儿郎当的货，通过民主选举，居然成了生产标兵！现实总是喜欢跟人开玩笑，看来这民主选举实在是不靠谱。一线干活最卖力的其实是老实本分的老韩，平时话不多，也不爱跟人耍嘴皮子，总是在那里低头干活。但是这次选举跟奖金挂钩，谁还肥水流了外人田？最后比拼的就是关系、势力了。

我不禁感叹，发明'民主选举'的一定是个纸上谈兵的书生，因为不明白，'民主选举'在现实世界中意味着什么。象现在的网络投票一样，根本就是毫无意义的一场娱乐游戏，谁的亲戚多、朋友多、同事同学邻居多，谁就胜出，拼的是人脉、关系，这和投票的内容没有半毛钱关系。但是咱们中国人就好这一口，乐此不疲。

现实是什么？撕开那一张张温情脉脉的面纱，现实原来就是那食槽上的猪头三，吃相很难看。我举目四下看了看，每条线都在选举，最后选出来的大多是一些弯瓜劣枣，弯瓜劣枣朋友多，势力大啊。不知谁无奈的喊了声："请客！"这下大家兴致高了，纷纷要求请客，来平衡一下这所选非人的落差。

车间门口有个人探头探脑朝我们张望，这人叫刘元龙，是第五车间的，他们第五车间的老大就是蒋辉。我们车间的老大是苏志明，有人的地方就有老大，像有江湖的地方就有鱼一样。

选举完毕，流水线的电闸一开，各人的手脚就不属于自己了。我正干的起劲，背后有人传话给我："老大叫你。"我向杨斌招招手，杨斌跑过来："什么事？"我说："苏志明叫我过去，你替我一下。"杨斌一听是苏志明，这个面子还是要给的："那你快点回来，我那边也忙啊！"

我走到苏志明那里，苏志明冲我一招手："你去门口看看，那个刘元龙有啥事？"我走到门口，刘元龙见我出来，递给我一个包裹，说："这个是给苏志明的，他知道的，我们老大说了，晚上在厂门口的佳苑宾馆，开了个场子，叫你们到时候来捧个场。"我回了句："知道了。"走回车间，把东西交给苏志明，话也传给他了。

我替回杨斌继续干活，这时，从厂房外面的操场上，传来唱歌跳舞的声音，好像川藏线上弦子舞的歌声。我赶紧抬头，朝门口方向望去，门口空荡荡的，那歌声也嘎然而止。难到是幻觉？刚才明明听的真真切切呀。自从川藏线上回来，我的魂却好像还没有回来，似乎有股力量，要召唤我再回到那个流星的轨道。

　　早班结束的铃声响起，大伙儿停了手中的活，纷纷向门口涌去。食堂里到处都是人，排队的、吃饭的、走动的，我和徐海峰打好饭菜，找了一处地方坐下。我四下张望，徐海峰问："你在找啥？"我说："找你女朋友，一段时间不见，看看是不是又换人了。"徐海峰笑了："还没换，我其实是个感情专一的人。"我无论如何都忍不住了，大笑起来："哈哈哈，你感情专一，是方晓玲的钱还没被你榨干吧，等把她钱榨干了，你再来谈感情专一，我就信你。"

　　说笑间，方晓玲远远向我们走来。这时，我在忙乱的人群中，看到一个熟悉的身影，穿着一条长裙，留着一头短卷发，在排队打菜。看到那长裙，我登时想起川藏线上的丽姐，这不正是丽姐穿的那条吗？

　　方晓玲来到跟前，跟我打过招呼，我心不在焉的点了下头，啥都顾不上了，扔下他们两个，便朝那人走去。那人背对着我，这背影怎么看都像丽姐，我一度恍惚，莫非真是丽姐？及至走到跟前，我盯着那裙子看，这裙子确实和丽姐身上穿的那条一摸一样！

　　这时，那位女士正好转过身来，戴着一副眼睛，我不认识，应该是行政楼里上班的。我指着这裙子说："你好，请问这你这裙子是从哪里买来的？"

　　她见我一个男的，开口就问她裙子哪里买的，觉得有点不礼貌，没好气的说："一个朋友送的，怎么了，有问题吗？"我连忙说："没什么没什么，但是能否告诉我，是哪个朋友送给你的？""哪个朋友送的？关你什么事！说了你也不知道！"眼镜女士有点恼了，涨红了脸，冲我大声抢白了一句，就转头不再理我。

　　我看看这位女士，30多岁，肯定是已婚了，万一那个送裙子的不是她丈夫，这我可就侵犯别人的隐私了。大家都是成年人，可以理解，可以理解。在众人诧异的眼光中，我尴尬的回到座位，方晓玲跟徐海峰对我说了些什么，我都没听进去，思绪不由自主又飞到了那万里之外群山连绵的川藏线。

　　下午厂里开大会，三点钟全厂停工，开会内容是捐款，捐助厂里一个生重病在上海医院化疗的工人，还有资助贫困山区的希望小学。我们都是车间里的骨干积极分子，思想觉悟高，两点钟，老大苏志明就领了我们几个出来，帮助厂里搭建开会的台子。

　　等我们来到操场，五车间的蒋辉，三车间的王军，各领一帮人比我们早到了两分钟，已经在那里布置了。苏志明一看，这搭台的活王军他们在干了，蒋辉领着几个人在挂横幅"献爱心助贫困动员大会"，就剩下搬桌子搬凳子的活留给我们，这可不行！等会领导问起来，这台子搭的不错，谁搭的呀？王军搭的。这条幅挂的真气派，谁挂的？蒋辉挂的。我们就成了在他们带领下，搬搬桌子凳子的小兄弟，这绝对不行。

　　苏志明对我说了声："你去把电线连起来，咱们把麦克风装好。"我走到电源连接线那头，刚蹲下身子，还没捡起电源线，王军那边有人说话了："喂！你干啥？给我放下！"我不由的懵了，怎么回事？这年头只有不想干活的，哪有不让干活的？

　　我说了句："你什么意思？不让人干活？"那人一听，这还了得？立刻放马过来，指着我的鼻子："叫你不要碰，你就不要碰！哪里这么多废话？"我一把将他手打开："手拿开！有话说话，动手动脚的干啥？这麦克风又不是你家的。"

　　话音刚落，那小子立刻冲我就是一拳，我虽料到他有这一手，但还是反应跟不上来，头上挨了一记，想必是个打人的老手，出拳速度快。这无缘无故挨一拳，谁受得了？我也是有准备的，立刻抱住他，用膝盖顶了他肚子一腿，他闷哼一声，却迅速把我也给抱住了，若不抱住我，我后面跟着还有一拳。他脚下使个绊子，想把我撂倒，无奈我也抱住他，他施展不开来，双方便各自打对方的头，两人扭打成了一团。

　　两边的人一看打起来了，都跑过来拉架，我们的人把他拉开，他们的人把我拉开。最后就是王军和苏志明的对话，王军说："这

么多活在这里放着，非得要跟我们抢吗？"苏志明说："有活大家一起干嘛，这都是献爱心，没有谁抢谁的说法。"本来王军跟苏志明大家彼此都是认识的，赌博的时候还是赌友，一个厂里就这么几个人，谁还不知道谁啊。再说这也没什么大的利益冲突，眼看着这事情也就过了。

可这时，爬在上面挂横幅的蒋辉出来显示存在感："你们都给我闭嘴！不要吵了，一会儿曾副厂长来了，看到活没干完，还不是骂我办事不力！"这话一出，我们两边全都不乐意了，这是从哪里冒出来这么个东西？王军指着他说："你给我下来，你先下来说话，不要在那里高高在上的，好像是我们的领导一样。"

苏志明也说："你这话说的就不对了，好像这活是领导派给你，然后你再分配给我们做一样？你先下来，不要让我们全都仰视你！"蒋辉爬在上面，哈哈大笑："你们叫我下来我就必须下来啊？你们什么时候成了我的领导？"

正吵得不可开交，曾副厂长来了，大家一下子全都没了声，搭台的搭台，装麦克风的装麦克风，挂横幅的挂横幅，都表现的格外卖力，这活本来就是为他干的。

疯狂的太阳帽

三点钟，准时开会，员工们站满了操场，不计件的员工都很高兴，今天可以提早下班了，计件的员工都不高兴，开啥会？不就捐款吗，拿去就是了，干啥还浪费这时间。郭厂长、曾副厂长、人事部主任等人坐在台上挨个发言以后，正式捐款开始，每个车间队伍前面，都放一个捐款箱。

大部分工人捐的都是 20 元 30 元，连 10 元的也偶有闪现，各人也没觉得有什么不妥。我捐了 100 元，和线长杨斌一样，看来以后我也是当线长的料了。

正当众人排队捐款的时候，操场上忽然刮来一阵风，带起许多树叶、沙子，吹的人睁不开眼睛。前面管捐款箱的人连忙护住箱子，免得这硬纸箱做的捐款箱被风吹倒。和这些树叶、沙子一起飞舞的还有一顶帽子，这帽子从远处飞来，在会场的上空盘旋了一圈，又掠过众人头顶，最后被风吹着，贴在了讲台的桌脚上。

这是一顶女式太阳帽，上面还绣着一簇红花，众人见这帽子在会场上空一番神奇的骚操作，又这么精准的贴在讲台桌脚上，都哈哈大笑起来。我看着这帽子，有种似曾相识的感觉，好像在哪里见过。

旁边人群中要算武海明的嗓门最大，他正在批斗杜金凤，说她只捐了 5 元钱："……我作为一个生产标兵，代表全厂的工人阶级鄙视你，5 元钱都会拿的出来！我以所有爱心人士的名义，谴责你这种不耻行为！……"旁边武海明的老乡跟着帮腔。

我心中诧异，这武海明自从靠着那帮老乡，选上了生产标兵，就像换了个人似的，连说话都不一样了，一套一套的，都不用人教，大有追赶杨斌之势。

大庭广众之下被人当场揭了短，又见众人都转过头来看着自

202

己，好像做小偷被人当场抓住一般，杜金凤顿时红了脸，在那里辩解说："捐款自由，我爱捐多少就捐多少，关你什么事！"其实，这事情事出有因，自从上次杜金凤晕倒，被武海明占了便宜，尝着甜头的武海明后来又几次三番的纠缠过她，但最终还是没让得手，恼羞成怒，忌恨在那里呢。别人不知道，杜金凤自己还不清楚吗？但是这种事情怎么说的出口？只能哑巴吃黄连，有苦说不出。

捐款完毕，郭厂长作结束讲话，还没讲几句，操场上的风又来了，吹的讲台上的稿子哗啦啦的响。郭厂长只好暂停讲话，这时，大家眼看着讲台桌脚的那顶女式太阳帽蠢蠢欲动，好像又要飞起来。众人全都盯着那帽子看，果然，不负众望，那神奇的太阳帽再次被风卷起。先是被风一下子吹到高空，转了一圈后又回来，晃晃悠悠的飘向讲台，从厂长眼前一飞而过，最后被刮到讲台边的一棵树上，端端正正挂在那里。

台下众人因见识过这顶帽子的表演才能，如今又见它飞过讲台，飞过厂长头顶，还这么给力的停在了树上，不由得全都哄堂大笑起来。台上坐着的领导们转头看看这顶奇葩帽子，也都无可奈何的笑了。

我看着那挂在树上一动不动的女式太阳帽，终于想起来，这不正是川藏线上陈姗姗戴的那顶帽子吗？联想到中午吃饭的时候遇见的那条丽姐的裙子，恍然明白过来，原来这一切都不是偶然，这是那无法发声的声音，分明是冥冥之中来自远方的思念。我看着树上那风尘仆仆的帽子，它也正看着我。为什么要辗转万里，从那遥远的远方来到这里？不知怎的，我泪流满面。

眼看着那太阳帽在树上停不住了，随着风吹动，将要飘向远处。我忽然想起一件事来，陈姗姗的帽子上有一处淡黑色的污汁，这顶帽子上应该也有一处淡黑污汁！这么一想，我的心不禁狂跳起来，这时，那帽子被风吹着已经向远处飘去。

不知怎的，只觉得自己的身体不受控制，我猛地离开队伍人群，飞快的直追着那太阳帽而去！身后传来工友们一片诧异的惊呼

声，以为我疯了。我不能让它就这么被吹走了，我一定要搞清楚那帽檐上有没有那块淡黑的污汁！

身后，杨斌在喊："张伟！你给我回来！……"还有其他人的嘈杂声音，但我管不了那么多了，只觉得那一刻，整个世界都轻轻的，不那么重要了。我一定要抓住那帽子，看看上面的那块污汁。

那太阳帽被风卷着迅速飘向操场远处，我跟在后面渐渐追不上了，它似乎故意要躲避我，被风高高卷起，飘去了工厂墙外。我沮丧的停住脚步，呆呆的站在操场边上，头脑一片空白。

杨斌跑到我面前，听不清他在说些什么，然后被他拉着回到了操场的队伍人群中。四周的人看着我，七嘴八舌，我听不见他们在说些什么。只听到台上领导的麦克风说了一句："好了，大家不要议论！继续开会……"接下去的讲话，我一个字也没听进去，那心思仿佛被勾走了魂，不知不觉飘向了远方那遥远的宁静小村，慈祥好客的老婆婆，淡然微笑的陈姗姗……

大会结束，我跟在苏志明身后，把那些凳子、桌子搬回大楼里。有个保安站在门口指挥，放在这里放在那里，看他那架势，好像厂长一样。你不过是一个小保安，就没点自知之明吗？眼前搬货的这些人，可不是你平时欺负惯的老实员工。蒋辉和一个人抬了张桌子，正走在走廊上，半路来电话了，蒋辉放下桌子，走远几步接电话。

那桌子正卡在走廊，他们不动，我们后面的人也过不去，蒋辉示意那保安："你帮忙搬一下，我接个电话。"那保安什么人？从来都是他指挥员工、扣留员工、盘问员工、监督员工的，哪里还反过来受员工指挥？当场站在那里，动都没动。

蒋辉打完电话，回来一看，众人仍然站在那里等他，略感意外，问了一句："怎么没搬上去呀？"转头看向那保安，那保安正好也看着他："还不快搬？后面的人都等着你呢！"

蒋辉一听，你一个小保安怎么弄的自己跟警察一样？就算警察也不能无缘无故驱使人干活呀，当下就恼了："我就不搬，你能咋滴？早就看你不顺眼了，一天到晚插着个手，指挥这个指挥那个，

你真当自己是厂长啊！"保安见我们人多，立刻冲着对讲机喊："储物间这边有人闹事，你们过来。"

他不喊，蒋辉本来说几句也就算了，他这一喊，照蒋辉这脾气，不走了！等你人来。一会儿功夫，保安队长带着几个人匆匆赶来，一看我们这些人，大家都认识，全都是难对付的主。当下掏出香烟，分了一圈。大家看在队长的面子上，也不跟那小保安计较了，搬起桌子、凳子继续干活。我想起动物世界来，那些狮子、鬣狗、豹子一般彼此是吃不起来的，那肉也不好吃，远没有牛羊的肉来的鲜美哪。

晚上，吃了饭，趁亚萍洗澡的功夫，我说一句："我出去一下。"便往外走，亚萍在浴室里喊："你干啥去呀？吃了饭就往外跑。"我说："厂里朋友有点事。"就提脚出门，后面亚萍从浴室里探出头来，追着喊："那你记得带点宵夜回来。"我应了一声，融进了杭州温柔的夜色中。

街上愉快的人群从身边掠过，我赶着去佳苑宾馆，晚上蒋辉开了一个场子。没防备，街边弄堂里开出一辆车来，当场把我前面走路的妇女给撞了，就在离我5米远的距离，那妇女应声倒地。其实车速也不快，弄堂里开出来的，能有多块？况且驾驶员已经在刹车了。

我眼见着这这妇人缓缓倒地，也就是剐蹭了一下。这事放在我们以前农村，根本不算个事情。那走在路上，拖拉机碰倒了、手推车撞一下，那都是爬起来拍拍泥土走人的事情，甚至被挤到稻田里去，弄脏了衣服，最多也就说几句，回家一洗啥事没有，谁还好意思为这跟人开口要多少钱？但这事情放在城市的大街上，就没这么简单了，本来揉揉屁股拍拍裤子就可以走人的事情，如今这妇女硬是起不来了。

车主推开车门出来，知道晚上得破费点钱财了，询问妇人伤势，妇人说要去医院拍片，还要交警来处理。许多人围上来，有的说赔点钱算了，有的说这个医院必须要看的。唉，拍啥片子呢？自己撞

的怎么样自己没点数吗？这就是所谓的城市文明，我呸！尽干些脱裤子放屁的事情。满大街的，一个个穿的是越来越精致了，开的车也是越来越高档了，人也变得越来越凶横了，不信？你不小心泼点水在人的裤腿上试一下，那眼珠一瞪，杀了你的心都有！

我没兴趣看这戏，这种戏码在街头演多了，都叫人提不起看的兴趣。眼看着车主掏出钱包来，接下去就是讨价还价，赔多少钱的事情了。我是坐公交车去的佳苑宾馆，昏黄的车厢内，尽是打工仔、上班族，年青的还在谈笑风生，年老的早已默默无语。车厢内灯光昏暗，却洋溢着幸福的感觉，这里的人们还相信爱情，还拥有友情，他们除了没钱，什么都有。

到了佳苑宾馆，我直奔 408 房间。敲开房门，里面已经是里三层外三层都是人，正围着一张床赌钱，房间里烟雾缭绕，有人喊了声："刚进来的，把门关上！"我顺手关了门，站在人群外围看。大都是厂里的人，苏志明、王军、蒋辉，使我略感意外的还有，二车间的方主任、五车间的袁主任、销售科的张科长等。都是场面上的领导，还有几个厂外的朋友，看来晚上的场子规格档次比较高。象我这样的小兄弟，也就在外围过个眼瘾，偶尔从人缝里，伸进手去压上一把小的。

这里玩的是麻将牌，各人手上两个一组，赌大小。先是方主任坐庄，两轮下来，输了底朝天。然后是袁主任坐庄，两轮下来，全赔。一时间没人敢坐庄，闲家人太多，晚上都是闲家赚钱，连我这最外围的人也赚了三百。眼看没人坐庄，要冷场子，蒋辉参 500 坐庄。这么点本钱，都轮不上我们外围的押注，很快就被人扫光。

又没人坐庄了，晚上明显庄家走背运，谁这时候接手就是送钱，

赌博这东西你不信邪的话，那就输到你相信为止！有个场外的朋友也参 500 坐庄，第一轮赢了 500，可一定要做满三轮才能退庄，到第二轮的时候，他得了 3 点，闲家分别是 5 点 6 点 14 点，立刻连本带利 1000 元，全都还给了我们。这时，都叫喊起来："晚上这博不能赌了！谁坐庄谁输！"

一时间没人敢坐庄，满屋子都是人，但是却一个个手拿着钞票冷场了，你说奇怪不奇怪？难道都是跑来大眼瞪小眼的吗？袁主任就叫张科坐庄，众人也都推搡张科坐庄。张科精的很，本来照他这样的家底是不用参牌的，但是眼下正是庄家走背运，如果贸然坐庄，很有可能被这里三层外三层的闲家，瞬间掏空，晚上闲家人太多了。他也不傻，也参500，输了又参，参了又输，一共输到2000左右，这时候庄家才略有起色。

打那时候起，闲家开始不行了，我也由原来的赢300变成了输100，后又连押两把都输了，便站在边上等庄家走背运时再押。期间，蒋辉的女朋友来了个电话，被他回绝了。这种正规场合，弄个女朋友在旁边，不伦不类的，被人笑话。晚上就是纯赌，赌场之上，就那么一堆纸币，来来回回的倒腾，竟可以玩的人心跳加快，一个晚上乐此不疲，真是神奇的魔力。

输了去自动取款机取钱，或者走人。最后决战到深夜，钱都进了张科的腰包，苏志明和方主任略有小赢，剩下的都是输，都说赌博这东西有鬼，越有钱越要赢，越是没钱的越是输的厉害。

11点左右，场子散了，这要换别人赢钱了，那定有人叫他请客。比如说，我赢了钱，晚上的钱都进我腰包了，那我如果不请客，还能走出这宾馆？但张科赢了，谁敢叫他请客？张科看看手表："不早了，大家散了吧，明天还要上班呢。"说完，把一堆钱塞进公文包，抬腿走人，袁主任、方主任也都跟着走了。

剩下我们几个人，出了宾馆，苏志明请客，大家坐在路边排挡吃宵夜。蒋辉他们另有节目，走了。昏暗路灯下，从厂门口出来一对男女，在我们面前经过，王军他们几个输了钱，正百无聊赖，便拦下俩人，硬拉他们一起吃宵夜。

这俩人一看上去，便是本分人，一天到晚在厂里老老实实干活，哪里见过这场面？男的当时脸都白了，抄着外地口音："老大，我们改天再吃，行不？"王军他们其中一个人说："老大请你吃宵夜，那是看得起你，别给脸不要脸！"

这对小情侣从偏僻山村，来到大都市打工，就为了赚几个辛苦钱，哪里有什么见识？女的轻声埋怨男的说："叫你不要出来，都这么晚了，你偏要出来……"男的低头无语。俩人被拉进排挡，坐了下来。

我们没兴趣看他们这出戏，苏志明把帐结了，我们几个人各归各家。。留下王军一帮人还在那里聊天、喝酒，照以往的经验，晚上这对情侣恐怕是要被灌醉住宾馆去了。

回家的路上，我翻看微信，亚萍在那里说："还在干啥？早点回家！"我回："正在路上，快了。"史千红也留了条微信："在干嘛呢？有没有想我？"我回："在家里呢！现在被管的严了，失去自由了。"史千红："这么一只母老虎，你还跟她过啥啊？离掉算了。"我回："离不掉啊，不闹个两三年，离不掉的。"

那边："晚上能出来吗？我现在一个人，这日子过的都快疯掉了！"我回："实在出不来，她在边上问我了，和谁聊天，我要关掉了。"那边："男人没一个好东西！你怕她作什么？知道更好！"我关掉微信，拿着兜里仅剩的零钱，在路边买了一把羊肉串，然后就到家了。

开门进去，屋里电视还开在那里，亚萍已经睡着了。

唱：　　　　寒门风雪夜长长，
　　　　　　松柏青鸟影茫茫。
　　　　　　浊酒一壶待宾客，
　　　　　　山中朋友入院来。
　　　　　一个个为何这般浓妆艳抹？
　　　　　一群群又为何那般胡须拉渣？
　　　　　　　哦，
　　　　　　只为演一出往事，
　　　　　　《寒门雪夜谈》。
　　　　　　　剧终了，
　　　　　　　情未了，

有人迟迟不离去，
犹自不断情景再现，
在那里没完没了。
有无观众，
已不重要。

　　早上，正在流水线上干活，杨斌把我叫出来，说外面有警察找我。

　　警察？我这才想起，川藏线上的事情没有了结呢。来到大门口，门外站着两个人，穿着便衣，向我出示了警察证，然后便把我带去警察局。

　　一路上我们都没说话，大家心知肚明，不就是为了川藏线上那点事么。这警察的办事效率还挺高的，这么快就找到我了。到了警察局，里面还真热闹，每个办公室都有三五成群的人，有的是打架，有的是纠纷，闹哄哄的，那场面倒有点象诊所看病，只是这里的人群更加激动。我被带到一个房间，一眼看到，史千红已经在那儿了，我们彼此对望一眼，好像两个被抓获的犯人。

　　她暂时出去外面回避，然后那两个警察就开始审问我。他们两个是川藏线的警察，特为这个案子跑过来的，根据他们的问话，我觉得人应该还没找到，是失踪了。如果已经找到尸体的话，我和史千红的日子可没这么好过。他们详细询问了那天晚上的情况，我照着史千红的思路，轻描淡写的讲了一遍，俩人的口供要一致，不是吗？我知道，如果讲的太玄乎，太认真仔细，那我可真是别想出这个警察局了。

　　录完口供，他们又把史千红叫进来，给我们讲了相关政策法律。因为是失踪，还不能定性为死亡，也就暂时叫我们可以回去了，以后随叫随到。我和史千红松了口气，虽然我们没杀人，但是如果碰上特殊的人、特殊的年代，也有可能胡乱被问个杀人罪，也说不定，警察局这种地方能不来，还是不来为妙。

　　我们走过那一间间办公室，只见有间办公室里有个人挺横的，

在那里疯狂叫嚣："你们警察了不起啊！我就打了，你们能把我怎么着？把我拉出去枪毙啊？有本事就把我枪毙掉啊！……"现在的世道，真是叫人摇头，犯罪的一个个趾高气扬，行善的一个个低声下气，做件善事象做贼一样，不能让人知道，一被人知道，那各种诽谤、猜测、打击、鄙视，接踵而来；一旦做了件恶事，别怕，你只管挺直了腰杆，这说明你有本事！人人都还要敬畏你三分呢。

我们又走过卜一个办公室，里面一群人，有个女的声音最尖，披头散发的闹，也不知为个啥事。现在的人胆子都出奇的大，不像以前胆小怕事，现在的人个个精明诡诈，知道再怎么闹，你警察也不能把我怎么样，最多拘留几天。小警察没啥好怕的，现在的人他只怕黑社会，怕有权有势的，因为它动运手中资源，有一百种办法可以弄死你。而且弄死你之后，他上下打点一番，仍然该旅游的旅游，该喝酒的喝酒，啥事也没有。没人会再管你的事情，你活着都没人管，何况死了，每个人都忙着赚钱。

出了公安局，为了不引起别人的关注，我们立刻分道扬镳，史千红去菜场买小菜去了，我则回厂继续上班。

走到车间门口，遇见主任正好从车间出来，看见我，立刻被抓了壮丁，主任把手中资料递给我："你去把这份名单交给人事部的沈主任，就说是刚才漏下在车间了。"我有点摸不着头脑："沈主任？人事部主任不是姓王吗？"邵主任笑笑说："这是新来的沈主任，王主任不干了，这份名单是沈主任刚刚检查车间漏下的。"说完，转头回车间忙去了。

我拿着材料来到行政楼，直奔三楼人事部。人事部门口有个保洁阿姨正在打扫走廊，见到我，连忙示意我不要进去，我不明白她什么意思，只听人事部办公室里面有声音传来："……我明明把一堆资料都放在这里的，怎么转一圈回来，就少了一份名单？……"

这时候，听见王主任声音："你少什么名单不要来问我！倒好像我拿了你的名单似的，我马上要走的人了，我拿你名单干啥呀？"另一个女声冷笑道："谁有没有拿过，谁心里清楚！"王主任也冷

笑一声："哼！我当然清楚！我知道的事情比你在宾馆开过的房间还多呢！"

另一个女声笑了："哈哈哈，这你也知道？但我听到的传闻可不一样啊，说是有人独守空房，打了 18 个电话，可就是没人来呀！"……。

两个女人之间的战斗，原来竟可以这么不顾一切，我真佩服这两个高层女精英，这么激烈的交锋居然不带一个脏字，而且也不见什么锅碗瓢盆摔一地，两个全程笑容满面，如沐春风，我彻底服了！

悄悄探头进去看了一眼，偌大一个办公室，里面闲杂人等早就跑的一个不剩，王主任还在整理着什么，大概是在办交接。我缩回头，看看手里的资料，她们口口声声的名单，莫非就是我手里的这份？没那么巧吧。在这节骨眼上，谁敢拿进去？我还是外面转一圈，等她们战斗结束再进去吧。还有这保洁，明明知道里面在吵，偏偏搁在门口打扫来打扫去的，好像能够偷听一些内容在心里，就能多长几块肉一样。

我可没这闲心，躲还来不及呢！逃到二楼闲逛，一个个房间走过去，里面风景各不相同。有的科室很忙，不是打电话，就是打电脑，这些都是实力派员工；有的科室比较空闲，但是里面坐着的人气质不俗，风情万种，这些一看就明白，那是偶像派员工，她们的实力都在身上摆着呢；还有的房间不闲也不忙，里面的人平淡无奇，我认识其中有一个是郭厂长的亲戚，那一类归为关系户员工。

这一个萝卜一个坑的，都不是随便拉个人来就可以坐得的，我顿觉世道艰难，谁都不容易啊。王主任快 50 了，人老色衰，坐在人事部主任这个位置上，影响公司形象，所以厂领导高瞻远瞩，英明决策，果断换人。

逗留的也差不多了，我得上去看看这个新人。走到三楼，保洁也不见了，于是我断定战斗结束了。门口瞄一眼，王主任已经不在了，只有新人沈主任在办公。沈主任抬头看见我，嫣然一笑："你有什么事吗？"

　　我看着眼前这个美丽与智慧并存的领导，小心翼翼递上资料："这是您漏在车间的，邵主任叫我拿来给您。"沈主任笑笑，点点头："好的，你放在这里吧。"适者生存，物竞大择，看到这个沈主任的气质风情，我立刻知道王主任为什么没戏了。我退出房间，恍恍惚惚走回车间，怎么还没到吃饭的时间呀。

　　这里不是流星的轨道，时间就过的飞快。没几天，史千红在微信里这样写到："要摊牌了，他现在开始要赶我出房子了，让我没地方住！想扔给我20万，就让我走人……"我回："哪那么容易！光那房子就值一千万！要离也得走法律途径，这样对你最有利。"那边："不是的，没那么简单，现在住的这套是婚前财产，唉，一下子说不清楚，晚上你到我这里来一下。律师我已经请了，约好今天晚上在红枫宾馆详谈，你晚上也过来，帮我拿拿主意，我现在可真是六神无主，不知道该怎么办了……"我回："好的，我尽量过来。"

　　晚上吃过饭，我拔腿就走，被亚萍叫住："站住！这几天怎么都是吃了饭就走人？什么事情这么重要？也不见你赚多少钱进来啊！你看看，我跟了你，这一天天过的是啥日子啊！"我无话可以反驳，只得又折回来，重新坐下："晚上真有要紧事，厂里领导搬家，叫我们过去帮忙，晚上是一定要去的。我向你保证，明天打死也不出门了！"话都说到这份上了，亚萍也不好再说什么，只说了一句："那你早点回来，不要又搞到三更半夜才归家。""好嘞！"我应了一声，赶紧出门。

　　来到红枫宾馆，见过史千红请来的律师，男，姓刘，30出头，职业性的着装，给人一种精明干练的感觉。打官司我们是外行，不过我们这个官司没什么难度，只要从史千红她老公手里，能分到一小部分财产就心满意足了。根据史千红的说法，除了婚前财产，现在他老公已经把其他财产都转移了，经营的公司也是一副资不抵债的状况，说不定还弄出许多债务在等着她呢。

　　刘律师见过场面多，当场就说："这个可不能听他单方面说法，

我会去查的，现在要先把状纸递上去，确定是哪个法官审理，法官很重要。你丈夫手里钱多，你跟他一比，算是身无分文，他的那个会计情妇早把账做的滴水不漏，他请的律师也肯定是个厉害角色，再掏出点钱疏通一下法官，情势对我们很不利啊。加上你平时对他的经营也不闻不问，手里什么证据也没有，所有情势都对我们不利啊。"

我和史千红赶紧说："我们知道难度很大，但是我们要求不高，只要能分到500万就行。"刘律师分析道："这个要看你老公的经济实力了。"我在一旁问了句："听说打官司这里面的水很深，现在不是'扫黑除恶'时期吗？还有人敢乱来吗？"刘律师笑了："明面上是没人敢乱来了，比以前好多了，放在以前，这个案子还没判，我们就已经输了，一点翻身的余地都没有。现在不一样了，全程录像监控的，要做手脚不那么容易了。"

我们三人一直谈到深夜，才各归各家，通过接触我发现，做律师的人都是人精哪，做律师的钱最好赚，做律师的钱也最不好赚。

回到家里，亚萍躺在床上看电视，床边放着我从川藏线上挖来的那个小盒子。这个盒子我记得是藏在床底下的旅行箱里的，怎么被她给翻出来了？我指着盒子问亚萍："你怎么把我的盒子翻出来了呀？"亚萍一脸无辜："这盒子你就放在床底下，我脚一碰就碰到了，才拿来看看，我可没翻你什么东西。"我不禁纳闷了，我记得明明是放在箱子里的呀，但亚萍也犯不着为一只盒子跟我撒谎，我忽然想到操场开会时候，挂在树上的帽子……。似乎冥冥之中有股力量，始终在向我传来召唤，要把我拉回那流星的轨道。

电视正播放旅行纪录片'远方的家'，亚萍忽然想到什么："马上快到端午节了，有三天假期，我也想去川藏线旅游。"我说："时间太短了，根本来不及，不过倒有另外一个地方可以去。"我想起了沧海野驴那封信中提到的海岛，我其实一直没有忘怀，必须得去一趟。一是为了那如梦如幻的描述，二是为了萍水相逢的托付，没有那份《天路秘籍》，我这趟川藏线之旅恐怕已经回不来了。

　　我和亚萍最终商定，端午节三天假期，再请假一天，共四天，去那个无名海岛走走，顺便叫上周建勇、陈静两对夫妻一起。

　　流水线的日子，像白开水一样流过。在我记忆的荒原里，那里长满荒草，无尽的荒草。过后的几天，刘律师通过各种证据收集，最后把状纸递了上去。史千红又把我们约到红枫宾馆，跟我们商量："今天下午，我收到主办法官的电话，叫我晚上去西湖金座大酒店谈案。我担心我不会说话，这可怎么办？要不你们也和我一起去？"

　　身旁的刘律师一听，给她分析道："一般来说，谈案子都是在办公室的，他叫你去酒店谈，这明摆着意图不那么单纯。"史千红听他这么一说，惊讶的张着嘴。我说："竟有这事！胆子也太大了吧？"

　　刘律师说道："这个一点不奇怪，见的太多了。特别是离婚案，离婚案的钱最好赚了。按照以前的规矩，女方陪法官睡了不说，赢了官司法官还要分成的，男方给法官的钱更多。那都是潜规则，好像去医院动手术给主治医生塞红包一样，这是中国特色。

　　现在是'扫黑除恶'时期，相对会比较收敛一点，但人还是那批人，规矩还是那规矩。我给你们讲个事，就是刚刚前阵子的事。有个官员因贪污被弄进监狱去了，他老婆觉得量刑不公，就到处托人找关系，想翻案。

　　最后靠着熟人，总算跟检察院具体经办人接上了关系。但凡贪官老婆，一般总有几分姿色，况且你走的是野路子，人家能不能帮你，那还不是要看你的表现？如今你老公已经进去了，你一个人单身寂寞也许多天了，况且还有求于人，人不在这时候下手，更待何时？而且就算得了手，照如今这世道行情，那玩一下也值不了多少钱，给你翻案还是不能打保镖的，这只能当是上下打点，起个润滑作用，你当你的身子是万金之躯啊！

　　她前脚刚从检察院出来，后脚检察院那人就电话打过来，约她晚上宾馆见面详谈……"刘律师说着，意味深长的看着我们。

　　我问道："那后来呢？"刘律师冷笑一声，说："后来据说翻

案没翻成，但是刑期略减了两年，那贪官老婆觉得吃亏，因为她付出的远远不止这些，还有大瓜没爆出来呢。后来跟闺蜜说漏了嘴，这事情就这样传在市面上，如今社会，这点事情算个啥？举国皆知的大网红被人杀了，最后还不是说他自杀就自杀！咱这是法制社会，什么叫法制？我说他法制他就是法制。"

做律师的接触的人多案子也多，那一句句话就像一把把刀，听他们说话有种叫人汗毛倒立的感觉。刘律师沉吟了一会，对史千红说："情况我都给你分析明白了，主意你自己拿。如果不想去，现在就可以找个借口回绝了，不过你这官司肯定要受影响。如果你愿意去，我倒有个办法。"我赶紧问："什么办法？"刘律师想了想，说："我建议你最好买个微型摄像机，全程把他录下来，这样，法官就有把柄抓在我们手里，这对你这个官司绝对有利！"

史千红低头想了想，同意了，这里没有外人，也没有时间装淑女，玩矜持那一套了。这笔帐她算的明白，在川藏线上，为了搭个车，都把人给搭进去了，现在关系到几百万、上千万的钱哪，这点屁事算个啥？在这种大是大非的关键时刻，史千红头脑清醒着呢。既然这么决定了，那接下去就是买微型摄像头，这个任务就落在了我身上。

刘律师给我指了个店铺，说那里有，还把具体的型号、样式都跟我说了。我是初次接触律师，当律师的太厉害了，看来谁都可以得罪，可千万不能得罪律师呀，我心里说。

照着他给的地址，找到了那家店，开门见山就对老板说："给我来一个摄像头，纽扣摄像头，上头像纽扣，下面长长的线连着微型电池的那种。"老板见我说的这么详细，知道是老顾客，也不废话，立马拿出货，说了句："500元。"我付了钱，拿了货，便往回赶。

夜色下的杭州街道，灯火通明，白天不见的各色人等纷纷现出真身，欣欣然奔赴各自的快乐场所。在街道角落的幽暗处，有个女人牵着一条大狗，在路边垃圾桶里捡垃圾。这画风，我看着有点纳闷，捡垃圾还有闲情带条狗？这是什么造型？杭州这地方不仅人文

景观美丽，连乞丐也出落的这么优雅别致，不禁放慢脚步，觉得有些稀奇。

这时，附近又来了个捡垃圾的老头，女的一看到他，显然是认识的，立刻冲他说道："你到别处去！别在我这里！"旁边那狗也迅速摆好姿势，随时准备战斗，同时嘴里发出呼呼的警告声。老头惧怕的看看那狗，极不情愿的朝别处走去。我恍然大悟，不禁感叹，真是太难了，连做个乞丐都这么难，这世道还让不让人活了！

那女人还在垃圾桶里翻拣，我继续朝前赶路，心中思绪有些凌乱。身边的店铺、高楼，闪烁着五颜六色的光芒，把夜中杭州打扮的分外妖艳。有人从那酒吧、舞厅出来，搂着小姐、帅哥上了轿车，直奔酒店宾馆而去。灯火最旺盛的是餐馆，从中午到深夜，坐满了吃的人，吃完一批又来一批，人生没啥意义，也就是趁着还能吃的时候，使劲吃他几口。也有许多小店门前冷落，等了一整天，客人稀少，眼看这一天又过去了。

赶到宾馆，刘律师当场拆开盒子，把那摄像头安装到史千红的衣服上，说："见机行事，找机会按下开关。"史千红怀着忐忑不安的心情，朝门口走去，走到门口，又转过身来："我心跳的厉害！好害怕啊，不去行不行？"我和刘律师都不由的都笑了："没事的，你只管放心去好了，有什么事情给我们打电话。"史千红终于走出门去。

早上上班，在流水线做了一天机器人，和下家吵了一回。吃午饭的时候，徐海峰和方晓玲闹别扭，快要换人了。出了食堂，听上海人口琴章吹了一回《喀秋莎》，赌博摊押注赢了 100 元，最后在下班的铃声中，坐上了回家的公交车。一天的时光就挨到头了，这里的光阴不比川藏线上那么金贵。

晚上，史千红又约我们到红枫宾馆。问到昨晚的情况，她无奈的笑笑："人家是做法官的，贼精着呢！还想算计他？"我说："那你昨晚到底去还是没去？"史千红说："去了。我刚进门的那会儿，他还是挺一本正经的，跟我聊了许多关于案子方面的事情。我们大

概谈了半个小时左右，他暗示我是不是比较累了？让我去洗澡，说他也要回去了。我以为他真要回去了，但是他口里说回去，人却一直坐着没动，那意思不是明摆着么，就是要我去洗澡。全程真是滴水不漏，就是用摄像机拍下来，也不能拿他怎么样。"

刘律师问："那你有没有按下摄像头开关？"史千红后悔的说道："没有来得及，我想等他开门后再按开关，可进房后全程都没机会按开关，当着他的面我又不敢，怕引起怀疑……"做这种高难度的侦探工作，也真是难为她了，这边背负着上千万官司的压力，一不小心满盘皆输，还有单独见面陌生男人的紧张，还要找准机会完成偷拍任务，真是太难了……。

我估计由于紧张，史千红进房后脑子都处于一片空白状态，早知道这样，应该在敲门前就按下摄像头按钮。我继续问道："那后来呢？""后来等我出来的时候，他仍旧坐在那里，我是披着浴巾出来的，他见我只披了一件浴巾，双方全都心知肚明了。也不用说什么，他走过来把我放在边上的所有衣物，包括那只包，全都扔进卫生间里去了，又把卫生间的门给关了……"红姐摊开双手，做了个无可奈何的手势。

刘律师冷静的问一句："那你们昨晚确定已经发生关系了是吧？""嗯。"红姐郑重的点点头。刘律师不无遗憾的说："唉，也是我的疏忽，应该叫你在开门前就按下摄像头按钮！这样，至少能抓到他在宾馆办案的证据，这对我们也很有利。"

我们三个都沉默了，刘律师沉吟良久，说："过几天就要开庭了，我们该做的都做了，你老公那边肯定也使了不少钱，最后鹿死谁手，也只能听天由命了。"

正聊着，亚萍打来电话，问我在哪里，我说在街上散步。她因为想着端午节旅游的事情，想叫我一起去周建勇家玩，也为旅游的事情先预热预热。我辞别二人出来，回到家中，又同亚萍一起去周建勇家。

来到周建勇家，照例是小型俱乐部，打牌的，听歌的，玩游戏

的，他就喜欢家里人多，热闹。每天打牌，听歌，蹦迪都已经乏味了，刘婷婷提议今晚去看西湖喷泉，众人都说好，只有没意思在那里说："看喷泉又啥好看的，不就几根水柱么。"谁都知道他会这么说，否则他的外号不叫没意思了。照例，周建勇开一辆车，我们剩下的人再租一辆车，向着西湖驶去。

西湖边上人满为患，湖风温柔吹过杨柳，我们赶到的时候，喷泉已经开始了。悠扬的音乐声中，美丽的水柱变幻着各种图案，惊艳了众人的眼球，总觉得缺少点什么，是的，缺少内涵。光图一个外在的华丽，15分钟的繁华落幕，剩下一地的落寞，一地的烟花寂寞。我们大老远赶来，就是为了看一眼这虚幻美景。

音乐声停，一部分人还在等下一场，我们沿着湖岸闲逛。有激越的歌声吸引了我们，大概是网红在卖唱，围了一群人，唱歌的拿着麦克风，嗓音不错。都说西湖边唱歌，警察要来赶人，难道是分地段的？有小商贩在角落偷偷兜售物品，到处都是人，还有画家在人群中画画，他是画肖像，你坐他前面，他10分钟给你画好，收费30元，你拿到手里一看，还真是画的就是自己。

西湖边这一带，商业氛围很浓，各种店铺均生意火爆，艺术氛围也很浓，只是这里的艺术都是为迎合各种趣味而艺术。我们一行人逛来逛去渐渐有些乏味，店铺虽多，但我们的钱不多哪，而且这些吃喝玩乐肉体的满足，并不能解决我们精神的迷茫，就像有人失恋了，你却给他做一桌丰盛的小菜，这不能解决问题呀。

逛久了，最后男的都选择去网吧打游戏，女的都选择去商场购物，亚萍晚上兴致很高，对我说："今晚我跟刘婷婷睡了，你自己回去吧。"

我还是喜欢回家睡，金窝银窝不如自家狗窝，再是金玉满床，总不如自家草席睡的香。我也不想去打游戏，玩了通宵，明天还怎么干活？

我坐上一辆公交车，车过武林门站点，有个女孩突然叫起来："我的手机被偷了！"什么？有小偷！这下全车炸锅了，这是什么

车？这车现如今是老弱病残、无产阶级专车。咱工人阶级有的是力量，大家一致要求不要停车，直接开到派出所，反正大都是下班的人，有的是时间。车厢里说什么的都有，今天不抓住小偷誓不罢休，一个个平时受欺压的、被霸凌的、失恋的、被人鄙视的、被人算计的、被骗钱的……等等，一切的伤痕晚上都要在这小偷身上找回来。

人人都在群情激奋，我怎么看哪一个都不像小偷，但女孩又说了："我刚刚还拿在手里的，放口袋一会儿，就没了，小偷肯定还在车上！"全车又是一阵炸锅，今晚这小偷惨了，跑哪里不能偷呢？要偷公交车，唉，这小偷跟不上时代啊。

车子根据110指示，停在原地。没一会儿警察来了，我们都等着看警察怎么破案，按照我的思路应该是每个人搜身。但是人家警察不是这么破案的，只见上来一个老警察，挨个把我们扫了一眼，然后就从人群中叫出来一位背着公文包文质彬彬的，像办公室白领的这么一个人。

后来车子就开动了，说是已经抓到小偷了，我不禁叹服，这本事，太厉害了！大家议论纷纷，有分析说："他拿着公文包，是作案时挡人视线用的。"也有人说："他穿的跟我们不一样，小偷有小偷的气质。"反正听听都有道理。

到站下车，这个站点离我的出租屋还有一段距离，我沿着夜色深沉的街道一路走，凉凉的晚风拂过头发，那是杭州温柔的手臂。街边角落有人向我伸手："给我一瓶水吧，就一瓶水。"我凑近了看，是一个潦倒的中年男人，头发凌乱，一身体面衣服却很脏，我判断这是个遭遇家庭变顾的人。

我问他："你吃过饭了吗？要不要给你买些方便面？"他摇摇头："给我一瓶矿泉水就行。"我四下张望，朝着那零星灯火的小店走去。不一会儿买来两瓶矿泉水和两包方便面。他接过矿泉水瓶，拧开盖子，仰头一饮而尽，说了句："朋友，谢谢你啊。"

我把东西都放在他脚前，便打算走人。他却叫住我："朋友，我们能聊一会儿吗？我马上就要回家去了。"我停住脚步，不知道

他要和我聊什么，转身回来，在他旁边坐了下来。他掰开方便面，放在嘴里咀嚼着："我是个破产的人。本来有企业，有房子，有家人，现在什么都没有了，还欠着几千万的债务。这个世界很现实，你有钱，你就活在社会主义的幸福光辉中，你没钱了，老婆立刻跟别的男人爱的死去活来，亲戚朋友看见你全都绕道走，连孩子也看不起你……"

沉默了一下，他似乎在回忆过往。我有点瞌睡，但是教养告诉我，这个时候不能走人。他问我："你买股票吗？"我摇摇头，我不买，但是亚萍有买点股票："我老婆有买股票。""股票那东西，你们是赚不了钱的。"

他好像知道许多事情，"等我看明白，已经晚了，中国的股市那不是一个正常的市场啊，甚至连赌场都不是！股票业绩好坏都是假的，你压大，庄家就压小，你压小，庄家就压大，你若买了股票不动，他就把业绩做的很难看，逼你卖，你若还不卖，他就把业绩做成亏损，成为垃圾股，问题股，叫你卖个倾家荡产。等你们卖完，就会出大利好，公司摇身一变，又成为优质资产了……"

我虽然不懂他说的，但仍然问一句："这样乱来，就没人管吗？"

他低头想了想，说："是没法管，中国社会是关系人情社会，只要关系疏通到位，公司业绩好坏那还不是随你改吗？执法的、经营的、打工的，大家都是为钱来的，都是一心搞钱来的，搞到钱就是成功人生。"

他也看出来我听不懂他的话，无奈的笑笑，站起身来自言自语："走喽，回家喽……"说完，头也不回，向身后大楼走去。

听他絮絮叨叨半夜，也没听明白他说些什么，不过是一个落魄潦倒之人的自言自语。我还坐在原地，拿起那瓶未开封的矿泉水，喝了几口，站起身来，摇摇晃晃朝出租屋走去。没走出多远，只听身后"呼"一声，有东西从高楼重重摔下，把我吓一跳，大半夜的，是谁在高空抛物？出于好奇，我顺着声音悄悄折回，远远看见，那摔在地上的是个人。

寒门雪夜谈

220

　　我的心一颤，明白过来，转身加快脚步离开这个是非之地。这地方比较冷落，行人车辆稀少，我快步向着出租屋走去，快到了，也就 10 分钟的路。

　　史千红的离婚案要开庭了，那天，我特意请了个假，坐在下面旁听。

　　当时刘律师拿出一张照片，指责男方有第三者插足家庭，属于过错方。那边请的律师很厉害，看过照片以后，说："这是公司会计和老板之间的正常往来，你又没有拍到捉奸在床，这张别墅门口的照片不能说明什么问题。"刘律师继续指证："你这个别墅本身就很有问题，女方年纪轻轻，哪来这么多钱买别墅？"对方律师说："这是人家富二代初恋男友送的，你要不要我把他人请来给你证明一下？"显然早就都谋划好了。

　　刘律师笑笑说："别墅可以送，女方肚子里的孩子总不能送吧？等孩子一生下来，做个亲子鉴定，不就全都清楚了吗？"对方律师早有准备："女方的男友你知道是谁吗？人家是美国人，到时候是要赴美产子的！人家孩子一生下来就是美国户口，你有什么权力给一个美国人做亲自鉴定？要做鉴定我们也不怕，身正不怕影子歪。"

　　又说到公司账务，刘律师说道："这公司的账务很有问题，有许多做的都是亏本生意，买进来的价格，比卖出去的还贵，又莫名其妙从不相干的人那里借来许多钱，这分明就是一本假账！"对方律师说："做生意你不懂，往往不是靠一笔生意来发财的，这叫断了财路，所以有些时候，为了拉住客户，宁可亏本也要把生意谈下来的。至于你说的，从不相干的人借钱，哪个不相干的人会借钱给你？你借个给我看看？凡是能借钱给你的，都是朋友关系。你不要混淆视听。"两位律师在法庭上，你来我往，各有胜负，斗的不亦乐乎，真是精彩。

　　看看前面所说的指控都被对方律师挡了回来，可见史千红老公请来的这个人是下了血本的，不过我们也不怕，我们手里还有一个杀手锏。只见刘律师从公文包里拿出又一张照片，递上给法官："这

是当事人包养的另一个情妇和情妇所生的女儿照片！"此话一出，法庭上下一片哗然，居然还有一个情妇！

我注意到史千红老公身子明显一颤，差点站不稳，嘴里喊出一句："胡说！你这分明是诬陷！"其实，我们心里也没底，因为只搞到这么一张照片，别的证据还在收集中，不过假以天日，那些证据都会一点一点收集齐的，若要人不知，除非己莫为。从这里可见史千红老公为这场离婚官司，也是作足了功课的，不过有这么一张照片吓他一吓，也可以吓掉他半个魂了。

对方律师当场回击："你就拿着一对母女的照片，就可以诬陷他人有婚外情啊？你说她们是当事人的情妇和女儿，你有什么证据吗？"刘律师神秘莫测的笑笑："证据正在收集中，过不了几天，等收集齐了，这案子也就结了。"明显可以看到史千红老公难以掩饰的心慌，一旦这证据坐实，法庭甚至可以判他净身出户。

这时候，法官收的那些钱发生作用了，只见法官几人一番交头接耳，当庭庄严宣判，全体起立："鉴于当事双方提供的各项证供，以及庭下我们对双方的接触了解，本庭认为，双方的感情尚未完全破裂，本庭现判决如下，驳回双方离婚诉求，建议双方庭下和解！"

一听到这个结果，史千红老公不禁很感意外的看向法官，给了这么多钱，就得到这个结果？这边史千红也觉得不能接受，在床上把你服侍得舒舒服服，怎么最后却弄出这么个结果！法官从案子接手一直到审理，宣判，全程都是滴水不漏，不管你们能不能接受，法院已经判了，庭审已经结束，各人还是散了吧。

法官和其他工作人员，纷纷离席走人，剩下原告被告还有一众人等，沉浸在刚刚的判决中，回不过神来。当然，几个月之后，你们还可以再次提出离婚诉求，双方重新投入各自人力财力，下够血本，再决胜负。

我们走出法庭，刘律师对这个官司似乎已经成竹在胸，拍着胸脯说："法官不用偏向我们，只要你能使点手段搞定他，使他至少保持中立，再给我几天时间，这个官司一定能赢！只是这次亮了母

女照片，他们肯定会把她们藏起来，不过事实就是事实，总会露出蛛丝马迹的。"史千红说："真是谢谢你了，官司若打赢，我定有重谢！"

经过这次开庭，史千红老公的态度明显不再嚣张，打这个官司上下前后打点都花了不少钱，若把这些钱给史千红，夫妻俩人早就协议离婚了，何必多此一举呢！结果，法院里赢不了的官司，被他老公在吃饭桌上给赢下来了。史千红靠着刘律师也许能胜这场官司，但是回到家中，和老公面对面俩人较量的时候，哪里是她老公对手？

经不住老公威逼利诱、软磨硬泡，史千红毕竟是个女人，小胜即安，夫妻俩人迅速达成了离婚协议。老公给付 300 万，史千红拿了钱，净身出户，另找地方租间房，暂且住下。后来刘律师得知情况，只为她感到可惜，正是：

> 闲庭院深春满楼，
> 杨柳风清黄昏后。
> 待到曲终人散时，
> 西子湖畔一场梦。

华灯初上，家对面的房子里，探出个头来，是一张陌生又漂亮的脸。

这又是一朵带刺的玫瑰，谁碰上了，就刺伤谁的手，谁摘走了，就在谁的手上枯萎。她看到了家对面的我，四目相对，双方不免打个招呼。我却不再跟她多攀谈，这谈着谈着又遇上一个红颜知己，可叫人怎么收场？寒暄几句之后，我笑笑，说回去看电视连续剧了，转身进屋，免去了多少烦恼。

蓝色花岛

寒门雪夜谈

唱：　　　　在这片土地之上，
　　　　　　曾经上演了多少剧目。
　　　　　　刀枪铁骑的厮杀，
　　　　　　勾心斗角的算计，
　　　　　　鲜血染红了每一个角落。
　　　　　　一转眼，
　　　　　　画风突变，
　　　　　　遍地长袖轻舞，
　　　　　　羽衣翩翩，
　　　　　　迎来一派繁荣景象。
　　　　　　不管战争与和平，
　　　　　　驱散不尽的，
　　　　　　总是那如影随形的罪恶。
　　　　　　如同窗前长满枝头的树叶，
　　　　　　又是一年枝繁叶茂。

　　不管你愿不愿意，日子一页页的向前翻过，端午节到了。按照计划，我们联系了周建勇、陈静他们，一行六个人，三对夫妻，在一个薄雾蒙蒙的清晨，开启了盼望已久的海岛之旅。

　　按照野驴大哥信上所指，我们找到了那个叫'檀头山岛'的地方。上岛之后，我们便到处找人打听，问遍了所有的人，没人知道野驴大哥信上说的那个无名小岛。刘婷婷看这里风景也不错，说道："不如我们干脆在这里度假算了，你们看，这里的风景也挺美的。"大家都是从内陆过来，哪里见过这天涯海角的景色，都觉得不错，就算在这里度假也已经很满意了。只有我感到怅然若失，没能完成野驴大哥的托付，站在海边，遥望着茫茫大海，难道今天白来了？

正当满怀失落之际，小路上跑来一个人，远远冲我们喊："喂——，你们是从杭州来的客人吗？"周建勇应了一声："是啊！有什么事吗？"那人跑至近前："你们在找一个小岛是吧？"我立刻眼睛一亮："是啊是啊！你知道那地方？"那人说道："你们找的那个岛，可能就是距离我们这里挺远的一个海岛，我以前和我爸捕鱼的时候，在那地方靠过岸，应该就是你们所说的那个小岛。"一听还真有这么个岛，我们顿时来了精神，背起行装，跟着他来到一个小屋前。

这时，从屋里走出来一位老人，拿出许多椅子、凳子，招呼我们坐在院子里。从他口中我们得知，确实有这个岛，但是据他的说法，那是个无人海岛，因为地处偏远，知道的人很少。我说："不对呀，应该是有人居住的呀？"老人努力回忆，最后说："这个确实也不好说，毕竟我们没有上过岛，只是靠了下船。"我问："那还有别的海岛吗？"老人摇摇头："照你所说的，也就这个岛了。"

其他人一听，都心中欢喜，只有我还将信将疑的，又没有别的选择，当下大家凑了600元钱，作为船费交给老人，老人死活不肯收，最后还是他儿子收下了。时光宝贵，我们可不敢浪费半刻，立刻辞别老人，跟着他儿子来到一艘渔船上，清点了行李，没有什么遗漏的，便向着茫茫大海驶去。

海风带着一股腥咸的味道，迎面扑来，一望无际的海面上，有几艘船行驶在遥远的天际，看上去只有一个点那么大。而我们，在这苍茫的宇宙穹苍之间，原来不过是沧海一粟，一颗尘埃。远方的天空霞光万丈，映红了每个人的脸，这是天之涯，这是海之角，似乎再往前进一步，我们就离开地球了。

小船孤独的在大海上行驶了很久，我们中间好几个人都不同程度出现晕船反应，时光走的太慢了，因为没有坐标，我都怀疑我们是不是一直在原地踏步。

足足行驶了有半天功夫，所有人的耐心都快耗尽，终于，在那

灿烂辉煌的天之尽头，出现了一个小黑点，我们全都欢呼起来："哈哈，终于到啦！终于出现啦！"那黑点渐渐变大，越来越大，最后成了一座海岛，呈现在我们面前。

惊涛拍岸，海鸟盘旋，由于是荒凉海岛，没有码头，船没法拢岸。我们各人脱掉鞋子，踩着细软的海沙，背着大包小包的行李，趟水上了岸。船夫把我们送到地方，就回去了，三天后再来接我们。站在软绵绵细沙铺成的海滩上，我仔细打量这海岛，山上满是树木岩石，有海鸟在远处飞翔，整个岛安静的只剩下海浪声，绝对的荒无人烟。

按照野驴大哥的说法，这里应该有人居住才是，莫非找错地方了？等我回头再寻那渔船，已经渐渐远去，变成了远方的一个点，唉，既来之则安之吧，人生不如意事常八九。至于其他人，只要海岛就行，他们才不管是不是那岛，早已经在沙滩上欢呼雀跃，四处奔跑，快乐的像一群孩子。对我来说，也许没来对地方，对他们来说，那绝对是来对地方了！

狂野的海浪从四面八方，冲上沙滩，爬上岩石，在岩崖间成为强弩之末，再从空中掉了下来，发出"嘭！——"巨大的撞击声。远处的山崖上，有野鸟的悲鸣传来，似乎在诉说着，千百年来无穷无尽的寂寞。岩壁上，石缝间，藤蔓交错，开满了各色山花，那是海岛触目惊心的荒凉青春。前尘往事在这里都如云烟飘散，人世间的一切，光阴、钱财、权势，在这荒野的阳光底下，都显出无足轻重的本相来，我有一种恍若隔世的感觉。

兴奋了一阵，大家开始考虑正事，首先是找水源，搭帐篷。这岛比较大，草木长的高，幸亏那里岩石多，树木之间不是很紧密，我们跳来跳去的前行，倒也没有多大障碍。我四下眺望寻找水源，看到远处乱石堆处，开着一片白色小花，在海岛的风中，显出一种异样的宁静。

我不知不觉，朝着那地方走去，渐渐走近，远远看到一块石头

上，似乎坐着一个人！我赶紧快步上前，在距离20米左右的地方，我停住了，确实坐着个人！长发披肩，头上戴着野花做成的花环，上身穿着淡黄色的格子衬衫，下身是一条脏兮兮的白色的长裙。

她似乎认识我，正在冲我笑呢，还对我招手。我有一种似曾相识的感觉，努力想要叫出她的名字，可又叫不出来，我觉得她像我童年时候的一个玩伴。她使我想起槐树下外婆怀中的那份宁静，黄昏里炊烟袅袅升起的眷恋……。

我不由自主冲她挥手："嗨，你好啊！你过来呀！我们认识吗？"她却没有过来，仍然坐在那里，看着我笑。亚萍不知什么时候走到我身后，冷不防拍我的肩膀："你在干什么？跟谁说话啊？"我回头一看是亚萍，便指了指石头上的那个女人："你看，这海岛上果真有人呢！"亚萍看了看前方，说："哪里有人啊？"我说："不是就在前面坐着吗？"

亚萍转身对他们两对夫妻招招手："大家都过来看看，张伟说这里有个人！"大家一听说有人，立刻全都跑过来了，四下张望："张伟，人在哪里呢？"我指着那女人："就是她！"他们瞪大眼睛四下寻找："没有人啊！哪里来的人？"我一下子脸就白了："就坐在前面大石头上……还笑着呢，你们看不到？"

几个女人忽然异口同声"哇－－－"的大叫起来："你想吓死我们啊？幸亏是白天，晚上可不许开这种玩笑！"两个男的拍拍我的肩膀，见我脸色苍白，关心的问道："怎么回事？不会是累了吧？休息一下就没事了。"

我顿时意识到情况不对，连忙转过身来，只觉得双腿发软，我把手搭在他们两个肩上，对大家说："大家不要回头看，一直向前走。"众人见我不像是开玩笑，也害怕起来，一个个目不斜视，笔直向前走去。走了约莫十多米，我回头再看一眼，那石头上早已空无一人……。这回是真吓到我了！

一听说那人不见了，我们全都慌了，赶紧向前一路直闯。不知

摸索了多久，前面出现了一条小路，这里居然还有路！我们不由的齐声欢呼："有路了！有路了！"真是天无绝人之路哪，有路就有人，看来这地方确实有人来过，或者有人居住也说不定。

有了路，当然顺着路走。我们一扫先前的忐忑，满心欢快的沿路走去，路的两旁，疯长的杂草，好像伸出的手臂，要阻挡我们的道路。午后的阳光如迷梦一般，倾洒在每个人的脸上，摇落在斑驳的草木之间，这阳光咋叫人如此神伤。我们走在霞光满天的海岛上，觉的自己好像探险的勇士，要找出这一片天之涯，海之尽头，所埋藏的一切秘密。

男士们轮流背着帐篷、太空被等大物件，女士们背着锅碗瓢盆，这别具特色的家庭探险队，在人世间也是少有的。周建勇和刘婷婷一个是教师一个是公司文员，王明和陈静都是银行职员，亚萍是公司职员。大家在杭州这个大都市相遇，相识，相交，最后成了朋友。

海风吹的树叶满山的飞，空气中飘着诡异，我们在荒岛上探索前行，一步步走向各自的宿命。一阵太阳雨不期而至，不一会儿岛上就拉起了一道道雨帘，在金色的阳光下，煞是美丽。我们虽有雨伞，但没人撑伞，任凭雨点落在各人身上，仿佛接受海岛的洗礼。

刘婷婷眼尖，突然叫了一声："大家看！前面是什么东西？"我们顺着方向走近过去，原来是一块立着的石碑，石碑似乎有些年代了，上面布满青苔，刻着方正宋体黑字'姚氏海燕大人之墓'，原来是一个墓碑。这是谁呢？怎么会葬在这荒岛之上？我们正疑惑间，发现墓碑边上还有几行小字，凑近仔细看，依稀辨认出是一首无题小诗：

> 岛上山花本无魂，
> 一片烂漫笑春风。
> 随风飘落人世间，
> 从此不尽是忧愁。

字迹遒劲古朴，由于常年海风侵烛，略显模糊。怎么会凭空出

现一个墓碑呢？这样看来，岛上应该有人居住才是。我们环视四周，山上一片郁郁葱葱，都是树木荒草，并无房屋，山下就是大海，除了海浪和岩石，再无别的，于是决定还是先找水源。

走到一个地方，似乎有轻微的水流潺潺之声，大家赶紧跑过去，一股清泉正从山上缓缓流下。这地方没有环境污染，这泉水就是名副其实的矿泉水哪！我捧着山泉，喝了一口，味道清凉甘甜，冷香入骨。中国有三大名泉，济南趵突泉、无锡惠泉、杭州虎跑泉，我觉得应该再加一泉，无名岛上无名泉。

有了水源就好办了，我们马上支搭帐篷，烧火做饭。夫妻旅游和别的旅游就是不一样，我们是带小菜、大米、油盐酱醋、锅碗瓢盆的旅游，学术名叫做'野炊'。在家里怎么烧，在这里仍然怎么烧，唯一不同的是火太旺了。

奇怪的是，家里烧的小菜总是勉强下咽，但是在荒岛上烧的小菜咋就这么好吃呢？幸亏附近没有狼、野猪什么的，否则闻到香味，肯定要跑来分一杯羹。我们六人狼吞虎咽，三两下就把饭菜扫了个精光。吃完洗好，顷刻间，天就黑了。

我们带来的是一个大帐篷，还有带电池的台灯。吃了饭无事，想走出帐篷逛逛，不巧，今夜是没有月光之夜，外面一片漆黑。我们拿着手电筒四下照了照，这里的晚上实在荒凉，除了树木就是岩石，远处沙滩上，海浪哗哗的响，山上悬崖处，海鸟正安然入眠，处处提醒着我们，这里不属尘世。

站久了无聊，有人提议回去打扑克。于是我们返回帐篷，三位男士盘腿坐地上打牌，女士则做丈夫身后的谋士。说好是打的2元一张牌，但是王明输了几局，身后的陈静就不同意了，说不喜欢赌钱了。不赌钱，那打空牌，这一晚上怎么熬的过去？

周建勇说："那不赌钱的话，空打牌就没啥意思了。来的时候啥都想到了，就是没想到要带几本书来。本来一人一本书，这一晚上也就过去了。""是呀，荒岛之夜，风声、海浪声相伴，读书而

眠，太美妙了，咋就没想到带几本书呢！"陈静甚感惋惜。我们众人也都同感，大家你看我我看你，互相干瞪眼。

无聊的坐了一会儿，周建勇提议："这样吧，我们来点刺激的，不赌钱，但输的人老婆要脱一件衣服！"提议一出，大家"哇"的炸开了锅，有的同意，有的不同意。周建勇说："怕什么啊？这荒山野岭的，除了我们六个，连个鬼都没有，难道还有谁过来偷看不成！"亚萍接了一句："来就来，谁怕谁啊！指不定是谁输呢！"我不由重新打量了一下我的老婆，鼻梁尖尖的，嘴唇小而红润，怎么看都应该是个安分的角啊！

有了赌注，这牌打起来感觉就完全不同了，几乎可以用惊心动魄来形容，时间也过的特别快。王明的牌技最烂，虽说打牌靠运气，但是如果在座的牌技不在同一个水平线上，那么，就和运气无关了。最后，刘婷婷还穿着T恤、长裙，亚萍穿着背心、长裤，陈静就只有胸罩和内裤了。

眼看王明又快要输了，冷的直打哆嗦的陈静，抓起他手中的牌往桌上一扔："不玩了，一点意思都没有。"我们大伙齐声叫起来："哎！不许耍赖，你们开银行的怎么可以不讲信用呢？多好的一副牌，就这么给搅黄了！真是的。"大家看看时间也不早了，各人都累了，于是各归各位，关灯睡觉。

荒岛的夜都是风声，海风吹的帐篷噗噗的响，海浪奏出的大自然之音乐，神奇悦耳，好像儿时外婆在耳边轻唱的摇篮曲。从来听惯了城市的噪音，现在终于明白，什么叫做天籁之音。我们这才发现，原来起初的世界不仅山清水秀，就连声音也是那么美妙，我们失落那起初的世界，已经很久了。

半梦半醒之间，迷迷糊糊觉的有唱歌的声音，从帐篷外面飘来，由远至近，越来越清晰。那绝对不是风，倒像是一种彻骨寒冷的叹息。那声音来到我们的帐篷外，转来转去，似乎再过一会就要进入帐篷来了。

　　我不由的感到毛骨悚然，黑暗中，有人问了一句："你们有谁听到那声音了吗？"我接了一句："听到了，我早就听到了！"睡在右角的刘婷婷也说道："好像我这边也有……"一下子大家都醒了，睡意全无，一个个竖起耳朵，鸦雀无声，各人心底不由的泛起阵阵寒意。荒山野林的，那是什么东西？那声音仍在外面围着帐篷飘荡。

　　借着人多，我们"啪"开了灯，周建勇壮了壮胆说："我出去看一下，到底什么东西在搞鬼！谁和我一起去？"我说："我跟你去！"左角的陈静在黑暗中冒出一句话："我看你还在那里装睡！你还是不是男人？"接着，王明迷迷糊糊，稀里糊涂的被推搡出来，跟着我们往外走。

　　一钻出帐篷，这夜风吹的人好冷啊！远处的惊涛拍岸声，从四方传来，清晰了许多，我们四处寻找那声音。声音却已经被风吹着朝山上去了，越来越模糊，我们以为不过是一阵海风，正要回帐篷，不料，那声音在夜风中又卷土重来了！只听断断续续的唱道："……遥想当年花开日，姹紫嫣红遍地春……蓝色花岛，空剩虚名…那一排排的房屋街道，黑压压的人群，不见了昔日牧歌声……可叹世事多变幻，可笑……"声音凄厉悲凉，由远及近，盘桓了好一会儿，再次朝山上飘去。

　　我们一个个听的脸都绿了，汗毛森森直竖，这是什么鬼怪？周建勇寒颤着问我："你看到了什么？"我说："没看到什么，只听到在唱歌。"旁边的王明说："你不是能看见东西吗？"我说："我又不是专门看东西的，要是全都能看见，还能活到现在？"看看那阿飘一直没有再回来，我们才返回帐篷里。

　　一进帐篷，女士们迫不及待的问我们看见了什么。我说："看见一只碧绿的头！"周建勇紧跟着说："眼睛是挖空的！"王明说："血淋淋的没有脚！"这把她们给吓的，全都哇哇大叫起来："哇——，不可能！骗人！骗人！我不信！"一定要我们说实话，我们就实话

231

实说："实话告诉你们吧，什么也没看见。"她们听了，更不信，一个劲的问我们："到底看见了什么？"我们只有哈哈大笑，无语了。

闹腾了一会儿，各人终于渐渐安静下来。不知过了多久，我又被粗重的叹息声吵醒，这会儿这声音竟出现在帐篷里！难道那东西进帐篷了？可把我吓坏了，立刻竖起耳朵，声音是从刘婷婷那边传来的，但听"呼哧呼哧"的越来越大声，最后干脆"嗯嗯"的呻吟起来。

听着这种熟悉的声音，谁都知道是怎么回事了。"啪！"不知谁打开了灯，顿时眼前现出一对赤裸男女，正紧紧纠缠在一起，原来是刘婷婷夫妻！两人正在那里难分难舍光景，哪里停的下来？刘婷婷本来还强忍着，灯一开，顿时满脸通红扭过脸去，忍不住叫唤起来，看着眼前这刺激的活春宫，我们全呆住了。

各人都变的呼吸粗重起来，亚萍脸红红的靠着我，我轻轻脱下她的内裤，她的眼睛却在不安分的四下观看。那边陈静被土明吻的上气不接下气的，衣衫不整，一对乳房不知不觉露了出来。没一会，周建勇放开刘婷婷，过来拥抱亚萍，我则跑去安慰陈静，王明看看刘婷婷，正意犹未竟的开着屁股，还保持那个诱人姿势……，哪里受的了，放开陈静向她爬去，一屋子的人全乱套了……。

这是虎狼世代，人人鲜廉寡耻，人只分有钱人和没钱人两种，我们也未能免俗。一夜狂欢之后，醒来已是第二天下午。我们一个个头昏脑涨，吃了点东西后，我提议："这岛上有路，应该会有人家，我们不妨顺着路走，看看前面到底是什么。"大家都觉得有理，于是收拾帐篷、太空被，背起行李，一队残兵败将继续上路，向着未知的前方挺进。

午后的荒山很安静，陌生的山野之上，写满神圣启示，杂草和树木都明白日光下存在的意义，只有人类不明白。周建勇的手不安分的搭在亚萍的肩上，他们有说有笑的走在最前面。王明夫妻安静的跟在后面；陈静感冒了，偶尔发出几声咳嗽。我搂着刘

婷婷的蚂蚁腰，走在最后面。刘婷婷昏昏欲睡的靠着我，半眯着眼睛，这眼神太妖，我好像被利箭射中，虽说是在温暖的初夏，还是打了个寒颤。

都说独自莫凭栏，容易神伤，你又为何，要在深夜独上高楼，调弄琴弦？唱：

春花秋月的哀愁，

已随古人远去，

那么遥远。

现代夜空下的都市，

云鬓散乱，

步履踉跄，

如同醉酒的少妇。

再无哀愁，

再无哀愁。

美丽的夜空斗转星移，

如烟花般灿烂，

在夜空之上，

在那寒冷的夜空之上，

还有审判。

有道是，山重水复疑无路，柳暗花明又一村。我们顺着山路，一直走到山顶，才发现，在山的另一面的山脚下，竟然有一个渔村！几十户人家，散乱的分布在岛上，石头搭建的小码头边，停着几艘渔船。村子内外到处盛开一种深蓝色的无名岛花，这里一簇，那里一群，好像夜色下捉迷藏的海岛姑娘。那种触目惊心的深蓝色火焰，给傍晚的海岛披上了一层神秘面纱。我见这花似曾相识，却想不起来在哪里见过。

234

等我们下到山脚，天快黑了，我们这支七零八落队伍，在渔村前停了下来。女士们整理一下凌乱头发，检查一下胸罩有没有扣好，裤带有没有系紧，男士们则照照镜子，捋捋头发，看看脸上有没有口红什么的，我们是城市人，可不能在乡村人面前丢了素质。

海岛上没电，这些偏僻的地方往往都是日出而作，日落而息，一到晚上便早早睡觉了。亚萍最怕狗，看着黑漆漆的村子说："等会儿不会突然窜出一条看门的大黑狗来吧？我不走前面，你们先走！"于是男士们走前面，女士们走后面。

来到村口的时候，天已经完全黑了，我们想找户人家打听一下情况，突然从暗处窜出一只东西，挡在我们前面，一动不动，一声不响。把我们吓了一跳，果然被亚萍说中了，大黑狗看门？手电一照，不是大黑狗，是只大黑羊！古书记载，狗是凶恶之物，羊乃吉祥之物，既然是羊挡路，那必然是好兆头。

我们打算从羊身边绕过去，这时迎面走来一个人，说："朋友，你们从哪里来？"我们回答说："你好老乡，我们从杭州来，是到这里来旅游的。"那人说："即然羊拦住你们，你们就暂时不能进村，先要到那边水塘洗个脚，以示洁净，才可以进村。"我们一听，还有这风俗！那就入乡随俗吧，这个偏远海岛果然有点意思，即然我们是来旅游的，那么这些风俗正成了我们旅途中的，一道风景。

几个女人欢快的跳着叫着跑去洗脚，男士跟在后面，等我们洗了脚，再转回来，想找那人打听一下村里情况，那人和羊却都不见了。奇怪啊，大家四下寻找，哪里还有半点人影？村里有几个屋子亮着微弱灯光，周建勇小声说："这个海岛有点不正常啊！昨晚是来无踪去无影的声音，现在又是来无踪去无影的人和羊，难道这是一闹鬼的荒岛？"这么一说，大家都紧张起来了，看看夜色正浓，四周黑漆漆的，几乎都不敢进村了。

　　我更害怕，因为昨天光天化日之下我就见过一个，我说："昨天中午，在大石头上还有一个呢！你们都忘记了？"刘婷婷说："那个不算，我们大家都没看见，是你的幻觉而已。"靠！真是死无对证啊，也不叫死无对证，反正是无语了。

　　王明摸着陈静的额头问："怎么样？有好点了吗？"陈静虚弱的摇摇头，大概感冒加重，开始发烧了。我们商议，还是得找户人家问问，这些偏僻山村，往往都有治病的土方子。于是就朝着最近那户亮灯的房子走去。

　　走到边上，王婷婷提议："大家先不要敲门，看看窗子里的情况再说，万一是什么鬼怪，也可以悄悄退出来。"大家都有同感，就悄无声息的摸向窗口，探头朝里望去。一看还真吓一跳，只见里面跪着六七个人，围成一圈，个个口中念念有词。我们吓呆住了，这是什么情况？巫术？僵尸？如果被他们发现了，我们还有活命吗？

　　周建勇悄悄说："换一家看看。"于是又潜到另外一家，也是从窗户探头往里看，这一家是一个人，对着墙壁跪在那里，同样口中念念有词。大家不约而同的说："这是单个的。"我们决定最后再找一家，如果都是这样的，那就退回山里，搭帐篷露营算了。

　　再找到的这一家，窗子比较高，因为附近好几家都是挂着窗帘的，只有这家还没有拉窗帘。我们四下找了找，发现另一头的院子门口有条木凳，就搬过来垫在窗下，王明个子高一点，就让他站上去。他探头往里面看了一眼，说："有一个女孩在看书。"我们都怀疑他的话，周建勇又站上去又看了一遍，跳下凳子说："恩，是有个女孩在看书。"

　　我虽然相信他们的话，但是也站上去看了看，看到一个姑娘坐在那里，披肩长发遮住半边脸，正在煤油灯下看书。我下了凳子，大家商议，觉得这个还算比较靠谱，应该没什么问题，一致决定，

敲门。

敲窗总觉得不礼貌，我们走到门前，敲了三下。里面应了一声："谁呀？"过后门就开了，果然是那个姑娘。她一看到门外的我们，一群星夜出现在家门口的，七零八落部队，顿时懵了！好一会儿才回过神来："你们是……"刘婷婷上前说："不好意思，这位姐妹，我们是来岛上旅游的，从杭州过来的。"

偏僻海岛，从来没有旅游的人来过，如今突然从天降下来我们六个，而且是在夜里，这确实使人反应不过来。好一会儿，她总算回过神来，跑回屋里，冲房间里喊："爸！妈！来客人了，快点起来，来客人了！"只听见里面有人说话的声音，然后灯亮了，一阵摸摸索索之后，出来一对五十岁左右的中年夫妻，看到我们这群奇怪的旅行者，同样是懵了！

问道："你们是……"那姑娘就替我们回答了："他们说是从杭州来这里旅游的，晚上没地方住了，要不就住我们家吧？"

中年男人总算明白过来："哦，原来是这样！那快请进，请进！原来是杭州来的客人！我们小地方，没见过世面，只怕招待不周啊！"我们都说："太客气了，有地方睡我们就很高兴了，真是太谢谢你们了。"说着，我们把行李放在院子里，带了几个随身的小包，就进了屋。

听说我们还没有吃饭，那对夫妇连夜洗菜做饭，接着便要杀羊。我们赶紧拦住，这可使不得！现在市面上卖的都是饲料羊、激素羊，象这样全野生的山羊，放在杭州，那可就是五千元一只哪！再说天已经黑了，杀羊、清洗都看不清楚，等全部弄好烧熟，天都亮了，怎么可以这样烦扰人家呢？我们坚决不同意！

最后杀了一只鸭子。饭间，我们不由的问起："大叔，旁边那房子里的人，他们聚在一起是干啥？""哦，你是问这个啊，是祷告！我们这里都是信神的基督徒。"中年男人告诉我们。"哦－－－，是这样。"大家总算明白了，但是仍然有问题："那

我们在村口碰到的那个人和羊，还有洗脚礼，是怎么回事？"我们就把村口碰到的事情，跟他们详细说了一遍。关于这事情，他们也不知道了。

吃过晚饭，收拾好碗筷桌子，中年夫妇先向我们告辞，他们晚上住到邻居家里去，房间就让出来给我们了。最后那姑娘也要离去的时候，陈静叫王明问她："请问你叫什么名字？你们这里有看病的吗？或者给点药也行，她感冒发烧了。"王明指指陈静。"病了？"那姑娘迟疑一下，说："我叫杨雪燕，他们都叫我燕子。"就走到陈静跟前，把手搭在她的头上，口中开始念念有词起来。不一会儿，说了一声："阿们！"放开手，然后就见陈静兴奋的跳了起来："我的病好啦！"把我们大家看的目瞪口呆！

"神医治她了，神也会拣选你们的。"姑娘神秘的一笑，走了。留下我们一屋子人，大眼瞪小眼，半天没有回过神来。这是什么样的人啊？这绝对不是寻常的村子，不，连整个岛都不寻常。

我打量一下房间，比较简陋，没有电视机，也没有别的电器，因为连电也没有。除了渔家的一些生活用品，就两张床，姑娘房间一张小床，父母房间一张大床，还有一张夏天乘凉用的竹躺椅。陈静说："晚上大家就不要闹了，这是人家的床，不要弄脏了地方，明天早上都没脸见人了！"说完就拉着王明去了隔壁的小床，剩下一张大床给我们，刘婷婷主动提出来："我睡竹躺椅好了。"就放上被子，躺了下去。我们三个睡大床，太累了，沾着床就迷迷糊糊睡过去了。

黑暗中，床好像在动，我觉得自己乘着一艘小船，在无边无际的海上漂着，那么渺小，阵阵海浪打来，快要将我的船掀翻了。刘婷婷忽然从椅子上一跃而起，"啪"开了灯，我也醒了，转身一看，只见亚萍和周建勇正抱作一团，只剩下裤衩了。刘婷婷冲上来对着亚萍的屁股，打了一巴掌，说了句："骚货！"然后，我就突然被抱住了，有个温润的东西贴在我嘴上。

正在这时候，不知怎的，有冷风从门缝里，窗户缝里，四处吹进来，灯忽然灭了！然后窗户被"哗！——"的一下吹开了，刺骨的寒风夺窗而入，直吹的我们一个个浑身发抖，牙齿打颤。有严厉的声音从窗外传来："这是圣洁之地！床也不可污秽！"那声音大而可畏，好像空中打雷一般，吓得我们心惊肉跳，觉得自己几乎要被那天雷从地上除灭了。声音过后，风渐渐小了，直至隐去。

我们一个个吓得脸色发白，瑟瑟发抖，彼此面面相觑，刘婷婷赶紧跑回竹椅："还不快睡！这个岛有问题！"说完钻进被子，蒙住了头。我巍巍颤颤的走过去把窗户关好，然后回来倒头便睡，一夜无话。

早上起来，已是八九点钟了，问陈静他们那边，却是啥都没听到，一觉睡到大天亮。那姑娘早早的来给我们做好了早餐，又出去了。我们胡乱吃了几口，一行人出来，在村子里四处闲逛。村里的房子都是简朴的矮房子，最多两层楼，村里没看到狗，羊却不少。

在这岛上放羊真是个好主意，随便往山上一扔，等吃饱了草，晚上赶回羊圈，也不用担心盗贼来偷，各户自己的羊做个记号就可以了。到处都有的麻雀，这里也有，在树上得意的叫着，不知道怎么来的，也许从船上偷渡过来的，也许一直就有。

我们走到一个大房子跟前，王明指着那里面说："你们看，那房子里聚集了一群人！"顺声望去，只见那房子里满是人，整齐有序的坐着，听台上一个人在讲课。我在人群中寻找昨晚的一家人，他们正坐在人群的中间，那个姑娘一头柔顺的长发安静的披在脸上。我们没有惊动他们，继续往前逛去，海风吹来，带着一股淡淡的鱼腥味。

为了多得几辆银子，
有客商风尘仆仆的赶

路。在深山中迷失了方向，误入一个地方，与外面世界迥异，顿悟此生之荒谬，遂抛却万贯家财，再没回来。有山中樵夫高歌为证：

云淡风轻，
阳光遍染层林，
天边鸥鸟飞尽。
沧海浮生梦一场，
此岸彼岸两茫茫。
梦中不知身是客，
且把他乡作故乡。
此情景，
曾相识，
田园依稀近在望。
借问路边童子，
这是何方国度？
蓝色花开，
羊群遍地，
牧歌悠扬。

前面有一条小路，通往海岛的山上，亚萍见那山上有许多野花，就提议："我们去山上采些花来吧！"爱花是女人的天性，护花是男人的职责，通往山上的小路，崎岖而又浪漫。

我们停停走走，一路欢声笑语不断，又拿出手机拍照，要把这转瞬即逝的青春留住，却留不住。那些野地的鲜花，在岩石间，草丛中，恣意生长，嬉笑摇曳。浑然不知白日将尽，黑夜来临，身后

还有多少个酷暑严寒的日子，在等着它们，直至历经沧桑之后，寂然老去。在一处山涧的小溪边上，我们看到一户人家，倚山而居，屋旁四周开满那种深蓝色岛花，正是：

> 野树山花相对眠，
> 不知世间是何年。
> 人家住在西山下，
> 几度夕阳落窗前。

这屋子，引起了我们的兴趣，大家不由自主的朝那房子走去。走到跟前，突然从那木柴围成的院子里，跑出一个十多岁的小孩，冲我们嚷嚷："阿太！他们来了！他们来了！"我们互相看了一眼，奇怪，他怎么知道我们会来？站在门口，几只羊冲我们顶角，堵在那里，不让我们进去。

小孩就在门口对我们大声说："陈静，王明，张伟，你们可以先进来，其他人等会进来。"听他这么一说，好像早就认识我们了，我们大家都震惊了！他怎么可能知道我们的名字？正在疑惑间，小孩挪开一只羊，放我们三个先进去，然后仍然放回羊，堵住了他们三个，他们三个还在震惊中，回不过神来。

我们进到那屋子里，这是一间简陋的渔家房子，里面有一个很老的阿婆正在烧菜。见我们进来，露出满是皱纹的笑脸："你们好啊！午饭已经预备好了，我们乡下地方，小菜烧的不好吃，请多担待啊。"我们一看桌上，哇，一大桌丰盛的小菜！螃蟹、墨鱼、海虾、青菜鸡蛋汤等等，尤其是那大盆的纯野生炖羊肉，热气腾腾，使人垂涎欲滴。

我好奇的问："阿婆！你怎么知道我们的名字？是雪燕告诉你的吗？"阿婆老了，没注意我的话，停了手中的活，从口袋里摸摸索索掏出三个小红包，神秘的塞给我们："一人一个，你们都是弟兄姐妹哦，要相亲相爱。"我们看着她那双枯干的手，和神神秘秘的脸，心里有点紧张，也不明白她说什么。

蓝色花岛

偷偷拆开那纸包，是木头做的小小十字架，三个人都一样。我们彼此对看了一眼，心里说，阿婆老糊涂了吧，塞给我们这东西做什么？这时，阿婆打发小孩去请他们三个进来。他们三个一进屋，也是"哇"的大叫一声："这么丰盛的小菜啊！"阿婆也塞给他们三个红袋子，偷偷打开一看，是非常美丽的贝壳。我心里说，还不如给我贝壳呢。

眼看到了午饭时候，阿婆的孙子、媳妇从外面回来了，两个都是本分人，不怎么爱说话，只是一个劲的劝我们吃菜。席间，我又问："阿婆！你好像知道我们今天要来，这是怎么回事呢？是雪燕告诉你的吗？"阿婆笑笑说："当然知道啦，我们村子很少来客人的，来客人这么重大的事情，神肯定要给我启示的。"

周建勇插一句："神？神是什么意思？"阿婆的孙子解释道："神，就是神明，创造天地万物的神。"周建勇大致听懂了："哦，就是神仙，真的有神仙啊？"

阿婆继续说："我前天晚上做了个梦，梦见你们了，便尊着神的指示，在今天早上给你们预备午饭。能够接待远方来的客人，这是我们村里的大喜事，真是太高兴了。"我说："好神奇啊！"大家都纷纷觉得不可思议。周建勇却附在我耳边说："这肯定是雪燕告诉她的，这么简单的事情，用脚趾头都能想到，否则没法解释，你还真当有什么神啊。"我不置可否，雪燕也不知道我们所有人的名字呀，人家老阿婆也没理由骗我们啊，都这年纪了，图什么。

其间，我忽然想到一件事情，便从口袋里掏出一封信来，这信我还没开封过："这是一位朋友的信，里面有张照片，不知道你们是否认识那照片上的人？"说着便撕开信封，里面倒出一封信和一张泛黄的老照片。阿婆的孙媳妇顺手拿来观看，不由惊呼一声："这不是海燕姐吗？是谁给你的这封信？"我便把川藏线上遇到的事情，前后经过说了一遍，当然，中间把史千红给省略了。

最后我说：“这就是我们来岛上的原因。”阿婆的孙媳妇，听完我的一席话，又拿起照片，不禁感慨万千：“天哪！真是天意弄人啊！你们竟然是为海燕姐来的！这里面还有一段故事，这说起来话就长了。”接着便给我们讲了一段往事：

“那是二十多年前的旧事了。照片上的人名叫海燕，那时候还是个姑娘。一天，岛上来了一个外乡人，从大陆过来的，也像你们这样，是来旅游的。不知道他是怎么来到我们这岛的，他从山的另一边上的岸，翻过山岭，进到了我们村。在村口第一个遇见的，就是海燕姐，海燕姐就把他带到自己家里，一住就是几天。期间又带他跟村里人都认识了，俩人形影不离，村里人都在说，海燕找了个男朋友。

可其实，人家毕竟只是来旅游的，待了几日，爬够了山，拍了几张照片，就回大陆去了。唉，可怜的海燕姐啊，自打这人走后，便日思夜想，接连几天茶饭不思，神情恍惚，最后竟然抑郁成疾，病死了，临终还在叫着那人的名字。这事情，我们全村都知道，那个时候我还只是十多岁的丫头呢。”

听她这么一说，我赶紧把信拆开来：“我们且看看他信里怎么说。”众人都聚过来看，只见上面写道：

“海燕，见信好！一别数日，甚是想念，难以忘记你的笑容。那天你手持杜鹃花，跟我一起爬山的身影，一直留在我的脑海里。那日的天空很蓝，我永远无法忘记，那些开满海岛、开满村子的蓝色岛花，岛上阳光映红了你的脸，你的笑声传遍山谷。

你是岛上最美丽的精灵，是我心中的圣洁天使，我为自己的迟疑不决而后悔。你那天说要跟我去大陆，我说要考虑考虑，毕竟我们认识才只有短短的两天时间。

现在我非常后悔，离开你之后，我这才发现所过的所有年日，都毫无意义，加起来，也比不上和你在一起的两天！我非常后悔，因为我已经找不到来时的路了！几年过去，你在我脑海里的容颜，

却更加清晰。我喜欢旅游，每到一处，我便留下一封信给你，希望你能收到。我在信末留了电话，收到请立刻电话我。祝，合家幸福快乐！建文献上！"

读完信，我有些眼角湿润，原来野驴大哥走遍世界，不是在寻找风景，而是在寻人啊！王明想起来说："我们来的路上，遇见一块墓碑，上面好像写的是'海燕'两字。"阿婆的孙媳妇马上说："是在山那边吧？就是她的，按照她的遗愿，立在那个游客上岸的地方。"大家听完，都沉默了。

这信也算是送到家了，只是没想到，是这么个结局。本想照着信上的电话号码，给野驴大哥打个电话，可这里没有信号，只好等回到大陆再打。大家吃完饭，一起帮着收拾了碗筷，我们要留钱给他们，一家人坚决不收，只好感谢着出来了。阿婆的孙子、媳妇、重孙，一直把我们送到山脚才回去。

生命之门

　　我们沿着沙滩一路走去，美味的海鲜和羊肉，还在肚子里运行，从来没有吃的这么舒服畅快，这一餐饭如果放到杭州，起码得八仟元。那可是纯野生的，没有一个小菜是养殖的。我们唱着'外婆的澎湖湾'，晃晃悠悠的循着沙滩漫无目标的一路走去。周建勇说："这个海岛不错，等我有钱了，我要在这里盖一套房子，作为度假之地。"

　　陈静挽着王明的手臂应道："好啊，等有了钱，我们每人都盖一套，也做一回蓝色花岛岛主，过过神仙一样的日子。"我说："你们都买地盖房，那我也要买一块地，死后好葬在这里，每天对着青山海鸟，涛声依旧，可以安息了。"大家竟一致同意，觉的我这注意太美妙了，看来能聚在一起的都是同一类人哪。

　　我们在岩石之间攀爬，周建勇指着前方说："大家块看，前面有个小孩在跑！"我们顺着那方向看去，只见有个浑身发光的小孩，很快跑进山脚的岩石缝里，不见了。我们立刻向那岩石缝追去，后面亚萍在叫："等等我！不要把我丢下呀。"周建勇最先追到那地方，人一闪就没影了，等我们赶到的时候，才发现那是个拐弯，周建勇还在前面跑。忽然，在拐弯处，他停住了，呆呆的站在那里。

　　我们急忙赶上去，眼前的景象使我们都惊呆了：无数放光的小孩，在一个美丽的幽谷里，飞来飞去，跑来跑去，嬉笑玩耍，在靠近幽谷岩壁的地方，还有一大团刺目的光球，停在那里，看不清楚是什么东西。

　　有几个发光小孩好奇的朝我们走过来，在不远处停住了，那小手小脚嫩白嫩白的，圆圆的脸蛋，乌溜溜的眼睛看着我们。见他们不敢过来，我们就走上前去，还没来得急开口，他们突然发出一阵欢快的笑声，呼啦啦一下全跑光了。然后整个幽谷里的小孩都飞了

起来，如同一块发光的云彩，向天上飞去。那些笑声飞出很远还能听到。最后越飞越远，不见了，剩下那团刺目的光球，还在岩碧上发光。我们都不敢靠近了，生怕吵醒它，等会也飞走了。

岩壁上刺目的光球渐渐淡了，在光球所在的位置出现了一扇木门，这门古朴典雅，上面绘有各种图画，门首写着四个字'生命之门'。门和其上的字，在岩石树木之间，默默静立，透着一种宁静、安详的气息。我们全都看的呆了，周建勇走上前去，一推，那门就开了。展现在我们面前的，是一条青草小路，路边有野花和树木，我们全都进了那门，顺着小路往前走去。

前方豁然开朗，有一个大湖出现在眼前，我们正是处在山腰的位置，便顺着山路走下山来。及至来到山下湖边，但见那湖水清澈碧绿，四周山谷空旷，喊一句话便回声不绝。湖畔野树闲花生长茂盛，谷中山鸟蜂蝶争鸣，周围高山耸立，静默不语，千百年来的淡淡忧愁，化作了漫山遍野的一棵棵山树。

我们沿着湖边的小路前行，湖水苍茫如烟如雾，有山鸟的鸣叫从苍凉幽深的山谷传来。周建勇打头阵，我垫后，其他的人走中间。因为路很小，只够一个人走，我们排队行走在这迷梦般的瑰丽山野。路边长满的杂草鲜花，纷纷伸出枝条，要挽留我们的脚步，为什么行色匆匆，为什么总要寻找远方？来吧朋友，请停下你的脚步匆匆，在这玫瑰色的诡秘山野，这里有永恒的宁静与安息。

前方似乎有人声传来，我们循声找去，远远看见有几个小孩在湖边嬉水。走近了，那喊叫声、说话声更加清楚，在山谷间回荡。刘婷婷说："你们看，这里有人！"我们一齐朝小孩喊："喂——，小朋友！你们家住在哪里呀？"小孩听到喊声，看见我们了，他们彼此互相对视，似乎很觉惊奇。

正当我们快要走近的时候，忽然全都嬉笑叫喊着跑开了。一眨眼的功夫，消失在山谷里，不见了，只剩下那欢快的笑声还在谷中回荡。我们一行人，呆呆的站在小孩玩水的地方，怅然若失，谁也

搞不清那些小家伙跑去了哪里。不知是谁提议道："我们不如朝着小孩的方向走，也许能找到人家。"大家都觉得这个主意不错，便朝着那方向走去。

走了一段路，前方果然听到一些声响，从那草木茂盛的幽静处传来。我们走至跟前，发现原来是一对夫妻，正坐在田边闲聊，干活歇息，互相帮着对方擦汗。见到我们，感觉很惊讶，我们便上前自我介绍："老乡你们好，我们是从外面来这里旅游的，路过这里。"夫妻两人明白过来，极力的邀请我们去他们家里作客，我们正有此意，便随他们来到一个房子前。

那房子建在山脚下，松林溪水之间，夫妻二人在此居住久矣。每天闲看山间白云，野鸟飞远，从来不知世道人心，也不懂人间沧桑，就像是此地群山的一部分，活着快乐宁静，死了祥和安息。房子是由树木竹子搭建而成，他们的人生很简单，此刻再增加一件美事，就是接待我们这些远方来客，这成了他们人生中一件荣耀的大事情。

夫妻两人会做一种植物制作的小吃，我们闲坐期间，锅里的食物清香弥漫，满是芳草鲜花的气息，甚是醉人。及至蒸熟，端上桌来，众人一品尝，味道绝是佳美。又去屋后的园子里，摘了许多不知名的山果分给大家，夫妇俩人不善言辞，但看得出他们比我们还要快乐。这是他们一生都难以忘记的快乐时光。夫妻两人强留我们住宿，我们大家见天色尚早，本是出来旅游的，就辞别夫妇二人，继续赶路。远远回头，那夫妻二人还在那里向我们挥手致意，如若只有我一人，我便永远留在此地算了。

我们行走不多一会儿，天色渐渐暗下来，便有雨点滴落在我脸上，又打在前面刘婷婷的衣服上，我说一声："不好，要下雨！"大家赶紧找地方避雨。周建勇提议："我们出来没多久，不如回去那夫妻家里躲雨，等雨停了再走不迟。"大家都觉得不错，便又往回赶。

可是山野之中，本没有路，大家找来找去，竟再也找不回原来的地方，也不见了那夫妻和田地。那夫妇、房屋、田地仿佛是群山幻化而成的一般，此刻又归回群山去了。众人正焦急之间，山谷的雨拉起一道道雨帘，哗哗的倒了下来，最后成了倾盆大雨，我们赶紧钻进旁边一处树林。

片刻之间，天空乌云密布，电闪雷鸣，全地都昏暗了。我们头顶不时的有雨水从树缝间流下来，落在身上，大家各人抹着脸上、脖子上的雨水，望着外面好似黑夜降临的山野，不知道这雨水何时能停。

我们一个个在夜幕下的山林中发抖，好像远古的原始人类。山鸟纷纷归巢，夜归的鸣叫声响遍树林，而我们这些流浪的人，却不知道家在何方。闪电在天边闪现，接着就是一声惊雷从天而降，我们6人全都吓得面如土色，又无处可逃，惶惶然，似乎在等待上天的审判。

又一个闪电亮起，从天的这头直亮到那头，接着又是一声可怕的雷声，仿佛要把地上的族类全都除灭，大雨顿时倾盆倒下。借着那亮光，我们分明看到，在茫茫大雨中，隐隐约约走过来一个人。那人头上顶着什么东西，由远至近，走至离我们十米开外的地方，似乎匆匆要从我们前面过去了。我们赶紧纷纷伸手招呼："哎！朋友！请等一下。"那人在大雨中停下脚步，看见了树林中的我们，转身朝我们走来。

走到跟前才看清，原来竟是一位姑娘，面目清秀，留着辫子，穿着一件旧时农村姑娘穿的那种格子衬衫，下身穿着一条军绿色长裤，头上顶着一片大荷叶。我们赶紧问她："姑娘，你好！请问这附近有什么村庄吗？我们好去避雨。"姑娘腼腆的笑笑，指了一个方向，说："前面就是。"

我们想跟她出去，但是苦于没有荷叶当伞，又问："哪里有荷叶？"姑娘指了一下湖边，说："那里有。"我们放眼望去，果然

有许多大荷叶长在远处的湖边，刚才怎么没发现呢？不管了，我们三个男的冒着倾盆大雨，飞奔过去。

到了湖边，那荷叶真大，足足有雨伞般大，每人下水采了两片大荷叶，跑了回来。然后大家跟在姑娘身后，一路向村子走。期间我们边走边谈，并无拘束，倒好像久别重逢的故人一般，甚觉亲切。

来到一个村庄地带，雨也停了，姑娘指着前面一间房屋说："我叫秀月，这就是我家，大家进来坐坐吧。"说完，笑着跑进屋子去了。

我们跟着进了那屋子，屋里有一对年老的夫妇，穿着陈旧的五六十年代的衣服，见我们进来，便热情的招呼我们住宿。我这才发现，原来已经是夜晚时分了，各人觉的又累又湿，匆匆擦洗一下身子，便全都挤在仅有的一张大床上呼呼大睡。

第二天起来，跟屋主告别，刘婷婷随便问一句："咦？怎么不见秀月姑娘呀？"老两口一听，顿时惊呆了！瞪大眼睛盯着刘婷婷，嘴角哆嗦了许久，问道："你们认识小月？"这下我们大家都奇怪了，纷纷说道："昨晚不就是她带我们来的吗？她自己告诉我们，她叫秀月。"

老两口越发的激动了，转身进屋，拿出来一张画卷，我们一看，正是昨天那姑娘！老两口不由的放声大哭："小月啊！你回来看我们来了！你终于回来了……"一看这场景，我们大家都明白了，不由的眼眶一红，纷纷掉下泪来。

后来从老人口中，我们才得知，原来这叫秀月的姑娘，早在很久以前，不慎落水，在湖里淹死了。我们安慰老人良久，告诉他们，昨晚秀月确实回来看你们了，众人都可以作证。老人闻言，不禁甚感安慰，我们于是告别二老，继续向前走去。一路上，我的脑海里，总是浮现出秀月姑娘的一颦一笑，久久无法消逝。

我们沿着山脚往前走，山间小路上，星星点点的野花遍布，透着各自芬芳，它们知道许多大山的秘密。前面山谷隐约有歌声传来，我们加快脚步走至近前，在一处空旷之地，有男女数人，围成一圈

载歌载舞。身穿异域服饰，弹奏的乐器、曲调，也与当今世界，截然不同。

我们一行六人，好像被催眠了一般，没有一个人说话，都被眼前的景象惊呆了，这是何方国度，悄然降临在这绮丽山谷？人们跳着绚丽缤纷的舞蹈，齐声歌唱：

……

浩瀚星空，

日月轮回，

为何闪烁在苍穹？

哦，

原来只是那荣耀国度的，

一件外衣。

看哪，

这里有更耀眼的光辉，

远胜过那繁星点点。

山林原野因爱生，

人间万事转头空。

遍地的繁华闪耀，

枪炮冰冷，

最后都成了，

你婚宴上的鞭炮管乐。

你的国度没有穷尽，

你的政权直到永远。

……

正当我们看的入迷，那跳舞的人群中，有人发现我们了，高声叫道："你们看！那边有人！"虽然语言不同，但是我们彼此却都能听懂对方的意思，非常奇妙。他们看我们也是一群奇装异服的人，便明白我们是来自异乡国度。

　　领头的一个人邀请我们过去，坐在他们中间。献上一盘羊肉，然后围着我们，每个人都给我们敬酒，敬完酒又围着我们跳舞，一边放声歌唱，两边奏乐再起，这次的歌声更加悠扬、奔放。

　　我们背靠背坐成一堆，彼此相视一笑。唱歌跳舞的欢迎仪式结束。众人簇拥着我们来到他们村子里，但见房屋建筑都隐藏在遍地的鲜花、树木丛中，空气中透着清香。

　　众人引我们去见他们的首领，我们来到一个厕所跟前，我问："不是去见首领吗？领我们到厕所来干什么呢？"众人都笑了："我们的首领就在里面打扫厕所，在我们这里为首的必做众人的仆人，为大的必做众人的佣人。"

　　我们走进厕所，里面有个老头在擦窗子，窗子已经非常干净了，他仍在仔细的擦拭，要擦到一尘不染。见我们进来，一个个穿着奇装异服，先是感到诧异，继而对我们笑笑："你们好，外面来的朋友，欢迎你们来到我们这里。"说着，放下手中的活，带我们去参观村子。

　　这村子民风淳朴，大家干完自己的事情之后，都在帮助别人干活，他们觉得最快乐的事情，不是自己拥有多少，而是能够帮助别人多少。这里没有钱财，也不以财富的多少来衡量一个人的价值，在这里最有意义和价值的事情，就是领悟和付出爱。

　　前面出现一条小溪，几个妇女在那里洗衣服。首领介绍说："这里河水能治病，你们有什么病，在这河里洗一下，就没了。"我们听后，甚觉稀奇。这里的人一天到晚所追求的，不是这家有多少钱，那家有多少地，他们以能帮助别人，为最有意义的事情。我们到了这里，人们都争着抢着，把家里的好东西送给我们，这样他们身上的荣耀就越耀眼。这不是肉眼能看见的光芒，而是指每个人身上所散发出来的幸福气息。

　　我看看亚萍，怎么变的这么难看？身上一点荣耀也没有，又看看周建勇，更难看了。我们六个人忽然发现，彼此怎么都这么丑陋

啊？我不禁问带领我们的首领："朋友，我看看你们这里的人，越看越美丽，怎么看看我们自己，越看越丑陋？"那人回答道："这是国度不同的缘故吧，在你们那里以为美的，在这里都成了丑的，在你们那里被人嫌弃的，在我们这里却能散发出耀眼的光芒。你们整天追求的，是我们这里看为丑陋的东西，那你们当然是越追求越丑陋了。"哦，我们大家总算明白了。

这时，身边走过一个洗衣妇女，脸上带着美丽的光辉，体态婀娜多姿，细腰丰臀，我心想："那衣服里包着的，得是怎样迷人的身段啊？"就这么一想，只觉的脸上青了一块，赶紧问亚萍："我脸上是不是青了一块？"亚萍皱着眉头看我一眼，说："是的！难看死了！"

而我又发现刘婷婷的脸上，忽然紫了一块，忙问她："刘婷婷，你刚才在想什么？"刘婷婷说："我看那女人脖子上的项链挺好看的，如果送给我就好了。"这么一说，那脸上就更紫了。大家各人彼此越看越难看，也都知道是怎么回事了。

跟他们待的时间越久，他们各人身上散发出来的荣耀就越强烈，而对照之下，我们六人则显得灰头土脸，越来越丑陋。我们越丑陋，他们越发要给我们加上荣耀的装饰，而这样更显出我们里面的丑陋。终于，我们六个人受不了了，这地方的光芒太刺眼，叫人浑身不自在，我们谢绝了众人的挽留，逃也似的，离开了那村子。

一走出村子，晴朗的天空便暗了下来，转眼乌云密布，遍地又黑暗了。这里的天气多雨善变，眨眼之间，又是雷声大作，哗哗的大雨倾盆而下。我们远远看到前面山脚有户人家，便向那屋子跑去，来不及多想，推门进屋。

屋里有个小男孩正在煮毛豆，见我们这么多人进来，又看看外面倾盆大雨，知道是来躲雨的，慌忙拿来毛巾递给我们。我们各人忙着擦拭身子，又换上男孩递给我们的干衣服，这衣服分别是他父母、爷爷、奶奶的，谁叫我们人多呢。

正当大家手忙脚乱之际，黑黑的里屋，走出来一位老人，须发都白了，留着山羊胡子，慈眉善目的冲我们呵呵的笑。小男孩赶紧说："这是我爷爷！屋里还有我奶奶。"我们大家都见过了爷爷，老人沙哑的嗓音，热情的冲我们说："呵呵，小朋友们好！你们是从外边来的吧？呵呵，打从我记事起，就听老人们说，外边还有世界，今天竟然亲眼见到了！"老人有点激动。一时间，大家彼此介绍，亲切的交谈起来。

原来男孩名叫天乐，是老人最小的女儿的儿子，老两口一直跟着小女儿住。这会儿，天乐的父母正外出干活，还没回来。屋外风雨大作，黑的跟夜晚一般，凉凉的山风夹着雨，通过门窗的缝隙，吹进屋来。老人聊久了，有些疲倦，进里屋歇息去了。

天乐给我们放上一盏发光的灯，其实就是一块石头，会发光的石头。大家围坐在桌子边上，畅谈古今中外各种奇闻异事，边上的天乐听的津津有味。屋外狂风骤雨，屋内秉石夜谈，山乡野村多荒谈，古林深处有知音，个中境界，非终日铜臭满身物欲熏心者，所能明白也。

我走去推开门，顿时狂风细雨吹进屋来，满屋的人喊："快把门关上！"连忙反手关上，独自站在屋外，只见那天色黑的，好像是晚上快要吃晚饭的光景。对面的大山，在风雨中影影绰绰，溪水哗哗暴涨，空气异常清新，溪边树叶飘零，曾经白日里的香草黄花、山蜂野蝶，此刻全都被冲走干干净净。

古语有云，弱水三千，与我何干？但取一瓢饮而已！而今世界浩浩荡荡，宇宙星空浩瀚灿烂，天下万事杂乱繁多，叫人眼花缭乱、耳昏目迷。依我看，都不如此间世界之美妙。凉风夹着雨，打在脸上，对面高山深处，隐隐传来野鸟鸣叫。黑暗中的巨岩，冷峻突兀耸立，松林有意，唱起阵阵歌声，那深山里的世界一定很精彩，这深山中的故事，一定很惊艳。

远远看到山溪边有妇人在洗衣服，这叫我甚觉惊奇，如此风雨

茫茫还洗衣服？那妇人抬头看到我，冲我笑笑。

我回到屋内，说："这样风雨天气，还有人在外面洗衣服。"然而屋里人谈笑正欢，谁也没有听到我说话。天乐已经烧好一锅毛豆，一碗端进里屋，侍奉二老，另外一大盆端上，热气腾腾放在桌上，大家围着桌子吃起了毛豆。窗外风雨大作，屋内石光影影，刘婷婷望着黑茫茫的窗外，欢快的吟了句诗："姑苏城外寒山寺，夜半钟声到客船。"

大家一听，迟疑了一下，继而纷纷取笑她："你什么时候也成诗人了？""寒山寺的溪水有这么响亮吗？""寒山寺的风雨有这么猛烈吗？"刘婷婷这个 18 线的诗人，好不容易想起这么一句，却被众人怼的无话可说，只恨平时看书太少。

我说："这情景倒符合杜甫的《茅屋为秋风所破歌》，只是太悲苦，不如李商隐的《夜语寄北》勉强应景。说到《夜语寄北》，我们在坐的大多背不出来，如今的人活着，除了赚钱，就是花钱，再无别的，谁还记得这些东西？只有陈静却还记得，并且背了出来：

《夜语寄北》
君问归期未有期，巴山夜雨涨秋池。
何当共剪西窗烛，却话巴山夜雨时。

朱唇轻启，一副古典才女模样，有那么一瞬间，几乎征服了在场所有男士的心。刘婷婷和亚萍在一边干瞪眼，说不上话来。在那个世界，她们是主角，而到了这个世界，陈静却成了主角，这是谁也想不到的。

刘婷婷酸酸的说了一句："才女，他们三个的魂都被你勾去了。"一旁亚萍说："一个白天勾魂，一个晚上勾魂，你们能不能留一条活路，给我这个打酱油的啊。"大家一听全都笑了，在这远离尘世的荒山野村，欢笑畅谈，忘了岁月流年、世事沧桑。

妖艳的南柯花

眼看着快到吃午饭的时候，还不见天乐的父母回来。放平日里，天乐也就自个儿烧点饭菜，一家人随便吃点就行了。可今日有远方的客人到访，这可是件大喜事！一定要等他们来，大家一起庆贺一番。天乐便要出门去找，我们本就是出来旅游的，正好借着这机会跟着他到处走走。于是，大家带上各种雨具，随他一头扎进了这风雨满世界的昏暗夜幕里。

我们走在泥泞的山路上，遍地都是被山水冲垮的岩石树枝，潮湿的山风吹来，分外清凉，吹走了一切污秽并世俗的烦恼忧愁。我们这一队人，说说笑笑，吵吵闹闹，行走在昏暗的荒山野地。由于溪水暴涨，溪边的小路也被淹没了，我们跟在天乐身后，脱下鞋子，一个个淌水过溪。

溪水冰凉彻骨，这是荒凉大山的亲吻，我们这些现代人，离开生养我们的土地，已经太久了。淌过小溪，进入山林深处，此时风雨小了一些，天色仍然昏暗，山林的空气荫凉湿润，有清晰的鸟叫声从前方巨岩深处传来，我感受到一种从未有过的心灵宁静。

一行人正走着，前面树林里，传来奇怪的鸟叫声，空洞响亮，在空旷的山谷里回声阵阵。引的我们全都听的入了神，这是什么鸟？正诧异间，前方草丛分明听到有人叫了一声："陈静！"我们不禁惊讶的停住了说笑，全都向那树林里望去。

正当各人凝神关注之际，那空旷的林子里又叫了一声："陈静！"这回听的真真切切，确实在叫'陈静'。周健勇回过头来说："陈静，前面有人在叫你呢！"我们不禁全都大骇："在这偏僻荒山，哪来的人认识陈静？""那么在这山上，到底是什么东西在叫陈静？"

我忽然想到了，说了一句："肯定是山魅！"众人却不明白'山魅'是何物，我便把川藏线遇见山魅的事情说了一遍。陈静闻言，

更是吓得抱紧王明，都不敢走了。走在最前面的天乐，听见我们的谈话，明白发生了什么事，赶紧对我们说："你们是不是听到有人在喊你们的名字？"

我们全都点头说："是的。"

天乐接着说："不要答应！也不要跟着那声音走！若跟它去了，就回不来了。这东西是我们这里的一种植物，叫'南柯花'，一年只开花一天，花开那日，白天妖艳异常，晚上便成了人形，游荡在荒山野岭、岩涯瀑布之间，遇见人就勾了魂去。"

听他这么一说，我们全都害怕起来，不知如何是好。那声音还在前方"陈静、陈静"叫个不停，好像有什么急事，谁知道它竟是急着吃人呢！这会儿哪个敢去答应？大家全都不敢侧目，定睛在天乐身上，一队人笔直朝前走去。

没走几步，声音更近了，就在身边的草丛中，可以感觉到那花非常焦急，犹自叫唤着："陈静！陈静！"这下是听的清清楚楚，明明白白，就在一米开外。那语气，好像是来自某位亲人急切的呼唤，可我们听着咋就觉得这么心惊肉跳呢！众人一个个头皮发麻，脸色铁青，哪里敢去看看它的模样？幸亏有天乐前面带路，否则一个个早吓得跑飞起来了！走出很长一段路，那声音渐渐落在了后面，最后消失不见了。

大家总算松了口气，这时正好遇见天乐的爸妈迎面走来，40岁左右的模样，看到我们一群人不禁诧异，问天乐道："这些人好面生呀，是从哪里来的？"天乐指着我们说："他们都是从远方来的客人，今天因为躲雨来到了我们家。"天乐的爸妈一听，握着前面周健勇的手说："那好啊！欢迎欢迎！贵客请到前面坐坐吧，我们刚盖了新房子，还没来过客人呢！"天乐问："我们家什么时候盖了新房子呀？连我都不知道。"他爸妈一边前面带路，一边说："今天刚盖好的，正要告诉你呢。"

随着山回路转，前面出现了一个美丽的村落，炊烟袅袅，阳光慵懒，几户人家散落在山脚。是谁，弹奏着优雅的琴声，漫不经心

的飘散在黄昏的每个角落。雨不知道什么时候已经停了，风也没了，天乐奇怪的问道："这是哪里呀？我怎么从来没有来过？"那爸妈指着前面空旷地上的桌子凳子，说："你们先在那里坐一会儿，我们给你们找些吃的来。"便走了。

我们坐在那空旷地的桌子旁，围成一桌，大家四下观望这地方，甚觉景色优美。天乐突然大叫一声："不好！中了南柯花的计了！"我们一听到'南柯花'三字，全都吓坏了，忙问道："怎么了？"天乐说道："刚才我们遇见的我爸妈，应该不是我爸妈，而是南柯花幻化成的人形！我们全都上当了！"

大家一听大惊，回想起天乐家风雨大作天昏地暗的情形，而这里却是琴烟袅袅，斜阳脉脉，一派牧歌黄昏景象，真是太诡异了！纷纷问道："那我们该怎么办？"天乐说："找解药！只要吃了那解药，就可以解南柯花的迷障。"便把那解药的模样仔细跟我们说了，大家分头四处找起解药来。这平时并不难找的草药，此时，在这里却一株也找不到。

不知不觉，我们七个人走散了。我来到一块大岩石旁边，四处观看，松树芳草，郁郁葱葱，长满山野，就是不见解药踪影。瞭望远方，夕阳的余晖烧红了天边晚霞，千百年来，这日复一日的暮色黄昏，依旧如此绚烂瑰丽，震撼了一代又一代青春骚动的心灵。傍晚的山风掠过山岗，引的遍野山花摇曳，落英缤纷。这个黄昏太美，叫人不禁流连忘返，几乎忘了是来干啥的了。余晖渐渐暗淡，暮色开始笼罩山野。

高耸的岩崖峭壁，留不住夜幕下最后一抹昏黄，暮色渐渐浓重了，崖上山鸟纷纷归巢，有一只鸟在幽谷中响亮鸣叫。遥望这深山暮归景象，不禁叫人功名利禄顿时弃如草芥，人世烦恼顷刻尽成虚空，只愿相伴那深山绝壁，窥谷忘返，老死林间。

远处山路上，隐隐约约好像走来一个人，因为夜色朦胧的缘故，看不大清相貌，但觉是个女子，身姿婉约，款款行来。及至走到跟前，只见她山花般芳香气质，幽溪般冰雪清澈容颜，眉宇间轻锁淡

淡哀愁。

　　她径自独独而行，并不看我一眼，眼看便要从我身边过去了。我赶紧说道："姑娘请留步！请问这里是何地方？"她停住脚步，上下打量着我，回道："这里荒山野岭的，哪来的何地方呢？这位客官，我看你面容憔悴，定是赶路累了吧？"被她一说，我这才觉得肚中甚感饥饿，说道："确实有些饿了，不知道附近哪里可有人家？"女子指了一下山里，说："里面有人家。"说完便要走。

　　我见她言语温柔，身姿曼妙，不禁心生爱慕，脱口说道："姑娘请留步！"她转过身来："你还有何事？"我说："姑娘容颜美丽，举止温柔，不知道我们何时能再相见？"她一听，顿时红了脸，轻声说道："我还有事情未办，我们如若真有缘，自会再相见。"说完，羞涩的把头一低，便匆匆离去，消失在了昏暗的暮色中。

　　我望着姑娘离去的方向，怔怔出神，怅然若失之间，腹中饥饿感又袭来，就顺着姑娘方才手指的方向走去。一路古道幽静，直通向夜色朦胧的山岭深处。树林间有人影晃动，我好奇走进那密林深处，发现是两个半大孩子在松树间采摘松子，看那相貌气质应该是兄弟二人，大的在树上，小的在树下。

　　俩人看到我，非常惊讶，从没见过我这样的装扮，小的对大的说："哥，你看这人衣服跟我们不一样。"我笑笑问："小朋友，你们在干什么呀？"男孩答道："摘松子。""哦"我见俩人气质淳朴，很觉亲切，又问，"请问你们村子在哪里？我想找地方投宿一晚。"

　　树上男孩指了指前方："前面就是。"我一听很高兴，谢过两个小朋友，继续赶路。不想，小男孩后面追上来，塞给我一包山果，话也不说，丢下一串银铃般的笑声，转头跑回去了。我接过山果有些不好意思，从这么小的孩子手上拿东西，我冲他们喊："小朋友，谢谢你们啊，谢谢。"两个孩子也不回答，只顾在那里偷笑。

　　我吃着山果充饥，一边赶路。走到一个拐角处，不防有人赶着一头牛迎面而来，道路太狭窄，我正思索如何避让，对方却高喊一声："嘚！"一鞭子下去，把牛赶进了旁边的草丛。我连忙快步通

过，待回过头说声谢谢，那人和牛已经头也不回的继续向前走去。

一道小溪横在眼前，溪边花香四溢，水流潺潺，各种颜色蝴蝶纷飞，红的、黄的、白的、黑的，在傍晚中朦胧。有两个很小的小孩在溪边捉蝴蝶，跑着追逐着这些五彩缤纷的梦，远处有外婆的呼喊声传来："该回家啦……吃晚饭啦……"声音遥远呜咽，淹没在夜色中。

我听着那声音很像我奶奶，不觉徒感悲伤，心里说，不如把两个孩子送回家去吧，免得老人牵挂。走至近前，见两个孩子玩泥巴，把手弄脏了。我抓住那小手，放在溪水里全部洗干净了，然后牵着他们的手，一路把他们领回到老人那里。老人一见孩子，非常高兴，强留我吃晚饭。家中还有儿子、媳妇，一家人热情款待，烧了许多小菜，小孩子围着桌子兴奋乱跑，我们象多年重逢的朋友，相谈甚欢。

酒足饭饱之后，大家搬出凳子，坐在院子里闲聊。院子里有一棵高大的桂花树，树荫遮蔽整个院子，透着阵阵桂花香气，有蝴蝶在院中飞舞。附近住着的人，听说有外乡客人来到此地，便三三两两的都来到院子里闲聊。人一多，凳子都不够坐了，一些便站在院子角落里。不论站着、坐着的，大家都因为远方客人的到来，而感到非常欢乐。

彼此交流后发现，这里是没有钱币的，大家都是以帮助别人为快乐，谁若帮助他人是以等价交换为条件，这是非常羞耻的事情。这种低下的思想观念，在这里简直是对'人'这个称呼的侮辱，因为根本用不着交换，别人都很乐意帮助你。

在我们的世界里，用各种手段为自己获取财富、权势，私欲膨胀到畸形，这样的人受到全世界的崇拜，而这样的人到了这里，是被鄙视的。而在我们的世界里，那些扫垃圾的，服务他人的，关爱穷人的，被人剥削的，受人虐待的，在这里将受人尊敬。我回看原来的世界，原来我们一直活在荒谬里，活在黑暗中而不自知。

我在院子里坐了一会儿，初时看众人都象穷乡僻壤里未见世面的人，后来就发现一个个形象高大满有荣光。而他们看我，初时像

一个远方来的贵客，后来就显得逐渐猥琐、丑陋，因为我来自那样的世界，所以他们施与我更多的同情和怜悯，感叹世上竟还有如此污秽的地方。

从四面八方来到院子里的人越来越多，大家都为有远方来客而欢乐，院子里挤不下了，于是众人提议在外面空旷地举行欢迎仪式，因为接待远方贵客是这里的一件大事，比你今天得了多少粮食，收获多少野味，要快乐得多。

众人在空地上燃起篝火，各人都从家里拿出最好的礼物放在我面前，然后就围着我跳舞，逐个向我敬酒，我感受到众人的热情，也欢乐起来。许多人我当时都能叫得出名字，现在却记不起来了。

夜深了，众人为我歇息谁家而争论起来，我刚来的那户人家说："他是第一个来的我们家，理应在我们家住宿。"众人说："他已经在你们家吃喝了，现在轮到我们了。"那这么多人，也分不过来呀，于是大家决定，让我挑，喜欢住哪家就哪家。

他们又围着我跳起了舞，音乐重新响起，欢乐的歌声响彻山野，我真是受宠若惊。一个姑娘跳过我面前，敬了一杯酒，向我抛个媚眼，希望我选她家，咳！你这个人，可别想歪了，这媚眼可不是那个意思哦。一个大爷跳过我面前，敬了一杯酒，拍拍自己的胸脯，希望我选他家，咳！大爷，我可能要叫你失望了。一个小伙跳过我面前，敬了一杯酒，跟我握个手，希望我选他家，咳！朋友，你真叫我为难。

正当我左右为难而又盛情难却的时候，从远处飞来一只长尾巴的红色小鸟，口中叼着一封信，落在我的肩膀上。我拆开信来一看，上面写着："林中一别，甚是想念！请来幽梦谷一叙。落款是，幽梦芸。"看着这一行清秀小字，字如其人。我起身辞别主人和众乡亲，众人仍是热情挽留，怎奈我去意已决，大家只好依依惜别，相约明天再见。

这里的一草一木，人们的言谈笑容，是那么熟悉亲切，我不禁眼眶湿润，心里说，我应该是属于这里的人才是，我不是从外面来的朋友，我是从这里出去的故人，这里才是我的故乡。我一定会再

回来。

辞别众人，我手里拿着一块大家送的会发光的石头，跟着那鸟儿一路走。山路崎岖婉转，意境深远，山上面远远走来一人，肩上挑着一担柴禾，原来是个樵夫。我好奇问道："朋友，这么晚了还在砍柴？"那人一身汗味，并不爱说话，唱歌而去，那歌声悠悠，回荡在山谷：

> 朋友莫问前路远，
> 相逢一笑人世间。
> 何故太匆匆？
> 错把钱来拜，
> 白了多少少年头。
> 曾经夕阳红遍山岗，
> 而今空留歌声悠悠。
> 草木青青，
> 山雀翩翩，
> 岭上的山花儿啊，
> 开在了月光夜。

我随着那鸟儿继续往山上走，山岭幽静，只有自己的脚步和呼吸声在耳边回响，这山爬的好累啊。心灵却如释重负，世上的一切缠累渐渐淡去，渐渐遗忘，一种无法诉说的安息在四处蔓延，我愿意一直这样走下去。

清凉的山风带着雨滴，从山上吹来，打在我身上。要下雨了，我抬头四顾，黑暗中，大山的身影崔嵬，一条山路通向山岭深处。雨不知不觉渐渐下的大了，我要找个躲雨的地方。这时，看到山上有间小屋，就向那屋子走去。渐渐近了，只觉的这屋子有些异样，在哪里见过，小屋门边放着一口水缸。

山岭的小路蜿蜒，向着那似曾相识的小屋，我不停的行走。世界的一切都不再重要，一切都无法搅扰我宁静的心灵。这里的一切都那么安静，连雨声也那么安静，我行走在黑黑的山雨之夜，行走

在故乡的雨夜。

鸟已经不见了，我觉得这里应该就是幽梦谷。喘着粗气，终于来到这似曾相识的小屋跟前。这屋子是由竹子搭建而成，房顶铺着厚厚茅草，屋檐下有一口大水缸。由于雨下的大了，一股雨水正从屋檐流下，落在水缸上，又溅出缸外来。我被雨淋的湿了，来到门前便急着要敲门，却听到屋内似乎传来妇人舒服的叫唤声，深沉悠长。

听着这声音，我迟疑了一下，无奈外面雨下的急，等不了了，心想，这里面的妇人是谁？难道是幽梦芸吗？这样一想，便不等了，直接敲响了那门。

里面的人停住了声音，问道："是谁呀？"我拂着头发上的雨水，说："我是从远方来的客人，路过此地，想躲一下雨。"里面说："你等一下。"然后就见屋内灯亮了，有人下床来开门。

门一开，我赶紧闪进屋里，已然湿透了衣裳。给我开门的男人，见我衣服湿透，就叫屋里的妻子拿衣服来给我换。那妻子在房间里略略整理一下衣衫，从屋内拿衣出来，我特意看了一眼，云鬓散乱，面带潮红，身上透着一种野山的美艳，不是幽梦芸。她把衣服递给我，冲我坦然一笑，并不回避我的目光。

夫妻俩问我有没有吃饭，我忙说："已经吃过了。"等我去柴房换了衣服出来，男子已经叫妻子烫了酒，又取出一叠花生，与我作闲聊的下酒料。我问他们："这里是幽梦谷吗？"丈夫说："正是幽梦谷。""那可听说有个叫幽梦芸的女子，住在此处？"俩人都茫然的摇摇头。

我们一见如故，相谈甚欢，好像多年前就熟识的朋友，妻子不时的在一旁，添酒作陪。崔嵬的大山在黑暗中身形粗犷，山中的故事，日复一日埋在了厚厚的落叶下。

酒倒深处，大家都已无话。这里是深山野岭之地，不比那虚幻浮华世界，一切简朴到只剩下墙壁桌椅，这里的时光简单到叫人想哭。夫妻俩人本不善说话，却待我亲如兄弟，这里很少有外人来到，

我是从远方来的客人。

他们只一个劲的劝我喝酒，我只觉得我们很是投缘，他们当我是远方归来的弟弟，我认他们做久别重逢的哥哥、姐姐，世界之大，原来我的兄弟姐妹在这里。见三人坐着无话，哥便叫姐再做一顿饭，我连忙说："我在山下都已经吃饱了，实在是吃不下了。"这话提醒了哥，说："我们这里有种野果栗，最是开胃助消化，待我去采来烧作汤给你尝尝。"我若一味推辞，便显得见外了，只得任由他出去采摘。

剩下我和姐俩人一时无话，姐便带我进里屋，看他们的孩子。我进到里屋，只见孩子正恬静熟睡在床上，5岁左右。她想到了什么，从柜子里拿出一床被子，便往隔壁房间去给我铺床。我跟着她来到隔壁房间，只见她熟练的铺好床，又用手探探被窝，说："太冷了。"便去从厨房的炭火边拿出一只热壶，塞进被子里。

我默默看着她细腰丰臀的背影，想到了川藏线上那个暖被窝的藏族姑娘，原来这世界上真有这么圣洁的爱情。她正撅着屁股对着我，而我竟丝毫没有那种想法，也无法产生那种想法。她铺好床，转过身看着我，目光柔柔的："晚上你就睡这里，暖暖的。"我的心似乎瞬间被什么东西击碎了，说了一句："谢谢姐。"我们便走出屋来。

坐在堂间，姐又劝我喝酒，等哥回来。她手里拿着一双鞋底，在那里纳鞋底。这山里的时光简单到叫人想哭，他们却日复一日，从容快乐的度过每一个日出日落。我愿意和他们一起度过，直到老死林泉。

哥终于回来了，带来一大包红红的野果栗。哥说："得先把里面细小如麻的籽粒去掉，那个不能吃，沾到皮肤上还很痒。"大家就用细竹签挖去那籽粒，挖得我整只手都痒了，全部挖好，放锅里煮熟。

然后，姐端了一碗热气腾腾的酸果栗汤，放在我面前。我闻着那酸香味，喝了一口，那味道真是绝了。三人就这样，在这墨黑的

山雨之夜里，慢慢品尝着酸果栗汤，偶尔说一些以前的趣事。

夜深了，山雨仍在下个不停，我们睡意渐浓，姐收拾了碗筷，各人便进房睡了。一会儿，隔壁房间传来孩子半夜哭闹的声音，姐在哄孩子睡觉。孩子的哭声渐渐没了，却听到女人的嬉笑声响起，小床发出吱吱的响声，山野里的女人并不十分注重这些。屋内又开始传来妇人舒服的叫唤声，深沉悠长，好像雨夜里盛开的山杜鹃。

这山雨之夜，巨岩突儿狰狞，草树花开隐约，山鬼的影子在林中妖娆，我无法入睡。

听见有人敲窗，抬头一看，窗外正是幽梦芸。连忙走出屋来，只见她头上戴着野花制作的花环，腰上系着红草绳，月光之下甚是美丽，戏笑我说道："你不是来见我的吗？怎么赴约变成睡觉来了？还不跟我走。"说完，嫣然一笑，便自向前走去。

我们越过一个小小山岭，看到一座房子，坐落在一个美丽的山谷之中，雨小了，谷中有蝴蝶翩翩，在夜色中发出各种荧光，梦芸指着那房子说："这便是我家。"

那房屋旁边有一块很大的巨石，巨石四周开满鲜花，那些野花有红的、绿的、黄的、白的、蓝的……，各种颜色，而且鲜艳异常，有一种摄人心魄的妖娆。梦芸笑笑说："你别看这些野花长的这么妖艳，她们可只有7日的寿命，也称为7日红。7日过后，似乎纷纷枯萎，谁知却在另一处地方又重新长起来，好像顽皮的孩子。"

我看着这遍地的谷花，觉得好玩，谁也没有这花的日子过的自由自在，无忧无虑。我注意到那块巨岩上面，似乎还写着字，就举着发光石头，凑近那依稀可辨的字迹，其上写有一句对联：

世事觉醒如云烟
南柯一梦是真情

字迹苍劲有力，有冲破世界的气势，不知道出自谁手，只是我却还不甚明白其中意思。我问梦芸："这是你写的吗？"她摇摇头："这石头上的字，比我的年龄还久呢。"这时，从房子的一个房间里，探出一个老人的头，那房屋很大，原有多个房间。老人四下张

望，看见我很觉惊奇，口音沙哑的说："小芸呀，这是你的客人？"

梦芸笑笑说："爷爷，你回去睡吧，这是我的朋友。"老人见梦芸有了朋友，很是高兴，自言自语说："好好好，小芸有朋友了，有朋友了……"关上门，自回房歇息。梦芸见我对老人好奇，笑道："他是我在路上遇见的，我见他都老的走不动了，便接来同住。"

走进屋里，只见房间里充满女儿闺房气息，整理的井井有条，优雅芳香。梦芸给我泡上茶之后，便忽然害羞起来，低头坐在床沿，玩着手中的手帕。山里人，没这许多规矩，一见倾心，便是永远相守，就这么简单。

见她坐在床沿害羞，谁都知道是什么意思了，我放下茶，上前一把抱住，温软如玉，透着花儿清香。正欲温存之际，梦芸忽然指着我手上的戒指，说："你已经结婚了？"我心中一惊，模模糊糊回忆起来，好像是结婚了。

梦芸叹了口气："唉，虽说不同国度，但是婚约只有一个，你不能娶了这个又娶那个。"我正在兴头上，便说："我虽然觉得已经结婚，但是想不起来是谁了，在你们这地方，我并无婚约。"说完，又要抱她，梦芸推开我，站起身来说道："我岂是水性杨花之人，虽然定意与你白头偕老，但也不能做拆散他人之事。罢了！我送你回去吧。"

见她执意不从，我亦无可奈何，只好跟着她出了屋子。她在院子旁边的一棵大树前停了下来，凑近大树喃喃自语，没一会儿，转身对我说道："你现在的这段婚姻，不会长久，等到你婚姻解除的那一天，你千万记着要来找我。从此以后，我不会再出幽梦谷，直等到你再来的那一天。我本是山中的一朵野花，今生遇见了你，便不能再爱上别人了。"

我听后，不禁感到心中悲伤，这命运何必如此弄人！随后，跟着她走进一条蜿蜒小路，直走到路的尽头。底下是一个万丈深渊，对面是一座大山，大山和我们所站的地方，连接有一条1米多宽的木桥，那木桥是用一种特别的绳索连接而成。

梦芸站在桥边，说道："你顺着这桥走到对面，就回到你来的地方了。"我低头看这桥，又湿又滑，底下的深渊深不见底，就不敢走。梦芸看出我心中害怕，说道："你抓着我的手，我带你过去。"我便抓着她的手，跟着走上了这个摇摇晃晃的木桥。

走到一半，山风吹来，桥身晃的厉害，我无意中瞟了一眼那无底深渊，顿时感到一阵眩晕，脚下的桥面越发湿滑了，忙说："梦芸，你等我一下！我腿抖得厉害，走不了路了。"梦芸回过头，笑看了我一眼，说："唉，没用的男人，这样吧，你伏在我背上，我背你过去！"说着，身子蹲下，我便伏在她背上，我们又向前走去。

期间，空谷的山风在耳边呼呼作响，吹在人身上，冰凉彻骨。眼看着到对岸了，我只觉得紧紧贴在一个温软如玉的身子上，柔滑的头发传来阵阵女人清香，叫我无法抵挡，手掌无意中触碰到了她的胸部。梦芸一个姑娘家，从没碰过男人，立刻惊叫一声："哎呀！"人一紧张，脚下便滑倒了，俩人都倒在木桥上。

木桥很潮湿，眼看着我一步步滑向深渊，梦芸使尽力气，把我往回拉。等我这边拉回来了，她那边却渐渐滑向深渊，眼看着俩人都向她那边的深渊滑去，情急之中，我只觉得她的手一松，我停止了下滑。我喊了一声："梦芸！"，回头再看她时，已经没了踪影，我抓住了一根近在咫尺的树枝，然后就什么都不知道了。

当我再次抬起头来的时候，只见屋内石光影影，周健勇、亚萍、陈静、王明一干人等，正谈笑风生，窗外依然风雨交加，暗如傍晚。众人见我醒来，都笑道："张伟，你刚才这一觉睡的可真沉啊！叫都叫不醒。"我茫然四顾，小天乐刚又下了一锅毛豆，还没烧熟。我觉得脚上似有东西，低头一看，鞋子上面不知道什么时候，多了一株不知名的野花。

我伸手把它捡起来，仔细端详，木质枝条，枝叶繁茂，其上盛开的花朵，妖艳美丽，芳香湿润，我问众人："这花可是叫做南柯花？"大家全都呆住了，答不上来。

一旁烧毛豆的天乐看到，惊呼起来："正是南柯花！快快扔掉！

你是从哪里找来的？"我说："她自己躺在我脚上。"接着，便把这南柯一梦详详细细的说与众人，大家听后全都傻了眼，但有南柯花为证，使人无法反驳。

亚萍听后，立刻抢了我手中的花，跑出门去，一把扔到门外远远的，回来嘴里还嘟囔着："什么鬼花！妖精！"我一看，赶紧冲出门，冒着倾盆大雨，跑出去又捡了回来，回到房间全身都湿了，我甩着头发说："可不能乱扔！这花厉害着呢，当心取了你性命。"

说完，小心翼翼的藏在包里。正当这时，天乐的爸妈回来了，虽说罩着雨具，还是浑身被雨淋透了。见房间里这么多客人，顾不得换衣服，赶紧上来跟我们打招呼。我仔细打量着他们，和梦里见到的一模一样，我说了句："天乐爸妈，我见过你们。"他们看了看我，却不认识，就匆匆进房里换衣服去了。

吃过午饭，风雨渐渐停息，我们谢别这家人的盛情挽留，继续向着未知的前方走去。越往里面走，风景越美丽。

前头出现了一个竹房子，这房子的四周，种满了竹子、鲜花、树木。房前有一个木柴围成的很大院子，院子门口外头，左边躺着一个病人，右边坐着一个瘸子。院子里头有帅哥美女在饮酒、跳舞、打牌，里面还长满了奇怪的树，树上飘着许多钱。我定睛一看，这不就是传说中的摇钱树吗？如今亲眼见到了。

到了这里，控制人的不再是思想、道理、理性，这里主宰人行为的就是人的本性，爱干啥就干啥，完全自由。我们一看这地方这么美丽、华贵，全都抑制不住本性的冲动，向着自己最喜欢的东西奔去，各人就地分道扬镳，成为路人，大家都觉得没什么不妥的。

正当我想冲进院子的时候，眼光却不由自主的，落在了门外的瘸子身上。一个瘸子，本来在世间的时候，扔十元钱给他，就可以一笑而过。可在这里，人的真实本性都被无限放大，那一丝的怜悯，渐渐放大，大到我不能承受之重。我顿时觉得这个瘸子太可怜了，整天吃不饱，穿不暖，行走艰难，真是世界上最可怜的人，我不由的嚎啕大哭起来。我也搞不清楚，这是怎么了？

左边，王明和陈静夫妇也被那个病人缠住了，在那里失声痛哭。只有周建勇、刘婷婷、亚萍她们三人，兴高采烈的跑进院子去了，难道在她们身上，连一丝怜悯都没有吗？我也很想跑进院子里去，可是那强大的怜悯之情，好像一堵厚厚的墙，挡住了我的去路，我再不能迈进院子半步。我们六个人，就此分道扬镳，只因为那一丝不经意的怜悯眼神。

我背起瘸子向一条幽暗的小路走去，整个天空灰蒙蒙的，那路灰暗无光，路上的树是枯死的，叶子是枯干的，地上的石头是尖的，所经过之处一切都是死亡的，到处都笼罩着深深的绝望。我的本性是极度抗拒这条死亡之路的，但是分明感觉到有一股强大的意志，叫人无法抗拒。

我背着瘸子，一路痛哭，无法停止自己向着幽暗走去的脚步，我的心中充满绝望，回想起在川藏线上的感叹：为什么人人都歌舞升平，醉生梦死，唯有我们罪孽深重，无可饶恕！回头看看那房子、那院子，已经很远了，人们在狂欢、作乐，通宵达旦。头上的天没有云彩，是那种死灰的颜色，我不想来到这地方，这地方令人窒息的压抑，但是我身不由己。

到了一个地方，四处都是坟墓，坟头挂着一些白纸条，迎风飘动，许多破旧的十字架象风车一样，乱立在野地各处。有那种灰白色的阿飘，在其间飘移出没，没有脚，远远的看不清脸，我看着这些幽灵，心中却并没有害怕的感觉。

有两个人，穿着洁白如雪的长袍，相貌如同闪电，站在一个十字架的两旁。我一见到这两人，顿时吓得面如土色，能够非常清楚的感觉到，我的死期到了。出于人的本能，我放下瘸子便要逃跑，那两个人却并未追赶，寂然站立在空旷的荒野地上，一动不动。

我却感觉到越来越强烈的恐惧袭来，想要四处逃命，却发觉好像遭遇了鬼打墙一般，跑来跑去回到原地。最后，实在跑不动了，眼睁睁的看着那两人过来，把我提去，挂到了他们所站位置的那个十字架上。我看见自己被钉在十字架上，头发、衣裳在旷野的风中

飘动，我死了。

然而，死只是一刹那的事情，我又被提到天上，有声音从上头传来："你向下观看！"我一低头，就看到那房子。陈静、王明背着那病人，往幽暗小路去了，周建勇、刘婷婷在那房子里，抱着各自的帅哥美女，在那里狂欢。亚萍走在摇钱树遍地的森林里，走迷了路，不是迷路，是不想出来。

但是，看着看着，底下的情景又渐渐不一样了，那些摇钱树上的钱逐渐变绿，那房间和院子里的人，都目露凶光，逐渐变得面目可憎起来……。

正在我心中惶恐之时，忽然有一股力量，把我推了出来。我一个趔趄，站在地上，抬头四下环顾，我们六个人正好端端的站在海岛的山谷中，前面是长满藤蔓的森森岩壁，先前出现的木门，已经消失，光团也不见了。

我们六个人好似做了一场梦，我跑去敲打那岩石，坚硬冰冷，长满苔藓。我不解的问他们："这里刚才不是有一扇木门吗？"周建勇说："不是，是一扇铁门！"刘婷婷不同意："明明是一个山洞，那里来的门？"原来各人看见的都不一样！

一时间，大家都坚信自己眼睛所看到的，吵作一团，但是进去那岩壁是真的，都说进去了。看着眼前冰冷坚硬的岩石，我们也搞不清楚到底怎么回事了。我忽然想到什么，赶紧打开身上背着的包包，那里面赫然躺着一株鲜活的植物，众人齐声惊呼："南柯花！"但见那花儿，颜色鲜艳妖娆，芳香湿润，正如刚采摘的一般。

生命泉

唱:　　　　　　荒岛的阳光，
　　　　　　　　照在人身上，
　　　　　　　　使人莫名神伤，
　　　　　　　　这是来自异域的使者。
　　　　　　　　只那么一抹斜阳，
　　　　　　　　便叫，
　　　　　　　　人间的勾心斗角，
　　　　　　　　尘世的富贵权势，
　　　　　　　　全都显得无足轻重，
　　　　　　　　转眼成空。
　　　　　　　　妩媚芳草何萋萋，
　　　　　　　　斑驳树木尽萧萧，
　　　　　　　　夕阳西下，
　　　　　　　　青山有悔，
　　　　　　　　蓦然惊梦！

　　我们感觉很困惑，在山谷中盘桓良久，再也没有什么新的发现。大家感到莫名失落，走出山谷，太阳已经偏西，天边的霞光照着这座神奇的海岛，映红了各人的脸。海浪在黄昏树影中，追逐着我们的脚步。

　　男男女女一个个搂肩搭背，东倒西歪的往回走，我们发出醉酒般的歌唱："……妹妹你大胆的往前走——哇——往前走！莫回呀头——通天的大道九千九——九千九百九呀——哎呀呀……"

　　一路高歌，当我们回到昨晚睡过的那户人家时，大家惊呆住了。合村的人都聚集在她家门口，远远看见我们，就彼此高声叫喊起来："快看！他们回来了！他们回来了！"然后，就看见杨雪燕从人群

当中向我们跑来，清秀的脸庞略带羞涩，跟我们解释说："村里人都知道你们来这里旅游了，要请你们吃饭。"

还没有等我们明白过来，他们象发现宝藏一样，朝我们涌来："杭州客人！晚上去我们家吃饭！""还是来我们家吧！我们的小菜都烧好了。""我们家房子大，来我们家吧！"一时间人多嘴杂，乱哄哄的拥挤、拉扯，我觉得我们好像成了奴隶市场上，等待被人拉走的奴隶一般。

大家都蒙了，不知道该怎么办。我想找雪燕，已经不知道被挤到哪里去了。只听见亚萍在喊："张伟！张伟！"王婷婷好像也在喊："建勇！"纷乱中，我们一个一个都被眼疾手快的人家给抢走了，我回头看看，每户人家抢一个，剩下的没有抢到的人家，一个劲的冲我们说；"记得明天来我们家啊！明天来我家！"我哪里能够记得住啊，只好说："好好好！谢谢！谢谢！"还有小孩子跑在大人的身前身后，追着叫着："哦——我们家来客人喽——来客人喽！"

招待我的这户人家是两夫妻，一个小孩，还有一个老母亲。又是一顿丰盛的晚餐，中午吃的太饱，晚餐实在吃不下，但是不吃又对不住人家，辛辛苦苦做下的丰盛的小菜，只好硬往肚子里塞。

两夫妻都皮肤晒的黝黑，自然朴实，妻子叫艳萍，丈夫叫鹏飞，孩子名叫豆豆。海岛人家，不会说话，但是人实在，一个劲的劝我吃菜。我嚼着满嘴的羊肉、海鲜，都没有空闲说话。这一顿饭，是我有生以来吃的最饱的一餐，我觉得我的胃都快撑破了。

以前在厂里吃方便面的时候，怎么也想不到，有一天我竟然会满嘴嚼着纯野生羊肉、海鲜，吃到撑破肚皮，真是贫穷限制了人的想象力啊！他们还有自酿的米酒，微甜，酒性很烈，两碗下肚，我就有些说话不清了。

豆豆不说话，一直好奇的看我，乌溜溜的眼珠很可爱。艳萍就打他的手："吃饭！不要吵着叔叔。"我说："他很乖啊，一点也

不吵哦，这孩子真可爱。"边上鹏飞说道："再喝些酒吧，乡下的米酒，比不上你们大城市的。"我醉的迷迷糊糊："说那里话呀，这酒甘甜，比杭州的酒好太多了，你们以后来杭州……"我不大记得后面说了什么，也不知道夸了多大的海口，指定是没法兑现了。这落日，海浪，人家，羊肉，美酒，使人一生难忘。我醉了，在这天涯海角的美丽黄昏。

饭后，岛上没啥娱乐，他们就是祷告，祷告就是这渔村里的人，劳累了一天最好的休息。他们把我安排在单间的小床上，一家人就在那大房间里开始祷告。我躺在床上，肚子胀的难受，哪里睡的着？就东倒西歪的溜出来，在村子里闲逛，村子里没人，都在祷告或者已经睡觉，他们睡的很早，早上又起的很早。

我溜达着，到了杨雪燕家对面，看到这熟悉的窗子和灯光，我忽然心中一动："何不把她叫出来溜达溜达呢？也可以打发这无聊的时光。"于是，仍旧用老办法，去院子里搬来凳子，站上去，往里一看，她正坐在椅子上看书，和昨晚看到的场景一模一样。

我在窗外轻轻叫了一声："杨雪燕！"她转过脸，看到了窗口的我，有些诧异："是你呀！你们其他人呢？"我说："我也不知道，都被你们村里的人抢走了，只剩下我一个人逃出来。"她笑了："有这么恐怖吗？把我们村说的好像强盗窝一样。"我说："你在看的是什么书呢？""是圣经。""哦，你能出来和我一起散散步吗？"我说，"我吃的太饱了，一个人无聊。""好啊。"她站起来，放好椅子，吹灭油灯，就从房子里出来。

走在空空荡荡的村子里，我问她："你有手机没有？""没有。这里没信号，有也没用。"她说。于是我从口袋里掏出一支水笔，把我的手机号写在她的手背上："以后来杭州联系我。我很好奇，你出海捕鱼吗？"

她笑了："捕鱼是男人的事，女人是不捕鱼的，我们负责补网

或者卖鱼。""哦"我明白了，"你家里就你爹捕鱼，是吗？"她有点忧郁的点了点头："是的，爹老了，我得去外面找份工作。"我说："那你来杭州吧，这太容易了，杭州到处是工作，象你这样吃苦耐劳的，老板都抢着要呢！"聊着聊着，我们就走出了村子，外面是岩石和沙滩，冷冷的海风夹着海浪声，扑面而来。这里的一草一木对雪燕来说，真是太熟悉了，她指着前方说："那边有块大石头，我们到那里去坐一下吧。"走过去，果然有一块大石头，我可以想象的出，在这块石头上，曾经留下过她多少个童年的笑声，和少女的憧憬。

我们坐在石头上，看着明亮的月亮照着大海，一望无际的大海之上，是各种形状的云，有的像人，有的像动物，有的像一团棉花。我把手搭在她的肩上："冷不冷？"她颤抖一下，我知道这并不是冷的缘故。她轻轻推开我的手，说："我要回去了。"我说："再坐一会吧，月色这么美，恐怕以后再也没有这么美丽的夜晚了。"我们静静听着海风，从耳边吹过，拂过发际衣裳，吹过沙滩，吹过岩石，吹过沉静的村子。

我转过脸，一把抱住她，便吻了下去。她起先还奋力挣扎，后来便软绵绵的，无力挣扎。正吻着，她忽然一用力，推开了我："我回去了！"起身就走，看着她的背影，我不想回去。醉醺醺倒在大石头上，继续看天上的云，带着各种形状，在月亮底下飘过。

海岛的山，离奇诡秘，书上记载，山林中，有一种狐狸，一到深夜便化作人形，媚惑青春男子。我正象那无知书生，期待着她的出现，就算为之付出生命，也不后悔。可是人形狐狸，总归还是没有出现。我睡着了。

有东西在我脸上搅动，我手一拂，是根草，然后就看见雪燕诡异的笑脸，她又回来了："我们回去吧，你这样要着凉的，难道要在这里过夜吗？"我不想说话，在这月光之夜，听着耳边沙沙的海浪声，慢慢闭上眼睛，这感觉太好了。她就硬把我扶了起来，我的

手臂压在她的肩上，两人蹒跚的走回村子。进了村子，她问："是哪一家？"我说："鹏飞和艳萍家。"她就把我放在那家的门口，走了。

日上三竿的时候，周建勇他们跑来叫我，鹏飞已经出海捕鱼去了，艳萍把我的早饭做好在锅里，人也不知道哪里去了。周建勇说："今天捕鱼的都出海去了，我们是留下来呢？还是回去？四天假期已经到了。"我说："这岛上我们还有许多地方没去过，再玩一天，明天回去。"

陈静说："我倒是还想再多留几天，好跟她们学学怎么祷告给人治病，以后回去就可以给人看病赚钱啦！"听她这么一说，两个女的也要学了，王婷婷说："我怎么就没想到这一层呢？随便念叨几声，就给人把病治好了，然后就等着收钱吧，这真是天下掉馅儿饼的好事啊，走！我们今天就去找她们学治病去！"

先到雪燕家，没人，奇怪，这人都到哪儿去了呢？街上看到鹏飞的儿子在玩，我上去问："豆豆，妈妈到哪里去了？"豆豆站起来，用手往旁边一指，眼睛扑愣扑愣的看着我。这时，便听到附近的大房子有歌声传来，我摸了一下豆豆的小脸蛋："豆豆真乖，叔叔下次给你买糖吃。"于是我们都向那房子走去。

走近一看，满屋子都是妇女老人，每人手里捧着一本子，正在那里唱诗歌呢。见到我们来了，大家很热情的把我们迎进屋子，陈静开门见山就说："我们也想学耶稣，不知道可以不可以？"那个领头唱歌的中年妇女连忙说："可以呀！太好了！感谢主！现在你们就跟我们，做个决志信主的祷告吧！"

我和周建勇忙说："不是我们信，是她们三个信，我们是来看看的。"那妇女说："那也好啊！你们三个先跟我一起祷告吧。"陈静一把拉过王明："你也来！万一我不在，你也可以替人看病。"他们四个人就跟着那中年妇女做了祷告。我回头看了一下，人群里有双眼睛在看着我，当我看到她的时候，她瞪了我一眼。

后来听说我们明天准备要走了，她们纷纷挽留："再住几天呀，才住这么几天就回去啦？等渔船回来再走吧，好好的吃一顿海鲜！"那中年妇女走到我们面前："你们也不多住些日子，我们这里是偏僻渔村，也没有什么好送给你们的，中午跟我们去提两桶水吧，我们这里的水可以治病。"

正说着，也到做午饭的时候了，突然那疯狂的一幕又上演了，她们争先恐后的开始抢人了！这回我是被一个老大爷拉走的，大爷一家太好客了，单为我一个人就杀了一只羊！媳妇孙子一齐动手准备小菜。这几天，把我一生的羊肉都吃完了，以至于以后看见市场上那些饲料羊、激素羊，那真是一点胃口都没有。

吃过午饭，我们带了两个大桶，跟着她们去取水。取水的地方在一个山洞里，就那地方的水可以治病，别处的都不行。到了那地方，是一个用石板砌成的水池，估计有些年头了，那古朴的样式，不是现代的人能做出来的，应该是明清时候的池子。洞口有一株茂盛大树，年代久远，树旁立着一块古旧的石碑，上面用隶书刻着'生命泉'三个字，字下提有一首诗：

　　　　早起暮归年岁减，
　　　　世人辛苦只为钱。
　　　　生命之水天上来，
　　　　白白流淌在人间。

这里很阴凉，那领头的妇女说："我们这里的水，不用烧开，直接喝，一般疾病都能痊愈，今天先带两桶，以后有需要的话，你们还可以经常来取。"我们谢了，灌了两大桶，盖子盖好，又各人喝了几口，似乎从此可以长生不老了，才回村子去。

后来又出来在海边捡了许多贝壳，又跑到山上采花，这岛上最多的是那种深蓝色的无名岛花，好像蓝色的火焰，要在这岛上燎原，这里一簇，那里一群，又好像夜色下捉迷藏的海岛姑娘，把神秘海岛装扮的分外惊艳，我们因此把这岛称为蓝色花岛。

晚上又是被各家抢去。吃过晚饭出来溜达，我来到雪燕窗前，但见窗户紧闭，窗帘也拉上了，里面已经关灯睡觉，应该是故意的，为要躲我。

次日，我们回去了，合村的人都出来送我们，好像送别亲人一样。由于先前约定的渔船是昨天在岛的那头接我们，但我们没有按时出现，估计他驾船绕岛一圈也就明白了。

我们是乘坐岛上的渔船回大陆的，站在船上，向众人挥手告别的时候，我在人群中寻找那双清澈的眼睛。目光碰撞的那一刻，这曾经明亮、热烈的眼眸，为什么如此黯然神伤？是谁使你神情落寞，郁郁寡欢，又为何要让烦恼筑满了你的巢？渔船开的飞快，义无反顾的从那霞光满天的海之尽头，向茫茫大陆挺进。我们如同自投罗网的鱼，欢呼跳跃。

有人孤苦无依，流落
在荒山野地，乡间小
道上，偶遇洗衣农妇。
俩人闲聊了起来。

　　　　唱：夜色儿笼罩村头，山雀儿纷纷归林。
　　　　　　　这位客官哪，
　　　　　　且请歇息，容我问一句。
　　　　为啥你的眉头紧锁，穿着破烂衣裳，
　　　　　　行在绝望之地？
　　答：　　　　大姐啊！
　　　　　　只因为那一日，
　　　　　　铭心刻骨的那一日，
　　　　　　　被人陷害，
　　　　　　侵吞了血汗钱！
　　唱：　　　　从此后，
　　　　　　你的老婆跟人把路跑，

276

亲戚看见你绕道走，
朋友全都成陌路，
还有那世人和熟人哪，
齐将你弃绝！
只因你，
身无分文，
哦，
因你身无分文！

上了岸，第一件事情，便是给野驴大哥打电话，这个我一直没敢忘记。电话拨通的时候，心情有点小激动，终于完成了野驴大哥的托付："喂，请问您是'沧海野驴'大哥吗？"那边："你找谁？"我又说了一遍："我找'沧海野驴'！这是网名，他的网名叫'沧海野驴'。"那边："哦，我知道了，你是找建文吧。他去爬雪山了。"

我说："那他什么时候回来？"那边："不回来了……这手机是他的遗物……"我听成了'衣物'，问道："衣物？他没带衣物去？"那边："是遗物，也就是说，他在雪山上永远安息了，再也不回来了……"我呆住了，脑子里一片混乱，原来一直在帮助我的野驴大哥，竟不在世上！

沉默了一下，又追问一句："这是什么时候的事情啊？"那边："……这都是好几年以前的事情了……"我愣在那里，久久说不出话来，那边的电话挂断了。

野驴大哥，我本想跟你见个面，咱们好好叙叙，我已经找到蓝色花岛了！可是，没想到的是，原来我一直只是穿梭在你泛黄的记忆里。我在你泛黄的记忆里行走，想要进入你们的故事，却怎么也遇不见你。

我成了一个活在别人陈年旧事中的人，怎么也走不出那段往事，我甚至想继续走在那时光中，把野驴大哥的路再从新走一遍。

一个活人，却在俩个死人的往事中穿梭，不愿醒来，或者，我也已经死去。

回到厂里开始上班，一下子没法进入状态，好像从另外一个世界穿越回来一般，稍一发呆，流水线上的产品就从我的手里滑过去了。杨斌过来拍拍我的肩膀"该醒醒了，这几天玩的都丢了魂了？"。我努力调整思绪，可是岛上那些杂乱无章的事情，时不时冲进脑海来搅扰我，我觉得那块大石头上的诡异阿飘，此刻正在我身后。我不禁回头看了一下，莫非她真跟来了吗？她没跟来，二线的徐海峰正在看着我，坏坏的笑着。

中午吃饭，食堂排队，蒋辉照常往前面一插，没想这是个新来的，不让他插队，这怎么可以？坏了规矩，以后还怎么在厂里混？也不用招手，马上过来两个小兄弟，把那小子一把拖出去，请到外面约谈去了。

蒋辉四下看了一眼，大家赶紧收回目光，如果跟他对看一眼，那就要做好'对砍'的准备。我们一个个佝偻着身子，站在这蓝天之下，保持着弯腰的姿势，这并不是因为历经沧桑，而是因为没法抬头。

"哎哟，光天化日之下插队，还有没有王法了。"人群里总算有人说了句话，大家立刻把目光投向说话的英雄，原来是王军。流氓遇见流氓，谁怕谁？蒋辉悻悻的看了他一眼，没功夫理他。

吃饭的时候，蒋辉在一个女人面前坐下了。那姑娘只管低头吃饭，都没敢抬头。蒋辉一个劲的在那里，讲着一点都不好笑的笑话，姑娘只得偶尔礼貌性的赔笑一下。说着说着，我看见他从口袋掏东西，居然掏出来一根很细的项链，一定要送给她，那姑娘下意识的拒绝了。

这下后果很严重，蒋辉顿时没了笑容："你到底要不要？你可知道，我有一百种方法可以叫你收下！"姑娘被吓哭了，颤颤抖抖的把项链收下了。吃完饭，蒋辉又很热情的一路护送姑娘去上班，

后面跟着几个小兄弟，一朵厂花就这样诞生了，厂花通常就是这样炼成的。其实所谓校花厂花还有别的什么花，并不是最美丽的那朵，而是最有名气的那朵。

吃过午饭，休息时间，王军他们这些人，开始找人'逼赌'了。从来只有强奸，没有逼赌，但是天下之大，无奇不有，我们这里就有逼赌。你不赌，就把你拉进小间，给你分析形式，单独授课，进行思想教育，直到你鼻青脸肿的同意赌博为止。

当然，也就是欺负那些老实人，但凡头上有老大罩着的，谁也不会鸟他们。说到赌博，倒还算公平，因为不但被'逼赌'的在压钱，没有被'逼赌'的也在压，谁都可以压，有没有出老千，只有鬼知道。赌到后来，往往只剩下场面上的忠实赌粉在坚守阵地，那些被'逼赌'的见场子搭起来了，早就见机开溜了。

徐海峰是住厂里宿舍的，吃了中饭没事，我经常跟他去宿舍坐一会。我们来到宿舍门口，见有人站在那里，跟来往的人借钱，估计赌钱输了，想找钱翻本。看这阵势，不借钱的话，外面的人就别想进去，里面的人也别想出来，这是在唱钱钟书的《围城》啊！

几只麻雀停在宿舍旁边的树枝上，吱吱喳喳叫的人心慌慌，那房屋的墙角边上长满青草，正如我们心中疯长的激情岁月。我跟徐海峰要进去，门口的伸手挡住了："兄弟，最近手头比较紧，借点钱！"我认识这帮人，是一车间的，我不想跟他们无缘无故的结仇，赔个笑脸："兄弟，我们是 10 车间的，你们认识 10 车间的苏志明吗？"

大家都是场面上的人，我认得他们，他们也肯定认得我。其中一个刀疤脸说："我认得你，你可以进去，但是他不能进去。"说着，指了指徐海峰。

我说："各位老大，难道就不能给个面子吗？"这时，旁边的人横窜出来说："已经给你面子了！你以为你的面子有多大？"这叫我比较尴尬，进也不是，退也不是，看来今天是摊上事了。他们

一共 4 个人，打起来一点胜算都没有，我做好被抢钱的准备。我自动送上去的，那叫借钱，你从我口袋里搜去的，那叫抢劫，只要今天没被打死，我也要让你混个抢劫罪，去里面坐几年。

我搭着徐海峰的肩膀，俩人硬往里闯，刀疤脸一只手挡在我的胸前："怎么着？我给了你面子，你不给我面子啊？"我说："今天没带钱，改天给你。"刀疤脸说："你说没带钱就没带钱啊？"说着便要动手搜身，这时，后面又来了几个人，大概是没搞明白我们这里的状况，一个个抬腿就想往里走。

刀疤脸放下我，又拦住他们几个："哎哎哎——，等会等会，都别急着走，先借几个钱用用，兄弟这阵子手头比较紧！"那后来的几个人一看这架势，才明白我们这里是怎么回事了，其中一个以为自己长的比较壮实，所以喉咙就胖了那么一点点："没钱！我们又不认识！"

这下，刀疤脸这伙人不高兴了："你这是啥态度？到底会不会说话，怎么用这种口气跟我们老人说话？"说着一帮人就围了上去，推推搡搡，有的从腰间拿出小刀，有一个从墙角拎起一根铁棍，看那架势就要开工干活了。

厂里打工的，大多是从外地农村来的，本质上都是老老实实的本分人，靠自己双手挣钱吃饭，供养家人，打骨子里的天性，不想惹事生非。几个人一看这架势，当场就软了："各位老大，有话好说！有话好说！"

刀疤脸开了个价："多大的事啊，本来也就跟你们每人借两百救救急，现在每人借三百！等有钱再还你们。"这最后一句，也就是个屁！傻子都知道，这是永远不会兑现的承诺。但是，加上这一句，那性质就是借钱，不是敲诈勒索了，这些人不是没脑子，是很有脑子！而且加了这一句，显得很有人情味，你以后见了他们还不用躲，咱还可以继续谈，说不定一个高兴真把钱还你了呢。以后的日子长着哪，那叫什么？那叫兔子数点窝边草，吃定你啦！

我们趁着他们乱糟糟的场面，借机溜进了宿舍楼，被他们其中一个发现，在那里喊："你们别走！等会出来再跟你们算账！"

进到宿舍里，有一些人在房间门口朝大门口观望，估计是想出去，又不敢出去。徐海峰他们的宿舍，象所有的男宿舍一样，东西扔的乱七八糟，一个室友捧着手机在打游戏，一个在睡觉，其他还没回来。我们往床上一躺，午休一小时就过去了，徐海峰女友多，微信在那里聊个没完。

我闭上眼睛，渐渐睡去，梦见遥远的海岛上，烈日炎炎，海浪拍打着沙滩，荒草和山花在风中妖艳摇曳，好像海岛上燃烧的青春火焰。一排排渔船捕鱼归来，海岛上下起了太阳雨，海燕的坟墓在一道道雨帘中，若隐若现……。

上班的时间到了，宿舍里的人三三两两的出来，大门口那几个人已经不见了，估计搞到钱又去赌了，或者进进出出的人太多，等改天再开工了。

周建勇的画

下班回家，亚萍已经回来了，一开门就对我说："张伟，晚上去周建勇家看看，他今天买了一幅画，叫我们大家给参考参考。"我说"画？什么画？没事买画干啥？这都是手头有几个钱给烧的。"

吃过晚饭，亚萍对着镜子一番打扮，连口红也抹上了，我说："你这是要去干啥，好像急着跟人约会一样，不就是去周建勇家吗？都去过N次了，用的着这么隆重吗？"亚萍对着镜子左看右看："我打扮的漂亮，还不是给你增光呀，走在大街上你脸上也有面子。"

到了周建勇家，一改平日里热闹俱乐部的氛围，家里只有周建勇。见我们来了，周建勇小心翼翼的打开放桌上的一幅画，看他那郑重其事的样子，我想，这一定是什么绝世精品。及至完全展开来，我凑近仔细看那画，不行，是我的眼睛花了还是咋的？只看到各种颜料胡乱的拼凑在那画上，我竟看不明白上面画了什么！风景不是风景，人也不是人，这算画个啥东西？真是莫名其妙。

我说："这里面画的是什么东西？"周建勇神秘的说："不知道吧？这就对了。要的就是这效果！"亚萍还在那里低着头，看个不停，仿佛她能读懂这幅画似的。

周建勇继续说："这叫抽象画，这幅画名字叫做《玫瑰的早晨》。"我说："那玫瑰在那里呢？早晨又在哪里？"周建勇竖起一根手指，摇了摇："NO！NO！NO！这抽象画画的就是一种感觉，没有具体的意思，谁都明白是啥意思，那这画就不值钱了。"

越说越玄乎，他说的是高深莫测，我听的是云里雾里，我又问："那这画的是什么感觉呢？我怎么啥都感觉不到？"周建勇说："感觉不到，说明这画与你没缘，它有一种气场在里面，越是上乘之作，气场越强烈，就越有收藏价值。"我说："那还不容易，我改天提一桶颜料，直接照画布狠狠泼上去，那个气势气场才真叫强烈呢！"

　　周建勇眼睛一亮："上品啊！这创意太绝了！你这画若成了，放拍卖行我保你一万元保底！"疯了，疯了，不知道是周建勇疯了，还是拍卖行疯了，这个世界太疯狂。不过有一点我是明白的，这幅画传到周建勇手里，也就是被忽悠进了终点站，再也不会有接盘侠出现了。

　　我有个朋友以前干过拍卖行，所以我对拍卖行这一块，还是略有所闻的。现在的拍卖行，水深的很哪，特别象抽象画之类的，根本没有评判标准，你说值多少就多少。50 元买来，转手挂个 50 万，就等冤大头上钩哇，正所谓三年不开张，开张吃三年！

　　而且现在拍卖行拍卖的画，很大部分是拍卖行自己的，然后雇个拍手，报个名，在那里自买自卖。许多拍卖行只卖不收，因为嫌佣金利润太少，还不如自己亲自披挂上阵！我问周建勇："你这幅画买来多少钱？"他又竖起一根指头："一万二，还是竞价买来的。"我说："是不是你买之前，别人都在竞价，等你一出价，别人就都不敢竞价了？"他说："你怎么知道？是不是你也在现场？"我笑了。

　　亚萍问了句："刘婷婷呢？怎么不见她？"周建勇脸色一变："刚昨晚吵架了，我也不知道她跑哪里去了。"我和亚萍同时一怔，怪不得屋里冷冷清清的，原来是吵架把人给吵跑光了，我立马劝他："前几天不是还好好的吗？怎么说吵架就吵架了？"亚萍也说："那你还不赶紧打电话把她叫回来？男人总是要大度一点的嘛。"

　　周建勇神情暗淡："她这人不可理喻，让她疯去吧，疯够了就会回来的。"我们一时也没什么话好安慰的，就把话题岔开了，一起在那里看电视。

　　看了一会儿，亚萍手机响了，一看，是陈静打来的："啥事？"那边："我们现在小区卖水呢！你们过来捧捧场啊。"我靠，他们还真把那水当作药在卖了！现在的人为了钱，太疯狂了。"好的，我们现在就过来！"亚萍挂了电话，叫我和周建勇一起都过去捧场。

　　周建勇心情不好，没兴趣，不好强人所难。我和亚萍俩人下楼，叫了一辆出租车，直奔陈静小区。刚上车，亚萍忽然想起一件事，对我说："糟了！差点给忘了，我公司那边还有事情呢，你先去给

他们捧场，我先回去公司一趟。"说完，下车另叫出租，我探出头问："那你等会还过来吗？"亚萍回头说了句："看情况吧。"我便坐车向陈静小区驶去。

岛上运来的两大桶水，全给王明俩夫妻拿走了，我们拿来最多是当矿泉水自己喝，他们居然想出来在小区里搞试点，免费给人祷告看病，然后赠水。这年头，什么东西能来钱，就有人做，在这疯狂年代，没有什么东西是不能变现成钱的，没有。

在岛上的时候，陈静就是这个想法，估计在雪燕治好她病的时候，就有这想法了。那时候祷告完毕，烧就退了，心被震撼最大的就是陈静。只是人家雪燕那是治病救人，到了这两夫妻手里，就变成了开店赚钱，独此一家，连竞争对手都没有，这也算是紧跟时代步伐了。

网上不是有传吗？写的是两夫妻，早上起来，丈夫要过夫妻生活，妻子不同意，把手一伸，丈夫问："什么意思？"妻子说："一次两百。"靠！我了个天哪，绝对真人真事。这个世界只有你想不到的，没有人做不到的，现实往往要比剧本魔幻精彩的多！至于那些出卖友情，亲情，爱情的，满大街都是，中国人迷迷糊糊的走进了一个金钱做王魔幻时空，现在人钱荒起来，连肾都可以卖。

我赶到小区，他们正在搞活动，挂着条幅：免费祷告治病，赠送治病山泉水。一听说免费，中国人就是远在千里，也会坐车过来抢的。小区门口围了好多人，陈静还搞饥饿营销："每人限赠两瓶，送完为止，限赠两瓶啊！"一边念念有词，为人祷告。王明比较内向，不会说话，只在那里送水。

有个老阿婆见陈静忙的脱不开手，就对王明说："你媳妇太忙了，你给我祷告吧。"王明一听，这不是赶鸭子上架嘛，略一迟疑，他也把手放在人肩上，口中念念有词起来。这样也行？我算是开了眼了，看着这对夫妻俩，心中只觉得滑稽，去了一趟蓝色花岛，就都成仙了！

在陈静、王明他们小区，我左等右等，不见亚萍过来。正想打

284

电话过去，微信响了，一看，居然是史千红："这几天去哪里了？怎么联系不到你人？"我回："去蓝色花岛旅游了，你呢？"那边："怎么没叫我呀？"我回："老婆在，不方便。"那边："你终究是个无情的！……"我回："我只是个流水线上的民工，我们真不合适的，你可不要犯糊涂啊！"那边再也没有回音。

等了一个小时左右，也不见亚萍过来，王明他们俩夫妻该送的水都送完了，我说："生意这么好，明天开始可以收费了。"陈静说："再送一天，总得有点见效果，才能开始收费。"俩夫妻别的不行，赚钱本事却是有一套。

我等不住了，打电话给亚萍："晚上你还过来吗？"那边："今晚公司事情多，不过来了，搞的晚的话，可能通宵都说不定，你晚上早点睡，不用等我了。"王明夫妻俩收摊了，我闲着无事，看看时间还早，便打电话给周建勇："一个人吗？要不晚上再叫几个人一起打牌？"那边："晚上算了，我心情不好，已经睡了。"

真无趣，鬓狗他们几个肯定是在网吧打游戏，一打就是通宵，我是流水线的，可扛不住通宵啊。走在车来人往的街上，人人脸上洋溢着幸福的笑容，奔赴各自的快乐夜生活。忧伤的人们，如同水面下的冰山，蜷缩在杭州的各个角落，看电视上人民的幸福生活。在电视上，我们的祖国日益强大，探测器快要奔赴火星，我们快要跑到火星上去做外星人了。

回到出租屋，隔壁老王正在整理行李，我问了一句："怎么，要搬家了？"老王抬头见是我，点点头说："嗯，换地方喽。"又想到一件事情："你房租押金交了几个月？估计没得还了。"我说："3个月。什么意思？"

他一边整理一边说："今天我去跟房东结账，房东一分押金不给，几百元钱的房租，又没订合同，要不回来了。"我迟疑了一下，当初租房的时候，谁会想到这事情？几百元钱的房租，谁还跟你订合同啊，唉，再说了，等我退房还不知何年何月呢。

仓库深深

唱： 　　　　秋风起，

百花残，

花开花落终有时。

天寒地冻，

风雪将至，

白茫茫大地真干净。

有人在野地里慌慌寻路，

寻找藏身之地，

茫茫大地何处可容身？

哦，

无处可容身！

不如跳舞，

在那雪花纷飞处，

且看我跳一曲，

霓裳羽衣舞。

　　早上刚上班，徐海峰就过来，附在我耳边说："昨晚出事了。"我说："什么事？"他看了看四周："蒋辉、王军两帮人火拼，1死5伤。"我心中一惊："有这等事情？什么时候？""就昨晚食堂吃饭时候。"正说着，线长过来了，对我说："张伟，你去人事部报道一下，估计要给你换岗位了。"我一愣，换岗位？我这是流水线，能换到哪里去？换哪里都比这里强，不由心中一乐，欢快的跑向办公大楼。

　　到了人事部，沈主任一抬头见是我，说："张伟啊，厂里打算给你换个岗位，仓管部门正缺人，你愿意去吗？"我说："好啊，做仓管怎么着也比流水线强啊。"沈主任笑了笑："知道就好，你

286

现在就去仓库周主管那里报道吧。"我说了声："谢谢领导！"就直奔仓库而去。

仓库挺大的，一时之间找不到周主管，看到里面一个同事，我就拉住他："师傅，请问周主管在哪里？"他看了看我："你找他什么事？"我说："我是生产部的，现在调到这里来上班了。"他面无表情的应了一声，用手一指："在那边。"

我顺着方向，终于找到了周主管的办公室，周主管40多岁模样，一看到我就说："你是张伟吧，来来来，请坐！"随后跟我简单介绍一下仓库的情况，说完把我领到一个女同事那里，说："你就跟着她吧。"又对那女同事说："晓薇，这人交给你了，好好带带他！"就走了。这叫晓薇的看上去有30多了，比我略大，我就叫她晓薇姐。早上她就带着我四处转悠，熟悉仓库环境。

中午，厂里开大会，大家站在操场上都议论纷纷，我旁边有个人说的最起劲："昨晚那场面你们是没看到，跟拍电影一样！一个个手里都拿着砍刀、铁棍，见人就砍，手筋脚筋砍断好几个！"有个人害怕的问："有死人没有？"那人说："听说死了1个，重伤5个。"

这时台上郭厂长说话了："各位同事，各位员工，昨晚发生在我们厂里的事情，大家应该都知道了。在我们厂里竟然会发生这种恶性斗殴事件，真是令人震惊！现在主犯蒋辉、王军等人都被公安局抓获了，我在这里提醒各位，若有人再敢在厂里闹事，一律开除！……"

大会整整开了一个下午，台下有人小声议论："这个下午算不算工钱哪？"旁边人说"想的美！这也给你工钱啊？"也有人说"这下厂里可以太平一阵子了，没有人再来借香烟钱了，也没有人跟你来借女朋友了！"大家轻声笑道："呵呵呵，看你嘚瑟的！我晚上就跑来跟你收保护费！""你敢！看我不砍断你的手筋脚筋！""哈哈哈……"大家都乐了。

下班后回到家中，亚萍不在，我看到昨天买来的小菜，就洗了，自己做饭。小菜都做好了，还不见亚萍回来，于是就拨通了她的电话："亚萍，下班了吗？怎么还没回来？"那边："哦，我今天不回来了，同事请客，晚饭你自己搞定吧。"也不事先说一声，害我在家里等，真是的。我正吃着，桌上手机响了，一看，是刘婷婷打来的："张伟，你在家吗？"我说："恩，正吃饭呢。"那边："你家亚萍在家吗？"我说："她们同事请客，晚饭不回来了。""哼哼哼！"那边冷笑几声，"狗屁同事请客！"刘婷婷在电话那头骂了一句。

我预感到有事情："怎么了？"那边："是我家的那位在请客！你吃好饭赶紧过来，我在我家楼下等你！"一听这话，我隐隐觉得有点不对劲，但还不能确定是怎么回事。我这赤贫的小家，那不过是用纸糊的爱情糊成的青春童话，禁不住现实的一夜雨水。这一天迟早要来的，只是来的太快了点。

我匆匆两口扒完饭，跑到大街上拦出租车。正吃晚饭光景，大街上连出租车都看不见。旁边弄堂里倒吵吵嚷嚷围了一大群人，有绑着红花的婚车，还有婚车里穿婚纱的新娘，但看各人的表情可一点都不喜庆啊，倒像是正在吵架一般。

这边出租车迟迟不来，那边吵架正吵的凶，唉，罢了，还是先看看吵架吧，结婚结成这个样子，也算是刻骨铭心了。我三两步跑去人堆里观看，那里可谓已经是人山人海，附近的住户、路人、新郎这边亲戚、新娘这边亲戚……，都快引起交通堵塞了。

我看人群里有个人讲的最起劲，赶紧把耳朵送过去听："……现在的女人结婚，闹彩礼闹得太凶了！从中午开始提出要彩礼30万，说男方没凑齐，只凑了21.5万，愣是不上车。男方被逼得没办法，四处筹钱，一下子凑齐八九万的现金，对一个被掏空的家庭来说还是有困难的。好不容凑齐30万，天都快要黑了，临上车了，你猜怎么着？又要上车费了！我的妈了去！"

旁边有人问："什么叫上车费？上车费多少？"那人伸出一根手指：

"上车费就是，你想叫她上车来男方家，那就得掏钱1万2。"一时间，人群里说啥的都有，我听到有句话说："趁现在卖呀！等过几年就卖不了好价钱哪！"我睁眼看看那婚车，新娘正在婚车里抹鼻涕、抹眼泪的，妆都哭花了，我心想，不对呀？不是已经上车了吗？

我冲着那讲的起劲的人喊一句："那位老哥！现在新娘不是已经上车吗？你怎么说还要上车费？"那人朝我这边看了一眼，笑了，用手指了指我："唉，一言难尽哪！你们都还不知道哪，这戏还得一出一出的唱啊！话说新娘揪提出要1.2万元上车费，新郎这边是再也拿不出来了，做婆婆的是千求万求，就快要给新娘跪下了。旁边有个亲戚实在看不下去了，拿出1万元，双方讨价还价，总算拿了1万元上车。"

旁边有个不懂事的问道："那不是给钱了吗？可以走了呀，天都黑了，还在这里吵啥？"那位老哥又笑了，指了指那人说："你当这么容易啊，现在不是上车，是下车，人家还要下车费哪！"这话说的大家都蒙了。

原来现在是到了新郎家了，是要下车啊！"哪下车费多少？"有人问一句。那人做个手势："1万。"人群又是一阵哗然，其中有个懂行情的接着说："这还没完！接下去还有进门费、改口费、磕头钱、洞房费……，还早着呢！"众人听了不禁哈哈哈大笑起来，实在是到了无语的地步，这结婚对于普通家庭来说，分明就是一个家庭对另一个家庭一生积蓄的彻底搜刮啊！

大家都看向婚车那边，要看看这场结婚到底怎么收场。只见新郎已经是气的脸色铁青了，老母亲不停的在旁边抹眼泪，有个好哥们塞给新郎大约2千元，新郎把那钱往新娘身上一摔："就这些了！没有了！大不了这婚不结了！"

新娘捡起仍在身上的钱，数了数，钱不够，旁边的伴娘说话了："才两千元，打发叫花子啊，绝不能下车！"我心里说，你这哪里是结婚，这是爱情吗？你这是贩卖人口，卖的再贵也是卖！新郎终

于崩溃了，大喊一声："这婚我不结了！你给我滚！滚回去吧！"说完，一把摘掉胸前红花，朝着街道狂奔而去，丢下满大街的人，各种表情……。

你以为结了婚就完事了，接下去还有离婚呢，过个几年，等她找好下家，就会跟你离婚。离婚之后彩礼一分别想还，你若叫她还钱，她登时把眼给你一瞪："你这是要在老娘身上白嫖啊！老娘的青春无价！"呵呵，大家只有呵呵了，你的青春咋就这么值钱呢？值人家全家一辈子没日没夜辛苦的全部积蓄？到底是人家幸苦一辈子的血汗值钱，还是你这被多少人用过的身子值钱？

正当我傻愣愣为别人的婚姻感慨，手机响了，是刘婷婷："你出来了吗？"我这才想到，我还有正事要办呢！好不容易拦下一辆车，马不停蹄赶到周建勇家楼下，刘婷婷早已经等在那里了。我说："怎么回事？""前两天我们不是吵架了么，就是为你家那位吵的！今天我回家来，本来打算和好的，哪里知道，正碰上你家那位和我家那位，有说有笑的相互搂着，从外面回来，旁边还跟着一个'鬣狗'。今晚肯定有事，我们就等着抓现形吧。"

我虽然有准备，但还是一下子接受不了，呼出一口气，四下走动，活动一下筋骨，又抬头看看楼上，客厅的灯亮着，估计现在还在吃饭，我说："那就等等吧。"

我靠在一棵大树上，等着等着就有点犯困，这时间咋就过的这么慢呢？刘婷婷推了推我："该醒了，客厅灯已经关掉了！他们快要上手了！"我一听要上手了，抬脚就往前冲，被刘婷婷一把拉回来："你急什么！再等等，现在进去还太早。"

我打了个呵欠，唉，干啥事情都是不容易啊，连抓个现形都那么费劲，真是等的花儿也谢了。刘婷婷傲人的胸部，挺立在眼前，好像在向我示威，我顺手捏了一把，软软的。刘婷婷一下子打掉我的手："都啥时候了！还干这事，等会没抓住他们，反倒被他们抓了现形。"

约莫过了 10 分钟，刘婷婷说："可以进去了。"我们悄悄摸到楼上，刘婷婷小心翼翼的开了门，就听见里面传来轻微戏笑之声。他们在卧室里，卧室的门关着，刘婷婷示意我再等等，我只觉的我们的心脏都快跳出来了。

又等了一会，我们贴着门听，里面没有声音了，不知道在做什么。正当疑惑之间，房间里突然传出一声风骚入骨的叫声，我一听那声音真是恼火，跟我在一起的时候，咋从来没听见你叫的这么欢？在别人面前，原来竟是这副骚样！

刘婷婷再也受不了了，不由分说，拿出钥匙，迅速开了房门！只见房间里三个人全都一丝不挂，正在床上互相纠缠在一起。周建勇吻住亚萍的嘴，'鬣狗'这掏肛兽，正呼吸急促，在后面掏的欢！刘婷婷冲上去对着亚萍就是一记耳光！我迟疑了一下，也冲上去，朝着周建勇、鬣狗两人各是一拳！他们三个人全都惊呆了，一下子反应不过来。刘婷婷流着眼泪，扭头就跑，我铁青着脸，跟在她后面，走出了房子。

等我走到外面，已经不见刘婷婷的踪影。我脑子里一片烦乱，在马路上漫无目的的行走。有个妇女抱着小孩，在那里卖羊肉串，我买了两串，一路咀嚼着走回家去。这绝对是打激素长大的饲料羊，一点味道没有，好像在吃棉花一样。到家后，我倒头就睡，一整夜没见亚萍回来。

天塌下来，上班还得上，这里是行星的轨道，不管你愿不愿意，你仍得身不由己的旋转。早上上班，又碰到那个我刚来仓库时碰到的那人。这人很是傲慢，见我是新来的，随手对我一指："你，新来的，把这几条凳子搬到办公室去！"我一听，本想发作，可又一想，谁叫我是新来的呢？忍了。

搬起凳子就朝周主管的办公室走去，可谁知道他又说了："哎呀！不是这边，是那边办公室！"原来仓库里还有别的办公室，这我怎么知道？他又轻轻吐了一句："唉，什么人都往仓库里塞。"一听

这话，我爆发了："什么？我好心帮你搬凳子，你倒还嫌这嫌那的，你自己搬吧！"我把凳子一扔，"你不要把别人都当傻子使唤！"

那小子一听，怎么？还反了天了，走过来想教训我。我一看，正好旁边有一根铁棍，一把拿在手里，指着他："来啊！你胆敢过来，我一棍子敲死你！"那小子一怔，怎么着？还真是看走眼了，嘴里说道："好，你给我等着！"我说："等你妈个头！你再给我嘴里不干不净的，老子现在就废了你！"

对待这种畜生，绝对不能手软，否则就会爬到你头上来拉屎。他不知道我底细，见我架子端的比他还大，一时摸不清我是什么路数，阴沉着脸，走了。

这事情以后，我发觉整个仓库都不对劲了，上次跟晓薇姐一起熟悉仓库环境时，还人人都跟我们打招呼，现在仓库里所有的人看见我就绕着走，好像我是什么瘟疫一样。我被孤立了。

偶尔在仓库里碰到那小子，他旁若无人的冲着前面微笑，原来他也会笑。我开始怀念在生产部的日子，在那里虽然累点苦点，但是人都比较简单，没有这么多的勾心斗角，也没有这么多人不人鬼不鬼的东西。我如同活在无人之地，在仓库里走过来走过去，没人会跟我说话。

晓薇姐找到我："听说你跟仓库的陆俊杰吵架了？"我说："拌了几句嘴。"晓薇姐说道："看看你都这么大的人了，做事情还跟个孩子一样，你最好去跟他道个歉，否则只好我替你去了。"要我去跟他道歉？这怎么可能？无缘无故被人当奴隶使唤，使唤完了还要上赶着跟他道歉，说我这奴隶没侍候好主人？我无歉可道。

晓薇姐叹口气，出去了，我悄悄跟在她后面，想要听听她是怎么替我道歉的。偷偷跟她到了仓库一个角落，陆俊杰还有几个人都在那里，晓薇姐走过去："老大分了个二傻愣给我，我也是无语了，你们以后就当给我个面子，让我省点心。"

他们一听全都笑了。"有你晓薇姐这句话，谁还敢去动他。""真

是傻人有傻福啊，太聪明的人，放在你身边，那领导也不放心啊！哈哈哈……。"晓薇姐似笑非笑的回道："没大没小的，拿你老姐开玩笑！"说着，便走了回来，事情就这样过去了。

原来她就是这么道歉的啊！但是我这里过不去呀，我好像书上写的那个'周处'，自己以为是个英雄，原来在别人眼里是个祸害啊！这还是在晓薇姐眼里哪，我想起似曾相识的场景，那就是同学会上，我拍了杨波一记后脑勺，现在想想，当时在同学们眼里，应该也就是个'二傻愣'吧。

晓薇姐帮我把这事情摆平以后，仓库里的人看见我，又有笑脸了，这里面的水深着哪。轻轻的他笑了，正如无缘无故的他又不理你了，早上还跟你谈笑风生，下午又成陌路了，你不小心跟这个人说错一句话，那么等会儿连那个人也要恨你了。这仓库里的人，跟我们生产车间的人不太一样。

晚上，亚萍仍旧没有回来，周建勇家我是不会去了，就来到陈静他们小区，看他们卖水，她们小区就在我出租房附近，走路15分钟。那小区门口围了许多人，多是些老人，吃了晚饭没事情，又听说能治病，这可是说到老人心坎上去了，老人别的不关心，关心的就是身体。

陈静为几个老人祷告，又赠了几瓶水，对我说："奇怪，这个水，居他们反映，效果真实不错。但我们的祷告，怎么就不像雪燕那么灵呢？看来还是功力不够，改天得去找个教堂修炼修炼才能有这功力。"我说："我看你们两夫妻都入迷了，一天到晚都钻到钱眼里去了，教堂现在到处都是，也没见哪个信神的出来抬手就能给人治病的，这种事情跟那练武功的一样，你们得找个信神的绝顶高手，才有这本事。"他俩都说："有道理，改天我们去找个教堂，先打听打听。"

在小区门口站了一会儿的功夫，台面上的水就送的差不多了，陈静信心满满，说："明天开始要收费了。"我也乐见他们赚点钱，

见两夫妻收拾东西快要收摊了，我也该走了，这时想到史千红，给她发了个短信："在干嘛呢？想见见你。"

那边很快回复："在姐妹家里，要不你也过来坐坐？"我便按照她发的地址，找到那个姐妹的家，是一个高档小区，21层楼，1903室。我敲了敲门，史千红给开的门，屋子里面装潢很气派。那姐妹穿着一件桑蚕丝睡衣，因为我是史千红的朋友，对我招待的很是热情，给我泡来一杯菊花茶。

我问史千红："你房子租在哪里？这么多天了，我还没来看过呢。"史千红酸酸的说："你都把我给忘了吧？"我说："怎么会呢！我永远是你最好的闺蜜。"

这时她那姐妹插上来一句："看你们两个郎情妾意的，干脆结婚算了，还要等谁呢。千红，你的这个男朋友是做什么的？"史千红略一迟疑的功夫，我立马说："我是在厂里流水线干活的，做朋友可以，做夫妻这辈子都不可能！"

那姐妹一听'流水线工人'，脸色当时就有点不自然，愣了愣，吐了句："哦，是工厂里的，那确实有点不相配。"我接着说："你们做姐妹的帮忙物色一个合适的人选呀。"那姐妹眉毛一挑："这个当然，我老公认识的钻石王老五不要太多。"说完，再没看我一眼，走进房间去了。

史千红却仍一往情深看着我，半开玩笑的说："看你，都在说些什么糊话呢，你若敢娶我，我现在就敢跟你去领证。"我鼻子一酸："你想叫我犯重婚罪啊，我都还没离婚哪。"史千红笑笑："那还不容易，明天就去离。"我笑了："就算离婚了，我们这辈子也不可能。"

那姐妹又从房间里走出来："好了好了，你们两个不要在我面前演苦情戏了，那个什么男闺蜜，你能不能回避一下？我和千红有几句悄悄话要说。"我一听，这么直白，这不是明摆着下逐客令了么？当时就站起来："好吧好吧，你们聊，我还有事情等着去办呢！"

史千红瞪了那姐妹一眼："你这说的是人话吗！张伟，你别走。"

我麻溜开门出来，背后听那姐妹轻轻的说话声："你怎么糊涂成这个样子了？天下男人都死光了吗？现在居然连农民工你都要啊！……"史千红说了句："唉，你不懂！"就向门口走来，我一看她走过来，"呼"一声关上门，快刀斩乱麻，眼不见为净，飞身下了楼。

我在午夜的街头游荡，愉快的人群从我身边掠过。这个世界爱凡属世界的人，他们生活在这个世界，如鱼得水，适应各种潜规则，在各种罪恶中，心花怒放。凡不爱这世界的，世界也必恨他，因你原本不属于这世界。这话好像听谁说过，哦，是那个穿长袍的阿拉伯人，一个奇怪的人。我到现在才算听懂了他所说的话。

街上围了好一群人，有个网红在那里卖唱，唱的是《夜夜夜漫长》："……漫漫漫长夜，夜夜夜漫长，没有你在身旁，我夜夜惆怅…夜啊夜太孤单，我太过思恋，思绪爱愁万千……。"

早上上班，仓库空荡荡的，人都不知道去哪里了。这时，和陆俊杰一起的有个人，名叫方孝义，过来把我拉去搬货。后面晓薇姐特意叮嘱一句："方孝义，注意分寸啊，不要欺负我家张伟！"方孝义回了一句："有你这句话，谁敢欺负他啊。"

到了地方，货堆的山一样高，仓库里男的基本都在搬。中间歇一会，方孝义问我："你原来在10车间，那你认识苏志明吗？"我说："那是我老大。"方孝义听我这么一说，愣了一下："哦，我知道了。"走过去，对陆俊杰几个人轻声说了句："他原来是跟苏志明的，你怎么把他当成'二傻愣'？"

经方孝义这么一说，仓库里几个场面上的人，对我算是有所了解了，当下有人过来说道："你歇一下，先让他们搬一会，晚上有空大家吃餐饭，认识一下。"我便在旁边坐下休息一会，后来见货物都搬的差不多了，再坐下去有点不好意思，便过去又搬了几箱。

唱：　　　　　午后的瘦西湖，
　　　　　　　杨柳青青，
　　　　　听惯了千百年的知了鸣叫，
　　　　　　看惯了人来车往。
　　　　　浙江大学的张晓丽啊，
　　　　　　校旁宾馆第一次，
　　　　　　　与人开了房。
　　　　　新官上任的邬建国啊，
　　　　　　脸红心跳第一次，
　　　　　　　拿了回扣款。
　　　　　还有扫垃圾的杨大妈，
　　　　　　为何逢人发喜糖？
　　　　　　　　哦，
　　　　　是儿子考上了大学！
　　　　　　　老店关门，
　　　　　　　新店又开张，
　　　　　不变的总是人民币。
　　　　　　　　唉，
　　　　　　　日光之下，
　　　　　　　没有新鲜事。

　　杭州的黄昏，总是带着阅尽沧桑的人文气质，这里从无忧伤，只有醉人的歌舞升平。昨天的晚霞，今又灿烂，厂门口的大小店铺，重现昨晚的热闹场景。陆俊杰定了个小饭馆，仓库里几个人凑了一桌，有方孝义，项琦、郭健华、罗小刚。

　　几瓶啤酒下肚，话就多了，陆俊杰拍拍我的肩膀："兄弟，你初来乍到，有些情况我要给你交个底，否则到时候你还要怪我不够朋友。在我们仓库里面，有几块暗礁，你不要踩上去。"我不明白："什么暗礁？"陆俊杰继续说："有个叫亚飞姐的，是曾副厂长的

小姨子，还有陈欣怡，是二车间陈主任的女儿，这些都是放在仓库里的地雷，不知道的人，一脚踩上去……。"做了'爆炸'的动作，大家都笑了。

旁边方孝义补了一句："还有你家的晓薇姐，那也是个雷。"我说："怎么说？""反正是个雷，你注意就是，在我们仓库里，男人都不如女人厉害。"又喝了几瓶，罗小刚酒量最差，没喝几瓶就醉了，在那里乱喊乱叫。

项琦提议，晚上去洗脚房按摩。大家酒足饭饱，临走了，陆俊杰说："张伟，晚上这餐饭你说吃的值不值？"我说："这算啥话？晚上肯定我请客，这都拎不清，还怎么出来混？"于是，我付了钱，一帮人摇摇晃晃出了饭馆。

我们酒气熏熏的，在大街上寻找洗脚房。大街上的灯光红红绿绿，闪烁着各种光芒，分外美丽。我们是打工一族，进不了那些高档会所，只能找个洗脚房对付一晚。

有一家名叫'梦缘休闲会所'的映入眼帘，什么叫休闲会所？在咱中国这一块，休闲就是洗脚、敲背，别的也没什么好休闲的，反正你赚了钱，然后再把这钱花出去，你这人做人的任务就完成了，活着也好，死了也罢，已经没有别的意义了。最好就是你一刻不停的赚钱，然后又一刻不停的花钱，这就是你存在的价值。这就是资本的本质，这世界本不是为人服务的，而是为钱旋转的。

洗脚房的领班见来了 6 个人，是个大单，赶紧凑上来："先生您好！请问你们各位是要洗脚呢，还是敲背？咱们这边有各种套餐，你们看要选哪个项目？"项琦比较内行，说："我们是朋友聚聚，就来个泰式的吧。"其实我们的脚都不痒，洗脚仅仅是因为长夜太无聊，而这又是最便宜的消费了。

我们被带进小房间，一人一间。我这间进来一个美女，天使脸庞魔鬼身材，我说："就你这容貌身材，在杭州完全可以找个别的活干。"她一边按着我的小腿一边说："这活挣钱多呀，我们出来

做不就为挣钱么，我姐妹干这个现在已经在杭州买房了。"

在杭州买房？那可不是一个小数目。现在的人就一个钱字，除了钱还有别的啥意义，还真想不起来。我无语以对，不经意把手放在她大腿上，她说话了："你这样摸来摸去，可要另外收费的哦。"接着便向我推荐项目，"要不要来个更舒服的服务？"我问："什么服务？"

她一一介绍起来："用胸按200，用臀按400，你如果要做全套也行，但是这里不能做，这是硬规定，得出去外面开房。"我问："那要多少钱？"她熟练的按着我的大腿："一仟。"我说："就这些？"她想了想，说："你们如果人多的话，那要加价的，一人2千，让我做什么都行。"我沉默了，如今这世道，廉耻、面子、底线、尊严等等，那早已经是很久以前的事情了，人人都努力要把一切变现成钱，恨不得把身体和身体的每一个毛孔都变现成钱，钱才是硬通货，其他全他妈是浮云。

我轻轻哼起了歌："……漫漫漫长夜，夜夜夜漫长，没有你在身旁，我夜夜惆怅……。"这首是昨晚大街上卖唱的网红歌，不知怎得，这几天与这歌有缘。

正哼着歌，在我右手方向的房间传来吵架声，起先我也没在意，后来动静越闹越大，似乎打起来了，我这才意识到情况严重，赶紧起身过去看看。等我赶到，罗小刚已经被人打倒在地上，满脸是血，对方那边4个人，有一个捂着眼睛，还有三个正在和郭健华厮打。眼看郭健华扛不住了，正好我们这边其他人陆续赶到，洗脚店老板也来了。

双方拉开厮打中的人，各自问什么情况。小刚已经喝醉了，据郭健华说，是因为小刚醉酒乱来，惹恼了小姐，喊来店里人把他揍了一顿。郭健华离的近，听见动静出来，便和他们打了起来。就这么点事，说起来还是我们理亏，大家便不想把事情闹大，准备结账走人。

哪里知道，店家不干了："晚上不给个说法，你们一个都别想

走！"陆俊杰走上前去："那你们想怎么样？"老板说："没想怎么样！别的我都可以不追究，但他打伤店里伙计的眼睛，这个事情可就大了！"陆俊杰指着小刚说："那你们也有打伤我朋友，你看，都被你们打的满头是血。"老板不同意，敲的桌子震天响："他都是皮外伤，眼睛废了，这辈子就完了！"

陆俊杰回转头来问郭健华："你把他眼睛打的怎么样？"郭健华觉得冤："当时他们人多，不是我打他们，是他们打我，我可没打他眼睛，是他自己眼睛碰到哪里吧。"陆俊杰回来对老板说："他这眼睛不是打伤的，问题不大，我们这边也被你们打成这样，不如这事就算了吧。"老板一听，哪这么容易："你们跑我店里来闹事，又把人眼睛打了，现在像没事人一样走人，怎么可能？"

方孝义忍不住了："那你说，怎么办！"老板略一思索，脱口而出："我也不想把你们怎么着，赔 5 仟吧。"我们大伙一听，都不干了："什么？就这样一场吵架，要我们赔 5 仟？你这里不是有监控吗？先调监控出来看看！"

老板死活不调监控，说监控坏了。双方正相持不下，警察来了，估计是老板报的警，于是一伙人全被带到了派出所。老板一口咬定，眼睛被打成轻伤，警察把参与打架的各罚 200 元，郭健华由于打人至残未定，被派出所拘留了。

出了派出所，也没啥心情了，各人自回家不提。我看了看手机，史千红有发来微信："我找了个男朋友，你过来帮我看看，把把关。"我回："你们在哪里？"那边："在我租的房间里。"我正好在街上，便过去看看她到底找了个什么样的。

按照她发的地址，找到了她的住处，史千红开的门，一进屋我便四处寻找，在房间角落的沙发上，有个 20 多岁的小伙子，正捧着手机在打游戏。我又四下看看，确定再没别人了，不禁惊讶的张开嘴，看看史千红，又指指那人。史千红点点头。那年轻人抬起头来，冲我笑笑，又继续玩他的游戏。

我不方便直接说话，便坐在凳子上跟史千红发微信："你这不是在找男朋友，你是在找小鲜肉！"那边："哈哈哈，我的男朋友就是你，谁叫你不娶我！"我回："我真不适合你的，你姐妹说得对，我只是工厂里的一个农民工，你应该找个配得上你的，才是真过日子的。"

那边："你让我找谁去？老头，我才看不上！中年的，都太精了，玩腻了，就把我给甩了，我是怕了！还不如找个小的，至少在一起没那么累。"我回："和小鲜肉能白头到老吗？没几年功夫，就嫌你人老珠黄了。"那边："所以我叫你来给我把把关呀。"

我回："太难了，你这关我把不了。"看看那年轻人，正游戏打的入迷，我都搞不清楚，他到底是来打游戏的，还是来谈恋爱的？看今晚两人的架势，那小伙子晚上恐怕没有回去的打算。

史千红找了这么个人，我感到很不舒服，烦闷的拿起遥控器，打开电视，电视里正在播'中国好声音'鸟巢冠军争夺战。这届好声音是最烂的一届，唱歌跑调的一塌糊涂的邢晗铭，居然被当成宝贝，送进鸟巢，而且很可能夺冠军。

中国的腐烂，在中国好声音上体现的淋漓尽致。在前面几场争夺战中，当看到实力爆棚的崔佳莹、刘美麟，居然被三流唱功的牙套妹给挤掉的时候，许多人才醒悟过来，明白当今社会都已经烂成啥样了。看这种节目还不如去卡拉 OK 唱歌呢，当即关掉频道，从此和中国好声音说再见！这不是音乐节目，这是各种势力、金钱、政治，角逐的舞台，已经和音乐无关。

其中最恶心的，要数媒体评审团这帮绿头苍蝇！你们到底收了谁的钱？还是受了哪个的政治指示？为了保住内定冠军，一路砍人，谁唱的好就砍谁，直到最后进入鸟巢决赛的，净是些破烂歌喉，听说现在鸟巢的门票都没人买了。

国家就是断送在你们这帮人手里，可惜了鸟巢这么昂贵的建筑，里面容纳的净是些见不得人的污秽、肮脏和交易。这些参与中

国好声音的各路势力，为了各自的利益，把全国人民当成白痴，把一个节目搞的乌烟瘴气。这种恶劣影响，道德败坏，得要多少次汶川大地震的救死扶伤，用多少解放军的生命才能重新弥补啊。

看到这些霉烂的电视节目，我更心烦，换了个电视频道，跟史千红说了声："我要回去了，明天还要上班。"史千红说："再坐一会儿呀。"我径自走去，开了门，又把门轻轻带上，留下屋子里一个深闺怨妇，和一个迷茫青年。

回到家里，房间空荡荡的，亚萍已经两天没回家了，我倒在床上，沉沉睡去。

早上仓库里又到了大批货物，我们男的都到门口去搬货，然后放在推车上，运进各自的库房。在门口，我被那个叫亚飞姐的叫住了，因为昨晚陆俊杰刚给我上过课，我知道眼前这是个地雷，不能得罪，再不像　　　　刚进仓库时候，两眼一抹黑。

我赶紧凑上去："亚飞姐！叫我什么事？"亚飞姐见我这个新来的还挺懂事，不禁有些意外："来来来，你先帮我这些货，运到我库房里去！"我说了一声："好嘞！"拉上她家的货，就跟着进了她们的仓库，她们仓库其实也有男的，加上我，搬的更快一点。

我正搬的不亦乐乎，后面有人叫我："张伟！你这个'二傻愣'在干啥哪，自己仓库的货还没搬哪，倒去替别人家搬货！你给我回来！"我回头一看，是晓薇姐，干紧放了手中的货便走。身后的亚飞姐不高兴了："这才搬了一箱货，你就走了？没出息的东西！"

根据昨晚的谈话宝典，晓薇姐也是一个地雷，横竖两边都是雷，再加上晓薇姐是我顶头上司，说话也在理，这肯定是站在晓薇姐一边。我头也不回跟着晓薇姐便走，一路还被她数落一顿："你怎么这么傻？自己仓库的货不搬，倒跑去帮别人干活？你以后不要跟我了，我把你调到她们仓库去好了！"我无话可对，被她这么一说，觉得这事确实办的不妥，仓库这鬼地方，真他娘的难混！

晓薇姐返回仓库，清点货物，我在大门口继续搬货，这回是搬

自己家的货。正往推车上堆放，亚飞姐仓库的一个男的，叫朱学军，推着辆车，也出来搬货。见我在，便笑了："二傻愣，不要听你家的那个晓薇姐，堂堂一个大男人，怕她干啥？来来来，帮我搬几箱！"

照他这说话的意思，好像我是个只知道蛮力干活，别的啥都不知道的二愣子。我不跟他计较，既然你们仓库的底牌我都清楚了，我更没兴趣再跟你计较了，我继续搬我的货。他见我没理他，觉得没面子，当下就有点恼了："我说你小子，我好意跟你说说话，你倒给我脸色看？真是个不知好歹的东西！"

我抬起头，用充满怜悯的目光看着他，这人的素质怎么就这么低下呢？而他却把这目光看作是一种挑衅，说："怎么着？还不服啊？"伸手就过来推了我一把，我也觉得奇怪，我本来这一夫当关，万夫莫开的气势都哪里去了呢？真是知道的越多，脾气越好，江湖越老，胆子越小。

本来被他推一把，这事情也就过去了，可偏偏旁边来了个人，见我们推推搡搡的，以为要打架。当下也不分青红皂白，冲上来对着我就是一拳，我没料到旁边会有人突然冲上来，一时之间都被他打蒙了。朱学军见我无还手之力，原来只是个挨打的货，不打白不打，顿时扑上来又补了几拳。

这时只听后面有人叫："喂！你们这是干啥？"就有人过来，把他们拉开了，我这才看到，原来是项琦。项琦对我说："你怎么都不还手啊？被人当傻子一样打。"又回过头对他们说，"都是一个仓库的，低头不见抬头见，你们这是干啥呢！"那两人悻悻的走开了，继续在那里搬货，装了满满一车，然后推着车子走了。

这事情传到陆俊杰、方孝义耳里，都说这事情不能就这么算了，无论如何总要弄个赔礼道歉，我说："还是算了吧，这都是场误会！他以为我要跟他吵架，其实我根本没这意思。大家都是仓库里的，以和为贵。"事情也就不了了之。

离婚

　　晚上回到家里，我一个人呆着也没趣，便出来到处闲逛，走着走着，又到了陈静他们小区。夫妻俩前几天还叫我一起再去趟那海岛，因为水快卖光了，很抢手，他们要多去弄点回来。这几天我都一个人过日子，再没看见亚萍人影，我很明白，一个女人一旦变心，你就是哭着求着也拉不回来了。

　　陈静远远看见我，就向我挥手示意，他们摊子前面站着几个人，在看水的说明书。那水说明书从桌子上挂下来，写着：森林特质山泉水，有医病延年功效，每瓶50元。下面附有多张治好的病人照片，名字，病因，和联系电话。我说："看来生意不错嘛！都开始收钱了。"陈静说："哪里呀，路费总要带点的嘛，你是知道的，这么远的路，不收路费怎么吃的消？"

　　正说着，小区里走来个人，甩手就是100元，拿了两瓶说："这水还真灵！我长期的高血压，喝了这水竟然痊愈了，实在是不可思议。我还是不放心，再买两瓶巩固巩固。"说完乐呵呵的拎着两瓶水走了。一会儿，又来一人，一看这摊子上面的说明书就说："应该就是这里吧！我是听同事说的，说喝了这水，多年的关节炎都给治好了，介绍我买两瓶试试。"那人高高兴兴拎去了两瓶。

　　我说："你们不是给人祷告再赠水的吗？现在不祷告了？"陈静一脸无奈的说："唉，为这祷告，我们都跑去好几个教堂了，大概只有几个人会祷告治病的，而且说这是神的恩赐，不是谁想修炼就能修炼成的。手里圣经倒有好几本了，都是教会送的，可我们哪里有时间看呀，现在卖水忙都忙死了。"正聊着，又有顾客要买了，我也不打扰他们做生意了，离开小区，在大街上闲逛。

　　回到出租房，意外看见亚萍居然在屋里，正在整理衣服。我一看这苗头，知道摊牌的时候来了。她脸色滋润，衣着光鲜，好像遇

着什么喜事般的春风拂面。平静的拿出写好的离婚协议书，说："签个字吧。"我拿在手上，粗略的看了看，就打算签字，可是没有笔。我想起里间的抽屉里应该有支笔的，就走到里间去。打开抽屉，找来找去，竟找不到那笔，我就坐在那里想，这个笔放到哪里去了呢？

亚萍在外头说："这有什么好研究的？你有多少的房产、现金或者公司好让我来分呢？"我回了一句："我是在找笔，没笔怎么签字？"她递过来一支笔，粉红色的，很精致的一支水笔，我接过那笔，就把字给签了。"明天我们就去把证给办了。"亚萍扔下一句，然后拖着大包小包的行李走了，这回东西比较多，她在楼梯里捣鼓好一阵，才下楼去。

这年头的日子，象山上的荒草疯长，长满山头，长满坟头，这经过的岁月，原来是杂草丛生的原野。回忆，总显得那么触目惊心，使人不敢直视，如同岭上的血色映山红，盛开在夜幕降临的黄昏。

几天之后，传来消息，郭健华的案子取保候审。足浴店老板仍然一口咬定，眼睛被打成轻伤，而且医院的鉴定报告也搞到手了。我们都明白，他在公安这块肯定有关系人脉，而且那人的眼睛肯定没事，否则他也不会老是阻扰，不让看监控，真有事情，可不是5仟元钱能够解决问题的。

郭健华也向派出所提出要查看监控，但是等派出所来查看的时候，监控已经坏了，这回是真的坏了。这么重要的证据，派出所居然要等到受害方提出，才姗姗来迟查看一下，这你说派出所和老板没有关系，鬼也不信。

照派出所的说法，最好是双方能够达成谅解附带经济赔偿，否则闹到法院，构成刑事案件，就不是钱能解决的事情了。那天晚上，我们几个人又一次来到足浴店，在足浴店里间老板办公室谈判。

这回老板的气势，更加强硬了："当时我也没想到眼睛会伤的这么严重，现在医院报告也出来了，你们也看到了，定性是轻伤！现在已经不是5仟元钱能够解决问题了！是不是要判刑都是个未知

数！"陆俊杰盯着老板看了三秒钟："到底有没有打伤，到底是怎么受的伤，大家还不都是心知肚明的事情。你就直说吧，要多少钱？"

老板也是个爽快人："我是个讲道理的，前面我以为伤的不严重，所以就提出5仟元的解决方案，看现在的情况，我也不跟你们多要，5万。"陆俊杰笑了："你这张医院报告单拿到法院没用，法院是要法医鉴定的。"老板义正言辞："你们不相信医院报告，那就让法医来鉴定好了！"

方孝义说了一句："像你这样的还开什么足浴店？直接去抢银行更快。"老板一听这话恼了，用手戳着方孝义："你这是什么意思？要寻衅滋事吗？打伤一只眼睛还嫌不够，还要再打伤一只眼睛啊！"看看双方又要动手，我们可不想再生事端，好歹把他们拉开了，双方不欢而散。

在这个世界，事情临到，真相其实一点都不重要，重要的是你有没有势力、有没有关系。

郭健华在杭州没有关系人脉，好不容易托了一个远房亲戚的同学，侧面了解一下内幕。传回来的消息是，那足浴店老板关系很广，根本没法跟他斗。他能拿到医院的证明单，法医的鉴定书也不是不可能拿到，现在派出所、法院、医院都跟他穿同一条裤子，根据我所参与的史千红的离婚案，用刘律师的话说，形势对我们很不利啊。这已经不是我们几个人和老板的事情了，是双方背后实力的比拼。

最后，还是郭健华远在千里之外的搞房地产的姑丈，把这事情给解决了。罗小刚、郭健华凑了1万元私下赔给老板，老板是个仁慈人，可怜他俩是个民工，也就没有深究下去，这事才算了了。

夏季将过，天高气爽，秋风萧瑟。仓库里有个大学生，叫林志彬，长的文质彬彬，一表人才，就是太老实。好像一颗单豆，无枝无蔓，无根无叶，被人拿来放在仓库里自生自灭。

中午，吃过中饭，我们仓库里一大帮人在角落赌博押注，有几个女同事在一旁聊天。这时候，林志彬来了，从门外走进来，皮鞋锃亮，

西装革履，手里拿着一束玫瑰花。看到玫瑰花，使我不禁想起那晚舞厅里的没意思，多么熟悉的场景。爱情，总是叫人莫名落泪。

那花中还夹着一封信，林志彬走到仓库保管员秦丹凤面前："丹凤，今天是你生日，祝你生日快乐！"同时献上鲜花，搞的旁边的女同事们，尖叫不已："啊，天哪！小凤，快点接哪！"

我们这些赌博的，全都转过头去，看呆了，这是唱的哪一出？是在拍电影吗？只有坐庄的阿六在一个劲的喊："你们都押汪呀，怎么不押了？送个花有什么好看的。"那边秦丹凤被这突如其来的举动，搞得脸一阵红一阵白："你这是做什么？不要丢人现眼行不行！"说完，一低头就跑了，剩下林志彬傻呆呆的站在原地，可惜了这一捧上百块钱的玫瑰和那一身西装革履。

我们全都哄堂大笑起来："这叫什么回事啊？原来是一厢情愿哪！哈哈哈……""这小子一天到晚象做梦一样，有趣，有趣。"我身边的罗小刚说了一句："都已经追了半年了，还没追到手！好吧，还是我替他拿掉算了，看的人心烦！"说着，起身就往外走。我一看，有戏，我倒要看看他怎么个拿法，也跟了上去。

我悄悄跟在他后面，只见他大模大样的进了秦丹凤的仓库。正是午饭后，仓库里静悄悄的，没人。这小子找到秦丹凤，二话不说就抱住了她，秦丹凤惊叫一声："你干什么？"话音刚落，罗小刚就吻了下去，秦丹凤拼命挣扎，但是没用，力气太小了。两人的手在不住的拉扯、反抗，嘴却足足吻了有两分钟，这才气喘吁吁的分开。小刚站起来，头也不回的走了，秦丹凤瘫坐在墙边，望着远去的罗小刚，口里还在不住的喘着气。

回到赌摊上，阿六坐庄已经赢了一堆钱放在跟前，我不由暗自庆幸，刚才如果在押注的话，那可就输大了。下午，和晓薇姐一起盘货，我清点、搬货，她记账，累的我半死。中途晓薇姐叫我休息一会，笑笑说："是不是比你老婆在床上累啊！"这话说的，我心跳加快，却又无法回答，都说男女搭配，干活不累，照这样干法，

那确实不累。

我想了想，回了一句："那还是床上累！"晓薇姐哈哈笑起来："你老婆这么厉害啊！不会是你没用吧？哈哈哈……"这话撩拨的，我不明白她什么意思，应道："有用没用，你试一下不就知道了吗？"晓薇姐仍然在那里笑："……哈哈哈，有胆你就过来啊……"

我当真便站起来向她走去，她见我真走过来了，立刻拉下脸来："干什么！跟你开句玩笑，你还当真了。给我干活！"没想到她翻脸比翻书还快，我红着脸，又开始干活，落到这女人手里，那就像她手心里的面团，她要给你捏成方的，你就成了方的，她要给你捏成圆的，你就成了圆的。

晚上，罗小刚打来电话，说都在'名豪'KTV，叫我过去。我到了房间一看，陆俊杰、方孝义、项琦都在。出乎我意料的是还有一位佳宾，秦丹凤！她怎么来了？女人真是奇怪的物种，堂堂大学生林志彬追了半年，鲜花送尽，爱情满满，彬彬有礼，却不能赢得她的芳心。而罗小刚这样一个混混，随便一招手，她就来了，真是叫人无语。

秦丹凤拿着话筒，在唱高胜美的《刻骨铭心》："……自从走进，你的心里，像在沙漠里被遗弃，祈求不到你的爱，下一场雨，爱的序幕，缤纷美丽，无奈是你变了心，我的美梦到最后，跌成了碎玻璃……你让我刻骨铭心，认清了爱情……"

一开口，那哀伤幽怨，如泣如诉的嗓音，使我们深感震惊。仓库里被工作服掩盖下的厂妹，竟然是这种忧伤嗓音！这实力可以上星光大道了。看来，每个女人都是然乌湖畔，上天滑落的一颗眼泪。午夜的温柔，飘满迷茫的青春，爱情，是一种花开的声音。

一曲唱罢，我们齐鼓掌，这掌声一点没有虚假，确实唱的太好了。秦丹凤优雅落座，接下去罗小刚唱郑中基的《别爱我》："……这座城是片繁华沙漠，只适合盛开妖艳霓虹。悲伤的人们满街游走，打听幸福的下落，爱情都只是传说，难开花难结果。你眼神里的讯息我懂，像随时准备燎原的火，那危险的美我曾见过……"

　　我瞥了一眼，秦丹凤看着屏幕的眼神，泛起蓝色的眼波，今夜的天空是蔚蓝色的，今夜的月亮是玫瑰色的。

　　大家各唱了几首歌，接下去就是喝酒。我本以为秦丹凤不会喝酒，没想到她倒是挺爽快的，输了就喝。猜拳喝酒她其实不会，跟我们刚学的，现学现猜。我们是极力的让着她赢，故意输给她，任是这样，她还是喝了许多酒。赢了她就大笑起来，输了她就喝，今晚的秦丹凤似乎有一种迷人的气质。

　　后来我们就开了的士高音乐跳舞。秦丹凤不怎么会跳舞，喝多了酒，表现的很兴奋，嘻嘻哈哈的和我们打闹起来。拉拉扯扯之间，那衣服的扣子也散了，里面春光乍泄，时隐时现。秦丹凤平时在仓库里，在林志彬面前，那'矜持'两字可是拿捏的死死的，如果林志彬要娶她的话，彩礼什么的起码要 50 万 100 万。

　　而在今晚这个玫瑰色的午夜，什么都不要了，像一只飞蛾，无法抗拒的扑向火光，直至烧成灰烬。这个午夜的秦丹凤好像换了一个人一样，白天是世故的端着的，现在又是青春的热烈的，谜一样的笑声，谜一样的青春。

　　这是什么样的午夜啊？我们都被她撩拨的兴致勃勃。的士高喧嚣的音乐下，我们把她围在中间跳舞，人多手杂，这个在她屁股上拍一下，那个在她胸部捏一把，秦丹凤嘻嘻哈哈追着我们打。我们问小刚这女人怎么办？小刚说："晚上带她去开房。"

　　陆俊杰抱住摇摇欲坠的秦丹凤，坐在沙发上，一双手不老实的上下游走。秦丹凤兴奋的扭动腰肢，满身酒气，衣服扣子都开了。我们一看这架势，那还开什么房啊！各人都围上来，上下其手，有人拉下她的裙子，就地解决了。完事后，大家把人交还给罗小刚，让他带去开房。

　　唱：　　　　丛林的草木间，
　　　　　　　　有一张蜘蛛网，
　　　　　　　　这是光天化日下的阳谋，

却屡试不爽。
那年的我们，
正如网上挣扎的白蛾，
未经世事，
哦，
未经世事。
如今的我们，
还是网上挣扎的白蛾，
却是因为，
老于世故！
天网恢恢，
疏而不漏，
谁是需要救赎的族类？
正是日光之下的你我。

看陈静他们卖的这么好，我也想弄点水来卖卖，就和他们约了时间，一起去取水。到了岛上，我们先不管别的，一路直奔那取水的池子。我和王明各背一个巨大桶，还有折叠桶，连陈静也背了一个小桶，恨不得连牙齿也咬着一个桶。远远就看见有人在那儿打水，待到走近，觉得有点蹊跷，不像是岛上的人，岛上人取水不会装那么大的桶。

陈静走近前去一看，说了句："咦？怎么是你呀？"那人一回头，见是陈静，尴尬的笑了笑："呵呵，你们也来了，我也是听朋友介绍的，说这里水好。"说完，脸微红。陈静说："那你们先装，装完了，我们再装。"说着，就拉着我们走到边上，坐在角落里。

刚坐下，陈静就用手碰我，轻声说："他原来是我的顾客，从我这里常来买水的，现在病好了，就开始打这水的主意了。我敢肯定，他是在我们前一次来取水的时候，跟踪我们的！凭他自己永远也找不到这地方！"我睁大了眼睛说："这样啊？！真是世界之大，

为了钱，什么样的人都有啊！"

等了一会儿，他们那个大桶装完了，那人跟我们打声招呼，笑嘻嘻的和边上的人一起，抬着桶走了。我们走到水池边一看，哇靠！这水都下去一半了！保不定他们山下还藏着多少个桶呢！

装完水，我们吃力的搬着这些水来到村子里，已经是晚饭时分了。我们来到雪燕家，她爸妈正在洗菜做饭，一看到我们立即惊喜的叫起来："这不是杭州客人吗？你们是来取水的吧？来来来，快请进，快进来！"我说："是的，这水治了好多人的病哪！真感谢你们啊！"

进了屋子，我左右看了看，问："大伯，阿姨！怎么没见雪燕哪？"阿姨说："你们后脚来，她前脚刚走，早上走的，去你们杭州找打工去了，没跟你们联系啊？"我一算，她过来正是我们过去的时候，等她打电话联系我们的时候，我们已经在岛上了。

我说："坏了！她联系我们的时候，我们都在这岛上哪！"想了想又问："阿姨，那她在杭州有什么亲戚没有？"阿姨摇摇头，说："我们在杭州没亲戚的，海对面的小镇也有工做的，她非要去杭州，谁说也听不进去，我们也没办法了。"我说："不行！我们得连夜赶回去。"阿姨说："这不打紧的，明天再走吧，燕子可以找个小旅馆睡一夜的，没关系，不打紧的，不打紧的。"

陈静和王明也说："明天走吧，这么多水，夜里不好搬。"想想也是，我们就在雪燕家住了下来，晚上我听见阿姨跟大伯在为雪燕的事，向神祷告。一会儿，阿姨出来，对我们说："神已经给回应了，没事了，早点睡吧，今天你们这一路辛苦了。"于是我们就睡下了，还真累，沾着枕头就睡着了，他们两个自去别家歇息。

早上，我们还在床上的时候，村里的人知道我们这些杭州朋友又回来了，都来到雪燕家。我们一边洗脸吃早饭，他们站在边上劝我们再多住些日子，有人还拿来许多的海鲜干货塞给我们。我们来的时候只带来许多只空桶，去的时候装满了水，还多出来这许多的

大包小包的东西，真是特别的过意不去。

这时，鹏飞和艳萍也进来了，看见我一把拉住："昨晚怎么没有睡我们家呀？今天别走了，无论如何到我们家住一晚再走！"盛情难却，我怎么也推脱不掉，最后只好把雪燕给搬出来了："不是我要走，是雪燕昨天刚去了杭州，人生地不熟的，我们得尽快赶回去，跟她联系上。"听我这么一说，他们总算放了我们。

合村的人都来送别，我们这船上满载的哪里是水啊，这分明是一村子人的情谊啊！我们向他们挥手，眼眶就有些湿润，那些淳朴的笑脸，那些慈祥的皱纹，还有那些蹦蹦跳跳的小孩，离我们越来越远了。

快到大陆的时候，陈静给雪燕打了个电话，她已经买了手机了。聊了一会儿，我接过手机，说："雪燕吗？我是张伟，你现在杭州吗？"那边："恩，是的，昨天我打你手机打不通，正着急呢！"我说："我们刚从你们岛上回来呢！现在路上。你现在在什么路上？我到了好找你。"她问了问旁边的人："是在杭州汽车东站艮山西路的布丁酒店。"我说："好，到了联系你。"

车子一到杭州，我去找雪燕，这水和礼物就都暂时交给他们俩夫妻运走了。找到酒店，我敲门，门开了，正是雪燕！老样子，披肩的长发，温柔的脸庞。我一冲动，上去一把抱住她。她死命的推开我，说："不要这样，别以为我不知道，那个亚萍就是你老婆！"我说："你听谁说的？""陈静。"她盯着我的眼睛。

我说："我和她已经离婚了。""谁信呢！"她想了想又说，"就算离婚了，你也不能这样，我是信主的，凡事都要向神祷告才可以的，不能乱来的。"我说："好吧，我先帮你找个工作。"在杭州，像她这样的女孩子，找个工作实在太容易了。

老办法，我带着她去网吧上网搜索，帮她联系了一个宾馆里打扫客房的工作。当时两人就跑到那宾馆，把工作的事情敲定了，明天 7.30 上班。

　　当天晚上，自然是住在我这里，我们在马路上溜达，我说："今天没时间了，改天等你休息的时候，我带你去看看西湖。"雪燕低着头看着路上的落叶："你和亚萍真离婚了？"我说："是的，没骗你，等会回去我把离婚证给你看。"她不再说什么了，只顾着一路上踢着脚下的树叶。

　　回到出租房，因为雪燕第一次来家，也算是个客人，我倒了杯茶给她。接下来，气氛有点尴尬，我开了电视机。只有一张床，又没有沙发，晚上只能合睡一床了。我不停的换着频道，要么是新闻联播，要么是广告，咋就没个好看的电视剧呢？

　　正当俩人各想着心事，房间里的灯忽闪了几下，接着，电视画面也不稳定了，怎么回事？正在我担心电视机出故障之时，只听墙边窗子"噗噗噗"的有人敲窗，我们一转头，然后就看见那窗帘自己慢慢的拉开来了，这场景太吓人了！

　　还没等反应过来，雪燕脚下的一只拖鞋，"嗖"一下滑到门边，把我们两个都吓一跳！我高喊一声："是谁？怎么回事！"雪燕脱口而出："你房间里有鬼啊！"我强作镇定："没有啊，我房间从来都是好好的，哪里有什么鬼？你一来这房间就不对劲。"正说着，电视里开始唱起奇怪的歌，房间的门也同时缓缓打开了，却不见有人进来，那只滑到门边的拖鞋，翻个身，干脆跳到门外去了，似乎在表达对这拖鞋主人到来的不满。

　　我大喊道："天哪！鞋子成精了！"一转头，就见窗外贴着一张人脸，一个小姑娘！吓得我"啊！"失声惊叫，猛然想起，这不是川藏线上的"断肠草"小茜吗？怎么跑这里来了？我这才明白，刚才发生的一切，原来是来自远方的思念。眼看着小茜从窗户外飘进房来了，我发出一声惊叫："小茜！"但不知怎的，她又慢慢从窗户缩了回去，消失了。我一扭头，雪燕正在那里低头祈祷。

　　自从去了川藏线，那来自远方的呼唤，时不时的闯入我的生活，似乎在催促我早日离开这油腻都市。房间里渐渐归于平静，而我的

思绪却飞到了，那尘土飞扬的川藏线。夕阳西下，那里歌声悠扬的弦子舞，那里夜幕下傻傻行走的穷游女，那里牛羊成群开满遍地的格桑花……。

雪燕祷告完毕，起来看着我："怎么回事？你这个房间也太吓人了，怎么会有这么多东西。"我笑笑说："再吓人也没有你的神厉害，你一祈祷，什么都没有了。"又看了会电视，因为明天俩人都要上班，便早早睡下了。她一定要我先睡，等我睡下了，她才合衣躺下。我哪里睡的着，把手搭在她肩上，被她推开："你再这样，我去住酒店了。"就起来祷告，等我睡着的时候，她还在那里祈祷。

早上我醒来，她却睡着了，我把她的被子盖好，就出来上班去了。

来到仓库，又是搬货拉货卸货，晓薇姐记账。干了一早上的活，晓薇姐说："早上就到这里为止，给你放假，下午再搬。"我巴不得她这一松口，便一路溜达出来，在各个仓库转悠。溜到亚飞姐仓库，他们正在搬货，亚飞姐看见我便说："过来！帮我们搬货。"我说："我是想帮你们搬，但是不敢哪，怕被骂。"亚飞姐说："说你傻，就是傻！你这个二傻愣，快给我滚远点！别在我面前晃悠。"

我笑笑，转到二车间王主任女儿陈欣怡的仓库，那个大学生林志彬，就是跟她一起。这个林志彬也真是的，放着身边根正苗红的陈欣怡不追，倒去追什么厂妹秦丹凤，真是谁都年轻过，谁都迷茫过啊。这会儿两人正一个记账，一个搬货，多般配！

林志彬今天脸色严重不对劲，莫非那晚的事被他知道了？不可能啊，我走过去探探底："林志彬，今天好像脸色不大好呀？"他阴沉着脸，只顾干他的活，还是陈欣怡替他说了："他的心上人飞掉喽，飞到别人怀里去喽。"我说："怎么，这消息传的也太快了吧？这么快就知道了。"林志彬噌一下站起来，就往外面跑，我赶紧跟上去。

跟着他来到秦丹凤的仓库，秦丹凤正跟罗小刚在那里打情骂

俏。林志彬喊了一声："丹凤！……"他们两个转过身来，一看是他，罗小刚恼了："这丹凤也是你叫的吗？"上前用手指着他，"这是我的女朋友！你拎拎清楚好不好？"

林志彬一把推开他："丹凤，你出来一下，我有话跟你说。"这边罗小刚怒了，怎么，你跑倒我跟前来跟我抢女朋友？就一拳打过去，林志彬其实身材比罗小刚略高，打起架来罗小刚还不见得能占便宜，当下两人便扭打在一起。

我一看，这个没得选，当然是帮罗小刚，立刻上前去拉林志彬。林志彬双臂被我从后面死死架住，就成了活靶子，只能挨打无法还手。正在痛揍林志彬，仓库其他人赶来了，陆俊杰、方孝义也赶到，见是林志彬这颗傻豆，也就没有插手，站在那里袖手观看，要不见他是个傻豆，早就一起上前揍他半死了。

后来被众人拉开，随后陈欣怡赶到，把林志彬叫了回去。我怕等会周主管过来，追查责任，赶紧跑回自己仓库。溜进仓库，里面静悄悄的，不见晓薇姐，她一般都在仓库里的，这会儿去那里呢？也许在小间？我们仓库还有个小间，是放贵重物品的。

我走到小间那里，只见门从里面关上了，也许人在里面换衣服？刚才我出来的时候，她就说闷，我多了个心眼，没有敲门，先趴在门上听听。这一听不打紧，里面果然有响动，还参杂着女人的呻吟声。我知道这个女的肯定是晓薇姐，只是不知道男的是谁，赶紧躲的远远的，在远处一个角落藏好。

约莫过了十多分钟，门开了，出来一个人，是晓薇姐。脸色红润，头发散乱，衣服有点脏，正用手在拍打。晓薇姐四处看看，见没人，就敲敲门，门里又出来一个人，我定睛一看，竟然是周主管！他一出门，就匆匆往外面走去。我也赶紧开溜，这可不能让他们碰见，若被他们发现的话，我这是不想在仓库混了！早上我是不会再回来啦。

吃过晚饭，给雪燕拨了个电话："雪燕啊，晚上吃过饭了吗？"

她那边："吃过了，我们这里包吃包住，今天一天学下来挺累的，我要早点睡了。"我说："好吧，睡个好觉啊！"她"嗯"了一声，挂了。我这才想起水的事情，得去弄点水来，我也在附近小区里试试。

到了陈静他们小区门口，围了一大堆人，都在买水，一传十传百，生意竟然这么好了！我挤进去，看见他们俩夫妻正忙着找钱，哪有功夫注意到我。我冲他们喊："我拿走一箱啊！先放到小区去试试。"陈静抬起头，看见是我，连连甩手："拿去！拿去！"又忙着找钱。

我扛着一箱水，来到我家附近的那个小区，也学他们，放了一张桌子，然后写上一张纸条'免费赠送治病山泉水，使用有果效后再买。'然后桌上放上几瓶水，就等顾客上门了。

年轻人从门口走过，基本无视我的存在，喊也不理我。中年人会略停下来看一下说明书，又看看我这个人，将信将疑的走了，估计是把我当成什么跑江湖的了。最后来了三个老人，吃了饭正无事，在我这摊前仔细的看起来。

我说："老人家，拿一瓶试试吧，第一瓶免费，不收钱的。"一个老人说："真有效果？"我说："绝对有效果！都已经上百人喝了这水，病都好了！"旁边一个老人说："上百人的病治好了？有他们的联系电话和住址吗？叫我们怎么相信你？"我说："不管信不信，你先拿一瓶试试，不就知道了吗？又不收你钱。"

那老人就拿了一瓶，三个人往前走去，没走几步，不知道他们说了些什么，那个老人又返回来，把水往我的桌子上一放，说了句："还是还给你吧，他们说这水不好。"拔腿就走。我在后面追着喊："你就拿一瓶试一下嘛，喝都没喝过，怎么就知道水不好啊？唉。"难不成是怕我下迷药，迷倒了然后抢钱？我也觉出来了，主要是信任度不够，如果也像陈静他们那样，看上去老实吧交的一对夫妻在那里卖，就比较能获取别人的信任。

闲站了一个小时，一瓶没送掉，我把摊子收了，扛着那箱水，

原封不动的还给他们："看来这水不是我能卖的，还是给你们吧。"陈静拿了一仟元钱塞给我："搬水你也有份，这点小意思，你先拿着。"我推了回去："还收什么钱，就算朋友帮忙啦。"陈静死活要我收下，说光是岛上人送的礼物就不止一千元了，我看两夫妻这阵子确实大赚了一笔，也就没推辞。看看刚运来的那些水，已经卖了一半，估计过几天他们又得去进水了。

见他们生意红火，我也不便打扰他们，便往回走。路上，好久没有信息的史千红，给我发来一条短信。我打开一看，是一张照片，一个50多岁的老头。她在微信里问我："这人怎么样？别人介绍的，打算结婚了。"我回："人合适就行，其他都是虚的，不过也太快了吧，闪婚啊！"

我没问有没有钱，她也没说，估计50多了，还能嫁给他，至少是有钱的。她说："还记得川藏线吗？"我说："记得。"她问："那你说说看，最难忘的是哪段？"我说："当然是然乌湖。"她说："错了，是在那个村子的婚宴上，你给我戴上发簪的那一段。"我忽然眼眶有些湿润，原来在她的心目中，我竟然一直是占据着这样的位置，从未改变！我泪流满面，开始怀疑自己的决定是否正确？不，我只是一个身无分文的农民工，我决不能毁掉她的一生！

如果她现在就要求我，去民政局领结婚证，我根本没力量拒绝。她继续说："我要下了，去和老头约会去了……"就没了下文。我抚摸着湿漉漉的手机屏幕，仍然没有勇气叫她别去。

早上上班，路过林志彬他们仓库，见林志彬站在门口，喃喃自语，我觉得他状态不大对劲。现在年轻人，都太娇贵，不就是挨了一顿打吗？

至于这样想不开吗？我走进自己仓库，晓薇姐正在对账，见我进来，便说："今天曾副厂长要来仓库检查，你机灵点，不要给我出什么差错！"

我一听，马上想到站在门口的林志彬，便说："林志彬今天状

态不大好，好像有点不对劲。"便把昨天的事情，大致讲了一遍，晓薇姐略一沉吟："我去看看。"便走出门去，我远远的看着，见她和林志彬说了几句，大概也是发觉异常，便去了周主管办公室。一会儿周主管过来，把林志彬领走了。

临近中午，曾副厂长来检查仓库，晓薇姐在我耳边反复叮嘱："今天一定要机灵点！若出什么差错，就把你调回流水线！"我回答："知道！"正说着，周主管和曾副厂长来了，一早上检查过来，到我们这里已是最后一个仓库了。我们陪着曾副厂长在仓库转了一圈，那个装贵重物品的小间，也打开看了一遍。

这时候，晓薇姐给周主管使了个眼色，周主管借故先走了，晓薇姐又对我说："张伟，你去门口干活，我和曾副厂长有重要事情要谈。"我赶紧回答："知道了！"便向门口走去。到了门口，我站了一会儿，心中越想越奇怪，能有什么重要事情可谈的呢？难不成晓薇姐还掌握了厂里什么重要机密？我蹲下身子,悄悄原路返回。

在快到小间的转弯口，我蹲着身子探头朝那里瞄了一眼，这一看不打紧，吓的我立刻心跳180！由于今天天气热，小间太闷，他们连小间的门都没关。

晓薇姐一双纤手紧紧把住门的两侧，头探出门外张望，裤子已经褪到膝盖处，正翘起诱人的屁股，朝屋内不停的迎送着。由于角度原因，看不到屋内的人，但这人是曾副厂长无疑。没一会儿，大概是搞出滋味来了，那大腿抖的厉害，晓薇姐张了张嘴，我觉得她就快要叫喊起来了。却又强忍住喊叫，大口喘着气，面部表情实在太丰富，叫人不忍直视。

我赶紧溜了出来，这回是真的在门口干活了。若不小心放进一个人来，那我在这厂里也不用混了。

二十分钟左右，曾副厂长出来了，脸色红润，头上带着些许劳动汗丝，对我点头微笑一下，走了。我走进仓库，正遇着晓薇姐在穿裤子，她抬头见是我，也没说话，又继续穿她的裤子，从容淡定，

丝毫没有什么害羞的感觉。这年纪的女人，都是狠人哪！

她系好裤带，整理一下凌乱的衣服头发，面色潮红，心情舒畅，对我笑笑说："张伟，你今天表现不错，可以吃饭去了。"得了她这一句话，我也总算解放了，吹着口哨向食堂走去。

中午吃完饭回来，仓库里都在传，说林志彬脑子受刺激，已经坏掉了，无法再适应，这个货物进进出出的仓库，被他家里人接走，送精神病医院治疗去了。唉，读书人哪，神经比较衰弱，这么点事就受不了刺激。不像我们神经大条，一个个在罪恶中打滚过来的人，早都锻炼成皮糙肉厚的滚刀肉了。这年头，啥事情没见过？

今天休息，我和雪燕约好，带她去西湖游玩。来了这么长时间了，说是待在杭州，其实只是待在宾馆，根本没时间出来走走。我们走在西湖边上，游人如织，湖上泛起几叶扁舟，如在画中。杨公堤这边风景不错，草木繁盛，还有芦苇丛，不时飞起几只野鸟，有情侣在草地上搭帐篷，也有新娘在那里拍结婚照。

阳光透过芦苇照在雪燕身上，她恬静的看着水面，脸上洋溢着满足的微笑。我搂住她的腰，她拿开我的手："不要这样。"我说："你为什么总是推开我？"她看着我的眼睛说："是神还没有答应。"我问："那神什么时候会答应呢？""那你去问神吧！"她笑着跑开了。我说："神若开口，那太阳也要从西边升起来了。"

道上的飞哥

　　过了一段时间，陈静打来电话，问我有人出钱 2000 元，叫我带路去那岛，去不去？我说："怎么回事？什么带路去那岛？"她在电话里说："你吃过晚饭过来吧，电话里说不清楚。"吃过晚饭，我便来到陈静她们小区，咦？怎么不见她们摆摊了？

　　到了她家，夫妻俩都在，我问："怎么回事？"陈静苦笑了下："水没有了。"我搞不明白："水怎么会没有呢？"她叹了口气说："唉，自从生命泉的地址被那人知道后，前来取水的人便日见加增。后来，我们又去取水，那地方竟然站了好多人，一个个放着水桶，爬到水池底下在刮水。我一看，知道糟了，以后这卖水的生意恐怕到此为止了。"

　　我说："消息传的这么快啊！肯定是上次我们碰到的那顾客传出去的。"陈静说："这个传出去也是迟早的事情，卖了这么多，人多眼红，现在的人，只要有钱赚，哪个不是削尖脑袋？后来我们等到下午 3 点左右，才轮到我们，水池已经底朝天了，是直接从水源口接的水。"

　　我说："那有人出钱，叫我带路是怎么回事？"陈静笑了笑："还没说完哪！这事情还没完。我们很快又卖光了水，现在生意是非常好，只要一到货，就立刻被抢光，好多都还是预定的。所以没过几天，我们又去了，这次你猜怎么着？"我说："怎么着？"

　　陈静瞪大眼睛说："情况又不一样了！那里已经没有闹哄哄的人了，取水的地方站着几个人，有的手里拿着砍刀，有的身上还有纹身，远远看见我们就喊，'回去吧，这里已经包场了！'我们一看这个样子，只好回来了。"我听的目瞪口呆："怎么变成这样了？"陈静继续说："这水现在是比黄金还贵啊，一池水就是一池黄金啊，哪个不眼红？"我说："这倒也是。"陈静接着说："这不，今天

接到个电话，问我们愿不愿意带路去那岛上取水，给我们两千。我说现在那里都已经被带刀的人包下了，那边说，这不要紧，只要带路就可以。我说我们考虑考虑，然后就打电话给你了。"我说："赚两千也好啊，你们为什么不去呢？"陈静说："这很明显，那些人都是社会上的人，我们可不想跟这些人打交道，所以，你愿意去，我就给你联系电话，你自己跟他们去联系。"

我拿了电话号码，直接就拨过去："喂，你们要取水是不是？我们商量过了，我给你们带路。你们什么时候有空，定个地方，我们见个面。"那边说："好的，好的，你现在方便吗？方便的话，现在就可以过来，我在天成路#号小雅咖啡。"我别了陈静夫妻，直奔那家咖啡店。

见到那人，30左右，平头，自称飞哥。我开门见山就说："那地方，现在都被带刀的人包下了，你们知道吗？"那人微笑着点点头："你只要帮我们带到那岛上就行，其他不用管。"我说："这可以，说实话，我也不过是个上班的人，其他要管我也管不了。至于这钱么，你看什么时候给我？"

他仍然微笑着说："现在就可以给你。"说着就从内衣里掏出一个钱包，数了2千给我，我拿着钱说："这么信任我啊，不怕我拿钱跑了啊？"他哈哈笑了："只要你人还在杭州，要找你还不容易？"我说："那好，你们定个时间吧。"他想了想说："这事情不能拖，就定在明天吧！"我说："我都还没有向单位请假呢，等我明天请了假，后天去，怎么样？"他点点头："可以，没问题，这事情就这么定了。"

我们略略闲坐一会儿，旁边那桌俩人的对话吸引到了我。男的说："相亲我也已经好几回了，这程序我现在都已经熟了，你问吧。"女的坦然一笑，说："其实我也很反感相亲，无奈家里催的紧，总不能辜负了父母亲戚的一片好心。既然大家都是明白人，那我们也不用绕圈子了，直说吧，你现在单位是什么职位？"男的："我现

在是副主任，过阵子可能还会升一点。"

女的又问："那你车子总有的吧？"男的："什么话，现在这年头没车子谁还敢出来相亲？我虽不是什么富二代，奥迪还是有的。"女的说："房子有吗？"男的："房子有是有，父母一套，我一套，不过我的那一套地段不是很好。"女的沉默了一下，说："你现在的存款是几位数？"男略一迟疑，低头惭愧的说："6位数……"女方不置可否的神秘微笑。

短暂的沉默之后，男的说："是否我也可以问你几个问题呢？"女方呵呵一笑："你只管问就是。"男的不知怎的，忽然红了脸，问不出口了，看来相亲的次数还是不够多啊。"算了，不问了。晚上请你看个电影行不行？"男的问。

女方一听，看电影？这年头谁还谈情说爱啊？真是太幼稚了，刚刚那几句还上的台面，现在一下子就露陷了，当时就说："我今晚还有事，我们改天吧。"说着，站起来就告辞了，在男方深情的注目之下，留下一个神秘莫测的背影。

那男的不明白到底那道程序出了差错？旁边我和飞哥两个却心里明镜似的，这女人要不是赶着下一场约会，要不就是男方的经济条件还不够好，要不就是觉得男方太嫩。一个满眼权力金钱，一个还在寻找迷茫爱情，俩人不在一个频道上啊。不是一家人，不进一家门哪。我和飞哥相视一笑，结账出了咖啡店。

一晃过了一天，就到了我和飞哥约定的后天。我还是多了个心眼，毕竟和他们不熟，我把现金全存银行，剩下少量路费，就跟他们出来了。看到他们一个个腰间插着东西，估计是砍刀。我们一路坐着自己的货车，直到码头，再坐船到檀头山岛，然后又去那户渔民家，雇船向海岛进发。

远远看见那美丽的海岛，在满天霞光中，出现在我们的视野里，我的心中不知道是什么滋味。

我顺着熟悉的山路，一路带着飞哥一帮人，走到水池那里。远

远看见那边站着好多个挎刀纹身的绿林好汉，乍一看，我还以为到了水泊梁山，落草为寇来了，又或者是什么电影剧组在拍电影呢。却不想是来真的，这时，换飞哥走在前面，我走在最后面。一旦发现情况不妙，我就立即跑路。

远远的，水池那边的人冲我们喊话："你们回去吧，这里我们包场了！"我们才不管他们呢，一步一步走到跟前，他们当中有几个人居然认识飞哥，叫了声："原来是飞哥啊！"飞哥也说："原来是你们这帮好汉啊，我还以为是哪里来的绿林豪杰呢！"那边人说："怎么消息传的这么快，连你飞哥也知道了！"

飞哥说："外面都已经把你们传成红头发绿眼睛的了，我想想杭州也就这么几帮人，这帮好汉是从哪里冒出来的呢？就过来看看。"

既然都认识，那就打不起来，见者有份。我看出来了，他们水池这边，其实不是一帮人，而是两帮人，各自在那里舀水。因为舀水的人不多，只能一趟一趟有间隔的运水，水池也就慢慢满上来了。现在我们一加入，变成了三帮人在那里舀水，这水位估计又要降下去了。

一边装水，一边听他们闲聊，飞哥问："你们整天在这里？晚上睡哪里？"一个人回答说："我们本来是晚上坐船回去大陆小镇睡的，后来发现这里的村民都很好客，现在吃住基本都在村民家里。"飞哥说："你们打算呆多长时间？"他们说："刚来还新鲜，现在都跟坐牢一样，无聊透了，现在是换班，一个礼拜换一批人。"

我们是刚来，还没有形成制度，这次过来，歇一个晚上就回去。看看天色将晚，我们装好水，搬到村里，就找人家吃饭。村里人遇见我们，都认识我，照常三三两两的很热情的把我们拉到各家去吃饭。我和飞哥的一个手下，被一户人家拉走，是俩夫妻一个小孩。那小孩胖嘟嘟的，两三岁，很可爱，会叫爸妈，我们都教他叫叔叔，这小孩居然学会了，吃着吃着不时的蹦出一句："叔叔，叔叔。"逗的我们都笑了。

吃过饭，因为明天要捕鱼，他们睡的很早，祷告了半个小时左

右，就睡了。我心里想起雪燕，她不知道我现在正在她们村里呢，要不要明天早上去她家拜访拜访呢？想着想着就睡着了。

清晨，迷迷糊糊听到他们俩夫妻起床做早饭，大概是要出海了，我看了看窗外，黑不隆咚的，也不知道几点钟，闭上眼睛又睡了过去。没睡多久又被吵醒，只听到他们夫妻那间卧室，传来粗重的喘息声，同时还有身体翻滚，床板碰撞的声音。我心想："这俩夫妻，搞的动静这么大！"

其间，还听到女的声音："……不行！你不能这样！……"立刻好像又堵住了嘴巴，发出"唔唔"的声音。过了一会儿，隔壁声音渐渐小了，却传来女人"呜呜"的哭声。我感觉异常，伸手一摸床边，没人。不好！肯定是那小子！我连忙爬起来，一把推开卧室房门，只见床上男的还压在女的身上，一边孩子仍在熟睡。

我冲过去大喊一声："你怎么可以这样！"赶紧把他拉开，一边找衣服给那嫂子，她颤抖的接过衣服穿起来，一边仍旧"呜呜"的哭着。那小子找到短裤，穿上，就走到隔壁间去了。我对那嫂子说："怎么会这样？你丈夫呢？"她哭着说："出海去了……呜……刚出去他就进来了……呜呜……"

我压低声音附在她耳边说："等会你找个机会出去，把这事情告诉村里人，让她们报警，不能让这小子再出去害人了。"她哭着点了点头。我又安慰了她一会儿，回到我们那间，那小子居然呼呼睡着了，他们这种人平时玩女人多了，如同吃饭一样平常，根本不当回事。我赶紧跑到那间，跟她招招手，轻声说："可以出来了。"她一边抽泣着一边跑出屋子去了。

早上，飞哥早早的就来催我们："等把水运到杭州也要下午了，起床起床！"那小子还在睡，我慢慢的爬起来，洗脸，吃早饭。正吃着，飞哥他们又进来了，见那小子还在睡，一把把他拉起来："起来！起来走啦！"那小子揉着眼睛，迷迷糊糊的就跟着他们出去了，我在房里喊："等一会啊，我的饭还没吃完呢！"

等我吃完饭，走出门去，他们已经把水都搬到海边码头那里，接我们的船已经来了。正当我们把水往船上搬的时候，村里人向我们跑过来："站住！你们不能走！"我一看，都是些妇女老人，男人都出海去了，心里说："警察什么时候来呀？"飞哥不解的看着他们："什么事情？""什么事情？"她们气愤指着那个小子说："你问他，到底做了什么事情！"

飞哥转头看着他，那小子说了句："不就是玩了个妞嘛。"飞哥甩过去就是一巴掌："不是跟你说过吗？这村里人不能碰！"又转过脸对村子里的人说："不好意思，我管教不严，回去一定好好处理！"说着从口袋里掏出钱来："身边没带钱，这是2000元，你们先拿着。"村里人齐声说："我们不要钱！把人留下！"

飞哥搬完最后一桶水，就准备开溜，几个老人妇女跑过来，想拦住他们，被他们一把推倒好几个。最后解了缆绳，我们的船开走了，村里的人还在那里喊："你们站住！不要走！"我看着渐渐远离的海岛，心里非常难过，我这是做的什么事啊！村里的人肯定都恨透我了，原本圣洁无瑕的蓝色花岛，再也不见了，如今这地已是罪恶横行。

到了大陆，我借口上厕所，拨了110。110说正在找我们呢，我就把我们车子的车牌号报给了他们。我们一伙人，一路谈笑风生，向着杭州驶去。到了收费站那里被拦住了，收费的说要我们停车，检查车里有无违禁物品。飞哥对我们说："收费站只是收费的，怎么还要查违禁物品？警察该不会这么快就找到我们了？"我说："没那么快吧？等他们坐船过来报警，然后警察再找到我们，起码要一天。"

众人游疑不定的停了车，等那收费站的来检查车子。那人进了车子，东翻翻，西看看，正检查着，后面驶来一辆警车，车上跳下来5个警察，冲着我们喊："蹲下！全蹲下！"没多久，又一辆警车赶到，里面载着岛上的那嫂子和两个妇女。嫂子一下车，指着那小子说："就是他！"于是，我们一伙人全被带到了警察局里去了。

又见丽姐

唱：　　　　　那年好大的雪，

　　　　　　　纷纷悠悠，

　　　　　　　飘满了芦苇荡。

　　　　　　　你我在小船上，

　　　　　　　煮酒对饮，

　　　　　　　笑谈人生。

　　　　　　　这里人迹罕至，

　　　　　　　无豺狼虎豹，

　　　　　　　听不见城市的喧闹，

　　　　　　　也没有乡村的俚俗。

　　　　　　　我愿意！

　　　　　　　就这样，

　　　　　　　永远安息在此地！

　　　　　　　哦，

　　　　　　　那无边无际，

　　　　　　　好一片似雪的芦花。

　　等我们回到杭州，已经天黑了。吃晚饭时，飞哥接到一个电话，说今晚在杭州翡丽大酒店有场子，我也想见识一下那场面，就跟着去了。车子开过杭州的大小街道，街上行人，人人脸上洋溢着幸福微笑。这个城市到处透着那种深入骨髓的人文气息，在中国别处没法生存的，有价值的文化，在这里都可以各种形式贩卖给游人。

　　这里一半是文化，一半是金钱，金钱里透着文化的气息，文化里散发着金钱的铜臭。烟雨迷蒙的西湖边上，游客商贩熙熙攘攘，酒肆茶林星星点点，微风吹过处，拂动湖边那一抹柳色依旧。

　　到了地方，那酒店布置的豪华气派，大堂很宽敞，前台客服比

顾客还多。我们一帮人目标很明确，直接就朝电梯奔去。电梯门开了，从里面走出来几个人，当我看到其中一个人时，不由的呆住了，这不是薛亚萍吗？她怎么也在这里？好长时间不见，跟换了人似的，那气质变得美艳高冷，比以前漂亮许多，我都快认不出来了。

我们这边人多，她没注意到我，甚至都没看我们这帮人一眼，一副很冷傲的模样，走出电梯。我心里想："她来这酒店干啥呢？难不成周建勇也在楼上？"正想着，不料在我们这帮人当中，居然有人认识她，还伸手在她肩上拍了一下。亚萍回过头来，一看是那人，说了句："哦，原来是你啊。"冲他笑了笑，走了。

电梯门关上，把我们往上送，我装作不经意的问那人："刚才那女的你认识？"他得意的笑着说："这个女人是做兼职的，价码一千二。"又拍拍我的肩膀，用一种照顾的眼光看着我："如果你喜欢，我可以给你介绍。"我不知怎得，身体有些颤抖，我竭力让自己保持平静，笑着说："吹牛吧，随便走出个女的，都成了你马子啊！"

他见我不信，很认真的说："这有啥好吹牛的，这女人名叫薛亚萍，听说是在公司上班的，晚上出来做兼职，床上功夫很不错，喜欢叫人从后面搞她。"旁边的人听着全都笑了："那晚上等赢了钱，就叫她过来好了，看看到底是喜欢前面还是后面。"一帮人说笑着，到了5楼，电梯门一开，众人涌出电梯口，便去敲505的房门。

门开了，房间里人山人海，烟雾腾腾，全都围在床上赌钱。我看着眼前的热闹人群和床上的一堆堆人民币，注意力却无法集中，脑子里老是浮现出，刚才亚萍冲那人的回头一笑。我又想起周建勇，这个混蛋不是已经和刘婷婷离婚了吗？怎么，最后却没娶亚萍？闹了一场，最后竟是四人各奔东西的结局，幕幕往事浮上心头，我的心在哭喊哪！

我跟飞哥说一声："飞哥，我明天还要上班，先回去了。"飞哥头都没抬，朝我挥挥手，我就出来了。走在街上，行人稀少，头

上是久违的满天繁星，我想起小时候，躺在外婆的怀里数星星的夜晚，原来那竟是最幸福的时光。

亚萍最喜欢的是，在生日收到紫色的玫瑰，她喜欢项链，那种细细的很精致的，不是很粗的那种，她最喜欢睡在我的手臂上，不喜欢枕头。她喜欢旅游，在山上采摘野花做成花环，戴在头上。她还喜欢爱情的感觉，仅仅为了那一种说不清楚的感觉，便可以奋不顾身的结婚……。

我在街上漫无目的游荡，回家去，家里空荡荡的冷清，无法入眠，我还得重新走到街上来。我打了个电话给雪燕："雪燕，你在干啥呢？"那边好一会才接："我睡了，今天房间比较多，有点累。"我说："哦，那你早点睡吧。"那边："嗯"了一声，挂了。

夜风拂过头发，吹的额头冰冷，我脑子出奇的清晰，却想不出一个人来。史千红新婚，谁还这个时候去扰人春梦？周建勇、鬣狗我是不会再打电话给他们了，陆俊杰一帮人不是嫖就是赌，我还不如回去翡丽大酒店，想想还是打给徐海峰吧，好歹人家算是神圣爱情："你在干啥呢？"那边："在看天花板哪。"我笑了："你也有看天花板的时侯啊。"那边："现在是空档期，方晓玲这包袱好不容易刚甩掉。"我说："那你过来吧，我在杭州翡丽大酒店这边。"

徐海峰匆匆赶到，问我有什么项目，我说："叫你出来散散步，锻炼锻炼身体，活动活动筋骨。"徐海峰拔腿就做出要回去的动作："你妈 X，害我跑这许多路！"我搭着他的肩膀，沿着杭州的大街小巷，畅谈人生，憧憬理想。徐海峰被冰冷街风吹的直哆嗦："我求求你了，能不能正常点啊？怎么变成这副鬼模样？晚上你再不想个节目出来我真回去了。"

我望着灯火阑珊的无聊大街，想到一个人，刘婷婷，她姐妹多，这会儿不知道正在哪里玩呢。一个电话拨了过去："刘婷婷，在干啥呢？"那边刘婷婷出奇的热情，人都散了，我们两个可不能散："在跟我小姨逛商场买衣服呢，晚上有空吗？一会儿去我小姨家搓

麻将，正三缺一呢。"我说："行啊，我这边两个人，一会儿就到。"

到了商场，她们两个已经买好衣服，站在门口。我们4个人坐着她小姨的车去搓麻将，一路驶去，杭州城夜色朦胧，处处莺歌燕舞，醉了一城的游人。刘婷婷的手机响了："喂……我在文二西路这边……好的。"

放下手机，刘婷婷说："我男朋友等会儿过来，接我去唱歌，搓麻将我就不去了，反正你们4个人正好。"这么快就有男朋友了？这真是疯狂的年代，现在的人干啥事情都讲究效率，飞快的结婚，又飞快的离婚，拼命的赚钱，又速速的花掉，都来不及思考些什么，就匆匆老了。不像以前的人，一曲爱情百转千回，唱了一辈子，却仍没唱完。

我看着坐在前座的刘婷婷，跟从前大不一样了，一头精剪短发，脸上略施粉黛，正是文君新寡的时候，那经验阅历早已不可同日而语。举手投足间，丰胸细腰的曲线，无处隐藏的成熟臀部，迷倒一众小年轻，那还不是分分钟的事？我本也想一起去唱歌，但是人家男朋友请客，我这个表哥过去怕会引起误会，现在正好4人，她家小姨还有个邻居，晚上这麻将搓的倒也惬意。

一会儿功夫，她男朋友开着豪车到了，看了看我们车内的人，确认过眼神，是表哥和姨娘，便把刘婷婷接走了。我们继续往前开，和刘婷婷小姨聊了起来，小姨40左右，姓王，在机关单位上班，我们就叫她王姐。

一路聊着天，不知不觉，车开了好长时间，我有些奇怪："怎么还没到啊？王姐，你家住的很远吗？"王姐把着方向盘，她也纳闷："不远的呀，这路怎么开着开着，我都不认识了！"徐海峰开玩笑说："你不会把我们给卖了吧，这里的路我们可是从来没来过。"

正说着，前面路段不知从哪里来的一群小孩，挡在马路中间玩游戏，我们按喇叭也不走。王姐只好把车停下来，徐海峰恼了，跳下车一顿斥责："你们这些小孩，这么晚了还不回家！马路上来来

往往这么多车子，不要命了！"

　　小孩见有人过来，嬉笑着一哄而散，这么晚了还任由孩子在外面玩，那些做父母的真是心大。徐海峰见他们把地挖的坑坑洼洼的，好像埋了什么东西，有几张纸片露在外面，就捡起来，在那里看着。

　　我跳下车走过去，见他手里拿着几张纸片在研究，凑近一看，有几张写着'了'还有是'见''再'，反来覆去就是这几个字，连起来就是'再见了'。王姐也过来了，大家看后都不明白什么意思。王姐四下看看这陌生的地方，想找个人问问路。

　　环视一圈，发现街边角落正走着一个人，头上戴着那种时髦的太阳帽，身上穿着一条文艺范长裙子，脖子上围着纱巾。看着这熟悉的身影，我脱口而出："这不是川藏线上的穷游女吗？"王姐走上前去："姑娘，请问一下这里是什么路？"那姑娘看了王姐一眼，默默的说道："不同路。"我们都懵了，'不同路'什么意思？路名？杭州什么时候有一条叫'不同路'的？我们感到疑惑不解，等回过神来正待细问，她却已经径自默默走远了。

　　我们赶紧找那些亮灯店铺进去，想找个老板打听一下。但那些店里，东西一应俱全，却没有一个人，走了好几家店，都是如此，我们这才开始觉得不对劲了。最后进去的那家店铺，居然还传来空旷的歌声：

"……
天边的晚霞，
渐渐淡去，
朝圣的人们，
来了一拨又一拨。
思念，
是长满原野的格桑花，
那花儿漫山遍野，

无边无际，
咋就这般使人心碎神伤？
正如那朦胧公路边，
模糊夜色下，
一个个穷游的灵魂。
……"

这歌声甚是凄凉，穿透长夜，在空荡荡的屋子里盘旋。王姐觉得非常害怕，颤抖着问我："这是什么地方？是谁在唱歌？"我根据川藏线上的经验，加上刚才看见的穷游女，心中已然明白了八九分，说道："我们遇到东西了。"

此话一出，把王姐和徐海峰吓得魂飞魄散，他们可从来没遇到过这事情！听着眼前这毛骨悚然的歌声，在空旷的店内回荡，却不见有人，四周全是一片陌生景象。我心里明白，这事情其实跟他们没关系，那是因我而起的，他们只是跟着进入了我的情境之中。

"那可怎么办？"徐海峰问。我怎么知道怎么办，正当二人站在空荡荡的街边，一筹莫展时，从旁边小路匆匆走过去一个人，我一看这熟悉的身影，顿时喊起来："这不是丽姐吗？你们原来到杭州了啊！"

丽姐停住脚步，回过头来，冲我一笑："你们在这里干啥呢？怎么不见王哥和千红？"原来她的思路仍旧停留在川藏线上。我说："王哥和千红都在车上，就等你们两个呢，东哥人呢？"丽姐微微一笑："他一会儿就来。"看到我身后的两个人，丽姐又问道："怎么多了两个朋友，一会儿坐在车上，那可得挤一挤了。"

停了一下又说："你们口渴吗？我这里正好有些山果，送给你们尝尝。"说着，从手中的竹篮里，拿了许多山果分给我们。我接过看看，红红的，圆圆的，咬了一口，酸酸甜甜的，带着刚从深山里采摘来的气息。我见她头上插着几朵野花，甚是好看，丽姐见我看着那花儿发呆，就取下一朵给我，说了句："刚刚闲来无事采了

几朵，给你。"说着便四下找老王的车。

正好看到王姐的车子停在不远处，便向着那车走去，我赶紧跟上去。丽姐从车窗朝里看，见里面没人，不解的回头看我："他们人呢？"我思索了一下，说："大概出去找你们了吧。"丽姐陷入了沉思："不是说好你们都待在车上，不下来的嘛？你们怎么全都下车了？"

我脱口而出："你不是脚摔伤了吗？我们大家不放心，就都下车来看你了。"丽姐就同我站在车边等老王和史千红，等了一会儿，不见人来，丽姐又说："不如我们坐车上等吧。"说着，便去开车门。

忽然，停住了动作，打量着车子，说："不是这车子。"转头看向我，"我们不是坐这车子的，老王的车呢？"我一时无言以对，只能坚持说："就是这车子呀。"

丽姐看着车子摇摇头："不对，不是这车子。"看看附近的王姐和徐海峰，又看看我，"我不喜欢这车子，也不喜欢这里的人，你告诉我，老王和千红在哪里？我要去找他们。"

眼看丽姐要生气了，我连忙说："他们就在前面，我们去找他们。"说着便和丽姐一起向前面荒凉路上走去，我一边问她："那东哥人呢？"

丽姐抬头看着前方，似乎要跟我说些什么，又拿眼看了看远方，也不知道她看见了什么，好像要赶时间，匆忙对我说："再见了，张伟，我要走了……"我一听急了："你要到哪里去？我们要同老王他们会合呀。"丽姐忽然变得忧伤起来，幽幽的说道："我去的地方，你去不了，我们不同路啊……"

说完，把头一低，便匆匆离去。我可不能让她走了啊，在后面一直追，口里喊着："丽姐！我同你一起去啊！等等我。"却怎么也追不上，她渐渐走没了影踪。前方是一片荒草的山野，我怔怔立在原地，心中满是悲伤。

　　后面王姐和徐海峰赶上来，见我一个人站在原地，便问："怎么只剩下你一个人了？那个女人呢？"我说："她走了。"王姐说了一句："那我们回去吧。"便四下寻找车子，我们三个人到处寻找，却不见了那车子。刚才只顾着追人，也不知道跑到哪里了，四周是一片草木青青的原野，野地的鲜花和青草在山风中微微摇动。

　　等到我们三个清醒过来，才发现正站在西溪湿地外围的路边，周围都是荒草野地。王姐立刻找车子，那车子停在远处的公路上，王姐这时才发现，手上还拿着几颗血红山果，吓得赶紧扔掉，嘴里说："我的妈呀！这是什么鬼东西呀！太吓人了。"徐海峰见王姐扔掉了，也不敢吃，也赶紧扔了。我却吃着那山果，津津有味，很显然，这是刚采摘的山果。

　　三人到了王姐家里，已是三更半夜，那个本来约好搓麻将的邻居，此时早已经睡觉了。徐海峰说："王姐，我们现在回去太晚了，要不就在这里凑合一晚，也就天亮了。"王姐说："我都快被吓死了，这么大房间叫我晚上一个人怎么睡？你们今晚可不能走！"她丈夫工作出差去了，孩子在学校，家里客厅、卧室、书房好几张床，由于受了惊吓，她最好我们能留下。

　　她睡主卧，我们睡在客间，各人匆匆洗了洗，倒头就睡。徐海峰却翻来覆去的睡不着，见王姐那边灯还亮着，就跑去敲门。王姐开了门，问有什么事，徐海峰说："睡不着，过来聊一会儿。"王姐就把他让进屋去。

　　就听两人在屋里聊天，深更半夜的，容易遇见知音，也不知道哪来那么多聊不完的话。聊着聊着，没了声音，不知道在干啥。我的心思不在他们那边，回想着晚上丽姐说的话，始终不明白。又想起看到亚萍的那一幕，终身难忘，心情低落到了极点，不想去掺和隔壁那房间的事情。

　　渐渐的，隔壁有了动静，听见王姐隐约的声音："……不行……不能这样子的……"同时夹杂着男女混杂的喘气声，和身体在床上翻滚的响动。一听这动静，基本可以确定俩人在干啥了，现在的人，你懂的。

王姐起先还比较克制，偶尔发出一两声哼哼，后来就不行了，随着那种"啪啪啪"的声音响起，渐渐就叫出声来。一声比一声兴奋，那声音变得很风骚，不要脸的越来越大声起来，全不顾隔壁还有我在睡觉呢。现在的人，如狼似虎，这个世界早就不是以前的世界，人也不是以前的人了，连我自己都是那么陌生。

日子一天天从指缝间溜过，一如口琴章所吹奏的琴声，人们仍然没听明白，那花儿到底为什么要这样红。

这天，雪燕给我发来一条短信："我们的岛被人买了，有人投资几个亿，要搞旅游开发。"这可是件大事啊，我当晚迫不及待的约她出来，我们像往常一样漫步在那条行人稀少的街道。

当初要不是我们6个人闯进那海岛，岛上的村民们，到现在应该还在过着无人打扰的平静生活。我说："你们岛卖了，那你们住哪里？"雪燕幽幽的说："说是给每户人家一套房子，外加70万安置费。"

我说："不划算！本来你们几十户人家拥有一个海岛，现在，几十户人家只拥有几间火柴盒大的房子，亏大了！本来漫山遍野都可以放羊，还可以在岩石边滩涂上养殖海产，现在啥都不能养了。"雪燕说："是啊。"我又问："那你们搬到哪里呢？"她靠着我的肩膀："搬到海对面大陆的渔港小镇，石浦镇。"

烟花三月，蝴蝶纷飞，正是少男少女们，触景生情，莫名落泪的季节。杭州如美丽西子，吸引着各地游客纷至沓来。雪燕和我都请了假，第一次去看她在海边渔港石浦小镇上的新家。那是一幢崭新的住房楼，蓝色花岛的人都住在这幢楼里。

到了新家，雪燕爸妈早就准备好了午饭，我看着一桌子丰盛的小菜，只是少了一碗野生羊肉。正吃饭的时候，不断有人敲门进来，听说杭州客人来了，便全都跑来，正如我们第一次登岛时候的热情。当初，杭州客人登岛，那可是轰动全村的大事件，是全村人一生都难以磨灭的美好回忆。对于他们来说，人生的价值不是拥有多少钱财，而是接待远方来客时的那一份喜悦，一生帮助了多少需要帮助的人。我们一直是村里人心中，最尊贵的客人。

屋里挤满了人，大家都很随意，像在自己家里一样，一来是看看燕子，二来是来请我吃饭的。我刚来蓝色花岛的那一幕又重演了，从晚上到明天后天的饭，都被每家预定了，都排着队呢。我突然想到，我要从杭州带点土产来送给他们的呀？唉，怎么又忘了？我无地自容，他们已经把我当成是他们中的一份子了。是的，蓝色花岛的弟兄姐妹，你们的家就是我的家，你们的神就是我的神。

　　吃过晚饭，村里人有聚会祷告，在楼房旁边的一间矮房子里。雪燕问我去不去，我说："去！"进了那房子，合村的人都在那里了，台上有个从外地请来的牧师在做祷告："天父，慈悲荣耀的主啊！愿你将你的恩典丰丰富富的赐给我们，愿地上一切有疾病的人都得医治，愿你赐下圣灵给地上每一个人，使我们都得着属天的新生命。愿你的国早日降临，愿你的旨意行在地上如同行在天上，阿门！"

　　我也跟着旁边的人说："天上的神啊，愿你的国早日降临，愿你的旨意行在地上如同行在天上，奉主圣名，阿门！"

　　晚上睡觉，在梦中，有许多发光的小孩，拉着我的手和衣服，把我拎起来，向天上飞去。早上，雪燕兴奋附在我耳边说："昨晚祷告，神应允了我们的事情。"我说："什么事情？"她红了脸，轻轻打了我一下："就是我们两人的事情呀。"我这才明白过来。

　　就这么简单，我们后来结了婚，孩子也有了，时间一晃五年过去了。

　　自从跟雪燕结婚之后，日子就过的非常平静，波澜不惊，再没有以前的青春不羁，惊心动魄了。用他们的说法，叫做'平安'临到了这个家庭，我有种命运被谁改动过的感觉，这大概就是那冥冥之中，神的手指。我抬头仰望苍穹，不禁心生敬畏，渺小如蝼蚁的我们，却充满这么多的痛苦和欢乐，罪恶与悔恨。

　　闲来无事，我打算把房间床底的箱子整理一下，一些旧东西，该扔的扔掉，该收的收藏，老是堆在箱子里，都生出蟑螂来了。整理相册的时候，我翻到其中一张照片，停住了。那是一张背影照片，照片里的 4 个人全都是背影。我看着这张照片，心中一阵感慨，这拍摄地点是川藏线的新都桥，如果没有这趟川藏线之旅，我的人生

又是另外一个样子了。

照片中的史千红，我已经很久没有联系了，愿她过的幸福快乐。另一个是老王，他这会儿应该还在川藏线上跑车，正给人讲我们的故事呢。还有两个人，是丽姐和东哥，大概由于我的年龄增加了，东哥看起来变得年轻了，仍然健壮干练，丽姐风韵不减，气质优雅依旧，我的心颤抖了一下。赶紧拿出手机，翻看他们的电话号码，他们的号码居然还在通讯录里。我拨了一下他们的号码，是空号，永远打不通了。

我沉默了两分钟，又继续整理，从箱子里翻出一本泛黄的杂志，随手翻了翻，里面掉出一样东西。捡起来一看，是一片枯干的树枝，一时之间，想不起来这是哪来的枯枝。

我拿着干枯枝条反复端详，突然间，好似被雷电击中，记忆的阀门瞬间被打开了，回忆像开了闸的河水，向我涌来，这是'南柯花'！没错，是'南柯花'！5年过去了，这花一直夹在书中，成了标本，叶子和花朵都已经碎成粉末了，只剩下枯干的枝条，仍旧倔强的保持着原来的样子。

回忆，从遥远的时空向我走来，如迷梦般绚烂。夕阳下，那个曾经瑰丽的黄昏，诡秘奇幻的夜晚，惊心动魄的山桥，全都在我的记忆里复苏了。我这才想起，在我的生命里，还出现过一个叫幽梦芸的姑娘。梦芸当初叫我婚姻解除之后，立刻就去找她，她可一直在幽梦谷等着我哪，我却把这事给忘记了！

不知道蓝色花岛现在怎么样了，梦芸曾说她终身不再出幽梦谷，直等到我再来的那一天，可现在……，如果再见到她，我不知道该怎么面对。

接下来的日子，我便一直想着再去蓝色花岛看看。我把去蓝色花岛的事情跟雪燕一说，她不去，说我太无聊。她现在的时间都投在建立教会，医病赶鬼，救济穷人等事情上了，还要带孩子，赚钱养家，操持家务，每天忙的像不停旋转的陀螺。被她一顿数说，在她光辉形象的照耀之下，我顿时自惭形秽，丑陋不堪，但是我仍想去看看那曾经魂牵梦绕的蓝色花岛。

独守孤岛

在一个明朗的清晨，我一个人出发了。当初去苍茫的川藏线，还有个史千红陪伴，如今已无人同行，蓦然回首，原来全都已经走散了。到了檀头山岛，我轻车熟路找到那船夫，船夫仍然记得我，我们好像多年未见的朋友。我看到他，倍感亲切，因为他已成了我回忆中，不可分割的一部分。

我仍照着原来6个人的价钱租他的船去那海岛，只为抓住，那快要渐渐逝去的曾经故事。船主死活不肯收，最后收了300，其实，现在已经不用租他的船了，蓝色花岛和大陆之间早有渡轮，就是那种收船票的客轮。我们的船迎着风，向前方驶去，正是：

> 沧海生死各西东，
> 浮生如梦转头空。
> 回看当年上岛处，
> 石碑依旧晚霞红。

远远看见那久违的海岛，在漫天霞光中光彩夺目，我故意从岛的那头上岸，也就是我们第一次来的那一面。上得岛来，这边仍然是原来的模样，只是多了一条新开的路，一直通到山顶，通到那悬崖边，海鸟筑巢的地方。当初，我们是6人上岛，现在只剩我一个，如孤魂野鬼徘徊在旧地，不肯离去。旧日的时光，象泛黄的照片，一一浮现在眼前。

我站在岸上遥望山崖高处，那里人迹罕至，千年的海鸟，仍在崖上盘旋悲鸣，清晨黄昏，草木青青，日月为伴。天空斗转星移，人间沧海桑田，野鸟对荒崖的依恋，却海枯石烂，永不改变。我顺着旧日的足迹，走到那块石头那里，一片白花黄花郁郁葱葱，岩石矮树玄机丛丛，只是不见故人坐在石头上。

我继续一路向前，来到'海燕'的墓碑前，还是当初的样子，

这里人迹罕至，她仍然在安静等待她的心上人，我知道，她已经想好了，这回说什么也要跟他一起去大陆。

我站在太阳底下的墓碑前，从来没想到，原来死亡竟是如此安详宁静。又来到我们搭帐篷的地方，当初扔下的一些生活用品，仍然在那里，显然自从我们走后，没人来过这里。站在这地方，自然就想起那晚的事情来，一切的宿命都是从这里开始，如果当初我们没有来过这里呢？

人生是一道测不透的谜语。我顺着那条长满杂草的小路，一步步走到山顶。当我站在山上往下面看的时候，才发现这山另一边的景象，已经一片陌生，蓝色花岛不见了！以至于我怀疑，是不是来错地方了？我只觉得，所有记忆都正在被抹去。

山下已是一个繁华而又陌生的小城，楼房街市遍布，新建的水泥码头边上，停泊着各种各样的船只。成群的游客在街上行走，街边都是商店宾馆酒家，原来的开满蓝色花的村子呢？漫山遍野的羊群呢？还有那个石块垒成的小码头呢？全都不见了，彻底的从地球上消失了。

我看着山这边还存留的深蓝色花丛，散发出令人窒息的美，它们还生长在旧日的时空里。忽然想到一件事情，我颤抖的摘下一朵深蓝色小花，心中默念一个人的名字，然后举花挥舞。这时，奇怪的事情发生了，只见我旁边的蓝色花丛，掉下一朵小花，这小花冉冉升起来，在我面前随着我的手臂缤纷飞舞……。怪不得一直觉得这花似曾相识，我想起来了，这花的名字应该叫做'蓝色相思'。

'蓝色相思'之岛已经被抹去，刻骨铭心的思念却无法抹去。我从山上下来，进入村里，其实已经不是村，是城里。在街边小店买了一瓶矿泉水，8元一瓶，莫非是从那生命泉灌来的吗？这么贵。我在街上胡乱行走，满街都是来自全国各地的游客，带着墨镜、太阳帽，各种时髦打扮。

路边摊位上有卖围巾的，我见那围巾颜色挺好看的，就顺手挑

了一条，回到家里跟雪燕也可以有个交代了。顺着人流，走进一家餐厅，也就是快餐店。点了两个小菜，一瓶啤酒，付了 48 元，边吃边听餐厅里顾客的喧哗，我有种错觉，以为又回到了杭州。

吃过饭，走在大街上，满大街的人群商铺，我都懵了，怎么也无法重拾曾经的记忆。我想找生命泉所在的那个水池，到处都是房子，广告，哪里还有什么生命泉？最后，我根据山来确定方位，定了大致地方，走到那地方一打听，还终于被我找到了。

那是一个幽静的茶楼，这里草木清幽，凉风习习，茶楼门口挂着牌子'生命泉茶馆'。我赶紧跑进茶楼里面，四处寻找原来生命泉的出水口，好不容易找到那水源口，却早已经枯竭，不再流水。旁边的石碑还立在原处，这石碑俨然已成了物质文化遗产，四围都装潢的很考究，并且旁边又立了一块副碑，详细说明这生命泉的来历、往事。

如今水源已经枯竭，茶馆唯一的卖点就是这块石碑，和生命泉的故事。店里已经无'生命泉'可卖，卖的只是故事了，用如今的行话，那叫泉文化。但是游客们却不管这些，他们是冲着幽静雅致的环境来的，那立在角落里的故事，在喧闹的人来人往中，逐渐成为遥远的传说。

下山的山路旁，有人在摆摊玩纸牌，押注。这其实是一个骗人的小魔术而已，明明看到放上去是一张大的，等翻开来就变成了小的，旁边还有同伙装作游客，在那里押注，引诱旅客上钩。这其实已经是日光之下的一个阳谋，谁都知道押下去就变了，成了一个魔术消费。

有些游客故意叫小孩压上 5 元钱，输掉了，然后作为反面教材教育孩子不可赌博，这虽然花的是 5 元，但是对孩子心灵的震撼却是非同寻常。那小孩子在输钱的一刹那，一下子涨红了脸，纯真的眼睛第一次窥见了，这复杂社会的一瞥。

我没有忘记这次来的任务，向沙滩岩石那边走去，寻找那些会

发光的小孩。到了地方一看，哇靠！这么秘密的地方居然也被他们发现了，现在成了一个休闲场所，门口挂着牌子'水晶宫'三个字，成了做 SPA 水疗按摩的场所。我走进那地方，里面小姐一字排开，穿着三点式内衣，外面披一层薄纱，若隐若现，分外妖艳。

领班问我："先生一位吗？请问要什么服务？"我说："都有什么服务？"她带着那种职业性的微笑，说道："先生您好，我们这里有局部按摩 80 元，推油 268 元，玫瑰芳香 388 元，全身水疗 SPA488 元，梦幻巴黎 588 元，总统套餐 888 元……"我说："我看看再说。"便想退出去。

这时一位三点式小姐把我拦住了，坚挺的胸部几乎快要顶到我身上："先生，不要这么快走呀，我们的服务一定会使您满意的。"说着，便动手拉我，旁边又围过来几位，这是要强逼消费的架势啊，山高皇帝远，这里恐怕连警察都没有，我有一种飞蛾落进了蜘蛛洞的感觉。

我脑子转的飞快，今天若不出点钱，恐怕是出不去这家店了，立马说道："我外面还有一帮朋友，我去叫他们进来，这是押金，先拿着！"掏出 100 元，交给领班就往外走，后面她们还在叫着："先生，您慢走，您共有几位朋友啊？"我说："等来了你就知道了。"赶紧溜出了那地方。

又回到大街上，漫无目的到处游荡。只见有许多人围在一个地方，便挤进人群，原来是一个买家和卖家在吵架。买家说："你今天这个货一定要退给我，不退钱的话，我就把你这摊位砸了！"卖家毫不示弱："什么？你砸一个我试试看！买卖都已经成交了，你外面转了一圈回来，开口就要退货，哪里有这种事情？卖出的商品一概不退！"

旁边有几个人也顿时站出来，随声附和："卖出的商品哪里说退就退，都这样的话，人家生意还怎么做？"买家本来想借着气势，把卖家压下去，哪里想到这卖货的在这里经营多年，颇有些势力，

一时间就围上来几个人，都替他说话。

现如今的人奸诈，大多欺软怕硬，买家眼见吓不了他，便转身向我们看热闹的众人说："大家评评理，都是差不多的货，那边才卖 600 多，他这里要卖我 800 元！你这就是黑店！"

卖家见他这么说，也转向我们看热闹的说："大家给我评评理，你们看仔细了，那边卖的东西到底是不是和我的一样！从来都是一分钱一分货，你自己不懂，买了东西反悔了，就想找人退钱。你当这店是你开的，想买就买，想退就退？"一时间众人乱哄哄的，有这样说的，有那样说的，吵的人心烦。

我没兴趣再看下去，退出人群，看着满大街络绎不绝的游客，穿梭在大街小巷。这里店家、宾馆遍布，一切都是这么陌生。我问自己，我跑到这陌生的海岛城市来干啥呢？是来看五湖四海的游人吗？

此地已没什么可留恋的，不就是杭州、上海等都市的缩小版么。我沿着原路返回，走到山顶的时候，回转头又看一眼。山下一片陌生的物质繁华，繁华到只剩下钱了，却不是我心中曾经的家园。那曾经魂牵梦绕的小村再也不见了，只剩下一片惆怅。

我顺着山路，又回到我们搭帐篷的地方，然后来到墓碑那里，这里闲花野树，爱情默默，是另一派的繁荣景象。最后，我向着登岛的地方走去，我不知道要走向何方。远远看见，前面大石头上坐着个人，长发披肩，头上戴着野花做的花环，上身穿着红色的格子衬衫，下身是一条脏兮兮的白色长裙。正冲我微笑招手。

'故人'重逢，这回我已无法抵挡她的笑容，灿烂的阳光遍洒在荒岛每个角落，乱石堆处开满各种白色、蓝色小花。我一步一步向那似曾相识的故人，走去。我努力想要叫出她的名字，我觉得她应该是我遥远童年的一个玩伴，她使我想起槐树下外婆怀中的宁静，黄昏里炊烟袅袅升起的眷恋。我要与她同去，去一个没有痛苦，没有忧伤，没有眼泪的地方，那里都是欢笑，是安息，那里有永恒的

爱情。

　　她嬉笑着，向山上跑去，笑声清脆，传遍四野。我跟在后面，一路又跑回到了山顶，待我再往下看时，咦？那不是曾经的蓝色花岛吗？深蓝色的'蓝色相思'，这里一簇，那里一群，好像夜色掩护下捉迷藏的海岛姑娘，漫山遍野都是那种触目惊心的深蓝色火焰，给傍晚的海岛披上了一层神秘面纱。

　　我抬头看看天空，天灰蒙蒙的，没有阳光，海浪拍在灰暗的沙滩上，沙沙的响，这个蓝色花岛有点诡异。三三两两的矮房子坐落在蓝色花丛中，羊群与鲜花漫山遍野，在浅浅暮色中模糊。岸边，石头堆积成的小码头旁，停泊着几艘旧日渔船。我啥也不想了，不由分说向着山下直奔而去。

　　进到村里，几只麻雀在树上鸣叫着，两三个小孩在墙角玩泥巴，对面那个聚会的大房间，传来齐声高唱的赞美诗。我不想打扰她们这永恒的宁静，径自向那个流着生命泉的山洞走去。走到水池边上，一汪清泉映入眼帘，清凉的泉水满溢出来，流淌在溪上，溪边长着各种野花。旁边的石碑静静屹立，守护着这份千年的寂寞，这里的傍晚太美。

　　我又下得山来，看到雪燕家的房屋，迟疑了一下，心想："房间里会有人吗？"照着老办法，我从院子里搬来凳子，放在窗子底下，站上去往里一看。里面果然有个人，长发披肩，遮住半边脸，在整理书桌，像要出门的样子。我站在窗口兴奋的喊了一声："雪燕！"她转过头来，一脸迷惑的看着我："咦！你是谁呀？"

　　她居然不认识我！我摸了摸口袋，掏出来一块围巾，递给她："送你一条围巾。"她接过围巾，呆呆的看着我，半晌脑子转不过弯来，眼前这个不知从哪里冒出来的人，无缘无故的出现，就是为了送我一条围巾？我跳下凳子，默默的朝村外走去，我还有一个遥远的约定，虽然我还没想好怎么面对她，但这回我不会再遗忘了。

　　我避开村里的人，如孤魂野鬼在岛上出没。走过那一段长长的

沙滩，前面出现许多岩石，我找到那个岩石通道，顺着长长的通道，来到了那个空旷幽谷。我在心中祈祷，让那光团和发光的小孩再出现一次吧！然而，在我面前什么也没有出现，四周都是坚硬冰冷的岩壁，岩壁上布满苔藓。我绝望的坐在地上，呆呆看着岩壁，不知所措。这时候，前方的岩壁却慢慢的变淡、变淡了，赫然出现了一座桥！桥底下是无尽深渊，对面是一座大山。

见到这桥，往事历历全都浮上心头，这桥仍然是又湿又滑，我站在桥头，腿都软了。忽然有个声音说："何不爬过去？"我一想，对呀！于是整个人伏在桥上，闭上眼睛，一路向前爬去。深谷的山风吹过头顶，呼呼的响，湿滑的木桥在山间摇晃，我的身子也随着滑来滑去，仿佛要被扔下深渊，我不敢睁眼。

此时已没有退路，只有咬牙爬到底。不知爬了多久，终于，手触到一个东西，我睁眼一看，到对岸了！上了岸，那条山间小路仍在那里，只是路上积满了树叶，我踏着深深的树叶，朝幽梦谷方向跑去。

气喘不停的跑到谷中，这里一切还是原来的样子。屋前的大树依然枝叶繁茂，静静屹立不语，树下落叶满地，积了厚厚一层，房屋旁边那块大石头上，字迹如初，苍劲有力：

世事觉醒如云烟，
南柯一梦是真情。

整个山谷安静的出奇，我踏着厚厚的落叶，走近那所房屋。这里安静的连鸟叫声也没有，窗上、门框上布满灰尘、丝网，显然很久没人住了。我推开房门，里面物件仍如当初，摆放井井有条，只是没了那种闺房生气，房间里到处布满了灰尘，墙角床头已起了蜘蛛网。原来她再也没有回来过。

我跑到旁边那间屋子，那时，有个很老的老人住在这屋。这里面也没有人，只是在屋子旁边的地上，长出来一棵树。院子四周，开满了各种南柯花，红的、绿的、蓝的、黄的……。

不是约定在这里等我的吗？我坐在门口，禁不住放声大哭，回忆如同丛林暗处射来的箭，箭箭穿心。不知坐了多久，我缓缓站起来，向那桥的方向走去。走到桥边，向下望去，那深渊底下一片黑暗，我一路往底下走去，她一定是住在桥下去了，还有山下村里的人们，一定也都住在那里。我曾经答应他们，要回来这里和他们同住，如今我回来了，以后再不分开，因为这里是我的故乡。

等我睁开眼睛，苏醒过来的时候，已经是在医院的病房里了。

旁边坐着雪燕，见我醒来，不由得的欢呼一声："总算醒了！"我四顾茫然，问道："我怎么会在医院里？"按照雪燕的讲述，原来当时我掉进海里，已经昏迷，身体在海面上漂浮，后被游客发现救起，送到医院已经两天了。

雪燕说我身子虚弱，要多住院几天，可医院这地方你懂的，那就是个烧钱烧的通红的炉子。我回过神来，登时觉得大事不妙，赶紧叫她把住院这几天的费用清单拿来。雪燕掏出一叠各种费用单子，医药费、护理费、营养费、住院费、拍片费，会诊费……，看的我是心惊肉跳。我看着这一叠如同天书的单子，怎么也看不懂上面密密麻麻的文字，就单挑金额看，粗略一算已经1万元钱没了！

这吓我一身冷汗，好像向来自由飞翔的蝇蛾，终于有一天也掉进医院这张蜘蛛网里来了。我竭力挣扎，得赶紧飞离这网罗，被这张网粘住可了不得！当时闭着眼睛不知道，如今眼睛睁开了，哪能再眼睁睁的住下去？我是一刻也住不下去了，当场就叫雪燕去办理出院手续，当天就出院回家，回到了我们在安徽的老家，一个穷乡僻壤的小山村。

远远看见儿时熟悉的山岭村落，岭上山路蜿蜒崎岖，不见了满山的山花烂漫，几间山村小屋零星的坐落在草木从中，披着一层泛黄的冬日阳光，出现在我们视野里。这里的一切还是原来的那个样子，只是儿时的伙伴、邻舍还有奶奶和奶奶的姐妹，都不在了。小伙伴们都已经长大成人，大多外出挣钱去了，村里就剩下一些老人

妇女和小孩，这是时代的烙印，连我们这个偏僻小村也未能例外。

田间路边有人在田里忙活什么，看那背影我认得应该是长根伯。及至走近，长根伯听见人声，转过头来，看到我们一家三口，愣住了："这不是小伟吗？你们今年咋这么早回来了？"是的，我每两年回来一次，今年特别早。我说："我生了一场病，先回来休养一段时间。"

旁边雪燕背着孩子，叫了声："长根伯好！"长根伯见状，赶紧放下手中的活："你们先去我家坐会儿吧，我叫你伯母烧几个小菜。"我们连忙说："不用了，我们家里都已经烧好了，你田里有什么需要帮忙的，只管叫我。"

长根伯这才停下手来，笑着说道："这大冬天的能有什么活，不过是闲着无聊寻些事情，你们吃过晚饭过来家里，也见见你伯母。"我应了声："好的。"一行三人辞别长根伯，往家走去。

我们的村子很小，十多户人家零星分布在山旮里，因为年轻人大多出去挣钱了，一路走到家中，竟没遇见一个人。家里爸妈正在做饭，我哥的小孩，在屋内玩耍，虽说早已电话联系，见到我们仍是十分欢喜。吃晚饭时，不由便说起菊花婶家老太太的事情，九十多岁了，人快要不行了，叫我们吃完饭过去看看。

等我们吃过晚饭，天已经暗了，我和雪燕两人起身去菊花婶家。黑暗的大山里，几处零星的房屋，亮着灯光点点，冬日的山风吹过树林，刺骨的冷，我发现有雪粒打在我身上。

走到菊花婶家，那里灯火通明，屋子里里外外都是人，小村里的人，除了外出挣钱的，大多都在这里了。众人见到我们深感意外："不是小伟吗？今年怎么这么早回来了？"我说："我生了场病，先回来休养一段时间。"大家谈了几句之后，我拉着雪燕向里屋走去。老太太神智仍然清醒，只是说话声音很轻了，要附在耳边才能听清。

我做小孩的时候，没少吃过她做的点心。我上前握住她床沿冰

冷的手，她似乎在说什么，我附身上前，只听她在说："臭小子，你选的这媳妇还不错……"我懵住了，以为是听错了，众人见我表情诧异，纷纷问我："她跟你说了什么？"我不禁又附耳下去，仔细听，声音太轻，已经听不清楚了。我站起身来，给众人一个交代："声音太轻，没听清楚。"

老太太越来越虚弱了，一会儿清醒，一会儿又昏迷，就这样一直拖着。这个时候，众人又怎么能回家去呢？但老是站着等也不是回事，谁知道等到什么时候？就有人拿出城里买来的麻将牌，准备搓麻将，其中有懂事的人就说了："你们放到隔壁去搓，不要吵着老太太。"

大家一听有理，正要搬去隔壁，忽听老太太的孙女说了句："大家等会！老太太有话说！"随即附耳上去，这回老太太似乎说的很大声，甚至连我都听到了："……就在这里，不要撵人走啊……"众人一听，当即决定就放在这屋。

我甚觉稀奇，看这个精神头，说不定还能再活个几天呢！这时候有人附在我耳边说："回光返照，快了……"我这才明白过来。众人搓麻将的搓麻将，闲聊的闲聊，在一片祥和闹声中，老太太面带微笑，渐渐不动了。

由于地处偏僻，交通及其不便，我们这里也没有世上的规矩，要拣日子放三天放六天的，大清早就在山上挖好的坑中，把老太太放了下去。众人便各回各家，结婚生娃是桩喜事，日子饱足而逝世也是喜事，这叫红白喜事，这里的人们少有忧伤。

在我们大山的山脚地方，有一个天然形成的水库，年少时我们常去水库边玩耍、游泳、钓鱼。只是儿时的伙伴，慈祥的奶奶和奶奶的姐妹们，都已经不见了。山里的时光漫长，我同雪燕午饭后没事，便来到水库边散步闲聊。

冬日午后的阳光洒在大山里，水库上竟纷纷悠悠的飘起了雪，这种'太阳雪'我只在川藏线上见过一回。远处，村里的阿明公在

水库边上放羊。放了几十只羊，阿明公七十多岁了，年轻时据说在上海滩跑过码头，自打有一次被人骗走了钱，回来便一直放羊。

我远远的喊了声："阿明公——，都下雪了，还放羊啊！"阿明公在那里喝着老酒，远远我都能够闻到那酒气，躲在一处松树底下，也不回话。等我们走近了，才发现原来竟自在那里唱歌：

> "……
>
> 夜上海，
>
> 夜上海，
>
> 你是个不夜城。
>
> 华灯起，
>
> 车声声，
>
> 歌舞升平。
>
> 只见她，
>
> 笑脸迎，
>
> 谁知她内心苦闷，
>
> "……

唱的是旧时的上海小调《夜上海》，这来自遥远上海的小曲，在深山里的水库响起，有点不伦不类，仿佛是一个老人在讲诉，来自外面世界一个曾经朦胧的梦。

眼见这雪纷纷悠悠的下大起来了，阳光渐渐昏暗淡去，我们便转身朝家走去。回头看看，山川湖泊都笼罩在了一片纷飞大雪中，山上的树木渐渐模糊，白白的羊群也找不见了，小村的房屋在远处隐隐约约，朦朦胧胧。

这时，我看到不远处的路上，有个女人在雪中行走，那女子穿着一件淡黄色格子衬衫，身下系着一条白裙，看那样貌，不像是我们村里的人。但是我咋又看着这人身影这么熟悉呢？我拍拍身边的雪燕："你看见远处那个人了吗？"雪燕点点头："看到了，这人好像不是村里的人。"我们加快脚步向那人走去，走至跟前，却成

了一棵树。

　　我们彼此说道："刚才在这里明明是一个人呀，怎么成了一棵树呢？"俩人四处观望，雪燕惊叫一声，指着附近说："她在那里！"我放眼望去，她正坐在一块大岩石上，望着白茫茫的湖面，面无表情。

　　这个时候，我才猛然醒悟过来，我是遇见'故人'了。这来自远方的召唤，总会在不经意的时候，出现在我面前，催促我整理行装，速速前行。我把手搭在雪燕肩上，说："不要管她了，我们回家吧。"俩人便转身，朝家的方向走去。

　　夜深人静的时候，雪燕和孩子早早已睡去，窗外伸手不见五指，小村也卸下一天的劳累，在漫天夜雪中沉沉睡去。我泡了杯茶，披上大衣，靠在椅子上。各种熟悉的笑容，忧伤的眼神，懵懂的心事，在这雪夜里纷纷向我走来，往事早已不堪回首。

　　黑暗中的远山，隐约神秘，面目粗犷。乡人屋前的柴院，竹门轻扣，篱笆寂静，茫茫风雪夜深，不再有归人。然而，分明有清晰脚步声，从远处走来，那声音行至屋前，在门口急切徘徊，久久不肯离去。我赶紧跑去推开门，门外却空无一人，又来到院子内外，四处找寻，仍是空无一物。这是谁？在这风雪之夜，带着思念悄悄从远方而来，却又不肯相见？

　　从山上下来有一条小溪，流至山脚，那汩汩水声，正从家门前经过。溪水日夜流淌，带走了溪花们烈日下的青春，和曾经斑斓起舞的蜂蝶争鸣。山风吹过幽暗溪涧，那里曾经姹紫嫣红。

　　我合上本子，终于写完了以上文字。

后记

　　市面上的畅销书，里面毫无内容，外面的广告宣传却铺天盖地的响亮，糊弄了一拨又一拨的读者，浇灭了越来越多阅读者的热情，把越来越多的人从看书这件事上推开。有营养的书，被压在千万书堆的最底层，被放在浩瀚书丛的最角落，并且95%禁止出版！这时到了什么样的世代。

　　都说中国没有文学，只有鸡汤，那是因为只有鸡汤才被允许出版！你们看到的书，都是他们想让你看到的。可怜的读者其实没有选择权，你满眼看到什么样的书，那都是被设计好的，他们想让你看这本书，你就得看这本书，他们想让你买那本书，你就必须买那本书。

　　小说写完了，拿去出版社出版的时候，才发现，原来出版价格高的离谱，已经出不起了。不得已搞了个新加坡出版，打算再引进国内。收到样书的那天，托人一查，书号竟然是假的。这骗子满天飞的世代，硬是逼着我从头开始补维权这一课。先是投诉到中央直属的'扫黄打非网'，如泥牛入海，半年没有回音。又打'扫黄打非网'电话12390，一个标准的男中音："你这个案子最好去96110，那边效率高。"

　　我一听，以为是高人指点，赶紧拨打96110，被转到我本地的派出所，派出所的民警说："你这个案子我们办不了，这是合同诈骗，要去打官司或者去找工商所。"这么个诈骗案，叫我去工商所？那工商所的人还以为我的脑子进水了！我再傻，这个时候也该醒了，转了一圈回来，发现这么一个简单明了的诈骗案，竟然投遍中国，投诉无门！

　　打官司又要用钱了，还要看律师、法官是否跟对方有勾连，否则照着如今这个魔幻社会，最后我这个受害方，被打成败诉也是完

349

全有可能。就算打赢了，胜诉的钱交律师费刚刚好。

后来又找了家出版社，小说里有一段话是赞扬毛主席的，原话是这样说："伟大领袖毛主席的诗词，好像夜空中的流星划过长夜，闪耀之后的文学星空，最后又归于无尽的暗夜。"编辑附耳对我说："这句话得去掉，在中国之外，你写赞美毛泽东的书是不能出版的……"

我睁大天真的眼睛问道："不是说西方是自由民主的吗？原来那斩钉截铁的言论出版自由，竟是虚假的……"编辑老谋深算的看着我，意味深长的笑了："那是因为你没有碰触到他们的利益。"话锋一转，"你不向这个社会唱虚假赞歌，那么在中国也是不能出版的……"

我听得耳朵都竖起来了，恍若被人当头棒喝，一下子全明白了："不是说人民是社会主义的主人吗？怎么主人在自己的家中，说句话，出本书，那嘴似乎被无形的东西堵住，无法发声！原来那些人民公仆，那些资本家才是真正的主人……"

编辑无奈的看着我："你若写的这么明白，很难在文化圈混下去。"我一把拿回稿子："那就成为手抄本！但凡世界名著，前期都是无法出版的手抄本，至少在咱大中华洋洋5千年，一个个黑暗王朝，一直都是这样的，这就是传统！"我头也不回的走出了编辑部。

中国那么大，总有落脚之处。就像当年的犹太人，上帝仍然为他们在那个年代留了一道缝，就是上海。一本名著，成了手抄本在世间流浪，好像文学殿堂中流动的珍珠，那流动的比那静止的将更加耀眼。

作者写了一辈子，最后成了兰陵笑笑生，消失在汹涌的人潮之中。

终于还是出版了，感谢，感谢！